SARAH JIO | Brombeerwinter

SARAH JIO

BROMBEERWINTER

ROMAN

Aus dem Amerikanischen von Charlotte Breuer
und Norbert Möllemann

Diana Verlag

Die Originalausgabe erschien 2012 unter dem Titel *Blackberry Winter*
bei Plume, a member of Penguin Group (USA) Inc., New York

FSC
www.fsc.org
MIX
Papier aus verantwortungsvollen Quellen
FSC® C014496

Verlagsgruppe Random House FSC® N001967
Das für dieses Buch verwendete
FSC®-zertifizierte Papier *Holmen Book Cream*
liefert Holmen Paper, Hallstavik, Schweden.

Deutsche Erstausgabe 10/2014

Redaktion | Heiko Arntz
Umschlaggestaltung | t.mutzenbach design, München
Umschlagmotiv | © IAM / akg; shutterstock
Satz | Christine Roithner Verlagsservice, Breitenaich
Druck und Bindung | GGP Media GmbH, Pößneck
Printed in Germany

ISBN 978-3-453-35792-1

www.diana-verlag.de

Gewidmet meinen Söhnen Carson, Russell und Colby
mitsamt ihren heiß geliebten Stofftieren –
dem alten Teddybären, der zerschlissenen Giraffe,
dem kleinen gestreiften Tiger.
Eure Mutter zu sein ist mein größtes Glück.

Und allen Müttern überall – besonders denen,
die Lebewohl sagen mussten zu einem Kind.

1

Vera

Seattle, 1. Mai 1933

Ein eisiger Wind pfiff durch das Gebälk im Dachgeschoss, und ich zog fröstelnd meine grauwollene Strickjacke enger um mich. Sie hatte nur noch einen Knopf. Bei einem Preis von fünf Cent das Stück konnte ich es mir nicht leisten, die fehlenden Knöpfe zu ersetzen. Außerdem war doch längst Frühling. Oder etwa nicht? Ich schaute aus dem Fenster und lauschte auf den heulenden Wind. Es stürmte. Die Äste des alten Kirschbaums schlugen so heftig gegen das Haus, dass ich vom Fenster zurückwich, aus Furcht, sie könnten die Scheibe einschlagen. Eine Reparatur war zurzeit beim besten Willen nicht drin. Nicht in diesem Monat. Doch dann lenkte ein unerwarteter Anblick mich vorübergehend von meinen Sorgen ab. Hellrosa Blütenblätter wirbelten durch die Luft. Ich seufzte und lächelte in mich hinein. Wie Schneeflocken.

»Mama?« Daniels feines Stimmchen drang gedämpft unter der zerschlissenen blauen Steppdecke hervor. Ich schlug die Decke zurück und betrachtete sein hübsches, rundes Gesicht und das seidige blonde Haar, das sich an den Enden immer noch kringelte. Seine Babyhaare. Er war jetzt drei Jahre alt, und mit seinen rosigen Pausbäckchen und den großen, unglaublich blauen Augen war er kein Baby mehr, sondern schon ein richtiger kleiner Junge. Aber im Schlaf sah er noch immer aus wie am Tag seiner Geburt. Manchmal schlich ich mich am frühen Morgen auf Zehenspitzen ins Kinderzimmer und schaute ihn an, wie er dalag, seinen kleinen braunen Bären im Arm, den rührend abgenutzten alten Teddy mit der verschossenen blauen Samtfliege, dem ein Ohr fehlte.

»Was ist los, mein Schatz?«, fragte ich. Ich kniete mich neben das kleine Bett aus Kiefernholz. *Was bin ich bloß für eine Mutter, dass ich ihn in einer solchen Nacht allein lasse?* Ich seufzte. *Aber habe ich eine Wahl?* Caroline hatte Spätschicht. Und ich konnte ihn nicht schon wieder ins Hotel mitnehmen – nicht nach dem Vorfall am vergangenen Wochenende, als Estella ihn schlafend in der Penthouse-Suite im achten Stock gefunden hatte. Sie hatte ihn aus dem warmen Federbett gejagt, wie man eine Maus verscheucht, die es sich im Mehlkasten gemütlich gemacht hatte. Er hatte sich fürchterlich erschreckt, und mich hätte es beinahe meine Stelle gekostet. Ich holte tief Luft. Nein, hier in seinem warmen Bett war er gut aufgehoben, mein kleiner Liebling. Ich würde die Tür abschließen. Die Wände des Hauses waren dünn, aber die Türen waren solide. Solides Mahagoni mit einem Messingschloss.

Wir zuckten beide zusammen, als es laut und ungeduldig an der Tür klopfte. Daniel verzog das Gesicht. »Ist das wieder der böse Mann, Mama?«, flüsterte er.

Ich gab ihm einen Kuss auf die Stirn. »Keine Sorge, mein Schatz«, sagte ich und stand auf. »Es ist bestimmt nur Tante Caroline. Ich gehe nachsehen.«

Ich ging die Treppe hinunter. Im Wohnzimmer blieb ich kurz stehen und überlegte, was ich tun sollte. Wieder klopfte es, laut und ungestüm. Ich wusste, wer es war, und ich wusste auch, was er wollte. Ich warf einen Blick auf meine Handtasche, wohl wissend, dass sich darin höchstens zwei Dollar befanden. Die Miete war vor drei Wochen fällig gewesen, und seitdem hatte ich Mr. Garrison mit Ausreden hingehalten. Aber was jetzt? Meinen letzten Lohn hatte ich für Lebensmittel ausgegeben und für neue Schuhe für Daniel. Die alten waren längst zu klein gewesen.

Poch, poch, poch.

Heftig klopfte jetzt auch mein Herz. Ich hatte Angst, fühlte mich gefangen. Die Wohnung kam mir plötzlich vor wie ein Käfig. Die Wände um mich herum hätten genauso gut aus Maschendraht bestehen können. Reflexartig warf ich einen Blick auf mein Handgelenk. Seit Daniels Vater mir das kostbare goldene Armband mit den drei Saphiren geschenkt hatte, hütete ich es wie meinen Augapfel. An jenem Abend war ich als Gast im Hotel Olympic gewesen, nicht als Zimmermädchen im schwarzen Kleid mit weißer Schürze. Als ich die kleine blaue Schachtel geöffnet hatte und er mir das Armband übers Handgelenk streifte, hatte ich mich zum ersten Mal wie eine Frau gefühlt, die dazu geboren war, solch kostbaren Schmuck zu tragen. In dem Moment war mir der Gedanke beinahe albern vorgekommen, ich könnte, nun ja … Ich schloss ganz fest die Augen, als das Klopfen wieder einsetzte. Ich begann, den Verschluss des Armbands zu öffnen, doch dann schüttelte ich den Kopf. Nein, ich würde es ihm nicht geben. So schnell würde ich nicht kapitulieren. Ich schob das Armband höher auf den Arm, bis es von meinem Ärmel verdeckt wurde. Ich würde eine andere Lösung finden.

Ich ging zur Tür und schloss widerwillig auf. Die Scharniere quietschten, und dann stand Mr. Garrison vor mir. Er war groß und von massiger Gestalt, es war kein Wunder, dass Daniel sich vor ihm fürchtete. Sein finsteres Gesicht war fast vollständig bedeckt von einem grauen, ungepflegten Bart. Nur seine geröteten, pockennarbigen Wangen und die dunklen, mitleidlosen Augen waren zu sehen. Sein Atem roch nach Gin, harzig und säuerlich, offenbar kam er gerade aus der Kaschemme im Erdgeschoss. Die Prohibition war noch nicht abgeschafft, aber in diesem Stadtteil drückte die Polizei in der Regel ein Auge zu.

»Guten Abend, Mr. Garrison«, sagte ich so freundlich wie möglich.

Er kam näher und stellte einen Stahlkappenstiefel in die Tür. »Sparen Sie sich die Formalitäten«, sagte er. »Wo ist das Geld?«

»Bitte – es tut mir leid, Sir«, stammelte ich. »Ich weiß, dass ich mit der Miete im Verzug bin. Der letzte Monat war schwierig für uns, und ich …«

»Dieselbe Leier hab ich mir schon vor einer Woche anhören müssen«, erwiderte er kalt. Er schob sich an mir vorbei in die Küche und nahm sich ein kleines Brot, das ich gerade aus dem Ofen genommen hatte. Mein Abendessen. Er öffnete den Kühlschrank und runzelte die Stirn, als er keine Butter fand. »Ich frage Sie noch einmal«, sagte er, mit vollen Backen kauend. Seine Augen wurden schmal. »Wo ist mein Geld?«

Ich umklammerte mein Armband, starrte an die Wand mit der abblätternden Farbe. *Was soll ich ihm sagen? Was soll ich tun?*

Er stieß ein tiefes, kehliges Lachen aus. »Wie ich's mir gedacht habe«, sagte er. »Eine Diebin und Lügnerin.«

»Mr. Garrison, ich …«

Er musterte mich lüstern. Er kam auf mich zu, bis ich seinen Gin-Atem riechen und seinen struppigen Bart an meinem Gesicht spüren konnte. Er packte mit der Linken mein Handgelenk. »Irgendwann musste es ja so weit kommen«, sagte er, während er mit der Rechten den letzten Knopf meiner Strickjacke öffnete. »Zu Ihrem Glück bin ich ein großzügiger Mensch und werde Ihnen erlauben, mich auf andere Weise zu bezahlen.«

Ich riss mich von ihm los, als ich Schritte oben auf der Treppe hörte. »Mama?«

»Daniel, geh wieder ins Bett, mein Schatz«, sagte ich, so ruhig ich konnte. »Ich komme gleich.«

»Mama«, sagte er noch einmal und begann zu weinen.

»Es ist alles in Ordnung, Schatz«, rief ich in der Hoffnung, dass er mir meine Panik nicht anmerkte. »Bitte, geh wieder ins Bett.«

Ich konnte unmöglich zulassen, dass er sah, was vor sich ging, oder, schlimmer noch, dass Mr. Garrison ihm wehtat.

»Mama, ich hab Angst«, sagte er, seinen Teddy fest an sich gedrückt.

Mr. Garrison räusperte sich und glättete sein Jackett. »Tja, wenn Sie ihn nicht beruhigen können, dann komme ich ein andermal wieder«, sagte er laut und bedachte Daniel mit einem finsteren Grinsen. »Und verlassen Sie sich drauf, ich werde wiederkommen.« Es gefiel mir nicht, wie er Daniel anschaute. Er wandte sich wieder mir zu und betrachtete mich wie ein köstliches Steak, das in der Pfanne brutzelte. »Und ich werde bekommen, was mir zusteht.«

Ich nickte betreten, als er zur Tür ging. »Ja, Mr. Garrison.« Mit zitternden Händen verriegelte ich die Tür, während er mit schweren Schritten die schmale Holztreppe hinunterpolterte. Bevor ich mich zu Daniel umdrehte, holte ich tief Luft und wischte mir eine Träne von der Wange.

»Daniel, mein Liebling«, rief ich, lief die Treppe hoch und nahm ihn in die Arme. »Hast du dich gefürchtet? Du brauchst keine Angst zu haben. Mama ist bei dir. Es kann dir gar nichts passieren.«

»Aber der böse Mann«, schniefte er. »Hat er dir wehgetan, Mama?«

»Nein, mein Schatz«, sagte ich. »Das würde Mama niemals zulassen.«

Ich löste das Armband von meinem Handgelenk und ließ es in meine Hand gleiten.

Daniel schaute mich verwirrt an. Ich betrachtete seine großen, unschuldigen Augen und wünschte, es wäre alles anders für ihn, für uns. »Mama liebt das Armband, mein Kleiner. Ich will es nur sicher aufbewahren.«

Er überlegte einen Moment. »Damit du es nicht verlierst?«

»Ganz genau.« Ich stand auf und nahm ihn an die Hand. »Willst du Mama helfen, es in unser geheimes Versteck zu bringen?«

Daniel nickte, und wir gingen zu der kleinen Tür unter der Treppe. Er hatte das Fach, das kaum größer war als eine Hutschachtel, eines Morgens beim Spielen entdeckt, und seitdem war es unser Geheimversteck. Daniel bewahrte seine Schätze darin auf – eine blaue Vogelfeder, die er auf der Straße gefunden hatte, eine Sardinenbüchse, gefüllt mit bunten Kieselsteinen, ein Lesezeichen, eine glänzende Fünf-Cent-Münze, eine von der Sonne schneeweiß gebleichte Muschel. Ich hatte Daniels Geburtsurkunde und andere wichtige Dokumente darin untergebracht, und jetzt legte ich auch mein goldenes Armband hinein.

»So«, sagte ich, schloss die kleine Tür und staunte einmal mehr, wie unauffällig sie sich in die hölzerne Wandverkleidung einfügte. Wie Daniel sie überhaupt entdeckt hatte, würde mir immer ein Rätsel bleiben.

Er schmiegte sich an mich, und ich nahm ihn, auf dem Boden hockend, auf den Schoß. »Mama, singst du mir was vor?«

Ich nickte, streichelte ihm über das blonde Haar und dachte, wie sehr er doch seinem Vater glich. Wenn Charles doch nur hier wäre. Ich schob den Gedanken hastig beiseite und begann zu singen. »Schlafe, mein Prinzchen, schlaf ein! Es ruhn Schäfchen und Vögelein, Garten und Wiese verstummt, auch nicht ein Bienchen mehr summt.« Meine Stimme beruhigte uns beide.

Ich sang alle drei Strophen, bis Daniels Lider schwer wurden, dann trug ich ihn in sein Bett und deckte ihn erneut zu.

Mit schlaftrunkenen Augen betrachtete er ängstlich mein schwarzes Kleid und die weiße Schürze. »Geh nicht weg, Mama.«

Ich hob sanft sein Kinn an. »Ich bleibe nicht lange, mein Schatz«, sagte ich und küsste ihn auf beide Wangen, die sich weich und kühl an meinen Lippen anfühlten.

Daniel drückte seinen Teddy an sich und rieb seine Nase an dessen Schnauze, so wie er es immer tat. »Ich will nicht, dass du fortgehst.« Er schwieg einen Moment, als suchte er nach den richtigen Worten. »Ich hab Angst, wenn du nicht da bist.«

»Das weiß ich, mein kleiner Liebling«, sagte ich, bemüht, meine Tränen zurückzuhalten. »Aber ich muss fort. Weil ich dich lieb habe. Eines Tages wirst du das verstehen.«

»Mama«, sagte Daniel und schaute zum Fenster. Draußen wütete immer noch der Wind. »Eva sagt, nachts kommen die Gespenster.«

Ich hob die Brauen. Carolines Tochter besaß für ihre dreieinhalb Jahre eine blühende Fantasie. »Was hat Eva dir denn nun schon wieder erzählt?«

Daniel schien zu überlegen, ob er mir antworten sollte. »Wenn wir spielen«, sagte er schließlich zögernd, »da schauen uns manchmal Leute zu. Sind das Gespenster?«

»Wer schaut euch zu?«

»Die Frau.«

Ich kniete mich neben sein Bett. »Welche Frau denn?«

Er zog die Nase kraus. »Im Park. Sie hat einen komischen Hut, Mama, den mag ich nicht. Da sind Federn dran. Vielleicht hat sie einem Vogel wehgetan?«

»Nein, mein Schatz«, sagte ich und nahm mir fest vor, mit Caroline über Evas Geschichten zu reden, denn ich wurde das Gefühl nicht los, dass sie die Ursache für die Albträume waren, die Daniel neuerdings quälten.

»Daniel, hat Mama dir nicht gesagt, du sollst nicht mit Fremden sprechen?«

»Ich hab nicht mit der Frau gesprochen«, erwiderte er mit großen Augen.

Ich streichelte ihm über den Kopf. »Das ist gut so.«

Er nickte und kuschelte sich mit einem Seufzer tiefer in sein Kopfkissen. Ich schob ihm den Teddy in den Arm. »Siehst du, du bist gar nicht allein«, sagte ich. »Max ist ja bei dir.«

Er drückte sich den Teddy wieder ans Gesicht. »Max«, sagte er lächelnd.

»Schlaf schön, mein Schatz«, sagte ich und ging zur Tür.

»Gute Nacht, Mama.«

Als ich die Tür leise schloss, hörte ich ihn rufen: »Warte!«

Ich steckte noch einmal den Kopf ins Zimmer. »Ja?«

»Gibst du Max einen Gutenachtkuss?«

Ich trat zu ihm, beugte mich übers Bett, und Daniel drückte den Teddy an meine Lippen. »Ich hab dich lieb, Max«, flüsterte ich. »Und dich auch, Daniel. Mehr als du dir vorstellen kannst.«

Ich schlich auf Zehenspitzen nach unten, legte ein dickes Scheit ins Feuer und sprach ein kurzes Gebet. Dann verließ ich das Haus und verriegelte die Tür. Es war nur eine Schicht. Vor Sonnenaufgang würde ich wieder zurück sein. Am liebsten wäre ich wieder hineingegangen, doch ich schüttelte entschlossen den Kopf. Mir blieb keine andere Wahl. Daniel war in Sicherheit und würde tief schlafen.

2

Claire

Seattle, 2. Mai 2010

Ich riss die Augen auf und presste die Hände auf den Bauch. Da war er wieder, dieser ziehende Schmerz. Wie hatte Dr. Jensen das genannt? Phantomschmerz. Es hatte etwas mit der Erinnerung meines Körpers an das Trauma zu tun. Phantom hin oder her, es war der vertraute Schmerz, der mich seit einem Jahr quälte. Einen Moment lang gab ich mich der Erinnerung hin, dann fragte ich mich wie jeden Morgen, wenn der Wecker klingelte, wie ich es schaffen sollte aufzustehen und mich anzuziehen, mich wie ein normaler Mensch zu verhalten, wo ich mich viel lieber im Bett zusammengerollt und eine Schmerztablette geschluckt hätte, um jedes Gefühl zu betäuben.

Ich rieb mir die Augen und warf einen Blick auf die Uhr. 5 Uhr 14. Eine Weile blieb ich noch liegen und lauschte dem Wind, der draußen vor den Fenstern unserer Wohnung im vierzehnten Stock tobte. Die Kälte drang bis unter das Federbett. Wahrscheinlich hatte Ethan den Thermostat runtergedreht – mal wieder.

»Ethan?«, flüsterte ich und streckte den Arm aus. Aber das Laken auf seiner Seite des großen Betts war kalt. Er war also bereits zur Arbeit gegangen. Auch das war nichts Neues.

Ich stand auf und nahm meinen Morgenmantel von dem

blau-weiß gestreiften Sessel neben dem Bett. In diesem Moment begann das Telefon zu klingeln, und ich ging ohne übertriebene Eile ins Wohnzimmer. Von den großen Fenstern unserer Eckwohnung aus hatte man einen fantastischen Blick auf den Pike Place Market und die Elliott Bay mit den Fahranlegern. Bei der ersten Besichtigung der Wohnung vor vier Jahren hatte ich zu Ethan gesagt, es sei ein Gefühl, als würde man in der Luft schweben. »Dein Luftschloss«, hatte er drei Wochen später zu mir gesagt und mir die Schlüssel überreicht.

Aber an diesem Morgen war es nicht die vertraute Aussicht, die meine Aufmerksamkeit auf sich zog. Eigentlich gab es gar keine Aussicht. Alles war – weiß. Ich rieb mir die Augen und sah genauer hin. Schnee. Und zwar nicht nur ein paar Flocken. Da draußen tobte ein regelrechter Schneesturm. Ich warf einen Blick auf den Wandkalender über meinem Schreibtisch und schüttelte verwirrt den Kopf. Ein Schneesturm am zweiten Mai? Unglaublich.

»Hallo«, murmelte ich ins Telefon, das ich endlich zum Schweigen gebracht hatte.

»Claire!«

»Frank«, sagte ich kurz angebunden. Er war mein Chef bei der Zeitung, aber so früh am Morgen stand mir nicht der Sinn nach Höflichkeitsfloskeln.

»Hast du mal aus dem Fenster gesehen?« Frank, Redakteur mit Leib und Seele, war häufig schon vor Sonnenaufgang an seinem Schreibtisch, während ich meist erst gegen neun in die Redaktion stolperte. An guten Tagen. In der Lokalredaktion herrschte für gewöhnlich nicht der große Zeitdruck wie in der Nachrichtenredaktion, aber Frank führte sich immer auf, als wäre der Bericht über irgendeinen Gartenbauverein oder die neue Inszenierung des Kindertheaters eine Angelegenheit von höchster Priorität. Wir Mitarbeiter mochten nicht widersprechen. Vor drei Jahren war Franks Frau gestorben, und seitdem stürzte er sich mit einem Eifer in die Arbeit, dass ich manchmal den Eindruck hatte, dass er in der Redaktion übernachtete.

»Du meinst den Schnee?«

»Natürlich meine ich den Schnee! Ist das zu fassen?«

»Ja, irre«, sagte ich und schaute auf den Balkon hinaus, wo Tisch und Stühle weiß gepudert waren. »Da haben die Wetterfritzen wohl gepennt.«

»Und wie die gepennt haben«, sagte Frank. Ich hörte, wie er in den Papieren auf seinem Schreibtisch wühlte. »Hier ist er – der Wetterbericht von heute: ›Bewölkt, Höchsttemperaturen fünfzehn Grad, vereinzelte Schauer.‹«

Ich schüttelte den Kopf. »Wie ist das möglich? Wir haben fast Sommer – das war zumindest mein letzter Eindruck.«

»Ich bin kein Meteorologe, aber ich weiß, dass das nur verdammt selten vorkommt. Darüber müssen wir berichten.« Frank klang wie ein Reporter, der eine heiße Story witterte.

Ich gähnte. »Meinst du nicht, das gehört ins Nachrichtenressort? Oder möchtest du, dass ich eine Geschichte über die Schneemänner in der Stadt schreibe?«

»Nein, nein«, fuhr Frank fort. »Das ist eine viel größere Sache, Claire. Ich hab im Archiv nachgesehen, und du wirst nicht glauben, was ich gefunden habe.«

»Frank«, sagte ich, während ich am Thermostat herumfummelte. Ich stellte ihn auf vierundzwanzig Grad ein. Ethan war ein erklärter Gegner jeder Energieverschwendung. »Es ist noch nicht mal sechs Uhr. Seit wann bist du eigentlich in der Redaktion?«

Er überging meine Frage. »Es ist nicht das erste Mal, dass Seattle so einen Schneesturm erlebt.«

Ich verdrehte die Augen. »Stimmt, im Januar hat's auch geschneit.«

»Nein, Claire«, fuhr er fort, »hör mir zu. Einen derart späten Schneesturm hat es schon einmal 1933 gegeben, und zwar an exakt dem gleichen Datum!« Ich hörte wieder Papier rascheln. »Das ist echt der Hammer. Vor fast achtzig Jahren hat plötzlich eintretender Schneefall die ganze Stadt lahmgelegt.«

»Ja, das ist interessant«, sagte ich. Am liebsten hätte ich mir eine Tasse heißen Kakao gemacht und wäre zurück ins Bett gekrochen. »Aber ich verstehe immer noch nicht, warum das eine Story sein soll. Das ist eher was für Debbie. Sie hat doch letztes Jahr über den Tornado in South Seattle berichtet.«

»Nein, das ist eine viel größere Story«, entgegnete er. »Denk doch mal nach. Zwei Schneestürme an exakt dem gleichen Datum im Abstand von fast einem Jahrhundert! Wenn das keine Story ist, dann weiß ich auch nicht, Claire.« Jetzt fing er an, den Chef raushängen zu lassen. »Ja, ja, das geht natürlich erst mal in die Nachrichten. Die berichten heute und morgen. Aber ich möchte eine größere Geschichte, und zwar über den Schneesturm von damals und den von heute. Du kriegst die ganze Rubrik.«

Ich seufzte. »Wie viele Zeilen und bis wann?«

»Ich kann dir sechstausend Wörter geben, und ich brauche den Artikel bis Freitag.«

»Sechstausend Wörter bis Freitag?«, wiederholte ich entgeistert.

»Du brauchst nicht groß nach Material zu suchen«, fuhr

er fort. »Wir haben das alles im Archiv. Und wir könnten aufmachen mit: ›Die Rückkehr des Schneesturms‹.«

Ich grinste. »Das klingt wie die Rückkehr des großen Rächers.«

»Warum nicht?«, sagte Frank. »Vielleicht ist es eine Aufforderung, einen Blick in die Vergangenheit zu werfen. Zu suchen, was wir übersehen haben …«

»Frank«, sagte ich mit einem Seufzer. »Deine Begeisterung für das Thema ist rührend, aber mach dir nicht allzu große Hoffnungen. Ich frage mich einfach, wie ich sechstausend Wörter über einen Schneesturm schreiben soll.«

»Brombeerwinter«, murmelte er.

»Bitte?«

»Der Schneesturm«, sagte er. »Brombeerwinter. So nennen Meteorologen einen so späten Kälteeinbruch. Interessant, oder?«

»Hm«, sagte ich und schaltete den gasbetriebenen Kamin an. Franks kleine Wetterkunde hatte mir Lust auf warmen Brombeerkuchen gemacht. »Das wäre zumindest eine brauchbare Überschrift.«

»Und hoffentlich auch eine brauchbare Story«, sagte er. »Wir sehen uns in der Redaktion.«

»Frank, warte. Hast du Ethan heute Morgen schon gesehen?« Mein Mann war der Redaktionsleiter der Zeitung und fast jeden Morgen vor mir im Büro, aber warum er in letzter Zeit immer früher aus dem Haus ging, war mir schleierhaft.

»Nein, noch nicht«, sagte Frank. »Ich bin allein hier. Ein paar Leute hocken in der Nachrichtenredaktion. Warum?«

»Ach, nichts«, erwiderte ich leichthin. »Ich wollte nur wissen, ob er bei dem Schnee gut angekommen ist.«

»Fahr bloß vorsichtig«, sagte er. »Die Fifth Avenue ist die reinste Eisbahn.«

Ich legte auf und schaute auf die Straße hinunter. Mit zusammengekniffenen Augen konnte ich zwei Gestalten erkennen, Vater und Sohn, die sich eine Schneeballschlacht lieferten.

Ich drückte die Nase ans Fenster und spürte die Kälte der Scheibe an meiner Haut. Ich lächelte und schaute den beiden da unten zu, bis die Fensterscheibe von meinem Atem ganz beschlagen war. *Brombeerwinter.*

3

Vera

»Sie sind spät dran«, sagte Estella, als ich den Personalraum des Olympic betrat. Es war ein schmuckloser Kellerraum, der von einer nackten Glühbirne spärlich erleuchtet wurde. Estella sah mich hinter ihrem grauen Metallschreibtisch feindselig an. Sie deutete mit dem Kinn auf einen Berg frisch gewaschener Weißwäsche, die gefaltet werden musste.

»Ich weiß«, sagte ich. »Es tut mir leid. Die Tram hatte Verspätung, und kurz bevor ich loswollte, hatte ich eine Auseinandersetzung mit meinem Vermieter …«

»Ihre Ausreden interessieren mich nicht!«, blaffte sie. »Die Suiten im fünften Stock müssen gereinigt werden, und zwar sofort. Morgen früh kommt eine größere Gruppe. Honoratioren. Beeilen Sie sich und arbeiten Sie gründlich. Und ziehen Sie die Laken ordentlich stramm. Gestern waren die Betten schlampig gemacht, und ich musste Wilma hochschicken, um das in Ordnung zu bringen.« Sie seufzte und wandte sich wieder dem Papierkram auf ihrem Schreibtisch zu.

»Tut mir leid, Ma'am«, sagte ich, verstaute meine Handtasche in meinem Fach, rückte meine Schürze noch einmal zurecht und machte mich auf den Weg zum Aufzug. »Ich werde mir mehr Mühe geben.«

»Und Vera«, sagte Estella, »Sie haben hoffentlich nicht den Jungen wieder mitgebracht?« Sie reckte den Hals, als rechnete sie damit, dass ich ihn unter meinem Rock versteckt hatte.

»Nein, Ma'am«, murmelte ich, während ich überlegte, ob ich Daniel ein Glas Wasser hingestellt hatte. *Habe ich daran gedacht? Und wenn er Durst bekommt?* Ich unterdrückte den Gedanken, als ich Estellas durchdringenden Blick spürte.

»Schön«, sagte sie. »Denn wenn Sie das beste Hotel am Platze noch einmal mit einem Kindergarten verwechseln, sehe ich mich leider gezwungen, Ihre Stelle einer der vielen jungen Frauen zu geben, die hier täglich Schlange stehen. In schwierigen Zeiten wie diesen sollten Sie dankbar sein, eine feste Anstellung zu haben.«

»Ja, Ma'am«, sagte ich. »Ich bin sehr dankbar dafür. Es wird nicht wieder vorkommen.«

»Hoffen wir's«, sagte sie und zeigte auf ein Silbertablett mit zwei großen Stücken Schokoladenkuchen und einer Flasche Champagner. Wenn Daniel doch auch einmal Schokoladenkuchen essen könnte. Ich nahm mir vor, etwas von meinem Trinkgeld zu sparen, um ihm ein Stück zu kaufen. Alle Kinder sollten ab und zu ein Stück Kuchen bekommen, auch arme. »Bringen Sie das auf Zimmer 503«, sagte Estella. »Manuel ist gerade unterwegs, um eine Lieferung zu machen. Es ist für einen wichtigen Gast, also treten Sie entsprechend auf, verstanden?«

»Jawohl, Ma'am«, sagte ich und schob den Teewagen durch die Tür.

Während der Personalaufzug nach oben fuhr, betrachtete ich die Kuchenstücke – Schichten aus dunklem Schokoladenbiskuit mit Schokocreme dazwischen – und die Flasche Champagner mit den exotischen Wörtern auf dem Etikett, die ich nicht verstand. Ein plötzliches Verlangen nach diesen Köstlichkeiten überkam mich, und ich wandte mich rasch ab. Mit ein bisschen Glück würde ich beim Saubermachen in einem der Zimmer ein Brötchen und etwas Käse finden. In der vergangenen Woche hatte ich tatsächlich ein Steak-Sandwich gefunden. Es war zwar angebissen, aber das machte mir nichts aus, denn ich hatte den ganzen Tag noch nichts gegessen.

Ich hielt den Teewagen fest, als der Aufzug mit einem derartigen Ruck zum Stehen kam, dass die Champagnerflöten gegeneinanderklimperten und um ein Haar zu Boden gefallen wären. Was würde Estella sagen, wenn sie zu Bruch gingen? Ich schob den Wagen in den Korridor hinaus und grüßte höflich ein elegant gekleidetes Paar, das an mir vorbeiging. Sie beachteten mich gar nicht. *Wo sie wohl hingehen? Ins Theater? In die Oper?* Wenn man in einem so luxuriösen Hotel arbeitete, konnte man leicht ins Träumen geraten, und um mir die Zeit zu vertreiben, stellte ich mir manchmal vor, wie es wäre, in einem Bett mit frisch gemangelten Laken und duftigen Daunenkissen zu liegen. Beim Staubwischen lugte ich in Schränke und bewunderte die maßgeschneiderten Kleider, die darin hingen, betrachtete die Schmuckstücke auf den Kommoden und die Parfümflakons, die so viel kosteten wie ich in einem halben Jahr an Miete zahlen musste. Einmal hatte ich mir ein bisschen Parfüm aufs Handgelenk gesprüht, aber dann hatte ich an Estella gedacht und es mir hastig mit Wasser und Seife wieder abgewaschen. Doch wenn ich mich so von Suite zu Suite vorarbeitete, dachte ich mir Geschichten über das Leben der Hotelgäste aus, und versuchte mir vorzustellen, wie es für Daniel und mich wäre, wenn uns keine Geldsorgen drücken würden.

Vor Zimmer 503 blieb ich stehen und klopfte. Drinnen war Musik zu hören. Jazzmusik. »Moment!«, rief jemand, dann war leises Kichern zu hören.

Einen Augenblick später wurde die Tür geöffnet. Vor mir stand eine schöne Frau etwa in meinem Alter. Ihre Brüste quollen aus dem Dekolleté eines dünnen, rosafarbenen Negligés, das in der Taille von einem schmalen Gürtel zusammengehalten wurde. Ihr kurzes Haar war hell blondiert und an den Spitzen leicht gelockt, genau wie auf den Reklamebildern. Als sie sich vorbeugte, um die Sachen auf dem Teewagen zu begutachten, sah ich ihre dunklen Haaransätze. »Aaah!«, machte sie, fuhr mit dem Zeigefinger durch den Schokoguss und leckte ihn ab, ohne mir Beachtung zu schenken. »Lon, du Schlingel«, rief sie ins Zimmer, »du weißt genau, dass Champagner und Schokolade meine große Schwäche sind!«

Ich folgte ihr in die Suite. Schwerer Moschusduft hing in der Luft, und ich lief hochrot an, als ich einen halb nackten Mann auf dem Bett liegen sah. Wie er da so gegen die Kissen lehnte, die Decke bis über die Hüften gezogen, sah er aus wie ein König. »Stellen Sie es hierher, meine Schöne«, sagte er freundlich und schaute mir direkt in die Augen. Ich wandte mich ab, peinlich berührt vom Anblick seines nackten Oberkörpers, der verschwitzt war wie nach einer großen Anstrengung.

»Hey«, sagte er und grinste mich an, »nicht so schüchtern, Kleines. Sind Sie neu hier?«

»Nein, Sir«, sagte ich. »Ich meine, ja, Sir. Ich arbeite erst seit einem halben Jahr hier.«

Der Frau schien es überhaupt nicht zu gefallen, dass er mit mir redete. »Lonnie, Liebling«, flötete sie, »komm, ich geb dir etwas von dem Kuchen.«

»Gleich, Susie«, entgegnete er, ohne den Blick von mir abzuwenden. »Ich bin Lon Edwards. Ich glaube nicht, dass wir schon einmal das Vergnügen hatten.« Er streckte mir seine Hand hin. Die Frau schmollte.

Ich schüttelte ihm verlegen die Hand. Ich wusste nicht, was ich sagen sollte, also murmelte ich nur: »Ich bin Vera. Vera Ray.«

»Angenehm«, erwiderte er und steckte mir einen nagelneuen Fünf-Dollar-Schein in die Schürzentasche.

Ich trat einen Schritt zurück und machte einen Knicks. »Danke, Sir, äh, Lon … Ich meine, Mr. Edwards.«

»Ich hoffe, dass wir uns bald mal wiedersehen«, sagte er und grinste erneut, dann wandte er sich wieder Susie zu, die nach seiner Aufmerksamkeit förmlich gierte – und nach dem Kuchen.

»Ja, Sir«, stammelte ich. »Danke, Sir. Gute Nacht.«

Als die Tür hinter mir ins Schloss fiel, atmete ich tief aus. Im selben Augenblick sah ich Gwen, die im Korridor auf mich wartete. Die kleine, rundliche Frau mit der unschönen Narbe auf der linken Wange war immer freundlich und hilfsbereit und beklagte sich nie, deswegen war sie mir von Anfang an sympathisch gewesen.

»Estella hat mich raufgeschickt. Ich soll dir auf dieser Etage helfen«, sagte sie fröhlich. »Es kommt eine große Gruppe, wir müssen zügig arbeiten.« Sie grinste. »Anscheinend hast du gerade Lon kennengelernt.«

Ich hob die Schultern und klopfte auf meine Schürzentasche. »Er gibt großzügig Trinkgeld.«

Gwen lächelte. »Und er steht auf Zimmermädchen.«

»Gwen!«, rief ich aus. »Du glaubst doch nicht, dass ich …«

»Nicht doch!«, erwiderte sie und stupste mich mit ihrem Federwisch an. »Aber die Frau, mit der er jetzt zusammen ist, Susie, sie hatte deine Stelle, bevor du hier angefangen hast.«

»Du meinst, sie war …?«

Gwen nickte. »Genau wie wir. Und jetzt wohnt sie bei ihm in seiner Suite, trägt teure Kleider und ist ihm immer zu Diensten.«

Meine Wangen wurden ganz heiß bei der Vorstellung. »Wie unerhört.«

Gwen lächelte. »Susie scheint das nicht so unerhört zu finden. Er gibt ihr hundert Dollar die Woche und überlässt ihr seinen Wagen samt Chauffeur. Das ist auf jeden Fall angenehmer als Fußböden zu schrubben.«

»Hundert Dollar die Woche?«

Gwens Blick wurde wehmütig. »Ein Vermögen.«

»Also nein«, sagte ich, holte tief Luft und verscheuchte den Gedanken. »Ich würde mich nie auf diese Weise verkaufen.«

Gwen zuckte die Achseln. »Sag niemals nie«, sagte sie, als wir das erste von elf Zimmern betraten, die wir reinigen mussten. »Die Zeiten sind hart. So vielen Leuten geht es schlecht. Meine älteste Schwester wohnt in Kansas. Ihr Mann ist arbeitslos, und die beiden haben acht Kinder. *Acht* Mäuler zu stopfen! Was wird man da nicht alles auf sich nehmen, um die Familie zu ernähren. Ich bin bloß froh, dass ich nur für mich selbst sorgen muss.«

Ich dachte an Daniel und meine Zwangslage wegen der Miete. Lange würde ich Mr. Garrison nicht mehr hinhalten können. In ein paar Tagen, spätestens in einer Woche, würden wir auf der Straße stehen.

»Gwen«, murmelte ich, »könntest du mir vielleicht zwanzig Dollar leihen? Ich muss die Miete bezahlen, ich weiß einfach nicht mehr, was ich tun soll.«

»Ich wünschte, ich könnte es«, sagte sie mitfühlend.

Sofort bekam ich ein schlechtes Gewissen. *Wie kann ich von ihr erwarten, dass sie mir aushilft, sie steht schließlich nicht besser da als ich?*

»Hier«, sagte Gwen und reichte mir zwei zerknitterte Geldscheine. »Meine letzten zwei Dollar.«

»Ich zahl sie dir zurück, versprochen«, sagte ich.

»Schon in Ordnung«, entgegnete sie. »Lass uns jetzt die Betten abziehen. Du kannst das ganze Trinkgeld haben, das wir in den Zimmern finden. Vielleicht haben wir ja heute Glück.«

»Vielleicht«, sagte ich.

Um fünf Uhr in der Frühe hatten wir alle Zimmer auf der Etage fertig, selbst die große Penthouse-Suite, und meine Hände waren rau und rissig. Gwen reichte mir gähnend eine Tube Gesichtscreme, die sie in einem der Zimmer im Mülleimer gefunden hatte. »Reib dir die Hände damit ein«, sagte sie. »Das hilft.«

Ich lächelte dankbar.

»Wollen wir noch kurz in den Diner gehen?«

»Ich kann nicht«, sagte ich. »Ich muss zu Hause sein, bevor Daniel aufwacht.«

Gwen legte mir eine Hand auf den Arm. »Es fällt dir schwer, ihn allein zu lassen, nicht wahr?«

Ich nickte. Jede Sekunde, die verstrich, tat mir im Herzen

weh. Daniel wartete auf mich. »Es ist unerträglich.« Meine Augen brannten, und ich wandte mich ab.

»Es ist ja nicht für ewig«, sagte sie. »Irgendwann ist es vorbei. Du lernst bestimmt bald einen ganz wunderbaren Mann kennen.«

Am liebsten hätte ich geantwortet: *Ich habe doch schon einen kennengelernt, und sieh nur, was daraus geworden ist!* Stattdessen nickte ich. »Ja«, sagte ich. »Irgendwann wird ein Schiff für mich kommen. Und für dich auch.«

Gwen zwinkerte mir zu. »Genau«, sagte sie und drückte mich. »Na, wie viel Trinkgeld ist heute zusammengekommen?«

Ich zuckte die Achseln. »Vier Dollar.«

Gwen lächelte. »Zusammen mit den zwei von mir und den fünf von Lon hast du also …«

»Nicht genug für die Miete«, beendete ich den Satz.

Gwen seufzte. »Aber es ist immerhin ein Anfang. Gib deinem Kleinen einen Kuss von mir.«

»Mach ich«, sagte ich und öffnete die Tür des Personaleingangs. Ein eiskalter Wind schlug mir entgegen, drang durch meine Strickjacke und jagte mir einen Schauer über den Rücken. Als ich auf die schmale Gasse trat, versanken meine Füße in mindestens fünfzehn Zentimetern frischem weißem Schnee. *Du liebe Güte, Schnee? Im Mai?* Das Wetter passte zu der heillosen Verwirrung, die derzeit in der Welt herrschte. Ich seufzte. *Wie soll ich denn jetzt nach Hause kommen? Die Tram wird nicht fahren bei diesem Wetter.*

Ich musste zu Fuß gehen, und ich musste mich beeilen. Es war eigentlich nicht sehr weit bis zu mir nach Hause, aber bei dem Schnee und mit dem Loch in meinem rechten Schuh kam mir der Weg endlos vor. Nach einer halben Stunde taten mir die Füße weh, und jedes Mal, wenn ich mit dem rechten Fuß auftrat, verzog ich vor Schmerz das Gesicht. Ich humpelte in eine Gasse, riss das Futter aus meinem Kleid und wickelte es mir um den Fuß. Ein Mann mit rußgeschwärztem Gesicht hockte neben einer Mülltonne. Unter einem behelfsmäßigen Dach hatte er ein kleines Feuer angezündet, in dem er mit einem Stock herumstocherte. Meine Hände waren steifgefroren, und ich sehnte mich nach ein bisschen Wärme, aber sein feindseliger Blick ließ mich weitereilen. Außerdem hatte ich keine Zeit zu verlieren. Daniel wartete auf mich. Ich kämpfte mich eine steile Straße hoch, dann noch eine. Der Stoffwickel um meinen Fuß linderte den Schmerz nur für eine Weile, dann drang die Kälte wieder ein wie eisige Nadeln. *Noch zwei Straßen bergauf. Einfach weitergehen.* Bis Sonnenaufgang würde ich zu Hause sein und Daniel mit einem Kuss begrüßen, wenn er die Augen aufmachte. Das war ich ihm schuldig.

Als ich das Haus erreichte, spürte ich meine Füße nicht mehr. Ich schleppte mich die Stufen hoch und schloss hastig die Tür auf. Obwohl das Treppenhaus nicht geheizt war, fühlte es sich hier warm an.

»Hallo, Süße«, rief ein Mann mir zu. Ich tat, als hätte ich ihn nicht gehört. Es war eine schlimme Qual, über einer Kneipe wohnen zu müssen. Es bedeutete, sich Nacht für Nacht an Betrunkenen vorbeischieben zu müssen, die halb bewusstlos auf den Treppenstufen hockten. Andere trieben sich herum, waren auf der Suche nach Streit oder nach Frauen. Einer packte mich jetzt an der Hand, doch ich riss mich los, lief die Treppe hoch und verbarrikadierte mich in meiner Wohnung. Während ich die Tür abschloss, geriet ich kurz in Panik, weil ich mich nicht erinnern konnte, ob ich die Tür aufgeschlossen hatte oder ob sie unverschlossen gewesen war. *Ich habe sie doch abgeschlossen, bevor ich zur Arbeit gegangen bin, oder?* Es musste die Erschöpfung gewesen sein, die mich auf dumme Gedanken kommen ließ.

Das Feuer, das ich am Abend im Kamin angemacht hatte, war längst erloschen. Es war kalt in der Wohnung. Bitterkalt. *Der arme Daniel unter seiner dünnen Decke. Ob er gefroren hat?* Es schauderte mich bei dem Gedanken an die Reichen und Wohlhabenden in der Stadt, die unter dicken Daunenbetten lagen und mitten in der Nacht Kuchen essen konnten, während mein Sohn über einer Kaschemme voller grölender Säufer allein in seinem Bettchen lag und fror. *Was ist das nur für eine Welt?* Ich stellte meine Handtasche ab und zog meine Strickjacke aus, die von Schnee und Eis ganz steif war. Dann öffnete ich die kleine Tür unter der Treppe und nahm mein Armband aus dem Versteck. Daniel fuhr so gern mit seinen kleinen Fingern über die goldenen Kettenglieder. Wie er sich freuen würde, es wieder an meinem Handgelenk zu sehen!

Ich unterdrückte ein Gähnen, während ich die Treppe zum Kinderzimmer hochstieg, aber die Vorfreude darauf, meinen kleinen Sohn in die Arme zu nehmen, war stärker als meine Müdigkeit. Er würde jauchzen, wenn er den Schnee sah. Wir würden einen Schneemann bauen und uns danach vor dem Kaminfeuer zusammenkuscheln. Wenn er seinen Mittagsschlaf hielt, würde ich auch ein bisschen schlafen können. Ein großartiger Tag lag vor mir.

Ich öffnete die Kinderzimmertür. »Daniel, Mama ist wieder da!«

Als ich mich vor sein Bett kniete und die Decke zurückschlug, traf es mich wie ein Schlag. Ich sah nur zerknitterte

Laken. Sie waren kalt und steif. Mir schwindelte. Hektisch schaute ich mich im Zimmer um, sah unter dem Bett und hinter der Tür nach. *Wo ist er?*

»Daniel, mein Schatz!« Ich schrie es fast. »Versteckst du dich vor Mama?«

Stille.

Ich rannte ins Bad und dann nach unten in die Küche. »Daniel!«, rief ich. »Wo versteckst du dich? Komm jetzt sofort raus!«

Mein Herz klopfte so laut, dass es den Lärm der Prügelei übertönte, die sich zwei Männer im Treppenhaus lieferten. Ich suchte jeden Winkel der Wohnung ab, in der Hoffnung, dass Daniel mir nur einen Streich spielte und jeden Augenblick hinter einem Sessel hervorspringen und »Hier bin ich!« rufen würde, wie er es tat, wenn wir Verstecken spielten.

»Daniel?«, rief ich noch einmal, aber nur meine eigene Stimme hallte in der kalten, leeren Wohnung wider.

Ich riss die Wohnungstür auf und lief nach unten. Ich hatte mir nicht die Zeit genommen, ein Tuch umzulegen, das war jetzt egal. Ich spürte die Kälte nicht, nur die schreckliche Angst. *Er muss ganz in der Nähe sein. Vielleicht ist er aufgewacht, hat den Schnee gesehen und ist nach draußen gegangen, um zu spielen.*

Ich rannte an den Männern im Treppenhaus vorbei auf die Straße. »Daniel!«, schrie ich in die kalte Luft hinaus, doch meine Stimme wurde vom Schnee gedämpft wie von einer dicken Watteschicht. »Daniel!«, schrie ich noch lauter. Doch da war nichts als eine erdrückende Stille. Ich schaute mich nach allen Richtungen um.

»Haben Sie meinen Sohn gesehen?«, fragte ich einen Geschäftsmann in Mantel und Zylinder. »Er ist drei, ungefähr so groß.« Ich zeigte mit der Hand, bis wohin er mir reichte.

»Er hat einen blau karierten Schlafanzug an, und er hat einen Teddybär bei sich.«

Der Mann sah mich stirnrunzelnd an und schob sich an mir vorbei. »Was sind Sie bloß für eine Mutter, dass Sie einen Dreijährigen bei dem Wetter nach draußen lassen«, brummte er und ging seines Wegs.

Seine Worte versetzten mir einen Stich, aber ich gab nicht auf. »Ma'am!«, rief ich einer Frau zu, die mit ihrer kleinen Tochter unterwegs war. Sie trugen beide die gleichen grauen Winterjacken mit dazu passenden schicken Mützen. *Daniel hat nicht einmal eine warme Jacke. Und das bei der Kälte …* Ich schaute die Frau flehend an und fragte sie von Mutter zu Mutter: »Haben Sie zufällig einen kleinen Jungen gesehen, der allein herumläuft? Er heißt Daniel.« Ich erkannte meine eigene Stimme kaum wieder. Sie klang vor Verzweiflung ganz schrill.

Die Frau beäugte mich misstrauisch. »Nein«, antwortete sie emotionslos. »Habe ich nicht.« Sie zog ihre Tochter näher zu sich und ging weiter.

»Daniel!«, schrie ich noch einmal und lief in eine Gasse, wo ich ihn an manchen Nachmittagen mit anderen Kindern spielen ließ, während ich drinnen saß und strickte. Keine Antwort. Dann kam ich auf die Idee, im Schnee nach Fußspuren zu suchen. Die Abdrücke seiner kleinen Füße würden bestimmt deutlich zu sehen sein. Aber schon nach kurzer Suche sah ich ein, dass es zwecklos war. Der Schnee, der immer dichter fiel, überzog alle Spuren mit einer grausamen weißen Decke.

Ich ging ein Stück weiter in die Gasse hinein, und nach ein paar Schritten fiel mein Blick auf etwas Blaues. Ich rannte los, sank auf die Knie und schüttelte schluchzend den Kopf.

Nein! O Gott, nein! Daniels geliebter Teddy Max lag mit dem Gesicht nach unten im Schnee. Ich hob ihn auf, drückte ihn an meine Brust und wiegte mich vor und zurück, so wie ich es mit Daniel machte, wenn er aus einem Albtraum aufschreckte. Ich zitterte am ganzen Körper. Daniel, mein kleiner Sohn, war fort.

4

Claire

Angesichts von Trauma und Schmerz verhält sich jeder anders, das behauptet jedenfalls meine Therapeutin Margaret. Manche Menschen leben ihre Gefühle aus, andere verschließen sich, schlucken alles hinunter, kapseln ihren Schmerz irgendwo im Innern ab, wo er zu gären anfängt. So war es bei mir gewesen nach dem schrecklichen Ereignis im vergangenen Mai. Ethan dagegen tobte sich aus, um seinen Kummer loszuwerden. Er stürzte sich in die Arbeit. Er trank viel zu viel Whiskey. Er schlug sich die Nächte mit Freunden um die Ohren, die ihm bis vor einem Jahr nichts bedeutet hatten. Und dann der rote BMW, den er sich im März plötzlich gekauft hatte. Das alles war Ausdruck seines Schmerzes, sagte Margaret. Als ich ihn vor dem Verlagsgebäude in das knallrote Cabrio hatte steigen sehen, waren mir die Tränen gekommen. Es störte mich nicht, dass er so viel Geld dafür ausgab. Aber so ein protziges Cabrio passte überhaupt nicht zu Ethan.

Ich versuchte ihn zu überreden, mich zu den wöchentlichen Therapiesitzungen zu begleiten. Ich dachte, wenn wir über die Vergangenheit sprechen könnten, würden wir vielleicht aufhören, so zu tun, als wäre nichts geschehen, und lernen, mit der neuen Normalität umzugehen, was auch immer das bedeutete. Aber er hatte nur den Kopf geschüttelt und gesagt: »Ich hab keinen Bock auf diesen Psychokram.« Und so hatten wir verschiedene Wege eingeschlagen. Die Liebe war noch da – ich spürte sie in den unausgesprochenen Kleinigkeiten: wie er morgens die Schachtel mit der Zahnseide auf dem Beckenrand liegen ließ, weil er wusste, dass ich sie gern vergaß; wie er meinen Blick hielt, wenn ich ihm eine gute Nacht wünschte. Aber die Leere wuchs wie ein Krebsgeschwür, und ich fürchtete, unsere Ehe stand kurz vor der Diagnose unheilbar.

»Morgen, Claire«, rief Gene, der Portier, mir freundlich zu, als ich aus dem Aufzug stieg. »Was sagt man zu dem Wetter?«

Ich zog den Gürtel meines leichten Trenchcoats zu und überlegte, ob ich noch mal nach oben fahren und mir etwas Wärmeres anziehen sollte. Handschuhe und Schal zum Beispiel – ich betrachtete meine halb hohen Lederstiefel – und vielleicht ein Paar Snowboots. Ich hätte mich für ein Paar Schuhe mit rutschfester Sohle entscheiden sollen, aber ich hatte es nicht über mich gebracht, meine Tennisschuhe anzuziehen. Ich hatte sie seit damals, seit dem *Unfall,* nicht mehr getragen. Ich war noch nicht so weit. »Nicht zu fassen. Ein Schneesturm im Mai«, sagte ich zu Gene und schüttelte ungläubig den Kopf, als ich aus der Glastür schaute. »Wieso bin ich nur wieder hierhergezogen?«

Gene grinste. »Glauben Sie, Sie sind warm genug angezogen?« Er zeigte auf die Straße. »Da draußen herrscht arktische Kälte.« Seit der Sache vor einem Jahr waren alle, die mich kannten, so besorgt um mich, als wäre ich ein aus dem Nest gefallenes Küken. *Ist Ihnen kalt? Ist Ihnen zu warm? Ist es nicht zu gefährlich, im Dunkeln allein zum Supermarkt zu gehen?*

Seine Fürsorglichkeit war rührend, aber sie ging mir gleichzeitig auf die Nerven. *Habe ich ein Schild auf dem Rücken mit der Aufschrift ›Ich bin weder körperlich noch geistig in der Lage, für mich selbst zu sorgen. Bitte helfen Sie mir‹?*

Aber ich konnte Gene nicht böse sein. »Das ist schon in Ordnung«, sagte ich zuversichtlich und bemühte mich zu lächeln. »Ich mag vielleicht eine kalifornische Pflanze sein, aber ich hab schon so einige Winter im Nordwesten erlebt. Bis zur Redaktion werde ich es schon schaffen.«

»Trotzdem«, sagte er und zog ein Paar Fausthandschuhe aus der Tasche. »Ziehen Sie die lieber an. Sonst frieren Sie sich die Finger ab.«

Nach kurzem Zögern nahm ich die sonderbar blau-weißen Strickhandschuhe entgegen. »Danke«, sagte ich und zog sie an, um ihm eine Freude zu machen.

»So ist's recht«, sagte er. »Jetzt können Sie Schneebälle werfen.«

Als ich aus der Tür trat, versank ich in zehn Zentimeter tiefem Schnee. Die Kälte drang sofort durch die Schuhe. *Warum habe ich keine Wollsocken angezogen?* Die Straßen waren menschenleer bis auf ein paar kleine Jungs, die einen Schneemann bauten. *Ob das Café Lavanto offen ist?* Ich hatte eigentlich keine große Lust, mehrere Blocks bergauf zu gehen, aber ein heißer Kakao mit Sahne wäre die Mühe wert. Außerdem hatte ich keine Eile in die Redaktion zu kommen, und den Café-Besuch konnte ich sogar als Recherche deklarieren. Für den Artikel über den »Brombeerwinter«.

Als ich zwanzig Minuten später vor der verschlossenen Tür meines Lieblingscafés stand und meine Füße in meinen völlig durchnässten Stiefeln dabei waren, zu Eisklumpen zu gefrieren, bereute ich meine Entscheidung.

»Claire?«

Ich drehte mich um und sah Dominic, den Besitzer des Cafés, auf mich zukommen. Der große Mann mit den aschblonden Haaren und dem freundlichen Lächeln war mir hinter dem Tresen des Cafés schon immer fehl am Platz vorgekommen. Wie man manche Verbindungen einfach als merkwürdig empfindet, so wie bei meinem Englischprofessor damals am College, der abends in einem Tattoo-Studio arbeitete.

»Dich schickt der Himmel«, stöhnte ich und lehnte mich gegen die Tür. »Ich habe den Fehler gemacht, in diesen Stiefeln rauszugehen. Meine Zehen sind völlig steifgefroren. Kann ich mich bei dir im Café ein bisschen aufwärmen?« Ich betrachtete die Geschäfte in der Umgebung, die normalerweise um diese Morgenstunde mit Leuten gefüllt waren. »Ich hatte nicht damit gerechnet, dass die ganze Stadt dichtmachen würde.«

»Du kennst doch Seattle«, erwiderte Dominic grinsend. »Drei Schneeflocken, und schon bricht das Chaos aus.« Er holte aus seiner schwarzen Umhängetasche einen Schlüsselbund. »Ich bin der Einzige, der es bis in die Innenstadt geschafft hat. Die Busse fahren nicht, und die Autos rutschen hilflos herum. Hast du die Massenkarambolage auf der Second Avenue gesehen?«

Ich schüttelte den Kopf und dachte an Ethan.

Dominic schloss die Tür auf. »Komm rein ins Warme.«

»Gott sei Dank hast du heute auf«, sagte ich und folgte ihm ins Innere.

Er schüttelte den Kopf und schloss die Tür von innen ab. »Nein, ich glaube nicht, dass ich heute aufmache. Ich kann einen freien Tag gebrauchen. Aber irgendjemand muss sich ja um Pascal kümmern.«

»Pascal?«

»Den Kater«, sagte er.

»Soll das heißen, dass ich seit sechs Jahren regelmäßig hierherkomme und nichts davon weiß, dass hier ein Kater wohnt?«

Dominic grinste. »Er ist ein miesepetriger alter Knabe. Aber er hat eine Schwäche für Brünette.«

Meine Wangen kribbelten, als sie in der Wärme des Cafés aufzutauen begannen.

»Er ist sowieso die meiste Zeit oben im Loft«, fuhr Dominic fort.

»Im Loft?«

»Nichts Besonderes, nur ein Dachboden, den wir als Lagerraum benutzen. Mario, der Vorbesitzer, hatte sein Büro da oben. Ich überlege, ob ich den Dachboden zu einer Wohnung ausbaue. Wäre vielleicht gar nicht schlecht, über dem Café zu wohnen.«

»Klingt gut«, sagte ich. In dem Moment vibrierte mein Handy in meiner Handtasche. Ich ignorierte es. »Ich hab gehört, du hast den Laden kürzlich übernommen, stimmt das?«

Dominic nickte. »Ja. Mit einem Darlehen, das ich abbezahle, bis ich hundert bin, aber das ist mir die Sache wert. Der alte Kasten liegt mir am Herzen. Ich werde allerdings ein paar Veränderungen vornehmen. Eine richtige Markise, Mittagstisch. Ein neuer Name.«

»Ach? Was hast du gegen Café Lavanto?«

»Eigentlich nichts«, antwortete er. »Aber es hat keinen Bezug zu dem Viertel hier, zu seiner Geschichte.«

»Und wie soll es stattdessen heißen?«

Er füllte einen Metallbecher mit Milch und schob ihn unter die Dampfdüse der Espressomaschine. »Ich bin mir noch nicht sicher«, sagte er. »Vielleicht kannst du mir helfen, einen passenden Namen zu finden.« Er zwinkerte mir zu. »Du verdienst doch mit Schreiben dein Geld, oder? Als Wortakrobatin.« Die Maschine zischte, und auf der Milch bildete sich Schaum.

»Das hast du dir gemerkt?«

»Na klar. Du bist beim *Herald,* stimmt's?«

»Genau. Aber wenn du meine Mutter fragst, die mich für vier Jahre nach Yale geschickt hat, damit ich Chefredakteurin beim *New Yorker* werde, wird sie dir sagen, ich bin bloß eine Lohnschreiberin.« Ich rieb meine Hände gegeneinander, um sie zu wärmen.

»Also wirklich«, sagte Dominic lächelnd, »sei ein bisschen gnädiger mit dir selbst. Deine Eltern sind doch bestimmt mächtig stolz auf dich.«

Ich zuckte die Achseln. »Ich schreibe läppische Artikel für die Lokalredaktion. Wie heute zum Beispiel: Ich soll über den Schneesturm berichten. Nicht besonders tiefsinnig.«

»Also ich finde, dein Job klingt interessant. Und er hat Ansehen«, sagte er und lehnte sich an den Tresen. »Jedenfalls mehr als mit fünfunddreißig hinter einem Tresen zu stehen. Stell dir mal vor, was *ich* jedes Jahr an Thanksgiving zu hören kriege.«

Seine Bescheidenheit gefiel mir. »Was hast du denn früher gemacht?«

Er blickte von der Kaffeemühle auf, die er gerade mit frischen Bohnen gefüllt hatte, die im Lampenlicht glänzten. »Einen Fehlstart nach dem anderen«, sagte er.

»Scheitern bildet den Charakter«, bemerkte ich.

Er antwortete nicht gleich, und ich fürchtete schon, ich hätte ihn gekränkt. »Tut mir leid«, sagte ich. »Ich wollte damit nicht sagen, dass du …« *Warum kann ich den Mund nicht halten?*

»Dass ich ein Versager bin?«, fragte er. »Kein Problem. War ja auch vielleicht nicht die weiseste Entscheidung, diesen Laden hier zu kaufen.«

Ich biss mir auf die Lippe. *Wenigstens lächelt er.*

»Aber selbst wenn ich in einem Jahr pleite bin, werde ich es nicht bereuen«, fuhr er fort, während er sich voller Stolz in dem Café umsah. »Manchmal muss man einfach ein Risiko eingehen, vor allem, wenn es einen glücklich macht.« Er seufzte. »Ich bin vor drei Jahren auf Arbeitssuche hierhergekommen. Da war ich gerade von der Steuerberatungsfirma entlassen worden, die mich gleich nach dem College eingestellt hatte. Damals ist es mir richtig gut gegangen: Ich hatte ein ordentliches Gehalt, eine Verlobte, eine Wohnung und einen Hund, Scruffles.«

Ich unterdrückte ein Lachen. »Scruffles?«

»Frag mich nicht, warum«, sagte Dominic mit einem gequälten Lächeln. »Es war ihr Hund. Ein Boxer.«

Ich nickte verständnisvoll.

»Als ich meinen Job verloren habe, hat sie mich sitzen lassen.«

»Und den Hund mitgenommen?«

»Und den Hund mitgenommen«, sagte er, während er die verchromte Espressomaschine mit einem weichen Tuch polierte.

Ich lächelte. »Und dann hast du hier angefangen?«

»Ja, als Barmann«, sagte er. »Es sollte eigentlich nur für den Übergang sein. Aber dann hat es mir gefallen – mit der Espressomaschine zu hantieren, eine perfekte Schaumkrone hinzukriegen. Die Überstunden in der Firma und den ganzen Buchhaltungsquatsch hab ich keine Sekunde vermisst. Kaffee zu machen hat für mich etwas Therapeutisches. Klingt komisch, aber ich brauche das. Und als Mario mir angeboten hat, ihm den Laden abzukaufen, hab ich keinen Moment gezögert, auch wenn meine Familie mir davon abgeraten hat.«

Ich lächelte. »Du bist ein echter Glückspilz. Hast du eine Ahnung, wie viele Leute ihre Arbeit hassen?«

Er bückte sich und holte eine Schachtel Trockenfutter unterm Tresen hervor, von dem er eine große Portion in einen weißen Napf schüttete und neben die Tür stellte, die zu den oberen Stockwerken führte. »Pascal«, rief er. »Miez, miez, miez.«

Kurz darauf erschien ein fetter schwarz-weißer Kater, der mich misstrauisch beäugte, bevor er sich über sein Futter hermachte.

»Kann ich dir was anbieten?«, fragte Dominic, als er wieder an die große Espressomaschine trat. Es war ein seltsames Gefühl, der einzige Gast in dem Café zu sein, so als wäre man im Theater hinter der Bühne, ehe der Vorhang aufgeht.

»Nein, nein, mach dir keine Umstände«, sagte ich.

Er schaltete die Kaffeemühle an. »Das macht mir keine Umstände.«

Ich lächelte. »Wenn du meinst.«

»Ich bestehe darauf«, sagte er. »Ich mache mir einen Cappuccino. Du trinkst am liebsten heiße Schokolade, oder?«

»Das weißt du?«

»Na klar«, sagte er. »Und ich weiß auch, dass du dir immer ein bisschen Zimt obendrauf streust. Soll ich auch ein paar Gewürze in den Kakao mischen? Ich könnte dir eine heiße Schokolade à la mexicana machen.«

»Wunderbar.«

Er drehte sich um und nahm eine Dose Kakaopulver vom Regal. »Ich will ja nicht indiskret sein«, sagte er, »aber was hat dein Mann …« Er zögerte. »Er ist doch dein, Mann, oder?«

»Ja«, sagte ich.

»Also«, fuhr er fort. »Was hat dein Mann dagegen, wenn du dir eine heiße Schokolade bestellst?«

Ich grinste. »Aha, du hast also gehört, wie er mich damit aufzieht?«

Dominic nickte.

Ich zuckte die Achseln. »Ich bin mit dem größten Kaffeesnob von Seattle verheiratet.«

Ethan war in Seattle geboren und aufgewachsen. Er war so sehr in der Espressokultur verwurzelt, dass ihm jeder, der seine Liebe zu gutem Kaffee nicht teilte oder, schlimmer noch, Espresso wie »Expresso« aussprach, verdächtig vorkam. In unserer Küche gab es nicht weniger als elf Pressstempelkannen, einen italienischen Perkolator aus dem neunzehnten Jahrhundert, zwei normale Kaffeemaschinen und eine elektrische Espressomaschine, die mehr gekostet hatte als so mancher Kleinwagen.

»Er versucht dich also zu bekehren?«

»Ja«, sagte ich. »Ethan versteht einfach nicht, warum ich mich nicht wie er für Kaffee begeistern kann.«

Dominic reichte mir eine Henkeltasse mit Kakao, dessen Sahnehaube mit Zimt besprenkelt war. »Für dich«, sagte er lächelnd. »Und nur dass du es weißt, eine Vorliebe für heiße Schokolade zu haben ist in meinen Augen nichts Ehrenrühriges.«

Ich lächelte und schlürfte an der köstlichen Sahne. »Schön, wie du das sagst«, erwiderte ich.

Pascal strich schnurrend um meine Beine, dann zog er sich in die oberen Gemächer zurück. Ich betrachtete den alten offenen Kamin an der gegenüberliegenden Wand. Das Fugenmaterial war teilweise bröckelig, aber eine handbemalte Fliese direkt über der Feuerstelle erregte meine Aufmerksamkeit. Ich kniff die Augen zusammen, um besser sehen zu können, konnte die Szene auf der elfenbeinfarbenen Fliese jedoch nicht richtig erkennen. Komisch, ich war schon so oft in dem Café gewesen, und sie war mir noch nie aufgefallen. Ich nahm mir vor, sie mir bei meinem nächsten Besuch genauer anzusehen.

»Auch wenn es in finanzieller Hinsicht vielleicht nicht die weiseste Entscheidung war«, sagte ich, »für mich ist dein Laden das coolste Café der Stadt.«

Dominic schaute sich in dem kleinen Raum um und nickte. »Das Haus ist schon was ganz Besonderes, nicht wahr?«, sagte er lächelnd. »Es wundert einen direkt, dass noch keiner auf die Idee gekommen ist, hier eine Starbucks-Filiale aufzumachen.«

Ich lächelte und warf einen Blick auf meine Uhr. »Gott«, sagte ich, »ich halte dich schon viel zu lange auf. Ich sollte mich langsam auf den Weg machen. Mein Redakteur wartet auf eine Geschichte.«

»Wo musst du denn hin?«

»Na ja, zum *Herald* am Alaskan Way«, sagte ich. »Wenn ich's lebend bis dahin schaffe.«

»Ich begleite dich«, sagte er ein bisschen schüchtern. »Zumindest bis zum nächsten Taxi.«

»Das ist aber nett«, erwiderte ich, und dann machten wir uns gemeinsam auf den Weg durch die verschneiten Straßen.

Obwohl der Verkehr der Stadt durch den Schnee weitgehend lahmgelegt war, herrschte in der Redaktion die übliche Betriebsamkeit. Aber das wunderte mich nicht. Zeitungsjournalisten neigen nicht zum Schwänzen. Die Einsatzbereitschaft liegt ihnen im Blut, weshalb ich mich regelmäßig fragte, ob ich überhaupt die Richtige für den Job war. Vor allem seit dem letzten Mai. So vieles hatte sich geändert …

»Da bist du ja!« Als ich mich umdrehte, lugte Abby in meine Arbeitsnische. Sie war die Dokumentarin der Zeitung und besaß einen angenehm trockenen Humor. An meinem ersten Arbeitstag bei der Zeitung war sie nach der Redaktionskonferenz zu mir gekommen, hatte mir in die Augen gesehen und gesagt: »Sie gefallen mir. Sie tragen keine spitzen Schuhe.« Dann hatte sie in die Luft geschnuppert. »Aber Sie rauchen?«

»Nein«, hatte ich ein bisschen verblüfft geantwortet.

»Gut«, sagte sie. Ihr Gesichtsausdruck sagte mir, dass ich den Test bestanden hatte. »Ich bin Abby.« Von da an waren wir Freundinnen.

Abby hatte ein Händchen dafür, noch die obskursten Informationen aufzuspüren. Zum Beispiel, welche Haarfarbe die Tochter des ehemaligen Bürgermeisters hatte, oder welche Suppe in einem inzwischen geschlossenen Restaurant auf der Marion Street im Jahr 1983 auf der Speisekarte stand – es gab nichts, was sie nicht herausfinden konnte. In den vergangenen Monaten hatte sie mir mehrmals unter die Arme gegriffen, wenn ich kurz vor einem Abgabetermin immer noch nicht genug Material zusammenhatte, um einen ordentlichen Artikel zu schreiben. »Frank sucht nach dir«, sagte sie mit einem vielsagenden Lächeln.

Ich rieb mir die Stirn. »Kaut er auf seinem Bleistift?«

»Ich bin mir nicht ganz sicher, aber ich fürchte – ja.«

»Na, großartig«, erwiderte ich. Abby und ich wussten beide, dass man Frank am besten nicht reizte, wenn er auf seinem Bleistift kaute.

»Hast du eine Ahnung, was er von dir will?«, fragte Abby und ließ sich auf meinen Besucherstuhl sinken.

Ich schaltete meinen Computer ein und sah zu, wie auf meinem Bildschirm ein Foto von Ethan und mir erschien, das vor drei Jahren in Mexiko aufgenommen worden war. *Wie glücklich wir auf dem Bild aussehen.* Ich seufzte und wandte mich Abby zu. »Frank will, dass ich über den Schneesturm schreibe.«

Sie zuckte die Achseln. »Und? Was ist groß dabei?«

»Eben«, sagte ich. »Nichts Großes. Man kann keine Geschichte über das Wetter schreiben – jedenfalls keine gute.« Ich sammelte ein paar lose Blätter auf meinem Schreibtisch zusammen und legte sie kopfschüttelnd zu einem ordentlichen Stapel. »Ich weiß nicht, Abby. Vielleicht liegt es an mir. Irgendwie kann ich mich in letzter Zeit für gar keine Geschichte mehr begeistern.«

»Na, dann sag halt einfach Nein«, meinte Abby. »Soll ich mit Frank reden und ihn bitten, dir ein paar Tage freizugeben? Du hast dir überhaupt keine Ruhe gegönnt, seit …« Sie schaute mich an, als brauchte sie meine Erlaubnis auszusprechen, was sie sagen wollte. »Seit du im Krankenhaus warst. Außerdem genießt du, im Gegensatz zu mir, Kündigungsschutz, meine Liebe. Du bist schließlich eine Kensington. Du kannst machen, was du willst.«

Ich nahm eine Presseerklärung von meinem Schreibtisch und warf sie Abby mit einem Grinsen zu. »Sehr witzig«, sagte ich. »Ich habe vielleicht einen Kensington geheiratet, aber deswegen bin ich noch lange keine Kensington.«

Die Zeitung gehörte Ethans Familie, eine der letzten Zeitungen im Land, die noch in Familienbesitz war. Bevor ich Ethan kennengelernt hatte, hatte ich unter meinem Geburtsnamen Claire Aldridge geschrieben, und ich hatte keine Veranlassung gesehen, daran etwas zu ändern. Außerdem war es ein Akt der Selbstbehauptung gegenüber Ethans ausgesprochen konservativen Eltern Glenda und Edward Kensington. Als Hauptaktionäre der Zeitung leiteten sie das Unternehmen aus der Ferne und überließen Ethan das Tagesgeschäft.

Seine Schwester Leslie hatte kein Interesse an einem festen Job, da sie mit ihren Glamourpartys und Frisörterminen voll ausgelastet war. Ethans Großvater Warren, nach wie vor der offizielle Chefredakteur der Zeitung, war inzwischen weit über achtzig und gesundheitlich angeschlagen, weswegen er sich nur noch selten in der Redaktion blicken ließ.

Die Zeitung, von Ethans Urgroßvater Anfang des zwanzigsten Jahrhunderts gegründet, war eine Familieninstitution, in der alle Kensingtons, einschließlich unserer zukünftigen Kinder, falls wir denn welche bekommen würden, gefälligst mitzuspielen hatten.

»Also, ich für mein Teil«, sagte Abby, »finde, du solltest die Kensington-Karte ruhig ausspielen und dir eine Auszeit gönnen. Du hast ein anstrengendes Jahr hinter dir. Was spricht dagegen, mal ein bisschen auszuspannen?«

Wenn andere auf die Vergangenheit anspielten, wechselte ich für gewöhnlich schnell das Thema, aber Abby nahm ich es nicht krumm. »Danke«, sagte ich und nickte. »Aber mach dir keine Gedanken, es geht mir gut. Wirklich.«

Als ich aufblickte, sah ich Frank, der über die Trennwand lugte, den Bleistift zwischen den Zähnen. »Ah, da bist du ja«, sagte er. Ich hörte ihm an, dass er unter Strom stand. »Und? Gibt's schon was Neues?«

Ich legte den Kopf schief und fragte mich, ob Bleistifte immer noch richtiges, giftiges Blei enthielten. Vielleicht würde das Franks leicht neurotisches Benehmen erklären. »Was Neues?«

»Über deine *Story.*«

»Ach ja«, sagte ich. »Ich, äh, habe gerade mit Abby darüber gesprochen.«

»Schön«, sagte er und schob sich den Bleistift hinters Ohr. »Ich will bis heute Nachmittag was sehen, wenn's irgendwie geht.«

»Alles klar«, erwiderte ich. Frank verschwand und ging zurück in sein Büro.

Ich schaute Abby an. »Hilfe!«

Sie verschränkte die Hände auf ihrem Schoß. »Also eine Geschichte über einen Schneesturm.«

»Ja.«

»Ich hab dir eben geraten, eine Auszeit zu nehmen.«

»Abgelehnt.«

Sie nickte. »Also gut, dann wollen wir uns mal an die Arbeit machen. Hast du schon Leute interviewt?«

Ich schüttelte den Kopf.

»Hast du denn schon einen Ansatz?«

»Keine Ahnung.« Ich seufzte resigniert. Dann fiel mir wieder ein, was Frank über den Schneesturm von 1933 gesagt hatte. »Frank will die Story unter der Schlagzeile ›Brombeerwinter‹ bringen.«

»Brombeer?«

Ich versuchte, mich zu konzentrieren. »Ja, Brombeerwinter. Ich glaube, so nennen die Meteorologen einen Kälteeinbruch um diese Jahreszeit. Frank meinte, 1933 hätte es am gleichen Tag schon mal so einen Schneesturm gegeben. Die Stadt war komplett lahmgelegt.«

Abby richtete sich auf. »Ist ja verrückt.«

Ich zuckte die Achseln. »Frank hat sich in den Kopf gesetzt, dass der Schneesturm zurückgekehrt ist und dass das irgendeine Bedeutung hat. Er will eine Reportage von mir nach dem Motto damals und heute. Ist das zu fassen? Ein Artikel über das *Wetter*. Etwas Langweiligeres kann ich mir beim besten Willen nicht vorstellen.«

Abby schüttelte den Kopf. »Langweilig? Claire, das kann nicht dein Ernst sein. Das ist doch spannend. Hast du schon recherchiert, was 1933 genau passiert ist?«

Ich schüttelte den Kopf. »Ehrlich gesagt, würde ich lieber Klos schrubben, als dieses blöde Thema zu recherchieren. So ein Mist.«

»Also gut«, sagte Abby. »Gib mir eine Stunde, ich grab was Interessantes für dich aus. Du weißt doch, dass mir jeder Vorwand recht ist, das Archiv auf den Kopf zu stellen.« Sie bekam einen sehnsüchtigen Blick. »Die Dreißigerjahre, die Weltwirtschaftskrise – da lässt sich ganz bestimmt was finden.«

Ich verdrehte die Augen. »Hoffen wir's.«

Abby stand auf und sah mich zuversichtlich an. »Bestell uns was beim Thailänder. Ich bin bald zurück.«

»Ich glaub kaum, dass die bei dem Wetter ausliefern«, sagte ich und stand auf, um einen Blick aus dem Fenster zu werfen.

»Biete ihnen vierzig Prozent Trinkgeld an«, sagte Abby. »Gute Recherche braucht eine gute Thai-Unterlage.«

Ethans Zimmer am anderen Ende des Redaktionsbüros war abgeschlossen, als ich ihn eine halbe Stunde später aufsuchen wollte. Als ich an seine Tür klopfte, wurde mir bewusst, dass ich mir in letzter Zeit eher wie seine Angestellte vorkam als wie seine Frau. In den vergangenen Monaten hatten wir zwar im selben Bett geschlafen, aber sonst kaum etwas geteilt.

»Hallo, Claire«, sagte Ethans Assistentin Tracy von ihrem Schreibtisch aus. Ich zeigte auf Ethans Tür. »Sie haben ihn knapp verpasst, tut mir leid. Er hatte eine Besprechung, und jetzt ist er unterwegs zu einem Mittagessen.«

»Ach so«, sagte ich. »Mit wem denn?«

Tracy zögerte verlegen. »Ähm, ich glaube, er hat gesagt, er wollte sich mit Cassandra beim Italiener an der Ecke treffen.«

»Bei dem Wetter haben die auf?«

»Die haben extra für Cassandra aufgemacht«, sagte Tracy und verdrehte die Augen. »Sie schreibt eine Restaurantkritik.«

Ich nahm mir eine Praline aus der Schale, die immer auf Tracys Schreibtisch stand, und warf das Papier in den Papierkorb. »Und Ethan betätigt sich als Assistent der Restaurantkritikerin?«

Tracy hob die Schultern. »Sie hat irgendwas von Gnocchi erwähnt.«

»Gnocchi.«

Sie nickte.

»Ethan kann Gnocchi nicht ausstehen.«

Tracy sah mich mitfühlend an.

Eigentlich war es nichts Ungewöhnliches, dass der Redaktionsleiter der Zeitung die Restaurantkritikerin zu einem

Testessen begleitete. Aber Tracy und ich wussten beide, was Sache war: Ethan saß gerade mit seiner Ex-Freundin beim Lunch. »Danke«, sagte ich und rang mir ein Lächeln ab. »Ich komme dann später noch mal wieder.«

Bis vor Kurzem hatte es mich nicht weiter gestört, dass Cassandra drei Türen entfernt von Ethan arbeitete und dass es ihr Spaß machte, ihn mitzunehmen, wenn sie ein neues Restaurant ausprobierte. Aber in letzter Zeit stieß es mir zunehmend auf. Cassandra – groß, blond, alles, was ich nicht war – hatte seit ihrer Trennung von Ethan keinen festen Freund mehr gehabt. In der Redaktion wurde gemunkelt, dass sie über die Trennung damals nie hinweggekommen war. Ich ging an ihrem verwaisten Schreibtisch vorbei und befingerte nervös meinen Ehering.

In diesem Moment wurde unser Mittagessen geliefert. Ich führte den Mann, auf dessen Mütze frische Schneeflocken glitzerten, in meine Arbeitsnische und drückte ihm einen Zwanzig-Dollar-Schein in die Hand. »Danke, Ma'am«, sagte er und stieß beim Hinausgehen beinahe mit Abby zusammen.

»Ich rieche Thai-Essen!«, rief sie aus, einen dicken Aktenordner unter dem Arm.

Ich öffnete eine Schachtel mit Nudeln, die in Erdnussbuttersoße schwammen und einen köstlichen Duft verströmten. »Eine Frühlingsrolle oder zwei?«

»Zwei«, sagte Abby, setzte sich auf den Boden, schlug den Ordner auf und begann, Zettel auf dem Teppichboden zu verteilen. »Vom Recherchieren krieg ich immer einen Mordshunger. Du wirst staunen, was ich gefunden habe.«

Ich reichte ihr einen Teller und setzte mich neben sie auf den Boden. »Ach ja?«

»Also«, sagte sie und gab mir die Fotokopie eines Zeitungsausschnitts vom 7. Mai 1933. »Lies das mal.«

Ich überflog die ersten Absätze des Artikels, konnte aber nichts Aufregendes entdecken. »Das ist bloß eine Zusammenfassung des Polizeiberichts aus der Woche«, sagte ich. »Ein paar Obdachlose, die aufgegriffen wurden, ein paar Diebstähle – habe ich was Wichtiges übersehen?«

»Ja«, sagte Abby und schob sich eine Gabel voll Nudeln in den Mund. Sie zeigte auf einen Absatz etwas weiter unten. »Der Schnee verhindert den Besuch von Prinz George.«

»Nanu? Seit wann interessierst du dich für die britische Königsfamilie?«

»Nein, es geht um die Vorgeschichte«, sagte sie und gab mir einen weiteren Zeitungsausschnitt. »Anscheinend hatte der Prinz ein Verhältnis mit einer Frau aus Seattle. Wenn der Schneesturm nicht gewesen wäre, hätte Seattle vielleicht seine erste Prinzessin gehabt.«

Ich runzelte die Stirn.

»Hast du nichts übrig für die Royals?«

»Abby, mich hat damals auch das Diana-Fieber nicht gepackt«, sagte ich und stellte meinen Teller seufzend auf meinem Schreibtisch ab. »Es muss doch noch was anderes geben.«

Ich nahm mir den Zeitungsausschnitt noch einmal vor und las ihn halbherzig in der Hoffnung, irgendetwas Interessantes zu finden. Dann hielt ich den Atem an.

»›Der dreijährige Daniel Ray aus Seattle verschwand am Morgen des 2. Mai aus einer Wohnung in First Hill. Es wird vermutet, dass er von zu Hause weggelaufen ist.‹«

»Ja, traurige Sache«, sagte Abby. »Verschwunden am Tag des Schneesturms.«

Ich nickte. »Meine Schwester hat einen dreijährigen Sohn. In dem Alter laufen Kinder nicht von zu Hause weg.«

»Du meinst, er könnte entführt worden sein?«, fragte Abby und beugte sich über den Artikel.

»Na ja, etwas anderes ergibt doch keinen Sinn«, sagte ich, stand auf und setzte mich an meinen Schreibtisch. »Wollen wir mal sehen, ob wir mehr über den Fall in Erfahrung bringen können.« Ich gab den Namen des Jungen in eine zentrale Bibliothekendatenbank ein und bekam eine ganze Reihe von Resultaten. Ich klickte die erste Datei an, und es erschien ein Polizeibericht. Die Mutter des Jungen hieß Vera Ray. Ich überflog den Text, dann wandte ich mich zu Abby um: »Hör dir das an. Sie ist am Morgen des 2. Mai von der Arbeit nach Hause gekommen, und da war er weg. Sie hat seinen Teddy im Schnee gefunden.« Ich schlug mir unwillkürlich an die Brust. »Gott, das bricht einem ja das Herz.«

Abby nickte. »Ob man ihn je gefunden hat?«

»Keine Ahnung.« Ich klickte die Artikel nacheinander an. »Sieht nicht so aus.«

Abby lehnte sich neben meinem Aktenschrank an die Wand. »Und die Mutter?«

Ich gab ihren Namen ein und klickte das erste Ergebnis an, das auftauchte. »Sieh mal«, sagte ich. »Ihr Name taucht in mehreren Polizeiberichten auf.« Ich markierte alle Artikel und druckte sie aus.

Dann gab ich den Namen des Jungen noch einmal ein und las einen der Artikel etwas gründlicher. »Das ist alles aus dem *Seattle Post-Intelligencer*, nicht aus dem *Herald*. Haben wir über den Vorfall nicht berichtet?«

Abby ging ihre Artikel durch. »Nein, seltsamerweise nicht«,

sagte sie. »Anscheinend ist die Geschichte dem *Herald* vollkommen entgangen.«

Ich klickte einen weiteren Link an, der ein Foto von dem Kind enthielt. Es zeigte einen kleinen pausbäckigen Jungen mit hellen Haaren. Seine großen, runden Augen schauten mich an. Ich hielt mir den Bauch, spürte den vertrauten Schmerz. Ich musste wegsehen.

»Claire«, flüsterte Abby. »Alles in Ordnung?«

»Erst dann, wenn ich rausgefunden habe, was mit dem kleinen Jungen passiert ist«, sagte ich. Ich konnte es ihr nicht erklären, nicht einmal mir selbst, aber etwas an der Geschichte über den kleinen Daniel Ray aus dem Jahr 1933 berührte mich im Innersten.

Abby lächelte. »Ich gehe also davon aus, dass du deine Story gefunden hast?«

»Ja«, sagte ich, ohne sie anzusehen.

5

Vera

»Ganz ruhig«, sagte jemand über mir. »Trink einen Schluck. Das wird dir guttun.«

Wo bin ich? Wessen Stimme ist das? Ich öffnete die Augen, und die verschwommenen Umrisse wurden scharf. *Caroline*. Goldene Flammen züngelten im Kamin.

Ich lag auf Carolines Sofa, eine kratzige Wolldecke über den Beinen.

»Tante Vera, bist du wach?« Die kleine Eva, Carolines Tochter, schmiegte ihre Wange an meine Brust. Sie war nicht viel älter als Daniel, und doch viel reifer.

Mir brannten die Augen, ich hatte Kopfschmerzen, und in den Füßen pochte es wild. Ich richtete mich halb auf und verzog das Gesicht. Noch nie hatte ich solche Schmerzen empfunden.

»Der Frost«, sagte Caroline leise. »Du hast Glück, dass wir dich rechtzeitig gefunden haben. Ich versuche seit einer Stunde, deine Füße wieder auf Raumtemperatur zu bringen. Ich glaube, wir haben deine Zehen retten können.«

Sie betrachtete meinen rechten Fuß, dann drückte sie mir ein Glas Wasser in die Hand. »Trink!«

Ich ließ den Kopf auf das Sofakissen sinken, aber Caroline hob ihn wieder an und hielt mir das Glas vorsichtig an die

Lippen. Ich machte den Mund auf und verschluckte mich ein bisschen, als das kühle Wasser meine ausgetrocknete Kehle hinunterlief.

»Wir haben dich vor einer Stunde draußen auf der Straße gefunden«, fuhr Caroline fort. »Du hast schon fantasiert, und dann bist du ohnmächtig geworden. Mr. Ivanoff hat uns geholfen, dich nach oben zu tragen.«

Mr. Ivanoff, ein Kachelofensetzer aus Russland, war immer gut zu uns. Vor einem Monat hatten wir ihn im Erdgeschoss unseres Hauses getroffen, in dem Raum, der zu unserer Treppe führt. Er hatte Daniel angelächelt und gefragt: »Der Junge hat keinen Vater?« Er sprach mit starkem Akzent.

»Nein«, hatte ich leise geantwortet, während Daniel Mr. Ivanoffs Werkzeug bewunderte.

Mr. Ivanoff nickte. »Dann darf er mir heute helfen bei Arbeit. Sie haben nichts dagegen, nicht wahr?«

Ich lächelte über die freundliche Geste.

»Bitte, Mama, darf ich?«, rief Daniel aufgeregt.

»Natürlich, mein Schatz«, sagte ich.

Ich hatte mein Strickzeug herausgenommen, mich in einen der Sessel gesetzt, während Daniel und sein neuer Freund sich daran machten, den schadhaften Kamin der Gaststätte auszubessern.

Jetzt fuhr ich hoch und sah mich panisch in Carolines Wohnung um. *Daniel.* Der Nebel in meinem Kopf hatte sich verzogen, und die Angst von vorhin war wieder da. *Mein Sohn. Verschwunden.*

Ich warf die Decke zurück und stand auf. Ich wollte mit zitternder Hand das Glas auf dem Tisch abstellen. Doch es fiel zu Boden und zersprang, das Wasser breitete sich auf dem abgetretenen blauen Teppich aus. »Ich muss ihn finden!«, rief ich. »Wir müssen etwas unternehmen! Jemand hat ihn entführt. Jemand hat Daniel entführt!«

Caroline trat zu mir, legte mir einen Arm um die Schultern. »Ganz ruhig«, sagte sie. »Du bist den ganzen Morgen draußen im Schnee rumgelaufen. Dir sind fast die Füße abgefroren. Du kannst jetzt nicht wieder da rausgehen. Das lasse ich nicht zu.«

Ich schüttelte ihren Arm ab und wollte zur Tür, aber meine Beine gaben unter mir nach. Als Caroline meinen Kopf auf ihren Schoß bettete, schlug mein Herz so laut, dass ich nichts anderes mehr hörte. *Wie viel Zeit ist vergangen?* Draußen vor dem Fenster war es dunkel. »Er hat bestimmt Hunger und ist völlig durchgefroren«, jammerte ich und versuchte vergeblich aufzustehen.

Schließlich half Caroline mir zurück aufs Sofa und streichelte mir den Kopf, bis ich aufhörte zu schluchzen. »Wir finden ihn«, sagte sie leise.

Die kleine Eva, Daniels beste Freundin, setzte sich neben ihre Mutter. Sie schaute ängstlich drein. »Tante Vera?«, flüsterte sie und lugte vorsichtig über Carolines Schulter.

»Lass Tante Vera in Ruhe, Liebes«, sagte Caroline. »Sie muss sich jetzt ausruhen.«

»Aber ich hab Angst, Mama«, sagte Eva. »Hat die Vogelfrau Daniel geholt?«

Ich öffnete die Augen. »Die Vogelfrau? Wen meinst du damit, Eva?«

»Die böse Frau, die die Vögel vergiftet«, sagte Eva.

»Eva!«, schimpfte Caroline. »Rede kein dummes Zeug! Geh nach oben und hol deine Puppe.«

Die Kleine nickte brav und gehorchte.

»Gib nichts auf ihre Worte«, sagte Caroline. »Sie weiß nicht, wovon sie redet.«

Ich vergrub das Gesicht in meinen zitternden Händen. »Aber ich …« Mir versagte die Stimme, und ich fing an zu weinen. Ich versuchte, mich zusammenzureißen. »Ach, Caroline«, schluchzte ich. »Wir müssen ihn finden. Bitte, hilf mir, ihn zu finden. Bitte, lieber Gott, mach, dass er zu mir zurückkommt.«

»Ich helfe dir«, sagte Caroline sanft. »Aber zuerst kümmere ich mich um dich.«

Eine Stunde später ging Caroline zum Laden an der Ecke, um Feuerholz zu holen, während ich auf dem Sofa saß und mir den schmerzenden Kopf hielt. Ich stand auf, musste mich jedoch an der Sofalehne festhalten, um nicht umzufallen. *Ich muss hier raus. Ich muss ihn finden. Ich muss in meine Wohnung.*

»Du bleibst hier, meine Kleine«, flüsterte ich Eva zu. »Deine Mama ist bald wieder da. Sag ihr, ich gehe Daniel suchen. Sag ihr, es tut mir leid. Sie wird es bestimmt verstehen.«

Eva nickte, und ich ging hinaus. Ich hatte keine Zeit zu verlieren. Meine Füße pochten noch immer heiß. Ich klammerte mich ans Treppengeländer und humpelte mühsam die Stufen hinunter. Als ich auf die Straße trat, schlug mir der eisige Wind so heftig entgegen, dass es mir den Atem raubte. Doch ich ging weiter, kämpfte mich den Gehweg entlang und versuchte, die Schmerzen zu ignorieren. Ich musste jetzt stark sein. Aber meine Füße brachten mich halb um, und der Schnee fühlte sich bei jedem Schritt an wie Säure. *Weitergehen. Vielleicht wartet er zu Hause.* Inzwischen konnte ich nur noch verschwommen sehen. Meine

Kräfte ließen immer mehr nach. *Bleib stark. Geh weiter*. Eine Gestalt näherte sich. Groß, schattenhaft. Er schlug sich mit der Faust in die Handfläche. Mit zusammengekniffenen Augen versuchte ich, sein Gesicht zu erkennen. *O Gott, Mr. Garrison.*

»Sieh an, wen haben wir denn da!«, sagte er und verzog die Mundwinkel zu einem widerlichen Grinsen. »Abgehauen, bevor die Miete bezahlt ist, was?« Er packte mich am Unterarm und zerrte mich an seine Brust.

»Bitte!«, schrie ich. »Mein Sohn ist verschwunden! Ich muss ihn finden!«

»Zu spät«, sagte er ungerührt. In seinem Bart klebte getrockneter Bierschaum. »Keine Miete, keine Wohnung.«

»Aber ich ...« Bevor ich den Satz zu Ende sprechen konnte, gaben meine Beine unter mir nach, dann wurde mir schwarz vor Augen.

Ich weiß nicht, wie lange ich ohnmächtig war, aber als ich die Augen wieder öffnete, spürte ich eine eisige Kälte am Hals. Meine Lippen bluteten.

Mr. Garrison beugte sich so dicht über mich, dass ich seinen stinkenden Atem roch. »Du kommst mit mir«, sagte er und zog mich an den Armen hoch.

»Halt!«, schrie Caroline. »Lassen Sie sie los!«

Ein älterer Mann kam über die Straße gerannt. »Gibt es hier ein Problem?«

»Dieser Mann«, keuchte Caroline und zeigte auf Mr. Garrison, »hat meiner Freundin etwas angetan!«

Der ältere Mann warf sich in die Brust. »Haben Sie denn gar keinen Anstand?«, rief er. Mr. Garrison ließ mich los, und ich sank wieder in den nassen Schnee. »Lassen Sie gefälligst die arme Frau in Ruhe!«

Mr. Garrison schnaubte verächtlich, dann verzog er sich leise fluchend in die Kneipe.

»Kann ich Ihnen helfen, Ihre Freundin nach Hause zu bringen, Miss?«, sagte der Mann zu Caroline.

Sie legte meinen Arm um ihre Schultern und half mir auf die Füße. »Nein, danke«, sagte sie. »Ich wohne nur zwei Straßen weiter, ich schaffe das schon.«

»Ich muss ihn suchen«, hauchte ich.

»Natürlich«, sagte Caroline. »Aber ich lasse nicht zu, dass du dich dabei umbringst. Ich bringe dich jetzt zurück zu mir, und dann melden wir es der Polizei.«

»Versprochen?«

»Aber natürlich«, sagte sie und drückte mich. »Wir werden eine Vermisstenanzeige aufgeben. Dann müssen sie nach ihm suchen.« Die Bestimmtheit, mit der sie das sagte, beruhigte mich.

In ihrer Wohnung bettete sie mich erneut auf ihr Sofa, dann zog sie sich eine Jacke über und ging los, um einen Polizisten zu suchen. Die kleine Eva im Arm lag ich auf dem Sofa und lauschte dem Ticken der alten Kuckucksuhr. Ich setzte mich auf, als ich Schritte im Hausflur hörte. Die Tür ging auf, und Caroline kam mit einem Polizisten herein, der einen schwarzen Stock in der Hand hielt. Er betrachtete den Kaffeeperkolator auf dem Herd, dann schaute er Caroline an.

»Hätten Sie vielleicht eine Tasse Kaffee für einen Polizisten, der schon den ganzen Tag draußen in der Kälte Dienst tut, Miss?«

Caroline lief in die Küche, fachte das Feuer im Herd an und schüttete ihren letzten Rest Kaffeepulver in den Perkolator.

»Es dauert nur ein paar Minuten, Officer«, sagte sie. »Das ist meine Freundin Vera. Wie gesagt, ihr Sohn ist verschwunden.«

Der Polizist schaute mich gleichgültig an. »Miss Ray?«

»Ja«, sagte ich. »Vielen Dank, dass Sie …«

»Ich habe nicht viel Zeit«, fiel er mir ins Wort. »Fassen Sie sich bitte kurz.«

»Selbstverständlich«, sagte ich und rückte die Decke über meinen Beinen zurecht. »Als ich heute Morgen von der Arbeit nach Hause kam, war mein Sohn Daniel verschwunden.«

Der Polizist hob die Brauen und trank einen Schluck Kaffee aus der Henkeltasse, die Caroline ihm gereicht hatte. »Wollen Sie damit sagen, dass Ihr Sohn allein zu Hause war? Wie alt ist der Junge?«

»Drei«, sagte ich. Der Polizist musterte mich durchdringend.

»Sie arbeitet im Olympic«, erklärte Caroline, um das Schweigen zu brechen. »Sie muss hart arbeiten, um sich und ihren Sohn zu ernähren. Ich passe, so oft ich kann, auf Daniel auf, aber letzte Nacht musste ich auch arbeiten, und er …«

»Er musste allein zu Hause bleiben«, sagte ich. Es war nun einmal die Wahrheit. »Letzte Woche habe ich ihn mit zur Arbeit genommen, da hat meine Chefin sich aufgeregt und gesagt, sie würde mich entlassen, wenn das noch einmal vorkäme. Aber in diesen Zeiten, wo so viele Menschen ohne Arbeit sind, kann ich es mir nicht leisten, meine Stelle …«

»Sie brauchen mich nicht über die wirtschaftliche Lage in dieser Stadt aufzuklären, Miss«, fiel er mir erneut ins Wort und beäugte mich misstrauisch. »Wo ist der Vater des Jungen?«

»Daniel hat keinen Vater«, antwortete ich. »Zumindest keinen, der in seinem Leben eine Rolle spielt.«

Der Polizist grinste verächtlich. »Aha, verstehe.«

Ich zeigte ihm Daniels Teddybären. »Den habe ich im Schnee gefunden. Er gehört meinem Sohn.«

Er zog einen Notizblock aus der Tasche seiner Uniformjacke, schrieb sich etwas auf und nickte. »Ein Ausreißer also«, sagte er schließlich. »Der kommt bestimmt wieder nach Hause. Das tun sie immer.«

Mir drehte sich der Magen um. »Nein, nein«, sagte ich. »Sie irren sich. Daniel würde nie weglaufen. Jemand hat ihn mitgenommen. Da bin ich mir ganz sicher.«

Der Polizist grinste immer noch. »Gab es irgendwelche Anzeichen dafür, dass in Ihre Wohnung eingebrochen wurde? Ein eingeschlagenes Fenster? Eine aufgebrochene Tür? Fehlen irgendwelche Wertgegenstände?«

Ich sah ihn ausdruckslos an. »Nein, ich habe nichts dergleichen festgestellt.«

Er stellte seine leere Kaffeetasse auf dem Tisch ab, dann klappte er seinen Notizblock mit einer schnellen Bewegung aus dem Handgelenk zu. »Das dachte ich mir. Der Junge wird schon wieder nach Hause kommen.« Er stand auf, straffte sich. »Sobald er Hunger kriegt.«

Als die Tür hinter ihm ins Schloss fiel, vergrub ich das Gesicht in den Händen. »Ich muss in meine Wohnung«, schluchzte ich. »Ich muss auf ihn warten. Vielleicht kommt er ja wirklich wieder nach Hause.«

Caroline schüttelte den Kopf. »Solange dein widerlicher Vermieter sich da herumtreibt, bleibst du hier. Wir können Mr. Ivanoff bitten, uns morgen früh zu dir zu begleiten. Jetzt musst du dich erst mal ausruhen.«

Eva meldete sich aufgeregt zu Wort. »Mama!«, rief sie. »Hat Daniel auch seine Jacke zugeknöpft? Das vergisst er nämlich immer, und dann sag ich ihm immer …« Caroline legte ihrer Tochter eine Hand über den Mund.

Draußen schneite es ununterbrochen, und ich wusste nicht einmal, ob mein kleiner Junge seine Jacke anhatte.

6

Claire

»Großartig!«, rief Frank aus, nachdem ich ihm von meinem Aufhänger für den Artikel erzählt hatte. »Kleiner Junge in Schneesturm verschwunden. Das wird die Leser rühren. Wie viel Zeit brauchst du?«

»Mindestens eine Woche«, sagte ich. »Ich würde mich da gern richtig reinknien. Vielleicht finde ich irgendwelche Verwandte oder Bekannte, die ich interviewen kann.«

Frank nickte. »Okay, eine Woche. Halt mich auf dem Laufenden.«

Als ich am Abend nach Hause kam, stand Ethan in der Küche und schaute in den leeren Kühlschrank.

»Hallo«, sagte ich und legte meinen Schlüsselbund auf den Tisch. Das Geräusch hallte aus jedem Winkel der Wohnung wider und verstärkte die angespannte Stille, die zäh und alles beherrschend in der Luft lag.

»Hallo«, sagte er, ohne sich umzudrehen. »Verrücktes Wetter heute, oder? Sag mal, hatten wir nicht noch einen Burrito übrig von neulich?«

»Den hab ich entsorgt«, antwortete ich.

Ethan fuhr herum und sah mich an, als wäre das Wegwerfen von Lebensmitteln Verrat – nein, eine Kriegserklärung. »Aber warum denn?«

»Weil er zwei Wochen alt war und schon grüne Haare hatte.«

»Ach so«, sagte er und ging zum Sofa. »So lange lag der schon im Kühlschrank?«

»Ja«, erwiderte ich, während mir gleichzeitig bewusst wurde, dass es genauso lange her war, seit wir das letzte Mal wirklich miteinander geredet hatten.

»Jemand aus der Praxis deiner Ärztin hat angerufen.«

Ich reagierte nicht, sondern versuchte mich abzulenken, indem ich die Post durchging.

»Ich denke, du solltest wirklich zu diesem Termin gehen, Claire.«

Ich spürte Ärger in mir aufsteigen. Über seinen Ton – distanziert, gefühllos –, über das Mittagessen mit Cassandra heute, aber vor allem über die Schmerzen der Vergangenheit. »Sag mir nicht, was ich zu tun habe«, fauchte ich.

Er schnappte sich achselzuckend die Fernbedienung und murmelte irgendetwas vor sich hin.

Ich öffnete eine Schachtel Müsli, schüttete etwas davon in eine kleine Schüssel, goss Sojamilch darüber und zog mich ins Schlafzimmer zurück. Ich machte mir nicht einmal die Mühe, die paar Tropfen Milch von der Anrichte abzuwischen, die ich verschüttet hatte.

Wie kann er so unsensibel sein? Er wusste genau, wie viel Angst ich davor hatte, noch einmal in die Praxis zu gehen, das Gesicht meiner Ärztin zu sehen und alles noch einmal zu durchleben. *Warum hat er das gesagt? Will er mich verletzen?* Ich schob mir einen Löffel Müsli in den Mund und konzentrierte mich auf meine Kaugeräusche, um meine Gedanken an Ethan und die Vergangenheit auszublenden. Dann fiel mir der kleine Daniel Ray ein. *Was mag aus ihm und seiner Mutter geworden sein? Ob sie sich je wiedergesehen haben? Hatte der Schneesturm etwas mit der Tragödie zu tun?*

Als ich als Kind mit meinen Eltern einmal über Weihnachten bei meinen Großeltern in Maine gewesen war, hatte es zwanzig Zentimeter Schnee gegeben. Mein kleiner Bruder und ich, zwei Kinder aus Kalifornien, hatten uns gar nicht sattsehen können an der weißen Pracht und hatten die ganze Woche über unermüdlich Schneemänner gebaut, Schnee-Engel gemacht und mit der Zunge Schneeflocken gefangen. Tage des Glücks. *Hat Daniel am Tag seines Verschwindens auch im Schnee gespielt? War er auch so glücklich wie wir damals?*

Ich setzte mich aufs Bett, nahm das Telefon und versuchte, den Mut für den Anruf aufzubringen. Meine Ärztin hatte mir ihre private Handynummer gegeben und gesagt, ich könne sie jederzeit anrufen. Ich wählte die Nummer, ließ es mehrmals klingeln und legte hastig wieder auf. *Nein. Noch nicht.*

Ich schlüpfte unter die warme Bettdecke. Eine Stunde später hörte ich Ethan ins Schlafzimmer kommen. Seine Schlüssel klimperten in seiner Hand. Als ich mich umdrehte, sah ich, wie er einen Pullover aus dem Schrank nahm und das Zimmer wieder verließ. Einen Augenblick später wurde die Wohnungstür zugeschlagen.

Am nächsten Morgen war immer noch alles weiß, und im Wetterbericht wurden weitere Schneefälle angekündigt. Ich ging zu Fuß zum Café Lavanto, diesmal mit dem richtigen Schuhwerk an den Füßen. Ich hatte mich dort um neun mit Abby verabredet. Sie saß schon an einem Tisch neben dem Kamin, in dem zu meiner Freude schon ein ordentliches Feuer brannte.

»Morgen«, sagte sie und nahm einen Schluck von ihrem Kaffee.

»Hi«, sagte ich und setzte mich neben sie.

Sie runzelte die Stirn. »Was machst du denn für ein Gesicht?«

Ich stellte bedrückt meine Tasche ab. »Ethan.«

»Gott, du Arme«, sagte sie. »Was ist denn jetzt schon wieder?«

Ich seufzte. »Ach, Abby, ich weiß gar nicht, wo ich anfangen soll. Es ist so furchtbar.«

»Na ja«, sagte sie, »ihr beide habt schwere Zeiten hinter euch. So was lässt einen nicht unverändert.« Obwohl selbst unverheiratet, war Abby die beste Eheberaterin der Welt.

»Du hast ja recht«, sagte ich. »Ich will ihn nicht verlieren, aber ich weiß auch nicht, wie ich alles wieder in Ordnung bringen soll.« Ich schaute mich im Café um. Dominic stand an der Espressomaschine. »Ethan hat sich wieder mit Cassandra zum Mittagessen getroffen.«

Abby zog die Brauen zusammen. »Diese Frau ist Gift, meine Liebe.«

»Das brauchst du mir nicht zu erzählen«, sagte ich. In meiner Handtasche klingelte mein Handy. »Entschuldige, ich muss kurz rangehen.«

Die Nummer auf dem Display war mir unbekannt. »Hallo?«

»Ms. Aldridge?«

»Ja?«

»Hier spricht Jerry vom Juweliergeschäft Elliott Bay. Ihre Uhr ist da – sie ist heute Morgen aus New York geliefert worden«, sagte ein Mann. Ich hatte ganz vergessen, dass ich vor einem Monat auf eine spontane Eingebung hin für Ethan eine Uhr bestellt hatte. Seit mindestens einem Jahr wünschte er sich eine Hugo-Allen-Uhr. Sie hatte eine Stoppuhrfunktion, was praktisch wäre für sportliche Aktivitäten. Für Vater und Kind. Bald war Vatertag, und ich hatte mir gesagt, dass er sich über ein Geschenk freuen würde. Es sollte ein Olivenzweig sein.

»Ah, ja«, sagte ich und wünschte mir fast, ich hätte die Uhr nie bestellt. »Ich … Ich hole sie so bald wie möglich ab.«

»Möchten Sie etwas eingravieren lassen?«

»Eingravieren?«

»Nun, das ist natürlich Ihre Entscheidung«, sagte der Mann. »Aber viele unserer Kunden lassen etwas Persönliches in ihre Geschenke eingravieren, um sie zu etwas ganz Besonderem zu machen.«

»Ach so«, sagte ich. »Gut.«

»Und wie soll die Gravur lauten?«

Was würde ich Ethan gern sagen? Meinem Mann? Dem Mann, der mir immer fremder wird. Dem Mann, von dem ich fast das Gefühl habe, ihn nicht mehr zu kennen. Ich schüttelte den Kopf. *Wie drückt man seine Gefühle in einem einzigen Satz aus?*

Offenbar spürte der Mann meine Verunsicherung. »Möchten Sie lieber noch einmal darüber nachdenken und uns anrufen, wenn Sie sich entschieden haben?« In Bezug auf Liebe schienen Juweliere einen sechsten Sinn zu haben.

»Ja, das wäre mir sehr lieb«, sagte ich. »Vielen Dank.«

Ich beendete das Gespräch und schaute Abby an. »Ich konnte es nicht.«

Sie hob die Schultern. »Was?«

»Das war der Juwelier. Ich habe für Ethan eine Uhr bestellt«, sagte ich. »So eine alberne, überteuerte Uhr, die er mal irgendwo gesehen hat. Ich wollte sie ihm zum Vatertag schenken.« Ich schob den Ärmel meiner Strickjacke höher, die Hitze des Feuers war intensiv. »Der Juwelier hat mich gefragt, was ich in die Uhr eingravieren lassen wollte, und mir ist nichts eingefallen. Einfach gar nichts.«

Sie riss ein Tütchen Zucker auf und schüttete den Inhalt in ihre Tasse. »Darf ich dir was sagen?«

»Klar.«

»Ich glaube nicht, dass er sich für Cassandra interessiert«, sagte sie. »Ich glaube, er will nur dich.«

»Aber er hat mich doch.«

»Nein, Schätzchen, er hat dich nicht. Nicht die Frau, die er geheiratet hat. Die ist schon lange nicht mehr da. Sie ist vollständig in ihrer Trauer versunken.«

Ich betrachtete meine Hände in meinem Schoß und den Ring mit dem Diamanten an meinem Finger. Sie hatte recht. Ich lief auf einen Abgrund zu, und wie in einem bösen Traum war ich nicht in der Lage zu bremsen.

»Hör zu«, fuhr sie fort. »Gestern im Büro habe ich etwas in deinen Augen gesehen, was ich schon lange nicht mehr gesehen habe. Einen Moment lang warst du wieder du selbst. Du warst von etwas *begeistert.* Gott, Claire, es ist eine Ewigkeit her, seit ich zum letzten Mal erlebt habe, dass du von etwas begeistert warst.«

Ich nickte, spürte, wie ein Gefühl aufflackerte und gleich wieder erlosch.

»Ich glaube, die Geschichte von diesem kleinen Jungen spricht dich tief in deinem Innern an«, sagte Abby. Sie trank einen Schluck Kaffee. »Wie hieß er auch noch?«

»Daniel«, sagte ich und starrte in die Flammen im Kamin. »Daniel Ray.«

Jemand tippte mir auf die Schulter, und ich drehte mich

um. Dominic stand an unserem Tisch. »Morgen«, sagte er gut gelaunt. »Ich hoffe, ich störe nicht.« Er stellte eine Henkeltasse mit einer dicken Sahnehaube vor mich hin. »Ich dachte, du nimmst bestimmt eine heiße Schokolade.«

Meine Wangen brannten. Wahrscheinlich war ich puterrot angelaufen, aber ich hoffte, dass die beiden es nicht bemerkten. »Danke«, sagte ich und zeigte auf Abby. »Kennt ihr euch?«

Dominic schüttelte den Kopf.

»Das ist Abby. Abby, das ist Dominic.«

»Hallo«, sagte Abby mit einem breiten Lächeln, das eher mir als ihm galt.

Dominic hockte sich vor den Kamin und legte ein Scheit nach. »Ich hoffe, es wird euch hier nicht zu warm«, sagte er.

»Nein, es ist ganz wunderbar«, versicherte ich ihm und zog mir die Strickjacke aus. Während ich den Kamin betrachtete, fiel mir wieder die Fliese auf, die ich beim letzten Mal bereits gesehen hatte. Ich schaute sie mir genauer an. »Lander's Pub House« stand darauf.

»Diese Fliese da«, sagte ich zu Dominic, »was hat die zu bedeuten?«

»Ach, das hier war mal eine Gaststätte«, sagte er mit einem kurzen Blick auf die Fliese. »Oder eher eine Kneipe. Sie hat sogar die Prohibitionszeit überlebt.« Er zeigte auf eine Kerbe in einer Bodendiele, die bei der Renovierung offenbar übersehen worden war. »Sie war eine Art Asyl für die Gewohnheitstrinker und Quartalssäufer der Stadt. Die Polizei hat die Alkis geradezu hierhergeschickt. Auf dem Dachboden stehen immer noch ein paar alte Bierfässer und Halbliterkrüge.« Er fuhr mit der Hand über den Kaminsims und zog ein Stückchen losen Mörtel heraus. »Aber das hier«, fuhr er fort, »ist etwas ganz Besonderes. Siehst du diesen Schriftzug?« Er zeigte auf den Rand einer Kachel, auf der *S. W. Ivanoff* stand. »Das war ein berühmter Kachelofensetzer damals in Seattle. Der Mann hat die dekorativen Kachelöfen im Olympic gemauert und noch so manches andere in der Stadt. Das war ein echter Künstler. Aber seine Arbeiten wurden erst nach seinem Tod gewürdigt.«

Ich nahm mein Heft heraus und notierte mir den Namen. »Wer weiß«, sagte ich, »vielleicht hat ja jemand vom Feuilleton Interesse daran, mal einen Artikel über den Mann zu schreiben.«

»Tja«, sagte Dominic, als die Türglocke bimmelte und ein Kunde hereinkam. Ich spürte einen eisigen Luftzug an der Wange, der die Hitze des lodernden Feuers milderte. »Übrigens schön, dich wiederzusehen«, fügte er hinzu und schaute mich an.

»Ja, finde ich auch«, sagte ich, als er sich umdrehte und zum Tresen ging.

»Da ist jemand in dich verkna-hallt«, flüsterte Abby.

Ich wandte mich ab. »Red keinen Quatsch.«

»Okay, okay«, sagte sie. »Aber du hast da wenigstens einen Bewunderer.«

»Du auch«, sagte ich. »Ich sage nur Rick.«

Wir mussten beide lachen. Rick – lieber Kerl mit entsetzlicher Vokuhila-Frisur – war seit Ewigkeiten in Abby verschossen. Leider besaß er den Charme einer Landschildkröte und wohnte immer noch bei seinen Eltern.

Abby trank ihren Kaffee aus, dann schlüpfte sie in ihren langen weißen Daunenmantel und zog den Reißverschluss bis unters Kinn zu. »Sehe ich darin aus wie ein Michelin-Männchen?«, fragte sie grinsend.

»Ehrliche Antwort?«, fragte ich und musste ebenfalls grinsen.

Sie nickte.

»Ja, absolut«, sagte ich prustend. »Aber wenigstens frierst du nicht in dem Ding.«

Sie lächelte. »Also, ich muss zurück. Frank hat mir jede Menge Recherchen für die Sonntagsausgabe aufgehalst, und du glaubst es nicht, was Cassandra mir gestern Abend auf den Tisch geknallt hat.«

Ich zuckte zusammen. *Cassandra*. Ich hätte jedes Mal *Aua!* schreien mögen, wenn jemand ihren Namen aussprach.

»Die Frau will alles verfügbare Material über sämtliche Restaurants in der Stadt in den Achtzigern und Neunzigern haben«, fuhr Abby fort. »Restaurantkritiker! Wie wichtig die sich immer nehmen! Jedenfalls hab ich bisher noch nichts zutage gefördert. Ich habe nur plötzlich einen ziemlichen Schmacht auf Makkaroni-Auflauf.«

Ich lächelte. »Na dann, viel Glück.«

Abby warf einen Blick zu Dominic hinüber. »Arbeitest du heute hier?«

»Nee«, sagte ich. Ich stand auf. Dominic suchte meinen Blick, aber ich wandte mich hastig ab. »Ich komme mit. Wir können uns ein Taxi teilen.«

»Klopf, klopf.«

Als ich von meinem Computer aufblickte, stand Ethan am Eingang zu meiner Arbeitsnische. »Guten Morgen«, sagte er etwas befangen und überreichte mir einen riesigen Strauß rosa, weiße, orangefarbene und gelbe Tulpen. An dem braunen Papier, in dem die Blumen eingewickelt waren, erkannte ich sofort, dass er sie vom Pike Place Market hatte.

Ich blinzelte, atmete den Duft der Blüten ein und ließ mich einen Moment lang davon berauschen. »Die sind wunderschön«, sagte ich, als ich wieder zu mir kam. »Vielen Dank.«

»Ich war auf dem Markt und musste an dich denken«, sagte Ethan und setzte sich auf den Besucherstuhl. So groß und breitschultrig, wie er war, mit seinem dichten braunen Haar und dem herzerweichenden Lächeln brauchte er sich keine Mühe zu geben, charmant zu sein. Es war seine Natur. Als Enkel des Patriarchen, des Eigentümers des Blatts, hatte Ethan sich seine Sporen bei einer großen Zeitung an der Ostküste erworben, und als er vor vielen Jahren als neuer Redaktionsleiter zum *Herald* gekommen war, hatte ich mich sofort zu ihm hingezogen gefühlt. So ging es mir immer noch. Und doch war es anders. Wir hatten uns einmal wahnsinnig geliebt. Und jetzt? Ich konnte mich nicht einmal erinnern, wann wir das letzte Mal miteinander geschlafen hatten.

»Wie lieb von dir«, sagte ich in einem Ton, den ich normalerweise Kollegen gegenüber anschlug. Ein *Pling* kündigte eine neue E-Mail an, und ich wandte mich wieder meinem Computer zu.

»Drängt der Abgabetermin?«, fragte er.

»Nein«, erwiderte ich. »Das heißt, irgendwie schon. Frank hat mir eine verrückte Story aufgehalst, und ich glaube, ich habe endlich einen Ansatzpunkt gefunden, der einigermaßen vielversprechend ist.«

Ethan stand abrupt auf. »Na, dann will ich dich nicht länger aufhalten. Sehen wir uns heute Abend bei der Gala?«

»Die Gala?«

»Du hast die Gala doch nicht vergessen, oder?«

»Tut mir leid«, sagte ich verwirrt. »Aber anscheinend hab ich das.«

Ethan zog die Brauen zusammen. »Die Charity Gala?«, sagte er. »Die meine Eltern moderieren? Mein Großvater wird heute Abend für sein Lebenswerk geehrt.« Er seufzte. »Der Termin steht seit Monaten fest, Claire.«

Er hatte recht. Ich erinnerte mich dunkel. An Diskussionen über das Thema. An Ermahnungen von Glenda, Ethans Mutter, dass ich mir rechtzeitig ein dem Anlass angemessenes, bodenlanges Abendkleid besorgen sollte. Ich trage keine bodenlangen Kleider, aber gegen meine Schwiegermutter hatte ich keine Chance.

»Ja, stimmt«, sagte ich zaghaft.

»Hast du dir ein Kleid gekauft?«

»Nein.«

»Hast du eins, das du anziehen kannst?«

Wie unsensibel, nach allem, was ich durchgemacht habe. »Du weißt genau, dass ich in keins von meinen Kleidern mehr reinpasse!«, erwiderte ich lauter als beabsichtigt. Ich sah verlegen zu Boden. Es tat mir leid, dass ich ihn so angefaucht hatte. Schließlich versuchte er nur, nett zu sein. »Entschuldige«, sagte ich. »Deine Mutter bringt mich um, wenn sie erfährt, dass ich es vergessen habe.«

Ethan verschränkte die Arme vor der Brust. »Übertreib nicht, Claire.«

»Keine Sorge«, sagte ich trotzig. »Ich komme zu der Gala. Und nicht in einem Kartoffelsack. Ich gehe auf dem Heimweg kurz bei Nordstrom vorbei.«

Ethan sah mich mit verändertem Gesichtsausdruck an. »Claire«, sagte er. »Ich habe nachgedacht und ich …«

Ich richtete mich kerzengerade auf. »Ja?«

»Nichts«, sagte er und fuhr in dem kollegialen Ton fort, den wir auf der Arbeit anschlugen, »nichts.« Er rang sich ein Lächeln ab, dann ging er.

Den ganzen Vormittag widmete ich meinen Recherchen, musste jedoch bald feststellen, dass es gar nicht so einfach war, einen kleinen Jungen dingfest zu machen, der 1933 verschwunden war. Daran ließ auch die Frau bei der Vermittlung keinen Zweifel, als ich bei der Polizei anrief.

»*Wen* suchen Sie?«

»Einen kleinen Jungen«, sagte ich. »Er ist im Mai 1933 verschwunden. Soweit ich weiß, wurde er nie gefunden.«

»Ma'am«, erwiderte die Frau mit einem Zungenschnalzen, »was versprechen Sie sich von diesem Anruf? Wollen Sie etwa Vermisstenanzeige erstatten?« Ich konnte mir ihren entgeisterten Gesichtsausdruck vorstellen.

»Nein, nein«, sagte ich. »Ich dachte nur, Sie könnten vielleicht mal in Ihrem Archiv nach Daniel oder Vera Ray suchen. Ich schreibe gerade an einem Artikel für die Zeitung.«

Die Frau seufzte. »Tut mir leid. So weit reicht unser Archiv nicht zurück.«

»Ach so«, sagte ich resigniert.

Stille in der Leitung.

»Hören Sie«, sagte die Frau schließlich. »Wenn Sie sich ein bisschen im Gewichtheben üben wollen, können Sie gern vorbeikommen. Ich zeige Ihnen unser Archiv, und Sie dürfen sich da umsehen. Sie haben doch einen Presseausweis, oder? Sie arbeiten für welche Zeitung?«

»*Seattle Herald*«, sagte ich.

»Na schön. Ich möchte Sie nur bitten, die Polizei nicht in

ein schlechtes Licht zu rücken. Das kann der Chief gar nicht ausstehen.«

»Ich werde mir größte Mühe geben«, erwiderte ich, legte auf und griff gleichzeitig nach meinem Mantel.

»Es wundert mich, dass Sie es hierher geschafft haben bei dem Schnee«, sagte der junge Polizist, der mich begleitete. Am Ende des langen Korridors führte eine Treppe ins Kellergeschoss, wo das Polizeiarchiv untergebracht war. »Laut Wetterbericht sollen heute Nachmittag noch mal fünf Zentimeter fallen.«

Ich zeigte auf meine Stiefel, an denen immer noch Schnee klebte. »Es war nicht ganz leicht.«

Der Polizist grinste. »Scheint ja eine wichtige Story zu sein, an der Sie da arbeiten.«

Ich zuckte die Achseln. »Das muss sich erst noch zeigen.«

»Echt verrückt, dieser Schnee«, fuhr er fort. »Ein älterer Kollege hat erzählt, seine Mutter könne sich erinnern, dass es in den Dreißigerjahren schon mal so einen Wintereinbruch im Mai gegeben hat.«

»Ich weiß«, sagte ich.

»Haben Sie auch einen in der Familie, der sich daran erinnert?«

»Nein, aber ich schreibe über einen kleinen Jungen, der an dem Tag des Schneesturms damals verschwunden ist.«

»Ich habe drei Jungs«, sagte er. »Fünf, drei und ein Jahr alt.« Er schüttelte bedauernd den Kopf. »Ich kann mir nicht vorstellen, wie das ist, ein Kind zu verlieren. Aber was es mit meiner Frau machen würde, darüber wage ich gar nicht nachzudenken. Sie würde das nicht verkraften, das kann ich Ihnen garantieren.«

Ich nickte. »Das wünscht man keiner Mutter«, sagte ich, den Blick auf die Tür vor uns geheftet. »Ich glaube, das ist der Grund, warum diese Geschichte mir so wichtig ist. Soweit ich weiß, wurde der kleine Junge nie gefunden. Ich möchte wissen, was passiert ist.«

Wir betraten einen dunklen Raum. Der Polizist betätigte einen Schalter. Über uns flackerten lange Neonröhren auf. »In welchem Jahr genau ist er verschwunden?« Seine Stimme hallte von den grauen Betonwänden wider.

Ich nahm mein Notizheft aus der Tasche und überflog meine Aufzeichnungen. »Neunzehnhundertdreiunddreißig.«

»Hier entlang«, sagte er. »Mordfälle finden Sie in diesem Gang und alles andere da drüben an der Wand.«

Mordfälle.

Ich betrachtete die mit Kartons vollgestopften Regale und stellte mir für einen Moment vor, welche grausigen Gegenstände sie enthalten mochten. Blutbefleckte Kleidungsstücke, Mordwaffen, Knochen. Ich fröstelte. »Danke«, sagte ich und ging auf ein Regal zu, an dem ein Schild hing mit der Aufschrift: »Vermisste Personen«.

»Ich bin am Ende des Gangs, falls Sie irgendetwas brauchen«, sagte der Polizist und wandte sich zur Tür. Dann drehte er sich noch einmal zu mir um. »Ich glaube, Sie sind die Richtige dafür, diesen kleinen Jungen zu suchen.«

Ich zuckte die Achseln. »Ich mache einfach nur meine Arbeit.«

Ich zog eine Leiter heran, nahm ein paar Schachteln aus dem Regal und suchte in den Akten nach dem Buchstaben R. Nichts. Kein Ray. Enttäuscht stellte ich die Kartons wieder zurück. *Wie kann es sein, dass das Verschwinden eines Kindes mit keinem Wort erwähnt wird?*

Ich betrachtete die Schachteln auf dem obersten Regalbrett. Hatte ich etwas übersehen? Ich stieg noch einmal auf die Leiter, schaute, ob mir an einer der Schachteln etwas Besonderes auffiel. Nach einer Weile schüttelte ich den Kopf. Die Schachteln waren alphabetisch geordnet, und es gab nur eine für den Buchstaben R. *Und wenn eine der Schachteln falsch beschriftet ist?* Ich öffnete die Schachtel für den Buchstaben S. Aber sie enthielt nur S-Akten. Dann sah ich in der Schachtel für den Buchstaben Q nach. Ganz hinten steckten zwei Akten mit dem Buchstaben R. *Die müssen falsch einsortiert worden sein.* Ich zog die erste Akte heraus, las sie und steckte sie wieder zurück. Dann blieb mir fast das Herz stehen, als ich auf der nächsten Registerkarte den Namen »Daniel Ray« las.

Vera Ray, wohnhaft Seattle, erstattet Vermisstenanzeige für ihren Sohn Daniel Ray. Das Kind wurde zuletzt in der Wohnung der Mutter gesehen, Fifth Avenue No. 4395, 2. Stock. Vermutlich ist der Junge ausgerissen.

Wieso waren die so schnell bei der Hand, den Jungen als Ausreißer zu bezeichnen? Dreijährige Kinder reißen nicht von zu Hause aus. Nein, es musste eine andere Erklärung für das Verschwinden des Jungen geben.

Ich notierte mir die Adresse, dann las ich die komplette Akte, Seite für Seite, fand jedoch nichts Brauchbares. Ich ging zurück in den Korridor, und der junge Polizist begleitete mich nach oben. »Haben Sie was gefunden?«, fragte er.

»Ja«, sagte ich und warf einen Blick durch die Glastüren auf die schneebedeckte Straße. »Eine Adresse.« Was mich dort erwartete, stand in den Sternen.

Um zwei Uhr traf ich in der Redaktion ein, wo ich meinen Laptop einstecken und ein paar Anrufe erledigen wollte, ehe ich mich auf den Weg zu dem Haus machte, wo Vera und Daniel Ray einmal gewohnt hatten. Ich hatte kaum meine Tasche abgestellt, als Cassandra auftauchte.

»Hallo«, sagte sie.

Sie stand im Eingang zu meiner Arbeitsnische. Die obersten Knöpfe ihrer Seidenbluse waren offen, sodass man die Spitze ihres schwarzen BHs sehen konnte.

»Hallo«, sagte ich und fragte mich, wie sie es schaffte, immer wie aus dem Ei gepellt auszusehen. Im Waschraum im Polizeirevier hatte ich zu meinem Entsetzen die dunklen Ringe unter meinen Augen bemerkt, die das unerbittliche Neonlicht zum Vorschein brachte.

»Ethan und ich haben im Giancarlo's zu Mittag gegessen. Wir haben dir die Reste mitgebracht«, sagte sie.

Ethan und ich. Wir.

Ich betrachtete die kleine braune Tüte, die sie in ihrer manikürten Hand hielt.

Als sie die Tüte auf meinem Schreibtisch abstellte, fiel ihr Blick auf die Tulpen. »Gott, sind die nicht wunderschön? Wir sind auf dem Markt an einem Blumenstand vorbeigekommen, und ich habe zu Ethan gesagt, dass er dir unbedingt einen Strauß mitbringen muss.«

Meine Stimmung kippte augenblicklich. Die Blumen waren also ihre Idee.

»Männer brauchen manchmal einen kleinen Anstoß«, sagte sie, während sie sich eine Strähne ihres langen blonden Haars um den Finger wickelte. »Bis heute Abend dann. Wir sehen uns doch auf der Gala?«

»Ja«, erwiderte ich ausdruckslos. »Bis heute Abend.«

Sie drehte sich noch einmal zu mir um. »Das Spargelrisotto musst du unbedingt probieren. Es ist köstlich.«

Ich nickte, ohne sie anzusehen. Als sich ihre Schritte entfernten, warf ich die Tüte in den Papierkorb.

Mir blieben noch zwei Stunden, bis ich mich für die Gala fertig machen musste. Ich verließ das Redaktionsgebäude und winkte auf der Hauptstraße ein Taxi heran. Als ich dem Fahrer die Adresse nannte, fragte ich mich, was ich wohl dort vorfinden würde. Ein altes Mietshaus? Wenn ich Glück hatte, wohnten dort vielleicht noch ältere Leute, die sich an den Schneesturm von damals erinnerten – und womöglich an den kleinen Daniel.

Das Taxi kam rutschend zum Stehen. Ich war so damit beschäftigt, in meinem Portemonnaie nach einem Zehn-Dollar-Schein zu suchen, dass mir erst auffiel, wo wir waren, als ich die Tür aufmachen wollte, um auszusteigen. »Äh, Verzeihung«, sagte ich, während ich verdattert die mit Schnee bepuderte grüne Markise des Café Lavanto anstarrte. »Ich fürchte, ich habe Ihnen die falsche Adresse genannt.«

»Fifth Avenue, dreiundvierzig fünfundneunzig«, las der Fahrer von dem Adressschild des Cafés ab. »Richtig?«

Ich schlug mein Notizheft auf und schüttelte den Kopf. »Tja, das ist die Adresse, die ich mir aufgeschrieben habe.« Ich bezahlte den Fahrer und stieg aus. Mein Atem bildete weiße Wölkchen.

Das Café war fast leer. Nur ein Gast saß in einem Sessel vor dem Kaminfeuer. Dominic war gerade dabei, mit einem Tuch den Tresen zu wienern. Als ich eintrat, warf er sich das Tuch über die Schulter. »Schmacht auf Kakao?«

Ich schüttelte den Kopf. »Nein, es ist was anderes. Eine ziemlich unglaubliche Geschichte.«

»Na, da bin ich aber gespannt.«

Ich nahm die Akte aus der Tasche, legte sie auf den Tresen und schlug die Seite mit dem Zeitungsausschnitt von 1933 auf. Ich zeigte auf das grobkörnige Schwarzweißfoto von Daniel Ray. »Dieser kleine Junge«, sagte ich, »hat hier gewohnt.«

»Hier?«

Ich schaute zur Decke hoch und stellte mir die Zimmeraufteilung im ersten Stock vor. »Na ja, wahrscheinlich hier drüber. Das Haus ist wahrscheinlich Anfang des zwanzigsten Jahrhunderts erbaut worden, vielleicht auch noch früher.«

»Hm«, sagte Dominic, während er den Artikel überflog. »Die Zimmer oben werden nur als Lagerräume genutzt, aber ich glaube, die waren früher mal bewohnt. Die meisten Gebäude hier in der Straße waren früher Mietshäuser. Bevor sie in luxuriöse Bürohäuser umgewandelt wurden.« Er sah sich voller Bewunderung in seinem Café um. »Ich könnte dieses Haus nie verkaufen.«

Ich lächelte. »Du bist was ganz Besonderes, weißt du das?«

Er schaute mich verwundert an. »Wieso?«

»Dieser Laden liegt dir wirklich am Herzen, nicht wahr?«

»Ja«, antwortete er. »Er hat mich in gewisser Weise gerettet. Ich habe angefangen, hier zu arbeiten, als ich dachte, ich hätte alles verloren, als ich nicht mehr weiterwusste. Jetzt gehört mir das Haus. Ich fühle mich wie ein richtiger Glückspilz.«

Ich zeigte auf die Tür, die nach oben führte. »Das Dachgeschoss, von dem du mir gestern erzählt hast«, sagte ich.

»Dürfte ich mich da mal umsehen? Das scheint die Wohnung gewesen zu sein, in der Daniel und seine Mutter gelebt haben.«

»Sicher.« Er ging voraus, führte mich durch einen Flur zu einer Treppe, die heutigen Bauvorschriften gewiss nicht mehr entsprochen hätte, so eng war sie. Ich folgte ihm die knarrenden Stufen hoch und in ein kleines Zimmer, das vielleicht einmal ein Wohnzimmer gewesen war. Abgetrennt in einer Nische befand sich eine winzige Küche. Die Türen der elfenbeinfarbenen Einbauschränke hingen schief in den Angeln, und die alte Porzellanspüle war vergilbt und von Rissen durchzogen, der Abfluss verrostet.

Zu meiner Rechten befand sich eine weitere, noch schmalere Treppe. Ich schaute Dominic an. »Und was ist da oben?«

»Ein kleines Zimmer«, sagte er. »Eigentlich nur ein Dachboden. Wir benutzen ihn als Stauraum. Aber er könnte auch mal als Schlafzimmer gedient haben.«

»Darf ich einen Blick in das Zimmer werfen?«

»Klar«, sagte er.

Die Treppe schien sich unter unseren Schritten zu biegen, und ich spürte Dominics Hand in meinem Rücken, als ich auf der vorletzten Stufe beinahe ausgerutscht wäre. Seit meinem Krankenhausaufenthalt war mein Gleichgewichtssinn immer noch leicht gestört, sodass ich mir manchmal vorkam wie eine alte Frau.

»Danke«, sagte ich ein bisschen nervös.

Oben angekommen, verschränkte ich die Arme vor der Brust. Ich fröstelte.

»Tut mir leid«, sagte Dominic. »Hier oben ist nicht geheizt, und der Wind pfeift hier ziemlich durch die Ritzen.«

Ich trat an ein altes, einfach verglastes Fenster, von wo aus man einen Blick auf die Seitengasse hatte, in der ein mächtiger Baumstumpf zu sehen war. Dann drehte ich mich zu Dominic um und holte tief Luft. »Kennst du das, dass ein Ort dir ein ganz bestimmtes Gefühl vermittelt? Dass du irgendwelche Schwingungen spürst?«

Er nickte. »Ehrlich gesagt«, erwiderte er, »krieg ich in diesem Zimmer jedes Mal eine Gänsehaut.«

Ich betrachtete die Wände mit der abblätternden Farbe und den Tapetenresten aus längst vergangenen Zeiten. »Man kann es regelrecht spüren.«

»Was?«

Ich zog den Zeitungsartikel aus der Tasche und betrachtete das Gesicht des kleinen Jungen. »Die Traurigkeit. Irgendetwas Schlimmes ist hier passiert.«

Er nickte. »Aber was genau?«

Ich zeigte auf das Foto. »Ich glaube, dieser kleine Junge wurde 1933 aus diesem Zimmer entführt.«

»Hat man ihn je gefunden?«

»Nein«, sagte ich. »Jedenfalls nicht, dass ich wüsste.«

Dominic lächelte. »Und Sie, Sherlock, haben sich vorgenommen, ihn zu finden?«

»Na ja«, sagte ich. »Zumindest habe ich mir vorgenommen herauszufinden, was mit ihm passiert ist.« Ich warf einen Blick auf meine Uhr. Halb fünf. »O Gott, die Gala!«, rief ich aus. »Ich habe noch eine Stunde Zeit, um mir ein Kleid zu kaufen und pünktlich zu einer schrecklich wichtigen Veranstaltung zu erscheinen.«

»Ich kenne vielleicht nicht genug Frauen«, bemerkte Dominic grinsend, »aber mir ist noch keine begegnet, die es geschafft hätte, sich in weniger als einer Stunde ein Kleid zu kaufen und sich zurechtzumachen.«

Hastig stopfte ich die Akte in meine Tasche. »Ich bin eben anders als die anderen«, sagte ich.

»Kann ich dir irgendwie helfen?«, fragte er, als wir wieder unten waren.

»Mir helfen? Willst du mir ein Kleid nähen? Ansonsten, glaube ich kaum …«

»Ich fahre dich«, sagte er. Er holte unterm Tresen einen Motorradhelm hervor, den er mir gab. »Hier, setz den auf. Ich mach einfach früher zu. Mit dem Motorrad geht es schneller als mit dem Taxi.«

»Bei dem Schnee?«

»Vertrau mir«, sagte er und schnappte sich ebenfalls einen Helm. »Ich bin schon bei schlimmerem Wetter gefahren. Außerdem sind die Straßen inzwischen gestreut. Mach dir keine Sorgen.«

»Also gut«, sagte ich zögernd und folgte ihm zum Hinterausgang.

Obwohl wir langsam fuhren, drang der eiskalte Wind durch meinen Mantel, und ich schlang die Arme instinktiv fester um Dominic. »Ist dir kalt?«, schrie er über das Geräusch des Motors hinweg, der so laut dröhnte und knallte, dass ein paar Kinder, die auf dem Gehweg einen Schneemann bauten, erschrocken aufblickten.

»Alles prima!«, schrie ich zurück. Doch die Kälte war noch das geringste Problem. Ich fragte mich, was wäre, wenn Ethan mich so sah. Was würde er dazu sagen, dass ich, eine verheiratete Frau, mit einem Mann, den ich kaum kannte, auf einem Motorrad fuhr. Andererseits fragte er mich ja auch nicht, ob ich was dagegen hatte, wenn er mit seiner Ex zu Mittag aß. Wir waren also quitt.

Dominic hielt vor dem Kaufhaus Nordstrom, und wir stiegen ab. Die Helme befestigte er mit einem Gumminetz auf der Sitzbank. »Soll ich dir beim Aussuchen helfen?«

»Das würdest du wirklich tun? Mein Mann würde sich eher die Augen auskratzen, als mich zum Shoppen zu begleiten.«

»Ich hab vier Schwestern«, sagte er. »Mit Nordstrom komm ich klar.«

Wir standen vor dem Schaufenster. Beim Anblick eines langen silbernen Abendkleids bekam ich vor Schreck Herzklopfen. *Was ist bloß los mit mir? Es geht doch nur darum, ein Kleid zu kaufen, Herrgott noch mal. Warum macht mich die Vorstellung, ein Kleid anzuprobieren, so nervös?* Ich schaute in Dominics freundliche Augen und war froh, dass er da war. »Ich würde mich sehr gern von dir beraten lassen«, sagte ich. »In Modefragen bin ich eine komplette Niete, und meine Schwiegermutter reißt mir den Kopf ab, wenn ich nichts Passendes anhabe.«

»Verlass dich auf mich«, sagte er und hielt mir galant die Tür auf.

Wir fuhren mit der Rolltreppe in die Damenabteilung im zweiten Stock und schlenderten zwischen den Kleiderständern mit der Abendgarderobe herum.

»Wie gefällt dir dieses hier?«, fragte Dominic und hielt ein bodenlanges, mit Pailletten besticktes schwarzes Kleid hoch.

»Zu eng geschnitten«, sagte ich und schüttelte den Kopf. »Darin würde ich aussehen wie eine Leberwurst.«

Er suchte weiter und nahm schließlich ein blaues Kleid von einem Ständer. »Das ist hübsch.«

Ich nickte. »Ja.«

»Blau ist deine Farbe.«

Ich hielt mein Armband hoch. Die goldene Kette mit den

drei blauen Saphiren glitzerte im Licht. Ethan hatte mir das Armband zum dreißigsten Geburtstag geschenkt. Ich würde nie das stolze Strahlen vergessen, mit dem er es mir ums Handgelenk gelegt hatte.

»Passt perfekt«, sagte Dominic. »Komm, probier's mal an.«

Ich nahm ihm den Bügel ab und verschwand in der Umkleidekabine. Bevor ich das Kleid überzog, sah ich kurz meinen fast nackten Körper im Spiegel. Hastig wandte ich den Blick ab. *O Gott, wie konnte ich das nur vergessen. Heute ist der 3. Mai. Heute vor einem Jahr hat alles angefangen.*

Ich verspürte den Impuls, mich sofort wieder anzuziehen, aus der Kabine zu flüchten und mich in meiner Wohnung in Sicherheit zu bringen. Mich in meinem Bett einzurollen. Eine Schlaftablette würde den Schmerz lindern. Ich hatte noch ein paar in meinem Medizinschränkchen. Sie halfen immer. Für eine Weile. Doch die Saphire an meinem Armband glitzerten wieder, ihr Funkeln brach sich im Schleier meiner Tränen. Ich dachte an Ethan und das Versprechen, das ich ihm gegeben hatte. Ich musste mich zusammenreißen. Ich holte tief Luft, dann schlüpfte ich in das blaue Kleid, zog den Reißverschluss zu, glättete es an den Seiten.

Ich schaffe das.

Die Frau, die mich aus dem Spiegel anschaute, kam mir vor wie eine Fremde. Vielleicht lag es daran, dass ich seit einem Jahr nur noch weite, farblose Sachen trug. Ich hatte fast vergessen, dass ich eine *Figur* besaß. Ich öffnete die Kabinentür und trat hinaus.

»Du siehst umwerfend aus«, sagte Dominic, der geduldig draußen gewartet hatte. »Das ist dein Kleid.«

»Das will ich hoffen, denn ich muss in einer Viertelstunde im Olympic sein.«

»Lass es an«, sagte er. »Die können die Etiketten an der Kasse abschneiden.«

Ich zeigte lächelnd auf meine braunen Stiefel. »Dann sollte ich mir am besten auch noch ein Paar passende Schuhe kaufen.«

»Ganz genau.«

Ich verabschiedete mich von Dominic und fuhr mit dem Taxi ins Olympic, wo Ethan mich bereits ungeduldig in der Eingangshalle erwartete. An der Decke hing ein riesiger Kronleuchter. Ich sah ihm sofort an, dass er sauer war.

»Da bist du ja endlich«, sagte er mit einem Blick auf seine Uhr. »Ist dir klar, dass du eine halbe Stunde zu spät kommst?«

»Ich freue mich auch, dich zu sehen«, sagte ich sarkastisch und fühlte zur Sicherheit noch einmal nach, ob auch alle Preisschilder von meinem Kleid entfernt worden waren.

Ethan runzelte die Stirn. »Warum bist du so …«

Ich verschränkte die Arme vor der Brust. »Warum bin ich *was?*«

»So empfindlich«, sagte er. »Du bist in letzter Zeit immer so gereizt.«

Ich seufzte.

»Claire«, fuhr er fort, »das war ein langer Tag heute. Können wir jetzt einfach da reingehen und uns setzen? Können wir so tun, als würden wir uns gut verstehen? Nur heute Abend?«

Ich hatte einen Kloß im Hals. »Du hast es vergessen, stimmt's?«

»Was?«

»Was heute für ein Tag ist«, sagte ich und versuchte, seinen Blick einzufangen. »Du hast es vergessen.«

Er drehte sich zur Tür des Ballsaals um, dann schaute er mich genervt an. »Ich weiß nicht, was du meinst, aber wenn wir jetzt nicht reingehen, dann verpassen wir …«

»Heute vor einem Jahr«, flüsterte ich. Ich wagte nicht, den Satz zu Ende zu sprechen, aus Angst, jemand könnte mich hören.

Sein Gesichtsausdruck wurde weicher. Er trat einen Schritt auf mich zu. »Ach Gott, Liebes, es tut mir leid.« Er legte mir eine Hand auf die Schulter. »Ich kann es nicht fassen, dass ich das vergessen habe.«

»Tja«, sagte ich und wischte mir eine Träne fort. »Das wäre ja auch beim Mittagessen mit Cassandra unpassend gewesen.«

Ethan zuckte zusammen. »Mach dich nicht lächerlich, Claire. Komm, lass uns reingehen. Wir können später darüber reden.«

Sein Ton widerte mich an. Aber mein eigener war nicht besser. Kalt. Gefühllos. *Was sind wir nur für ein streitsüchtiges Paar geworden?* Ich betrachtete die schwarzen Stöckelschuhe, die Dominic vor einer Viertelstunde mit mir zusammen ausgesucht hatte. *Und wenn ich mich einfach an ihn schmiege? Wird er mich genauso in den Armen halten, wie er es früher getan hat?* Plötzlich war ich tieftraurig.

»Du gibst mir die Schuld«, zischte ich, »für das, was passiert ist.« *So, jetzt ist es heraus.*

»Ich bitte dich, Claire, das ist nicht dein Ernst.«

»Tu doch nicht so, als hättest du keinen Groll auf mich«, fuhr ich fort. »Ich weiß genau, dass du glaubst, es war meine Schuld. Ich sehe es in deinen Augen, jedes Mal, wenn ich dich anschaue.«

»Du bist ungerecht, Claire«, entgegnete Ethan.

»Wenigstens leugnest du es nicht.«

Er schaute betreten zu Boden. Wir drehten uns beide um, als wir Schritte hörten.

»Ah, da bist du ja, Ethan«, sagte Cassandra, die mit zwei Sektflöten ankam. Ihr goldenes Paillettenkleid schmiegte sich an ihren Körper wie eine zweite Haut. »Alles in Ordnung?«, fragte sie. »Deine Mutter hat mich gebeten, nach dir zu suchen. Dein Großvater wird gleich auf die Bühne treten.«

Ethan nickte. »Danke, Cassandra, ich …«

»Ich wollte sowieso gerade gehen«, sagte ich, während ich nach meinem Armband fasste. Dann drehte ich mich um und lief nach draußen, wo ich ein Taxi anhielt. Ich stieg ein und wandte mich vom Fenster ab, damit sie meine Tränen nicht sahen.

7

Vera

Charles.

Sein Gesicht stand mir sofort wieder vor Augen, auch wenn es vier Jahre her war, seit ich seine freundlichen Augen, sein kräftiges Kinn und sein charmantes Lächeln zum ersten Mal gesehen hatte.

Es war alles ein unwahrscheinlicher Zufall gewesen. Eigentlich hätte ich ihm wohl nie begegnen sollen. Charles war zu gut für mich. High Society. Das wusste jeder. Er stammte aus einer wohlhabenden, privilegierten Familie, eindeutig ein paar Nummern zu groß für ein Mädchen von der armen Seite der Stadt, für die Tochter eines Fischers. Aber an dem Abend hatte Caroline mich überredet, sie zur Eröffnung des elegantesten Hotels zu begleiten, das es in Seattle je gegeben hatte, und als wir durch die große Flügeltür schauten, stand er in seinem grauen Anzug im Foyer des Hotels unter dem großen Kronleuchter und rauchte eine Zigarre, während Bedienstete mit Tabletts voller Häppchen herumliefen. Er war umgeben von schönen, geschminkten und gepuderten Frauen, aber aus irgendeinem Grund, den ich heute noch nicht verstehe, hatte er nur Augen für mich.

»Los, komm«, flüsterte Caroline.

Ich wandte mich verlegen von ihm ab.

»Komm, wir schleichen uns rein.«

Ich runzelte die Stirn. »Die brauchen doch nur einen Blick auf uns zu werfen, um zu sehen, wo wir herkommen, und dann fliegen wir achtkantig raus.«

»Unsinn«, sagte sie. »Du siehst umwerfend aus in dem Kleid.« Es stimmte schon, wir hatten uns ordentlich herausgeputzt, und ein oberflächlicher Betrachter mochte unsere selbst genähten Kleider, die wir nach der neuesten Mode geschneidert hatten, durchaus für Chanel-Kreationen halten, bei näherem Hinsehen jedoch würde die Wahrheit schnell ans Licht kommen: zwei Neunzehnjährige aus ärmlichen Verhältnissen, die keinen Cent in der Tasche hatten.

Ich seufzte. »Also gut«, willigte ich schließlich ein. »Wenn du glaubst, dass wir keinen Ärger kriegen.«

»Natürlich nicht«, entgegnete sie übertrieben zuversichtlich, nahm meine Hand und zog mich zum Eingang.

Ein Türsteher beäugte uns misstrauisch. »Und Sie sind?«

»Ich bin Miss Ella Wentworth und das ist meine Kusine Gilda, Debütantin aus Atlanta«, erwiderte Caroline.

Ich schlug die Augen nieder und musste ein Lachen unterdrücken. Musste sie wirklich das Wort »Debütantin« verwenden?

Der Mann blätterte durch die Liste auf seinem Klemmbrett. »Tut mir leid, aber ich kann Sie nicht auf der Gästeliste finden«, sagte er.

»Das ist aber schade«, gurrte Caroline. »Daddy wird außer sich sein, wenn er das hört. Sie wissen doch, wer mein Vater ist, oder?«

Der Mann schüttelte den Kopf.

»Alexander Wentworth«, sagte sie. »Von Wentworth Immobilien.« Caroline schaute an dem imposanten Gebäude hoch. »Er hat so viel in dieses Hotel investiert. Ein Jammer, dass die Gästeliste nicht ordentlich geführt ist.« Seufzend befingerte sie ihre goldene Halskette. »Darüber wird mein Vater sicherlich nicht erfreut sein.«

»Warten Sie, warten Sie!«, stammelte der Mann. »Es kann sich nur um ein Missverständnis handeln. Bitte treten Sie ein, Miss Wentworth. Und richten Sie Ihrem Vater aus, dass wir uns in aller Form für dieses Missgeschick entschuldigen.«

»Das werde ich«, sagte Caroline mit einem gnädigen Nicken. Dann betraten wir den Saal und tauchten ein in das glamouröse Treiben. Caroline griff sich eine Sektflöte vom Tablett eines Kellners, drückte sie mir in die Hand und nahm sich dann selbst eine. »So macht man das«, sagte sie und nippte an ihrem Glas.

»Caroline«, flüsterte ich, »du bist komplett übergeschnappt.«

Sie kicherte. »Ach was. Amüsier dich einfach.«

Ich schüttelte den Kopf. »Lass uns lieber wieder gehen.«

Sie schaute mich an und warf lachend den Kopf in den Nacken. »Und die beste Party der Saison verpassen? Kommt überhaupt nicht infrage.«

Ich betrachtete die Frauen um uns herum, all die Pracht und Eleganz. Hätte ich doch bloß noch eine Fransenbordüre an den Saum meines Kleids genäht. Es sah so schlicht aus neben all der Spitze und dem Satin. »Hier gehören wir nicht hin«, flüsterte ich.

»Und ob wir hierhergehören«, erwiderte Caroline unbeirrt. »Sieh mal, da.« Sie zeigte auf zwei Männer, die in unserer Nähe standen, und da sah ich den Mann wieder, der kurz zuvor Blickkontakt zu mir aufgenommen hatte. Er lächelte mich an, doch ich wandte mich hastig ab. »Wollen wir ein bisschen mit den beiden plaudern?«, schlug sie vor, während sie sich kokett eine Haarsträhne aus der Stirn strich.

»Caroline!« Ich zog sie am Arm in einen Salon hinter uns, wo einige Gäste um einen Flügel herumstanden. »Was ist bloß in dich gefahren?«

Sie grinste. »Komm schon, wir sollten uns einfach ein bisschen amüsieren. Ich finde die Idee, den Abend in Gesellschaft reicher Männer zu verbringen, überaus verlockend.«

Ich schüttelte den Kopf. »Ich habe keine Lust, hier rumzustehen und …« Ich verstummte, weil mir jemand auf die Schulter tippte. Als ich mich umdrehte, sah ich mich den beiden Männern von eben gegenüber.

Der im grauen Anzug lächelte. »Sie haben keine Lust, hier herumzustehen und …? Reden Sie ruhig weiter.«

Ich errötete. »Ähm, nichts«, murmelte ich und sah Caroline hilfesuchend an, aber sie hatte nur noch Augen für den Begleiter des Mannes.

»Ich heiße Charles«, sagte der Mann im grauen Anzug und streckte mir die Hand hin. Ich nahm sie artig, aber als sich unsere Hände berührten, konnte ich plötzlich gar nicht mehr loslassen. »Und Sie sind?«, fragte er.

»Vera«, antwortete ich, ohne ihn dabei anzusehen, aus Angst, er könnte mich mit seinem Blick hypnotisieren. »Vera Ray.«

Er zeigte auf zwei Sessel neben einem Kamin, in dem ein Feuer prasselte. »Wollen wir uns nicht setzen?«

Ich warf Caroline einen fragenden Blick zu, aber sie war viel zu sehr ins Gespräch mit dem Bekannten von Charles vertieft. »Natürlich«, antwortete ich nervös. Die einzigen Männer, mit denen ich bisher zu tun gehabt hatte, waren Arbeiter. Der vornehme Anzug dieses Mannes und seine gepflegten Hände verrieten mir, dass er aus völlig anderen Verhältnissen kam. Ich fürchtete schon, er könnte mich nach eingehender Betrachtung für unter seiner Würde erachten. Zum Glück fielen bei dem schummrigen Licht in dem Raum mein ärmliches Kleid und die abgetragenen Schuhe nicht so auf.

»Tolle Party«, sagte er und ließ seinen Blick schweifen.

»Ja, großartig«, gab ich zurück und umklammerte meine Handtasche.

Dann verharrte sein Blick auf mir, was mich vollends in Verwirrung stürzte. »Ich glaube, wir sind uns noch nicht zuvor begegnet. Waren Sie zufällig auf der Vernissage im Kunstmuseum letzten Monat?«

»Nein«, antwortete ich unsicher.

Charles schmunzelte. »Sie haben nicht viel verpasst. Es war ziemlich langweilig.« Er beugte sich zu mir vor. »Können Sie ein Geheimnis für sich behalten?«

Ich nickte zögernd.

»Ich kann Partys wie diese nicht ausstehen. Mein Vater hat darauf bestanden, dass ich hierherkomme.«

»Und meine Freundin hat darauf bestanden, dass *ich* hierherkomme«, sagte ich lächelnd.

Charles strich sich über das Kinn und grinste. »Na, da passen wir doch gut zusammen.«

Meine Wangen wurden ganz heiß.

Er schob sich eine Haarsträhne aus der Stirn. »Ehrlich gesagt, wäre ich jetzt überall lieber als hier.« Er zeigte auf einen Mann in seinem Alter, der gerade einen Tisch abwischte. »Ich beneide ihn.«

Ich schaute ihn ungläubig an. »Warum?«

»Weil er frei ist«, sagte er.

»Und Sie sind es nicht?«

Charles zupfte am Kragen seines gestärkten Hemds, als fühlte er sich darin eingeengt. »Nein. Man erwartet von mir, dass ich eine Rolle spiele.«

»Nehmen Sie es mir nicht übel«, wandte ich ein, »aber eine Menge Leute würden einen Mord begehen, um an Ihrer Stelle zu sein.«

»Und würden schnell merken, dass es damit letztlich nicht so viel auf sich hat.« Er seufzte. »Ich wäre lieber Farmer.«

»Sie? Ein Farmer?«

Er bekam leuchtende Augen. »Ich würde Mais anbauen, auf Feldern, in denen ich mich verlaufen könnte. Wussten Sie, dass man in Kalifornien Maislabyrinthe anlegt – mit Pflanzen so groß wie ich, und Feldern, so weit das Auge reicht?«

Ich schüttelte belustigt den Kopf.

»Das wäre mein Traum«, sagte er. »Und Sie?« Seine Augen funkelten vor aufrichtigem Interesse. »Sind Sie glücklich?«

Ich strich verlegen mein Kleid glatt. *Durchschaut er mich? Weiß er, dass ich nicht hierhergehöre?* »Wieso sollte ich nicht glücklich sein?«, sagte ich abweisender als beabsichtigt.

Eine Kapelle begann, ruhige Tanzmusik zu spielen. Einige Paare standen auf und gingen auf die Tanzfläche. Er schaute mich schüchtern an. »Wollen wir tanzen?«

Ich bekam Herzklopfen. *Tanzen? Ich?* Ich schüttelte den Kopf. »Ach nein, lieber nicht.«

»Oh.« Charles wirkte gekränkt. »Ich verspreche, dass ich nicht beiße.«

Ich wandte mich ab und suchte krampfhaft nach einer Ausrede. »Nein, nein, es ist nur, na ja …«

»Ich bitte Sie«, sagte er sanft. »Wovor haben Sie Angst?

Nein, lassen Sie mich raten. Sie sind verlobt?« Er legte sich theatralisch eine Hand auf die Brust, als hätte Amor ihm gerade einen Pfeil durchs Revers seiner Anzugjacke geschossen.

»Nein«, sagte ich und musste unwillkürlich lächeln. »Aber es ist … Ich kann es nicht.«

»Was können Sie nicht?«

»Ich kann nicht *tanzen*«, flüsterte ich.

Charles sah mich belustigt an. »Na, wenn das alles ist.« Er nahm meine Hand. »Kommen Sie. Ich bring's Ihnen bei.«

Mein Herz raste, als er mich auf das frisch gebohnerte Parkett führte. Um uns herum bewegten sich die Paare anmutig und elegant. Ich konnte den Jitterbug, aber das hier? Ich fühlte mich völlig fehl am Platz.

Charles legte meine linke Hand auf seine Schulter, nahm meine rechte Hand in seine linke, und zog mich mit der anderen so dicht an sich heran, dass ich seine Körperwärme spürte. »Das ist ein langsamer Walzer«, sagte er. »Es ist ganz einfach. Sie brauchen mir nur zu folgen.«

Nach ein paar Umdrehungen hatte ich den Bogen raus und folgte Charles über die Tanzfläche. Mit seiner sicheren und präzisen Führung glich er mein mangelndes Können mühelos aus.

»Sie sind ein Naturtalent.« Er strahlte mich mit seinen warmen grünen Augen an.

Ich lächelte scheu. »Das ist allein Ihr Verdienst.«

Er betrachtete mich neugierig, offenbar entschlossen, das Gespräch fortzusetzen. »Sagen Sie, Miss Ray, woher stammt Ihre Familie? Ich kenne niemanden mit Namen Ray. Ist Ihr Vater im Immobiliengeschäft?«

Ich löste meine Hand aus seiner und hörte abrupt auf zu tanzen. »Ich muss jetzt gehen.«

»Verzeihen Sie«, sagte er, »habe ich etwas Falsches gesagt?«

Ich schaute mich nach Caroline um, konnte sie jedoch in der verrauchten Luft nirgendwo entdecken. *Was mache ich hier bloß? Ich gehöre hier nicht hin.* »Es tut mir sehr leid«, sagte ich und wandte mich zum Ausgang. »Gute Nacht.«

Ich schob mich durch das Gedränge, bahnte mir meinen Weg ins Foyer, panisch auf der Suche nach Caroline. Ihr mochte diese Komödie ja gefallen, aber ich konnte das nicht. Ich war nicht wie sie.

»Verzeihung«, murmelte ich, als ich mich an einer Gruppe Zigarre rauchender Herren vorbeidrängelte. Im nächsten Moment stieß ich mit einem Zimmermädchen zusammen. Ich sah sie an. »Gwen?«

Sie blickte verwirrt auf. »Vera? Was machst du denn hier?«

Ich schüttelte den Kopf. »Caroline hat den Türsteher beschwatzt, uns reinzulassen.«

Gwen zog eine Braue hoch. »Tja, auf den Mund gefallen ist sie nicht.«

Ich seufzte. »Es ist wirklich großartig hier, aber – ich kann einfach nicht so tun, als wäre ich eine von ihnen«, sagte ich mit einem Blick über die Schulter. »Ich gehöre hier nicht hin.«

»Das mag sein«, sagte Gwen, »aber es sieht so aus, als hättest du einen Verehrer.«

Als ich mich umdrehte, sah ich Charles in meine Richtung kommen. »Schnell«, sagte ich zu Gwen, »versteck mich irgendwo.«

Gwen zuckte die Achseln und zog mich in einen Korridor. Sie riss die Tür zu einer Besenkammer auf, und wir huschten hinein. Ich schob einen Schrubber beiseite, um Platz zu schaffen. »Also gut«, sagte sie, nachdem wir die Tür hinter uns geschlossen hatten. »Warum versteckst du dich vor Seattles begehrtestem Junggesellen?«

»Charles?«

»Jawohl, du Dummchen«, sagte sie seufzend. »Seinem Vater gehört die halbe Stadt. Auch das Hotel hier.«

»Tja«, erwiderte ich, »so erspare ich ihm die Enttäuschung herauszufinden, dass ich nicht zu den oberen Zehntausend gehöre.«

»Herzchen«, schnaubte Gwen, »tut mir leid, wenn ich so direkt bin – aber das weiß er längst.«

Das ungnädige Licht in der Kammer trug nicht gerade dazu bei, das Loch zu verbergen, das sich in meiner rechten Schuhspitze bildete. »Oh.«

»Aber es stört ihn offensichtlich nicht«, fuhr Gwen fort. »Vielleicht mag er dich einfach – so wie du bist.«

»Gwen«, sagte ich, »du bist wirklich lieb, aber du bist vollkommen verrückt.« Ich drückte ihre Hand. »Ich geh jetzt nach Hause. Gibt's hier einen Hinterausgang?«

»Ja«, sagte sie, öffnete die Tür und zeigte den Korridor hinunter. »Immer geradeaus.«

»Danke. Und wenn du Caroline siehst, sagst du ihr Bescheid? Diskret?«

»Klar«, antwortete Gwen. »Ich steck ihr einen Zettel in den Kaviar.« Sie kicherte.

Ich ging den Korridor hinunter und trat durch die Tür auf eine schmale Gasse. Nach zwei Schritten zuckte ich zusammen, weil ich hinter mir ein scharrendes Geräusch hörte. Als ich mich umdrehte, sah ich Charles, der an der Hauswand lehnte und mich schüchtern anlächelte.

»Da sind Sie ja«, sagte er. »Und ich dachte schon, Sie wollten vor mir weglaufen.«

»Das wollte ich auch«, erwiderte ich ehrlich.

Er trat einen Schritt näher. »Verraten Sie mir doch, womit ich Ihnen so einen Schrecken eingejagt habe«, sagte er. »Habe ich Sie mit irgendetwas gekränkt?«

»Hören Sie«, sagte ich. »Sie haben eine ganze falsche Vorstellung von mir. Ich bin keine Debütantin. Ich war nie auf einem Mädchenpensionat. Und ich bin auch nicht zu dieser Party eingeladen.«

Charles zuckte die Achseln. »Und Sie glauben, dass mich das interessiert?«

Ich musterte seinen Gesichtsausdruck – er wirkte ehrlich, freundlich. »Etwa nicht?«

»Ich kann diese jungen Dinger nicht ausstehen«, sagte er und machte eine Handbewegung in Richtung des Festsaals. »Sie sind alle gleich. Wenn Sie gestatten, würde ich Sie gern näher kennenlernen. Können wir noch mal von vorn anfangen?«

Ich lächelte und streckte ihm die Hand hin. »Ich bin Vera Ray. Freut mich, Sie kennenzulernen.«

8

Claire

Auf der vereisten Straße vor unserem Apartmentgebäude kam das Taxi schlitternd zum Stehen. Die Pailletten an meinem Kleid glitzerten im Licht der Straßenlaternen. Ich seufzte und wünschte, ich hätte eine bequeme Hose und einen Pullover an.

»Der Glückspilz«, scherzte der Fahrer mit einem Blick auf mein Kleid.

»Wie bitte?«

»Na ja, Sie haben doch bestimmt ein Rendezvous heute Abend«, fuhr er fort.

»Ach so«, sagte ich. Offenbar hatte er meine geröteten Augen und meine tränennassen Wangen nicht bemerkt. »Ja.« Ich zuckte die Achseln, gab ihm zwanzig Dollar und stieg aus. »Für den existiere ich nicht mehr«, flüsterte ich vor mich hin, als das Taxi davonfuhr.

Als Gene mir die Tür öffnete, raffte ich den Saum meines Kleids, damit er sich nicht auf der Schwelle verfing. »So früh schon zurück? Ich dachte, Sie wären mit Ethan auf der …«

»Ach wissen Sie, all der Glitzer und Glamour ist einfach nichts für mich«, sagte ich, bevor er noch mehr Fragen stellen konnte. »Außerdem ist das Kleid unbequem.«

Gene musterte mich. »Wie geht es Ihnen, Claire?«, fragte er. In seinen großen, freundlichen Augen lag tiefes Mitgefühl. »Seit dem Unfall«, sagte er zögernd, »sind Sie nicht mehr dicsclbc.«

Ich nickte. »Ja«, erwiderte ich. »Da haben Sie recht.«

Er legte mir seinen kräftigen Arm um die Schulter, und plötzlich kamen all die quälenden Gefühle hoch, die ich so lange unterdrückt hatte. »Heute jährt sich der Tag, nicht wahr?«

»Ach Gene«, stieß ich weinend hervor. »Manchmal fühle ich mich, als würde mir das Herz zerspringen.«

»Dann lassen Sie es zu«, sagte er und strich mir übers Haar, so wie mein Vater es getan hatte, als ich noch klein war. »Sie tragen diese Last schon viel zu lange mit sich herum. Lassen Sie alle Gefühle hochkommen.«

Ich schloss die Augen, und die Erinnerungen stürzten auf mich ein wie eine Schlammlawine, die die enge, rigide Welt, die ich um mich herum aufgebaut hatte, zerstörte und den emotionalen Panzer durchbrach, der mich gegen den Schmerz der Vergangenheit schützte.

Ein Jahr vorher

»Rosa oder blau?«, fragte Ethan, während er mir den Nacken küsste.

Als ich mich zu ihm umdrehte, hielt er in jeder Hand eine winzige Babygarnitur – in der einen ein graublaues Jäckchen mit hellblauer Strampelhose, in der anderen ein rosa Kleidchen mit Rüschensaum und weißer Strampelhose. Mir ging das Herz über. »Was auch immer es ist, unser Baby wird hübsch angezogen sein.«

Lächelnd betrachtete Ethan das rosa Kleidchen. »Ich glaube, es wird ein Mädchen.«

Ich schüttelte den Kopf. »Ein Junge.«

Er zog mich an sich und streichelte mir liebevoll den dicken Bauch. Wir hatten uns entschlossen, uns überraschen zu lassen, ob unser Kind ein Mädchen oder ein Junge sein würde, auch wenn unsere Familien, vor allem seine, lautstark dagegen protestiert hatten. »Weißt du eigentlich, wie sehr ich dich liebe?«, flüsterte er mir ins Ohr.

Ich lächelte. Als ich ihm einen Kuss auf die Wange drückte, fiel mein Blick auf meine Laufschuhe, die neben der Tür standen. »Ich glaube, ich gehe vor dem Abendessen noch eine Runde joggen.«

Ethan runzelte die Stirn. »Claire, ich wünschte, du würdest das nicht tun. In deinem Zustand ist das viel zu anstrengend.«

Zugegeben, ich erntete immer wieder entgeisterte Blicke, wenn ich mit meinem Kugelbauch durch die Straßen von Seattle joggte, aber ich hatte zum Thema Laufen während der Schwangerschaft recherchiert und nirgendwo wurde davor gewarnt. Meine Ärztin war zwar nicht gerade begeistert davon, dass ich während der letzten drei Monate der Schwangerschaft weiterhin täglich meine sechs Kilometer lief, doch sie hatte es mir auch nicht untersagt. Wenn ich zu kurzatmig wurde, legte ich eine Pause ein, und ich achtete darauf, genug zu trinken. Ich war mein Leben lang gelaufen, und es aufzugeben wäre gewesen, als würde ich das Atmen aufgeben.

»Du weißt doch, dass Dr. Jensen Laufen während der Schwangerschaft für unschädlich hält«, entgegnete ich.

»Ja, vielleicht am Anfang«, beharrte er. »Aber jetzt ist es bestimmt nicht ratsam.«

»Das Kind wird schon nicht rausfallen«, sagte ich lachend und tätschelte ihm den Arm. »Alles wird gut, Liebling.«

Ich nahm meinen iPod und steckte mir die Stöpsel in die Ohren. »In einer halben Stunde bin ich wieder da«, sagte ich, bevor er noch weitere Einwände erheben konnte.

Ich winkte Gene zum Abschied und lief los. Es herrschte strahlender Sonnenschein. Die warme Mailuft liebkoste meine Wangen, während ich die Lautstärke hochdrehte und mein Lauftempo aufnahm. Ich spürte die Tritte des Babys, als ich die James Street passierte, und ich fragte mich, wie es wohl wäre, mit einem Jogging-Buggy zu laufen. Ich würde mich bestimmt schnell daran gewöhnen. Ich würde den Kleinen im Buggy festschnallen, und wir würden zusammen joggen.

Den Kleinen.

Meinen kleinen Sohn. Oder vielleicht auch meine kleine Tochter, wenn Ethan richtiglag. Mein Puls war zu hoch, also drosselte ich das Tempo und atmete die frische, salzige Seeluft ein, die von der Elliott Bay herüberwehte. Nach einer Weile stellte ich die Musik noch ein bisschen lauter und lief wieder schneller, als plötzlich etwas am Rande meines Blickfelds auftauchte. Ein Auto. Rot. Es kam näher. Viel zu nah. Die Musik dröhnte mir in den Ohren, als ich mit einem Sprung nach links auswich und mein Fuß sich dabei in einem Spalt im Gehweg verfing. Einen Moment lang fühlte es sich an, als würde ich fliegen, gewichtlos durch die Luft gleiten, bis mich der Kotflügel erwischte. Ich spürte den Aufprall nicht, oder kaum. Die Schockreaktion meines Körpers dämpfte den Schmerz. Ich empfand nur einen Druck und das Gefühl, als würde tief im Innern etwas platzen. Und dann wurde alles schwarz.

Ich öffnete die Augen und blinzelte. Das Deckenlicht war schmerzhaft grell, meine Lider zuckten. Zu meiner Rechten beugte sich Ethan über mich, zu meiner Linken meine Mutter. Beide trugen blaue OP-Kittel und Hauben. Das Zimmer verschwamm. Ich schloss die Augen fest, und als ich sie wieder öffnete, konnte ich etwas klarer sehen. *Warum spüre ich meine Beine nicht?*

»Ethan«, flüsterte ich, »was ist passiert? Meine Beine ... Sie sind ganz taub. Was ist los? Ich bin gelaufen ...« Die Erinnerung kam erst ganz langsam, und dann mit einem Schlag. »Ein – ein Auto«, stammelte ich. »Ein Auto hat mich angefahren. Ethan – das Kind!« Ich schaute auf meinen Bauch. Er war viel kleiner. Panisch fasste ich mir an den Bauch, der sich weich, schlaff und leer anfühlte. Ich schrie. »Wo ist mein Kind? Wo ist mein Kind? Wo habt ihr mein Kind hingebracht? Bringt mir mein Kind!« Ich setzte mich auf, und obwohl meine Beine leblos und taub waren, versuchte ich aufzustehen, wild entschlossen, mein Kind zu suchen.

Ethan hielt mich an den Armen fest und schob mich zurück aufs Bett. »Nein, Claire«, sagte er sanft. In seiner Stimme lag Mutlosigkeit. Trauer. »Das Kind ...«

»Nicht!«, rief meine Mutter. Ich drehte mich zu ihr um, aber sie schaute nur Ethan an. »Sie ist noch nicht so weit. Lass ihr Zeit.«

Ethan schüttelte den Kopf. »Sie muss es erfahren.« Als er sich mir wieder zuwandte, brach es mir das Herz. Er brauchte nichts zu sagen. Ich wusste es bereits. Ich starrte die Wand an, während er die Worte aussprach, die mein Leben für immer verändern sollten. »Sie konnten das Kind nicht retten.«

Das Zimmer begann sich zu drehen.

Er setzte sich auf einen Stuhl neben meinem Bett. »Ich habe es …«

»Nein!«, schrie ich. »Sag's nicht! Bitte nicht!«

Ethan sah mich mit tränennassen Augen an. »Warum nicht? Willst du denn nicht wissen, ob es ein Junge oder ein Mädchen war. Willst du nicht wissen, dass ich unser Kind einen Moment lang in den Armen gehalten habe, bevor …«

»Bitte nicht«, schluchzte ich und vergrub mein Gesicht im Kissen.

»Sie haben dir das Kind gebracht«, sagte Ethan und wischte sich eine Träne von der Wange. »Du warst bewusstlos, aber …«

»Hör auf!«, schrie ich. »Ich ertrag das nicht.«

Dann sah ich den Blutfleck auf meiner Brust und begann, so heftig zu zittern, dass eine Krankenschwester herbeieilte und mir eine Spritze gab. Meine Muskeln wurden schlaff, und ich lag da, gefangen in meinen quälenden Gedanken an das Kind, das ich nie kennenlernen würde, und an den Mann, der mir sicherlich die Schuld daran geben würde.

9

Vera

Es war jetzt sechs Tage her, seit er verschwunden war, sechs Tage, seit der Himmel einen weißen Schleier über die Stadt gelegt und meine Welt für immer verändert hatte. Tagsüber lief ich durch die Straßen, und nachts lag ich betend und hoffend in Carolines winziger Wohnung.

»Eva!«, rief Caroline, als sie am Morgen kurz vor sieben zur Tür hereinkam. Sie sah müde aus, aschfahl. Zwölf-Stunden-Schichten in der Fabrik ohne eine einzige Pause. »Geh und hol Mama ein Stück Käse aus dem Kühlschrank«, sagte sie, stellte ihre Tasche ab und ließ sich neben dem Kamin auf den Boden fallen. Ich zog die Beine an, um Platz für sie auf dem Sofa zu machen, aber entweder bemerkte sie es nicht, oder sie war einfach zu erschöpft, um wieder aufzustehen.

»Aber …« Eva sah erst mich, dann ihre Mutter ängstlich an.

»Eva, was habe ich dir gesagt? Bring mir den Käse.« Caroline drehte sich zu mir um und streckte die rechte Hand aus. Sie zitterte so heftig, dass es mich schauderte. »Zahltag ist erst morgen. Ich hab seit gestern nichts gegessen.« Sie zeigte auf das Fenster. »Wenn bloß dieser verdammte Schnee aufhören würde.«

»Aber Mama«, sagte Eva mit piepsiger Stimme. »Tante Vera hat den Käse aufgegessen.«

»Es tut mir so leid«, sagte ich zu Caroline, bevor sie etwas erwidern konnte. »Es war nur noch ein kleiner Rest. Das meiste habe ich Eva gegeben. Es war nur noch ein bisschen übrig, und den letzten Bissen hab ich …«

Caroline zog die Knie an die Brust und verbarg das Gesicht in den Händen. »Es ist okay. Es ist okay«, sagte sie und schluchzte leise. »Ich weiß nicht, wie lange wir noch durchhalten können. Die Miete. Das Essen. Ich werde wieder bei Mrs. Harris an die Tür klopfen müssen. Du hättest ihren Blick sehen müssen, als ich sie letzte Woche gefragt habe, ob sie mir ein paar Scheiben Brot leihen kann. Schon seit Monaten kann ich mir keine Milch mehr leisten. Ein Kind braucht doch Milch.« Plötzlich sah sie auf und wischte sich die Tränen mit dem Ärmel ab. »Ach Gott, was jammere ich hier rum, wo dein Kind verschwunden ist …«

Ich kniete mich neben meine Freundin. Sie war mager und hohlwangig, ihr Blick war trüb – nichts erinnerte mehr an die Frau, die ich vor vier Jahren kennengelernt hatte, die Frau, der die ganze Welt zu Füßen gelegen hatte. Nein, ich konnte nicht länger bei ihr bleiben. Das Letzte, was Caroline brauchte, war ein weiteres hungriges Maul, das sie stopfen musste.

»Es wird Zeit, dass ich gehe«, sagte ich und nahm meine Strickjacke von dem rostigen Nagel in der Wand.

»Nein!«, rief Caroline aus und sprang auf. Sie packte mich am Arm und schob mich wieder zu dem Sofa. »Kommt gar nicht infrage. Wo willst du denn hin? Du bleibst hier.«

Ich schüttelte den Kopf. »Hör zu, du kannst Eva kaum ernähren. Ich bin dir nur eine Last. Außerdem muss ich nach Hause.«

»Und was ist mit deinem Vermieter?«

»Mir wird schon was einfallen«, sagte ich ausweichend. »Ich muss da sein, wenn Daniel nach Hause kommt.« Mir wurde leichter ums Herz, als ich die Worte aussprach. *Natürlich wird er nach Hause kommen.* Ich stellte mir meinen kleinen Sohn vor, wie er durch die Tür kam und lächelte, sodass das Grübchen auf seinem Kinn erschien. Er würde mir in die Arme laufen und sich an mich schmiegen, und seine weichen blonden Locken würden meine Tränen aufsaugen. Er würde mir sagen, dass er sich verirrt hatte. Dass er den Schnee gesehen und einfach drauflosgelaufen war. Eine freundliche Familie hatte ihn aufgenommen, bis das Wetter sich besserte. Sie waren sehr freundlich zu ihm gewesen und hatten ihm ein warmes Bett gegeben. Und heiße Schokolade. Bei der Vorstellung musste ich lächeln.

»Ach, Liebes«, sagte Caroline unter Tränen. »Ich würde ja auch gern glauben, dass Daniel wieder nach Hause kommt. Aber irgendwann musst du …«

»Nein!«, fauchte ich und kniff die Augen fest zu. Ich holte tief Luft, um mich zu beruhigen. »Er wird zurückkommen. Ich *weiß* es.«

Ich ging zur Tür und griff nach dem Knauf. Als ich gerade hinausgehen wollte, spürte ich, wie jemand an meinem Ärmel zupfte.

»Tante Vera?«, flüsterte Eva und sah mich zaghaft aus ihren großen Augen an.

Ich kniete mich vor sie. »Ja, Kleines?«

Sie hielt mir ein Blatt Papier hin. »Das hab ich für dich gemacht.«

Eine dicke Träne rollte mir über die Wange in den Mundwinkel, sie schmeckte salzig und bitter. »Ach, ist das schön,

Kleines«, sagte ich und betrachtete das Bild, das sie für mich gemalt hatte.

»Das da ist Daniel«, sagte sie und zeigte auf ein Strichmännchen, das einen Teddybär hielt. »Und das da bin ich«, fügte sie hinzu.

Über den Kindern hatte Eva eine dritte, größere Figur gemalt. Eine Frau vielleicht. Die Figur trug einen Hut, der an einen Pfau erinnerte. »Und wer ist das da?«

Eva zog die Nase kraus. »Niemand.«

»Es muss doch jemand sein«, erwiderte ich. »Du hast die Figur hier hinter dir und Daniel gemalt. Wer kann das sein?«

»Einfach nur eine Frau.«

Ich nickte. »Also gut«, sagte ich und stand auf. »Ein schönes Bild. Danke. Ich werde es gut aufbewahren.«

»Du weißt, dass du jederzeit wieder herkommen kannst«, sagte Caroline, bevor ich mich zum Gehen wandte. »Du bist hier immer willkommen.«

Mit einem Gefühl der Endgültigkeit, das ich nicht länger unterdrücken konnte, antwortete ich: »Danke, Liebes, danke für alles.«

Auf dem vertrauten Weg nach Hause spürte ich nicht, dass meine Füße den Boden berührten. Als würde ich schweben. Wie ein Geist, unsichtbar in meinem Kummer. Menschen begegneten mir, aber niemand würdigte mich eines Blickes. *Sehen die mich überhaupt?*

Ich schob mich an einer Gruppe betrunkener Männer vorbei, die vor der Kneipe standen. Es stank nach Bier, kaltem Tabakrauch und Schweiß. »Verzeihen Sie«, sagte ich zu einem ansprechbar wirkenden Mann an der Tür. »Haben Sie vielleicht Mr. Ivanoff gesehen?« Er hatte am Morgen des

Schneesturms in dem Lokal gearbeitet. Vielleicht hatte er ja etwas bemerkt. Oder jemanden.

Der Mannes grinste hämisch, sodass ich es bereute, ihn angesprochen zu haben. »Ivanoff, den Ofenbauer?«

»Ja«, sagte ich und ging langsam in Richtung der Treppe, die zu meiner Wohnung hochführte.

Der Mann rieb sich das unrasierte Kinn und trat einen Schritt näher. »Was wollen Sie denn von dem?«

»Ich muss mit ihm reden«, sagte ich.

»Dann müssen Sie wohl zum Gefängnis gehen«, antwortete er spöttisch. »Den haben sie gestern Abend verhaftet.«

»Verhaftet?«

»Genau«, sagte er. »Hat seine Frau verprügelt. Hat sie ziemlich übel zugerichtet. Der Arzt musste sie wieder zusammenflicken.«

Mein Herz raste. Ich musste daran denken, wie sanft Mr. Ivanoff gegenüber Daniel gewesen war, wie lieb er mit ihm gesprochen hatte. Wie ein Vater. Ich erschauderte. *Wieso habe ich nicht gesehen, dass er eine gewalttätige Ader hat?*

Der Mann kam noch ein Stück näher. »Falls Sie einen suchen, mit dem sie sich amüsieren können, sind Sie bei mir genau …«

»Guten Tag«, sagte ich und ließ ihn stehen.

Ich hob meinen Rock an und lief zur Treppe, wo ich fast über einen alten, bärtigen Mann stolperte, der schnarchend am Boden lag. Ich nahm den Schlüssel aus der Tasche, und es zuckte in meiner Hand, als ich den Schlüssel ins Schloss steckte.

Mein Herz pochte. *Vielleicht ist Daniel ja hier. Vielleicht ist er den Kirschbaum hochgeklettert und durch das kleine Fenster gestiegen. Vielleicht wartet er ja auf mich.*

Ich bekam die Tür nicht auf. Ich drehte den Schlüssel nach links und nach rechts, aber es war zwecklos. *O Gott, Mr. Garrison! Er muss das Schloss ausgetauscht haben.*

»Nein!«, rief ich entsetzt und lauschte an der Tür. Drinnen waren Schritte zu hören. »Hallo?« Ich klopfte. »Hallo? Wer ist denn da drin?«

Als sich der Knauf drehte, machte ich vor Schreck einen Satz rückwärts. Ein Mädchen, höchstens elf Jahre alt, erschien in der Tür und sah mich verschüchtert und fragend an.

Ich schob mich an ihr vorbei. »Was machst du in meiner Wohnung? Wo ist Daniel?« Ich rannte zur Treppe. »Daniel! Ich bin's, Mama. Mama ist wieder da.«

Ein Mann in einem zerknitterten weißen Hemd mit vergilbtem, fleckigem Kragen und herunterhängenden Hosenträgern kam aus der Küche. »Wer ist das, Jane?«

Das Mädchen zuckte die Achseln. »Ich weiß nicht, Papa. Sie sagt, es ist ihre Wohnung.«

»Das … Das *ist* meine Wohnung«, stammelte ich. »Was machen Sie hier? Wo ist mein Sohn? Daniel.«

»Das muss ein Irrtum sein«, sagte der Mann. »Wir sind vor drei Tagen hier eingezogen. Der Vermieter hat gesagt, dass die Vormieterin gestorben ist. Und weil sie keine Angehörigen hatte, hat er uns die Möbel für fünf Dollar überlassen.«

»Gestorben?«

Der Mann zuckte die Achseln.

»Sehe ich etwa tot aus?«

Ich betrachtete die Überreste meiner Wohnung, meines Lebens – den kleinen Sofatisch mit den geschnitzten Blüten an den Rändern. Mein Vater hatte ihn gebaut, kurz bevor er gestorben war. Die zwei Sessel, abgenutzt, aber bequem. Die weiße Vase, in die ich die Wildblumen stellte, die Daniel mir bei unseren Spaziergängen auf der Fourth Avenue pflückte. Meine Sachen. Mein Leben. *Alles weg*.

Desinteressiert nahm das kleine Mädchen ihre Puppe vom Sofa und ging die Treppe hoch. »Warten Sie hier«, sagte der Mann ungehalten. »Ich bin gerade beim Kochen.«

Nachdem er in der Küche verschwunden war, ging ich rasch zur Treppe. Daneben stand eine kleine Kommode an der Wand, die ich ein Stück zur Seite schob, damit ich das Geheimfach öffnen konnte. Daniels Feder und seine Muscheln waren noch da. Am liebsten hätte ich mich den Erinnerungen hingegeben, aber ich durfte keine Zeit verlieren. Ich holte Max aus meiner Tasche, glättete die blaue Schleife des kleinen Bären und legte ihn zu den Sachen in das Geheimfach. Da gehörte er hin. Und Daniel würde ihn dort finden. Das sagte mir mein Herz.

Als ich hinter mir Schritte hörte, schloss ich das Fach so hastig, dass mir die Handtasche zu Boden fiel. Eilig hob ich sie auf.

»Was machen Sie denn da, Miss?«, fragte der Mann misstrauisch.

»Ich wollte nur …«

Er runzelte die Stirn. »Ich muss Sie jetzt bitten zu gehen.«

»Bitte«, sagte ich, »wenn Sie einen kleinen Jungen sehen …«

»Wenn ich *Sie* noch mal wiedersehe, zeige ich Sie bei der Polizei an.«

Das Mädchen kam wieder ins Zimmer und betrachtete mich mitfühlend, bevor ihr Vater mich ins Treppenhaus bugsierte und die Tür hinter mir ins Schloss warf.

Als ich draußen auf der Straße den Inhalt meiner Handtasche überprüfte, stellte ich erleichtert fest, dass mein abgegriffenes Notizbuch noch da war. Aber Evas kleine Zeichnung fehlte. *Sie muss rausgefallen sein.*

Benommen machte ich mich auf den Weg. Kinder in dicken warmen Jacken spielten unter den wachsamen Blicken ihrer Mütter auf der Straße Himmel und Hölle. »Daniel!«, rief ich vergeblich. Über mir kreisten Möwen und stießen ihre krächzenden Schreie aus, als wollten sie sich über mich lustig machen. Die ganze Welt kam mir grausam und lieblos vor.

»Vera, bist du das?«, rief eine vertraute Stimme.

»Gwen?«

»Ach, Liebes«, sagte sie. »Ich habe mir solche Sorgen um dich gemacht. Ich habe eben Caroline getroffen, sie hat mir erzählt, was passiert ist. Es tut mir so leid.«

»Mein Sohn ist verschwunden«, sagte ich. Die Worte hörten sich fremd an, als hätte sie jemand anders ausgesprochen.

»Was meinst du damit, *verschwunden*?«

»Als ich von der Arbeit nach Hause kam, war er nicht da.« Mir schossen die Tränen in die Augen. »Die Polizei will nichts unternehmen. Die glauben, er ist weggelaufen. Aber Daniel würde nie weglaufen, Gwen.«

Sie legte mir den Arm um die Schultern und zog mich an sich. »Sieh dich nur an«, sagte sie. »Du bist ja völlig abgemagert. Hast du heute schon was gegessen?«

Ich schüttelte den Kopf.

Sie tätschelte mir den Arm. »Es ist sinnlos, hier draußen in der Kälte nach ihm zu rufen. Und du siehst aus, als hättest du schon seit Tagen nichts mehr gegessen. Ich lade dich zu einer warmen Mahlzeit ein.«

Mein Magen knurrte. Es widerstrebte mir zutiefst, mich in

dieser Situation mit so etwas Banalem wie Essen beschäftigen zu müssen, aber wenn ich vor Schwäche zusammenbrach, würde ich Daniel gar nicht helfen können. »Also gut«, sagte ich zerknirscht.

Wir gingen zu Lindgren's, einem kleinen Café in der Markthalle, wo wir in glücklicheren Zeiten hin und wieder etwas gegessen hatten. »Zwei Brötchen mit Schinken und Bratensoße«, sagte Gwen zu der Kellnerin hinter der Theke.

Gedankenverloren aß ich mein Brötchen, ohne irgendetwas zu schmecken. Es kam mir unrecht vor, etwas Angenehmes zu empfinden. Stattdessen suchte ich Trost in der Abstumpfung.

»Kommst du wieder zur Arbeit?«, fragte Gwen vorsichtig.

Ich seufzte. »Werd ich ja wohl müssen. Das heißt, wenn ich den Job überhaupt noch habe. Ich habe mich doch schon seit Tagen nicht mehr blicken lassen.«

»Estella wird das bestimmt verstehen.«

Ich schüttelte den Kopf. »Glaubst du wirklich?«

»Ich werde ein gutes Wort für dich einlegen«, sagte sie, während sie einige Münzen aus ihrer Geldbörse nahm und sie sorgfältig auf den Tisch stapelte. »Komm mit zum Hotel und überlass mir das Reden.«

Wie immer knackte und zischte die Heizung in der Waschküche des Hotels. Bergeweise Bettwäsche wartete darauf, gebügelt zu werden. Estella saß wie üblich an ihrem Metallschreibtisch. Und doch schien alles anders zu sein. Die Welt drehte sich anders, seit Daniel verschwunden war, nichts war mehr wie vorher.

»Ach, sieht man dich auch mal wieder?«, sagte Estella sarkastisch.

Gwen kam mir zu Hilfe. »Sie können sich nicht vorstellen,

was sie durchmacht«, sagte sie. »Ihr Sohn ist entführt worden. Sie sucht ihn Tag und Nacht.«

Estella zog die Brauen zusammen, und ich bemerkte einen Anflug von Mitleid in ihrem Gesicht. »Tja«, sagte sie, während sie zerstreut ein Blatt Papier vor sich betrachtete, »das ist wirklich sehr traurig.«

»Sie werden sie also wieder für eine Schicht einteilen?«, fragte Gwen drängend.

Estella seufzte, faltete das Blatt Papier und steckte es in einen Umschlag. »Ich wünschte, ich könnte es«, sagte sie, »aber ich habe schon ein anderes Mädchen eingestellt.«

»Was?«, ereiferte sich Gwen. »Wie konnten Sie das tun? Die arme Vera ist mehr denn je auf die Stelle angewiesen. Sie kommt wieder zur Arbeit, obwohl ihr kleiner Sohn verschwunden ist. Irgendetwas werden Sie doch für sie haben?«

Estella schüttelte den Kopf. »Leider nicht. Sie ist nicht zur Arbeit erschienen, also musste ich einen Ersatz für sie finden. Tut mir leid.« Sie rückte ihre Brille zurecht. »Damit ist das Thema erledigt. Gwen, die Suite im fünften Stock muss geputzt werden. Und zwar ein bisschen plötzlich!«

»Ja, Ma'am«, grummelte Gwen.

Zusammen gingen wir den Flur hinunter. Mein Kopf fühlte sich schwer an. »Du hast getan, was du konntest, Gwen. Ich komm schon irgendwie klar.«

»Ich gebe dir mein ganzes Trinkgeld«, sagte sie, »bis du wieder auf die Füße kommst.«

»Auf keinen Fall«, entgegnete ich. »Aber danke für das Angebot.«

Sie folgte mir in die Hotellobby. »Wie willst du dann über die Runden kommen?«

»Ich werd schon einen Weg finden«, erwiderte ich. »Hab

ich bis jetzt immer. Und jetzt gehst du besser nach oben in den fünften Stock, bevor Estella dich hier sieht.«

Gwen nickte. »Also gut. Pass auf dich auf, Vera.«

»Mach ich.«

Nachdem sie in Richtung Personalaufzug verschwunden war, blieb ich noch einen Moment wie benommen stehen und wusste nicht, was ich als Nächstes tun sollte. Schließlich ließ ich mich in einen der bequemen, blaugrün-weiß gestreiften Sessel fallen, die für die Hotelgäste in der Lobby standen. Es tat gut, sich in so einem Sessel auszuruhen. Meine Füße schmerzten, und an einem hatte ich eine große Blase. Ich schloss die Augen.

»Verzeihung.« Eine Stimme riss mich aus meinem Dämmer. »Ich muss dich bitten, das Hotel zu verlassen.«

Als ich die Augen aufschlug, stand die Empfangsdame des Hotels, eine ältere Frau namens Martha, vor mir. »Du weißt genau, dass die Lobby nur für Hotelgäste da ist.«

Ich nickte und stand auf. »Tut mir leid«, sagte ich und humpelte zur Tür.

»Sie ist ein Hotelgast«, sagte eine tiefe Männerstimme hinter mir.

Als ich mich umdrehte, erkannte ich Lon Edwards, den Mann, den ich eine Woche zuvor in der Penthouse-Suite im Bademantel gesehen hatte.

»Sie ist *mein* Gast«, sagte er bestimmt.

Martha senkte unterwürfig den Blick und ignorierte meine Verwirrung. »Selbstverständlich, Mr. Edwards«, sagte sie mit einem zuckersüßen Lächeln.

Nachdem Martha wieder an den Rezeptionstresen zurückgekehrt war, lächelte Lon mich neugierig an. »Vera, nicht wahr?«

»Ja«, erwiderte ich. »Das war furchtbar nett von Ihnen, Mr. Edwards, aber ich brauche wirklich keine Hilfe.«

»Und wenn schon«, sagte er. »Ich würde Sie gern zum Abendessen einladen.«

Ich schüttelte entschlossen den Kopf. »Das geht nicht.«

»Ach kommen Sie, Miss Ray, es ist doch nur ein Abendessen«, sagte er scherzhaft. »Ich kann Sie doch bestimmt dazu überreden?« Er schnippte mit den Fingern, woraufhin ein Mann erschien, jung, von schmächtiger Gestalt.

»Ja, Sir?«

»Andrew, das ist Miss Ray. Fahr mit ihr zum Friseur und zu Frederick and Nelson. Kümmere dich darum, dass sie alles bekommt, was sie braucht.«

Der Mann nickte. »Miss, wenn Sie dann so weit wären, der Wagen steht direkt vor der Tür.«

»Nein«, sagte ich. »Nein! Das geht nicht. Ich meine, es ist sehr freundlich von Ihnen, dass Sie sich um mich bemühen, Lon – ich meine, Mr. Edwards –, aber Sie verstehen das nicht. Es geht um meinen Sohn. Mein Sohn ist verschwunden. Er ist entführt worden. Ich kann nicht mit Ihnen zu Abend essen, weil ich ihn suchen muss.« Plötzlich sah ich Mitgefühl in Lons Blick, und mir wurde bewusst, wie sehr ich mich danach sehnte. Ich verzehrte mich regelrecht danach. Meine Knie wurden weich.

»Sie Ärmste«, sagte er. »Waren Sie schon bei der Polizei?«

»Ja«, antwortete ich. »Aber die unternehmen nichts. Sie sagen, er ist einfach weggelaufen.«

»Ich werde ein paar Anrufe machen. Ich kenne den Polizeichef.«

Mir schlug das Herz höher. »Wirklich?«

Sein Gesichtsausdruck war ernst und selbstsicher. »Natürlich«, sagte er. »Wir waren zusammen in der Schule. Überlassen Sie das mir.« Und mit einem Augenzwinkern fuhr er fort: »Wollen wir die Einzelheiten nicht lieber beim Abendessen besprechen?«

Ich holte tief Luft. Einen Moment lang schöpfte ich neue Hoffnung. Lon wusste, was zu tun war. Er war ein einflussreicher Mann. Er konnte mir dabei helfen, Daniel zu finden.

»Wären Sie jetzt so weit, Miss Ray?«, fragte Lons Diener.

Wo soll ich denn sonst hin, ohne Arbeit, ohne Zuhause, ohne meinen Sohn? Warum soll ich nicht in Lon Edwards' Limousine steigen, vor allem, wenn er mir helfen kann, Daniel zu finden?

»Ja«, sagte ich leise und fügte mich seufzend in mein Schicksal. »Ich bin so weit.«

10

Claire

Ethan kam nach der Gala nicht nach Hause, er rief nicht einmal an. Als ich am nächsten Morgen am Herd stand und zusah, wie mein Spiegelei am Rand langsam kross wurde, und darauf achtete, dass das Eigelb intakt blieb, ärgerte ich mich darüber, dass ich ihn vermisste. Ich sehnte mich danach, das Spiegelei – gewendet, wie er es am liebsten mochte – auf eine Scheibe Vollkornweizentoast zu schieben, es mit Meersalz und einer absurden Menge gemahlenem Pfeffer zu bestreuen und es ihm zu bringen. Ich vermisste unsere vertraute morgendliche Routine, das tägliche Einerlei mit all seinen Aufs und Abs. Aber am meisten sehnte ich mich danach, ihn wieder lächeln zu sehen, ein Lächeln, das ungetrübt war von der Vergangenheit oder von der Ungewissheit der Zukunft.

Ich betrachtete das brutzelnde Ei in der Pfanne. *Wahrscheinlich ist er bei seinen Eltern, wo sonst?* Ethan quartierte sich manchmal dort ein, wenn wir uns gestritten hatten oder wenn er spätabends noch zu arbeiten hatte und nicht abgelenkt werden wollte. Seit wir unser Kind verloren hatten, verbrachte er ziemlich viel Zeit im Haus seiner Eltern, ein paar Kilometer außerhalb der Stadt. Ich hielt die Pfanne schräg über den Teller, aber mein Frühstück landete auf den

Bodenfliesen. Während ich auf das zerlaufende Eigelb starrte, traf mich die Erinnerung an den Vorabend wie ein Schlag ins Gesicht.

Cassandra. Sofort hatte ich einen bitteren Geschmack im Mund. *Nein, das würde er nicht tun.* Ich verwarf den Gedanken. Aber die Uhr über der Anrichte tickte. Elf Uhr. Und ich hatte keine Ahnung, wo er war.

Mein Herz begann zu pochen, als das Telefon klingelte. Das musste er sein. Sicher rief er an, um sich zu entschuldigen. »Ethan?« Obwohl ich hoffte, seine Stimme zu hören, klang ich gereizt.

Aber der Anrufer war nicht mein Mann. Die männliche Stimme war mir vertraut, aber es war nicht Ethans. »Claire, hier ist Dominic.«

»Dominic?«

»Aus dem Café«, sagte er verlegen. Im Hintergrund waren die Geräusche aus dem Café Lavanto zu hören: eine zischende Dampfdüse, Stimmengewirr, eine Registrierkasse, die auf- und dann wieder zugemacht wurde. »Tut mir leid, dich zu Hause zu stören. Deine Nummer steht im Telefonbuch, und …« Er wirkte unsicher. »Nicht, dass du mich für einen Stalker oder so was hältst. Aber ich habe etwas gefunden, für deinen Artikel. Das wird dich bestimmt interessieren.«

»Tatsächlich?« Aus dem Augenwinkel sah ich mein Spiegelbild im Fenster und verzog das Gesicht. Meine Wangen waren noch ganz schwarz von verlaufener Wimperntusche.

»Ich muss wieder an die Arbeit«, fuhr Dominic fort. »Hier ist der Teufel los heute, und einer meiner Kellner hat sich krankgemeldet. Meinst du, du könntest heute Vormittag mal vorbeikommen?«

»Klar«, sagte ich und schaute aus dem Fenster. Der Schnee

war mittlerweile geschmolzen und hatte sich in grauen Matsch verwandelt. »In einer halben Stunde kann ich da sein.«

Ich betrat das Café Lavanto diesmal mit ganz anderen Augen, denn ich wusste jetzt, dass Vera und Daniel hier gewohnt hatten – na ja, im ersten Stock des Hauses. Ich schaute mich um. An den Tischen hockten Studenten vor ihren Laptops, und verliebte Paare himmelten sich schläfrig über ihren Milchkaffee hinweg an. *Ob Vera und Daniel hier glücklich waren?*

Dominic hob eine Hand zum Gruß. »Ah, da bist du ja«, sagte er lächelnd. Er bat einen Kellner, für ihn an der Espressomaschine weiterzumachen, und kam um den Tresen herum.

»Danke, dass du mich angerufen hast«, sagte ich.

»Und, wie war die Gala?«

Ich zuckte die Achseln. »Geht so.«

»Tut mir leid«, sagte er, band seine Schürze los und hängte sie an einen Haken an der Wand. »Willst du darüber sprechen?«

Ich schüttelte den Kopf und betrachtete den Inhalt der Kuchenvitrine. »Viel lieber würde ich mir so ein Himbeertörtchen gönnen.«

Er lächelte verschwörerisch. »Dann wollen wir dir mal eins besorgen.« Er langte nach der Gebäckzange, ging hinter den Tresen, nahm ein großes Teilchen aus der Auslage und reichte es mir auf einem Teller. »Guten Appetit«, sagte er.

Ich biss herzhaft hinein, ohne auf die Krümel zu achten, die herunterfielen. Es tat gut etwas zu essen, meine Zähne in das dicke, cremige Gebäck zu versenken. »Und was hast du nun gefunden?«

Dominic nickte. »Komm mal mit.«

Wir gingen ins Büro, und er zeigte auf einen Aktenschrank an der Wand. »Ich hatte gestern Abend Bürokram zu erledigen, dabei habe ich das hier entdeckt.« Er hielt mir einen vergilbten, zerknitterten Umschlag hin, der an einer Ecke eingerissen war.

Ich biss noch einmal in das Teilchen und stellte den Teller ab. »Was ist das?«

Er lehnte sich gegen die Wand. »Willst du nicht selbst nachsehen?«

Vorsichtig hob ich die Lasche des alten Umschlags. Er enthielt ein gefaltetes Blatt Papier und ein Schwarz-Weiß-Foto. Ich nahm beides heraus, legte das brüchige Papier beiseite und hielt das Foto ins Licht. Es war abgegriffen, am gewellten Rand eingerissen und zeigte einen Mann und eine Frau in inniger Umarmung. Die junge Frau, eine natürliche Schönheit mit kurzem, welligem Haar, trug ein einfaches Kleid mit einem Gürtel in der Taille. Sie schaute verzückt zu dem Mann im eleganten Anzug auf, der sie zärtlich anlächelte. Die beiden waren verliebt. Das war nicht zu übersehen. *Könnte das Vera mit ihrem Mann sein? Daniels Vater?* Auf der Rückseite stand: »Vera und Charles, März 1929, Seattle Tanzmarathon«.

Ich lächelte. »Tanzmarathon?« Was mochte damit gemeint sein. »Hast du eine Ahnung, was das ist?«

Dominic kratzte sich am Kopf. »Moment mal – kennst du den Film *Ist das Leben nicht schön?* Die Szene, wo die beiden tanzen und …«

Ich war begeistert, dass er den Film kannte, einer meiner Lieblingsfilme. »Ja!«, sagte ich. »Sie fallen in das Schwimmbecken unter der Tanzfläche.«

»Ja«, sagte er. »Ich glaube, das war ein Tanzmarathon. Ich habe mal in einem Roman was darüber gelesen. Die Leute haben getanzt, bis sie umfielen. Es gab Preise, Geld, freies Essen, was weiß ich. Manchmal dauerte das tagelang.«

»Tagelang?«

»Ja, die Hauptfigur in dem Buch hatte am Ende blutige Füße.«

Ich betrachtete wieder das Foto mit dem jungen Paar und fragte mich, was wohl an dem Abend des Tanzmarathons geschehen war. Es war vor Daniels Geburt aufgenommen worden. *War Vera damals glücklich gewesen? Und wer war dieser Charles? Wie ist das Foto hierhergekommen?*

Ich fuhr mit dem Finger über den gewellten Rand und musste an die Schachtel mit Familienfotos denken, die ich aus dem Haus meiner Großmutter gerettet hatte, bevor sie ins Seniorenheim gezogen war. Tante Beth hatte die Schachtel neben den Mülleimer gestellt. »Sind bloß alte Schwarz-Weiß-Fotos«, hatte sie mit einer wegwerfenden Handbewegung gesagt. »Von irgendwelchen Verwandten, an die sich kein Mensch mehr erinnern kann.«

»Nein«, hatte ich protestiert und die Schachtel aufgehoben. »Du kannst die doch nicht einfach so wegwerfen. Ich nehme sie mit.« Von den meisten Vorfahren auf den Fotos kannte ich nicht einmal die Namen, aber es wäre mir wie Verrat vorgekommen, die Erinnerungen an sie auf der Müllkippe landen zu lassen. Undenkbar.

Ich schob das Foto wieder in den Umschlag, nahm das vergilbte Blatt Papier und faltete es vorsichtig auseinander.

»Sieh mal«, sagte ich, »eine Kinderzeichnung.« Ich betrachtete die Strichmännchen und versuchte, die Szene zu deuten. »Ich glaube, das soll zwei Kinder und eine Frau darstellen. Hier, das sieht aus wie ein Hut. Damals trugen die Frauen doch so große, opulente Hüte. Und das da könnten Federn sein, aber vielleicht ist es auch eine Schleife. Schwer zu sagen.«

»Du bist ja richtig gut«, sagte Dominic.

Ich musste lächeln. »Ich habe eine dreijährige Nichte, die ständig Bilder für mich malt. Ich bin ein ziemlicher Profi.«

Dominic rückte näher, um das Bild genauer zu betrachten. »Du meinst, das hat der kleine Junge gemalt?« Sein Arm streifte meine Hand. Meine Haut fühlte sich trocken an. Müde. Ich wünschte, ich hätte mir die Zeit genommen zu duschen, anstatt mir nur kurz das Haar zu bürsten und eine Baseballmütze aufzusetzen.

»Entschuldigung«, sagte er.

Ich schüttelte den Kopf. »Nein, ich glaube nicht, dass das von dem Jungen stammt.«

»Warum nicht?«

Ich zeigte auf die rechte untere Ecke. »Siehst du das Herz?«

Dominic nickte.

»Jungs malen keine Herzen.«

»Aha«, erwiderte er. »Gute Detektivin. Schade. Ich dachte, es wäre vielleicht von Daniel und hatte gehofft, es wäre ein Anhaltspunkt für deine Geschichte.«

Ich drehte das Blatt um. Zwei Wörter standen auf der Rückseite. »Ha! Das hier ist ein Anhaltspunkt«, sagte ich, nachdem ich mir die unbeholfenen Buchstaben eingehend angesehen hatte. »Sieh mal. Das ist ein Name. Da steht Eva. Eva Morelandsteed.«

»Vielleicht eine Verwandte von dem kleinen Jungen?«

»Möglich«, sagte ich, faltete das Blatt wieder zusammen

und steckte es zu dem Foto in den Umschlag. »Kann ich mir das für eine Weile ausleihen?«

»Du kannst es behalten.«

»Danke.« Ich wandte mich zum Gehen, drehte mich aber noch einmal um. »Sag mal, hast du heute schon was vor?«

Er lächelte. »Nein, warum?«

»Hättest du Zeit und Lust, irgendwo mit mir zu Mittag zu essen?« Wenn Ethan mit Cassandra essen gehen konnte, konnte ich dasselbe mit Dominic tun.

»Sowohl als auch«, antwortete er und griff nach seiner Jacke. »Wie wär's mit dem kleinen italienischen Bistro am Markt, das kürzlich eröffnet hat?«

Ich musste grinsen. »Das Spargelrisotto soll ganz hervorragend sein.«

»Also dann«, sagte er und zog den Reißverschluss seiner Jacke zu. »Die Sonne scheint. Machen wir einen Spaziergang!«

»Gute Idee«, sagte ich. Der kalte Wind blies mir ins Gesicht, aber mir war ausgesprochen warm ums Herz.

Seit dem Erscheinen von Cassandras überschwänglicher Kritik des Bistros war es fast unmöglich, dort einen Tisch zu bekommen. Wir hatten keine Lust, uns in die Schlange einzureihen, die sich vor der Tür gebildet hatte.

»Ich kenne ein kleines Restaurant im Untergeschoss des Pike Place Market«, sagte Dominic. »Das gibt's schon ewig. Nichts Elegantes – mehr ein Imbiss. Aber die Sandwiches mit Schinken und Soße sind unschlagbar.«

»Ich bin dabei.«

Wir stiegen die Stufen hinunter und betraten die Gewölbehalle. In der feuchten Luft duftete es nach Curry und Piment.

»Ich bin am liebsten hier unten«, sagte Dominic. »Die obere Etage ist für Touristen. Aber das hier ist die Seele des Markts.«

Ich sah mich voller Ehrfurcht um. »Ich fasse es nicht, dass ich schon so lange in Seattle bin und noch nie hier unten war«, sagte ich. »Ich wusste nicht einmal, dass es hier überhaupt ein Untergeschoss gibt. Gott, wie peinlich.«

Dominic zeigte auf einen Laden zu unserer Rechten. »Da gibt es exotische Gewürze aus aller Welt.«

»Man riecht's«, sagte ich und atmete die Düfte ein.

»Du musst unbedingt die Beignets von Al probieren.« Er nickte einem älteren Mann hinter einem fahrbaren Imbissstand zu. »Wir nehmen vier, mit viel Puderzucker«, sagte er. Es duftete intensiv nach frittiertem Teig. Dominic gab dem Mann fünf Dollar und drückte mir eine dampfende Papiertüte in die Hand. »Der Nachtisch.«

Schließlich standen wir vor dem Restaurant. Wie Dominic gesagt hatte, war es sehr einfach: Ein paar Nischen entlang der Wand, Stühle und Tische, auf denen Serviettenspender und Ketchup-Flaschen standen, die aussahen, als könnten sie eine gründliche Reinigung vertragen. Ein paar Männer saßen am Tresen auf Barhockern mit rissigen Plastiksitzen. Über dem Eingang hing ein einfaches grünes Schild mit der Aufschrift *Lindgren's.*

Eine kaugummikauende Kellncrin kam und reichte uns fettige Speisekarten. »Alles klar, Süßer?«, sagte sie zu Dominic.

»Alles klar.« Er drehte sich zu mir um. »Claire, das ist Donna. Donna, Claire.«

»Hallo, Claire«, sagte die schon etwas ältere Frau mit rauchiger Stimme, dann wandte sie sich wieder Dominic zu.

»Hab dich schon ’ne ganze Weile nicht mehr gesehen. Witzig, gerade heute Morgen waren ein paar Männer in Anzügen hier und haben sich über deine …«

»Ja, ja, ich hatte viel um die Ohren«, fiel er ihr hastig ins Wort und lächelte mich nervös an.

Donna zuckte die Achseln. »Na gut, ihr beiden. Dann suchen wir mal einen Tisch für euch.«

Dominic zeigte in die hintere Ecke des Restaurants. »Können wir den dahinten am Fenster nehmen?«

»Na klar«, sagte sie augenzwinkernd. »Ist schließlich dein Stammtisch.«

Ich brannte vor Neugier, als ich mich auf einen wackligen Stuhl setzte. »Männer in Anzügen? Was war das denn?«

Er zog eine Serviette aus dem alten Metallspender und begann, sie immer kleiner zusammenzufalten. »Ach, was weiß ich«, sagte er ausweichend. »Vielleicht haben sie sich ja über die langsame Bedienung beschwert. Manche Geschäftsleute kapieren einfach nicht, dass ein guter Cappuccino seine Zeit braucht.« Einen Moment lang wirkte er merkwürdig distanziert, doch dann war er wieder leutselig wie immer. »Sorry, ich will nicht rumjammern«, sagte er. »Vielleicht sollte ich lieber endlich mal den Urlaub nehmen, von dem ich schon so lange träume.«

Durch die alten zugigen Sprossenfenster konnte man die Fähren sehen, die in der Elliott Bay kreuzten. Eine Möwe krächzte auf ihrem Pfahl. Ich wandte mich wieder Dominic zu. Ich hatte das Gefühl, dass er mit irgendetwas nicht rausrücken wollte und versuchte, vom Thema abzulenken, aber das machte mir nichts aus. »Wohin würdest du denn fahren?«, fragte ich und stützte das Kinn in eine Hand. »Wenn du Urlaub machen würdest?«

»Als Allererstes nach Australien«, sagte er mit leuchtenden Augen und zeigte auf eine Stelle auf dem Tisch, als läge da eine Weltkarte vor ihm ausgebreitet. »Ich wollte schon immer das Große Barriere-Riff sehen. Dann Neuseeland und vielleicht die Fidschi-Inseln.«

Ich stellte mir vor, wie er durch blaues Wasser schnorchelte, noch braun gebrannter, als er jetzt schon war. »Klingt fantastisch«, sagte ich. »Und warum hast du die Reise bisher noch nicht gemacht?«

»Na ja, ich …«

Donna kam, um unsere Bestellungen aufzunehmen. »Was darf's denn sein. Das Übliche?«

Dominic sah mich an. »Ich nehm immer das Sandwich mit Schinken und Soße.«

»Das gibt's bei uns schon seit der Weltwirtschaftskrise«, bemerkte Donna. »Damals gehörte Kaffeesoße zur Arme-Leute-Küche. Jetzt serviert man sie in Spitzenrestaurants. Letztes Jahr hat sogar ein Gourmet-Magazin über unsere Soße berichtet. Die haben extra einen Fotografen aus New York hergeschickt.« Sie zeigte auf ein gerahmtes Foto an der Wand.

»Verzeihung«, sagte ich ein bisschen verwirrt. »Haben Sie eben *Kaffee*soße gesagt?«

Sie nickte. »Der Schinken wird in der Pfanne gebraten, bis das Fett raus ist, dann gießt man Kaffee dazu und lässt das Ganze köcheln, bis die Soße schön dick ist. So haben die Leute damals den Dollar gestreckt.«

»Also, ich trinke eigentlich keinen Kaffee«, sagte ich, »aber die Soße probiere ich auf jeden Fall.«

»Schön«, sagte Donna. »Sie werden es nicht bereuen. Ist unser Klassiker. Eine Portion Kartoffelpüree dazu?«

Wir nickten.

»Und, was macht dein Artikel?«, fragte Dominic, nachdem Donna gegangen war.

»Ach, ich weiß nicht. Ich soll bis morgen was liefern, aber ich habe noch keine einzige Zeile geschrieben.« Ich runzelte die Stirn. »Ich muss dauernd an diesen kleinen Jungen denken.«

»Lass dich nicht entmutigen«, sagte er. »Die schwierigsten Dinge sind oft die lohnenswertesten.«

Im Prinzip hatte er recht. Ich dachte an den ersten und einzigen Marathon, den ich gelaufen war, kurz nachdem Ethan und ich geheiratet hatten. Neun Monate hatte ich dafür trainiert, und als ich die Ziellinie erreichte, hatte ich einen blutigen Zeh und Muskelkrämpfe, aber ich war noch nie so stolz auf mich gewesen, so voller Selbstbewusstsein. Als Ethan mich in die Arme schloss und mein nass geschwitztes und gerötetes Gesicht liebkoste, empfand ich einen nie gekannten inneren Frieden.

Ich sah aus dem Fenster und suchte mit zusammengekniffenen Augen den Horizont ab.

»Was gibt's denn da zu sehen?«, wollte Dominic wissen.

»Bainbridge Island«, antwortete ich und wandte mich ihm wieder zu. »Ich fahre morgen mit der Fähre rüber und besuche eine alte Freundin.«

Er nickte. »Aha«, sagte er ein bisschen wehmütig. »Ein schönes Fleckchen Erde. Da würde ich gern irgendwann leben.«

»Warum ziehst du nicht einfach dahin? Du könntest doch pendeln. Die Fähre braucht nur eine halbe Stunde.«

Er betrachtete seine Hände. »Das geht nicht«, sagte er. »Zumindest noch nicht. Die Immobilienpreise auf der Insel sind sehr hoch, und ich schicke jeden Dollar, den ich erübrigen kann, nach Hause.«

»Nach Hause?«

»Meine Mutter ist krank«, erwiderte er. »Sie hat keine Krankenversicherung. Die Medikamente sind teuer, aber die halten sie am Leben.«

»Oh. Das tut mir leid. Du unterstützt sie also?«

Er nickte. »Du würdest sie mögen.«

Ich lief rot an.

In dem Moment klingelte mein Handy in der Handtasche, aber ich ignorierte es. »Sie muss dich sehr lieben«, sagte ich. »Die Beziehung zwischen Mutter und Sohn ist immer etwas ganz Besonderes.« Ich faltete die Serviette auf meinem Schoß und stützte das Kinn in die Hand. »Ich muss immerzu an Vera und Daniel denken. Zu wissen, dass sie über dem Café gewohnt haben.« Ich seufzte noch einmal. »Das spukt mir dauernd im Kopf herum.«

Dominic grinste. »Ich hatte schon immer das Gefühl, dass es in dem Haus spukt.«

In dem Moment kam Donna mit zwei Tellern. Genau wie auf der Abbildung in der Speisekarte troff die Sauce dunkelbraun aus dem Schinkensandwich. Ich biss gierig hinein.

»Und? Schmeckt's?«, fragte Dominic.

»Hmm«, antwortete ich kauend. »Köstlich.«

Er lächelte stolz. »Wusste ich's doch.«

Erneut klingelte mein Handy. Ich kramte es widerstrebend aus der Handtasche und sah Ethans Nummer im Display.

»Entschuldigung«, sagte ich zu Dominic. »Bin gleich wieder da.«

»Kein Problem.«

»Hallo«, sagte ich und verließ hastig das Restaurant.

»Claire, ich versuche schon den ganzen Vormittag dich zu erreichen.«

Ich schnaubte. »Um mir zu erklären, warum du heute Nacht nicht nach Hause gekommen bist?«

»Ich war die ganze Nacht im Krankenhaus.«

Ich musste schlucken. »Ist alles in Ordnung?«

»Bei mir ja. Aber mein Großvater hatte einen Herzinfarkt. Direkt nach der Preisverleihung auf der Gala gestern Abend. Er ist operiert worden, und danach war ich die ganze Nacht an seinem Bett.«

»O nein«, sagte ich. »Wird er sich wieder erholen?«

»Kann man noch nicht sagen«, erwiderte er. »Das muss sich zeigen. Ich habe gestern Abend versucht dich anzurufen, aber offenbar hattest du dein Handy ausgeschaltet. Und zu Hause bist du heute Morgen auch nicht ans Telefon gegangen.« Er schwieg einen Moment, schien auf die Hintergrundgeräusche zu lauschen. Ein ärmlich aussehender Mann fing ein paar Meter weiter an, Banjo zu spielen. »Wo bist du?«

Schuldbewusst schaute ich durchs Fenster in das Restaurant, wo Dominic auf mich wartete. »Zum Mittagessen im Market. Mit einem Freund.«

Warren war der Großvater, den ich nie gehabt hatte. Meine beiden Großväter waren vor meiner Geburt gestorben, und als ich in die Familie Kensington einheiratete, hatte Opa Warren mich mit offenen Armen aufgenommen. Wir hatten uns vom ersten Moment an gut verstanden. Er hatte mich schon bald zu einer Partie Hearts herausgefordert, und ich hatte gewonnen. »Die Kleine ist ein Goldstück«, hatte er zu Ethan gesagt. »Eine Frau, die einen Mann beim Kartenspiel bezwingt, ist eine fürs Leben.« Ich wusste, dass er eigentlich gar nicht mich meinte. Seine Frau, Ethans Großmutter, war schon vor Jahren gestorben. Obwohl ich sie nicht kennengelernt hatte, wusste ich, dass die beiden sich sehr geliebt hatten. Man sah es auf den Familienfotos, aber mehr noch sah man es in seinem Blick. Selbst mehr als fünfzehn Jahre nach ihrem Tod kamen ihm noch die Tränen, wenn er von ihr sprach.

»Ich komme so schnell wie möglich«, sagte ich. »Sag ihm, dass ich unterwegs bin.«

Ich lief ins Restaurant und nahm meine Tasche vom Stuhl. »Tut mir leid, Dominic, aber es gibt einen Notfall. Der Großvater meines Mannes ist im Krankenhaus. Herzinfarkt. Ich muss los.«

»Oh, das tut mir leid«, sagte er und stand auf. »Kann ich irgendwie helfen?«

»Nein, nein«, stammelte ich, plötzlich von Schuldgefühlen überwältigt. »Ich nehme mir ein Taxi. Ich … Ich ruf dich an.« Ich warf noch einen Blick auf mein angebissenes Mittagessen und eilte hinaus.

Warren rang sich ein schwaches Lächeln ab, als ich das Zimmer betrat. Seine Arme lagen kraftlos neben dem Körper. »Was machst du bloß für Sachen«, flüsterte ich. »Du kannst doch nicht einfach einen Herzinfarkt kriegen, ohne mir vorher Bescheid zu sagen.« Ich hörte Ethan hereinkommen, drehte mich jedoch nicht um.

Warren zwinkerte mir zu. »Tut mir leid, Liebes, aber die alte Pumpe will nicht mehr.«

»Ach was«, sagte ich, während ich mit den Tränen kämpfte, »du hast noch eine Menge Jahre vor dir. Und du wirst noch gebraucht.«

Er nickte. »Wenn du das meinst, Liebes. Aber wenn es euch recht ist, würde ich lieber bald abtreten und zu meinem Schatz gehen. Sie fehlt mir so.«

»Das weiß ich, Warren«, sagte ich. »Aber *wir* lieben dich auch, vergiss das nicht.«

Ich spürte Ethans Körperwärme hinter mir. »Er braucht Ruhe«, flüsterte er. »Lass uns einen Moment rausgehen.«

Mir gefiel sein besserwisserischer Ton nicht, aber Warren sah wirklich müde aus, also folgte ich Ethan auf den Korridor, wo wir uns ein Stückchen weiter auf eine Bank setzten. Krankenschwestern liefen geschäftig hin und her. Es roch nach Bœuf Stroganoff und Desinfektionsmitteln.

»Die Ärzte glauben, dass er sich wieder erholen wird«, sagte er. »Vorerst.«

»Gott sei Dank«, erwiderte ich und rieb mir nervös die Hände.

Als ich aufblickte, kamen Ethans Eltern, Glenda und Edward, auf uns zu.

»Wie geht es ihm?«, fragte Glenda Ethan, ohne mich eines Blickes zu würdigen.

Ethan zuckte die Achseln. »Unverändert. Der Arzt sagt, sein Herz ist schwach. Er wird nicht mehr so weitermachen können wie bisher. Wir werden ihm helfen müssen, seinen Stress in den Griff zu kriegen. Es ist höchste Zeit, dass er kürzertritt.«

Glenda schaute erst Edward, dann mich an. »Claire, Liebes«, sagte sie.

Ich musste schlucken. *Liebes* nannte sie mich nur, wenn sie etwas von mir wollte oder wenn eine Zurechtweisung auf dem Fuße folgte.

Sie warf Ethan einen vielsagenden Blick zu. »Claire, wir

halten es für besser, wenn du deine wöchentlichen Besuche bei Warren vorerst einstellst.«

»Wie bitte?«, sagte ich perplex. »Was soll das denn heißen?« Seit zwei Jahren besuchte ich Warren jede Woche. Wir spielten Karten, sahen uns gemeinsam alte Filme an oder lasen einfach nur, er seine Kriegsgeschichten und ich meine Liebesromane.

»Sein Herz, Liebes«, fuhr Glenda fort. »Du hast ja gehört, was Ethan gesagt hat. Der Doktor meint, es ist geschwächt. Bei all deinem … Nun ja, Warren kann einfach im Moment kein zusätzliches Drama gebrauchen.«

»Zusätzliches *Drama*?« Meine Wangen brannten. »Ihr glaubt, dass meine Besuche seiner Gesundheit schaden?« Ich schaute Ethan hilfesuchend an.

»Nein, natürlich *nicht*, Liebes«, erwiderte Glenda und tätschelte mir den Rücken. Ihre gönnerhafte Art machte mich rasend. »Wir wollen einfach nur das Beste für ihn, damit er sich möglichst bald wieder erholt.«

»Mom«, sagte Ethan und hielt abwehrend die Hand hoch. »Großvater *liebt* Claire. Sie gehört zu den wenigen Menschen, in deren Gesellschaft er sich wohlfühlt.« Er drückte mir die Hand, doch ich war zu fassungslos, um zu reagieren.

Ich spürte Glendas eiskalten Blick auf meinem Gesicht, als ich mich zu Ethan umdrehte. Verräterische Tränen schossen mir in die Augen, die seine Eltern nicht sehen sollten. »Danke«, flüsterte ich meinem Mann zu, ließ seine Hand los und wollte zum Aufzug gehen.

»Claire, bitte.« Ethan hielt mich fest, während seine Eltern zu Warrens Zimmer gingen. Er zog mich an sich und hauchte mir einen Kuss auf die Stirn. »Hör nicht auf meine Mutter.«

Ich nickte, als die Aufzugtür sich öffnete. Eine Krankenschwester im blauen Kittel warf einen Blick auf die Anzeigentafel. »Oh, falsches Stockwerk«, sagte sie. In dem Rollstuhl neben ihr saß eine Frau in einem Krankenhaushemd, die ein Neugeborenes stillte. Die frischgebackene Mutter lächelte, ein erschöpftes, zufriedenes Lächeln, während der stolze Ehemann sich über sie beugte. Sie waren ein Abbild der Liebe. Die Aufzugtür schloss sich wieder.

»Tut mir leid, Ethan«, sagte ich mit zitternder Stimme. »Hier kann ich nicht bleiben. Ich muss weg.«

Als der Aufzug schließlich wiederkam, trat ich ein. Nachdem sich die Tür geschlossen hatte, vergrub ich mein Gesicht in den Händen und weinte.

11

Vera

Die rundliche Verkäuferin bei Frederick and Nelson musterte mich missbilligend. Dann schaute sie Lons Diener an und stieß einen Seufzer aus. »Eine Neue?«

Andrew zeigte auf einen Ständer mit Abendkleidern. »Sie braucht mehrere Kleider«, sagte er. »Mr. Edwards bevorzugt Rot, aber mischen Sie es ein bisschen mit anderen Farben – wegen der Abwechslung. Und dann braucht sie natürlich noch was für *drunter*«, fügte er mit einem vielsagenden Blick hinzu und sah auf die Uhr. »Setzen Sie es wie immer auf Mr. Edwards' Rechnung.«

»In Ordnung«, sagte die Frau und hob eine Braue. »Dann wollen wir mal.«

»Gut«, sagte Andrew. »Bitte sorgen Sie dafür, dass sie spätestens um vier beim Friseur ist. Mr. Edwards erwartet sie Punkt fünf zum Abendessen.« Ich kam mir vor wie Ware auf einem Lieferwagen.

Ich folgte der Frau in einen Umkleideraum und stand wie benommen vor dem Spiegel, während sie sich daranmachte, mir das Kleid auszuziehen.

Es glitt zu Boden – ein armseliges Häufchen aus dunkelblauem, fadenscheinigem Stoff.

Eine zweite, jüngere Frau kam herein.

»Melinda!«, wies die Ältere sie an. »Werfen Sie dieses Kleid weg. Das brauchen Sie nicht mehr.«

Es versetzte mir einen Stich, als die Verkäuferin mein Kleid aufhob und damit verschwand. Die Tasche war eingerissen und der Saum ausgefranst, aber ich hatte es getragen, als ich Daniel das letzte Mal in den Armen gewiegt hatte. Es war, als käme mit dem Kleid ein Teil von ihm auf den Müll. Ein Teil von uns.

»Bitte«, flehte ich. »Darf ich es behalten?«

Die Frau lachte spöttisch. »Den alten Lumpen?«

Den Blick auf meine nackten Füße gesenkt versuchte ich mit aller Macht, die Tränen zurückzuhalten.

»Sie haben Glück, dass Sie Mr. Edwards gefallen«, fuhr die Frau fort. »Von jetzt an können Sie schönere Sachen tragen.«

Ich kniff die Augen fest zusammen, als sie sich an meiner Unterwäsche zu schaffen machte. Ich hörte nur halb hin, während sie meine Oberweite maß. »Normalerweise bevorzugt er etwas rundere Formen«, sagte sie mit einem prüfenden Blick auf meine Brüste. »Sie sollten mehr essen, damit Sie was auf die Rippen kriegen.«

Ich verzog das Gesicht, als sie die Haken an meinem Mieder löste, bis ich im Evakostüm dastand. Die kalte Luft fühlte sich grausam an auf der nackten Haut. Im Spiegel sah ich meinen schlaffen Bauch, in dem ich vor drei Jahren Daniel getragen hatte. Ich hatte ihn zu Hause zur Welt gebracht, allein. Zum Schluss war Caroline dabei gewesen. Sie hatte mir das Gesicht mit einem kühlen Lappen abgetupft und Lieder vorgesungen. Die Wehen hatten sich ewig hingezogen und waren sehr schmerzhaft gewesen. Aber als ich meinen kleinen Sohn schließlich in den Armen gehalten hatte, war das alles vergessen. Ich hätte es immer wieder für ihn getan. *Mein Daniel.* Ich spürte, wie mir schon wieder die Tränen kamen. *Ich werde nicht weinen. Nicht vor dieser Frau.*

»Wie ich sehe, haben Sie schon Kinder gekriegt«, sagte die Frau missbilligend, während sie meine Rippen in ein beigefarbenes Korsett zwängte.

Ich nickte. »Ja. Eins. Einen wunderbaren kleinen Jungen, der …«

»Gut, dass Sie ihn weggegeben haben«, bemerkte sie. »Zwecklos, einen Bastard großzuziehen.«

»Was fällt Ihnen ein?«, erwiderte ich und trat einen Schritt zurück.

Die Frau zuckte die Achseln. »Ich wollte Ihnen nicht zu nahe treten«, sagte sie, wohl mehr aus Rücksicht auf die Aufträge von Lon Edwards als auf meine Gefühle. »Ich meinte bloß, dass es heutzutage nicht so einfach ist, ein Kind großzuziehen, noch dazu ein uneheliches.«

Sie zog mir einen engen weißen Seidenunterrock über den Kopf und zupfte ihn zurecht, bis er perfekt saß. Dann verschränkte sie die Arme und musterte mich von Kopf bis Fuß. »Sie wissen doch, was mit der Letzten passiert ist, oder?«

Ich schüttelte den Kopf. »Mit der letzten was?«

»Mit Mr. Edwards' letztem Mädchen.«

Ich sah sie fragend an und musste an Susie denken, das ehemalige Zimmermädchen.

»Sie wurde schwanger«, sagte die Frau. »Die dumme Gans. Er war gezwungen, sie fortzuschicken.«

Ich wollte weder mit Lon Edwards ins Bett noch mit ihm zu Abend essen. Aber um meinen Sohn zu finden, hätte ich alles getan.

Edwards hatte Beziehungen. Gwen hatte ihn mit einem Senator zu Mittag essen sehen. Wenn irgendjemand die Polizei veranlassen konnte, Daniel zu suchen, dann er.

»Ziehen Sie den Bauch ein«, befahl die Frau. »Dieses Korsett muss eng geschnürt werden, wenn wir Sie heute Abend in ein Abendkleid kriegen wollen. Mr. Edwards will, dass Sie was hermachen auf dem Parkett.«

Ich holte tief Luft und zog den Bauch ein. Mit geschlossenen Augen dachte ich daran, wann ich das letzte Mal getanzt hatte. Mit Charles. Ich ließ mich von der Erinnerung einhüllen wie von einer warmen Decke.

Vier Jahre vorher

Draußen ertönte eine Hupe. Caroline quiekte vor Vergnügen. »Charles ist da!«

Ich strich mein Haar glatt und stürzte ans Fenster der Wohnung, die ich mit drei Freundinnen teilte. Er saß am Steuer seines glänzenden grauen Buick, das dunkle Haar mit Pomade nach hinten gekämmt und ein versonnenes Lächeln auf den Lippen. Er sah umwerfend aus. Sechs Wochen war es jetzt her, dass wir uns in dem Hotel kennengelernt hatten. Er hatte mich an jenem Abend zu Fuß nach Hause begleitet und mir versprochen, mich nach seinem Urlaub in Europa anzurufen. Ich musste oft an ihn denken, auch wenn die Vernunft mir riet, es nicht zu tun. Sicherlich, er war wunderbar, aber zu ihm gehörte die Sorte Frauen, die ich im Hotel gesehen hatte – elegant gekleidet, juwelenbehängt –, und nicht eine, die ein Loch im Schuh hatte und keinen Penny besaß. Und als er in der Woche zuvor angerufen hatte, waren mir Zweifel gekommen, ob es trotz allem, was er mir im

Olympic gesagt hatte, möglich war, dass ein reicher Mann ein Mädchen aus ärmlichen Verhältnissen lieben konnte.

Georgia verschränkte die Arme. »Das ist so gemein«, jammerte sie. »Hat er nicht einen ledigen Bruder?«

»Lenk sie nicht ab, Georgia«, schalt Caroline. »Sie muss sich fertig machen!«

Ich blickte an meinem Kleid hinunter, alles andere als elegant, mit schlichten Volants und einem Saum, den ich erst am Vormittag repariert hatte. Ich konnte nur hoffen, dass das kobaltblaue Garn, das einzige, das ich hatte, sich nicht zu offensichtlich von dem Hellblau des Kleids abhob. »Wie sehe ich aus?«

Caroline runzelte die Stirn. »Süße, du willst ihn doch beeindrucken, oder?«

Ich nickte.

Caroline fing an, das Kleid aufzuknöpfen. »Natürlich willst du das, und deshalb wirst du auch schön mein rotes Kleid anziehen.«

»Caroline, das kann ich nicht«, wandte ich ein, »es ist so ...«

»Tief ausgeschnitten?«

Ich nickte.

»Allerdings, und genau das ist der Zweck der Übung. Jetzt werden wir dich erst mal aus diesem Kartoffelsack befreien.«

Caroline öffnete den letzten Knopf, und das Kleid fiel zu Boden. Sie ging zu ihrem Kleiderschrank, kam mit dem roten Kleid wieder und hielt es stolz hoch. »Da bleibt ihm die Spucke weg, wenn er dich darin sieht.« Caroline hatte einen ganzen Monatslohn dafür geopfert, als sie es in einem Schaufenster einer Boutique am Pioneer Square entdeckt hatte. Vorsichtig zog sie mir das Kleid über den Kopf. Es schmiegte sich um meinen Körper wie ein fester Verband, und ich zupfte verlegen daran herum.

»So«, sagte sie, und trat einen Schritt zurück, um mich zu begutachten. »Umwerfend.«

»Ich weiß nicht, Caroline«, sagte ich zögernd. »Glaubst du, das bin wirklich *ich*?«

»Das bist du heute Abend«, erwiderte sie, und hielt mir eine Perlenkette an. »Die sind zwar nicht echt, aber das weiß ja niemand.« Mir lief ein Schauer über den Rücken, als sie den Verschluss zumachte.

»Perfekt«, sagte sie. »Und jetzt ab mit dir, dein Verehrer wartet draußen.« Sie bugsierte mich zur Tür. »Du siehst fantastisch aus.«

Ich drehte mich noch einmal um. »Danke, Caroline. Ich weiß, dass es dein Lieblingskleid ist. Ich werde besonders gut drauf aufpassen.«

»Meinetwegen kannst du es mit Wein bekleckern«, sagte sie. »Ich werde es sowieso nie wieder anziehen.« Sie tätschelte ihren Bauch, der sich bereits deutlich wölbte. »Ich hab viel Spaß damit gehabt.«

Caroline hatte eine Woche nach dem Fest im Hotel Olympic einen Fischer geheiratet. Die beiden waren schon seit einem Jahr mehr oder weniger fest zusammen gewesen, und als er eines Tages mit dem Verlobungsring seiner Großmutter aufgetaucht war, hatte sie spontan Ja gesagt. Wenig später war er bei einem Autounfall ums Leben gekommen – als sich gerade herausgestellt hatte, dass sie schwanger war. Schließlich hatte Caroline dann bei uns vor der Tür gestanden, in der Hand einen Koffer mit ihren Habseligkeiten. Obwohl wir schon zu dritt in der Einzimmerwohnung hausten, nahmen wir sie auf. Ihre Eltern hatten sie verstoßen.

»Ach Caroline«, sagte ich und legte ihr einen Arm um die Taille. »Du wirst es bestimmt irgendwann wieder tragen. Wart's nur ab.«

»Ja, ja«, erwiderte sie seufzend. »Aber heute ist dein Abend. Genieß ihn in vollen Zügen, Liebes.«

Ich nickte. »Ich werd's versuchen.«

Charles stand an seinen Wagen gelehnt da, als ich aus dem Haus kam.

»Na, Süße«, rief ein offensichtlich Betrunkener von der anderen Straßenseite. »Suchst du was fürs Bett?«

»Was fällt Ihnen ein!«, fuhr Charles den Mann an. »Redet man so mit einer Dame?«

Der Mann verschwand in einer Gasse, und ich schenkte Charles ein dankbares Lächeln. »Willkommen in meinem Viertel«, sagte ich.

»Kommt so etwas hier öfter vor?«

Ich nickte. »Man gewöhnt sich dran. Aber die meisten sind harmlos.«

Kopfschüttelnd schaute er die Straße hoch und runter. Ein Obdachloser trat eine leere Blechbüchse vor sich her, während er laut Selbstgespräche führte. Eine alte Frau erhob sich von einer Bank und näherte sich Charles. Ein schickes, blitzblankes Auto war ein seltener Anblick in unserer Gegend, und es zog die Neugierigen an wie reifes Obst die Fliegen.

»Entschuldigen Sie, Sir«, sagte die Frau fast im Flüsterton und streckte eine schmutzige Hand aus. »Haben Sie vielleicht ein paar Cent für eine hungrige alte Frau übrig?«

»Ist das ein echter Buick?«, fragte ein Jugendlicher, während er ehrfürchtig die Motorhaube streichelte. Charles sah mich hilfesuchend an.

Ich räusperte mich. »Bedaure«, sagte ich mit fester Stimme. »Aber wir haben es eilig.«

Die Frau nickte und trat einen Schritt zurück. Der Junge zuckte die Achseln. Alle verzogen sich.

»Tut mir leid«, sagte ich, als wir im Wagen saßen. »Reiche Leute verirren sich normalerweise nicht hierher.«

Er wirkte hin und her gerissen. »Puh«, sagte er, als er langsam losfuhr.

Wir fuhren eine Weile schweigend. Irgendwann sagte Charles: »Hätte ich ihr doch nur etwas gegeben.«

»Wem?«

»Dieser alten Frau«, antwortete er. »Ich hätte ihr ein paar Münzen geben sollen. Ich weiß gar nicht, warum ich's nicht getan habe.«

Ich schüttelte den Kopf. »Na ja, ein paar Dollar lösen ihre Probleme nicht.«

Charles nickte. »Sind Leute wie ich hier verhasst?«

»Natürlich nicht«, erwiderte ich. Im Licht der Straßenlaternen funkelten seine goldenen Manschettenknöpfe. »Leute wie Sie gehören zu einer anderen Welt«, erwiderte ich. »Einer Welt, die den Menschen hier fremd ist.«

Charles schüttelte den Kopf, als versuchte er, die Unterschiede zwischen uns zu ergründen. »Es beschämt mich«, sagte er schließlich, »dass ich überhaupt keine Ahnung habe, wie diese Leute leben.«

Ich berührte seinen Arm. »Sie sind aber ganz anders«, sagte ich und sah ihn voller Bewunderung an. Charles besaß eine Herzensgüte, die in seinen Kreisen wahrscheinlich nicht üblich war. Sein Herz schien das Leid der Armen zu empfinden – eine Seltenheit, denn die Oberschicht neigte immer mehr dazu, die Armut einfach zu ignorieren.

Er hielt an einem Restaurant, vor dem eine Frau in einem hellen Kleid aus Crêpe-de-Chine stand und rauchte. Mit einer eleganten Handbewegung schob sie ihre Zigarette zwischen die knallroten Lippen, zog daran, dann ließ sie die Kippe fallen und trat sie mit dem glänzenden schwarzen Absatz aus. »Ich hatte an ein leichtes Abendessen im Blue Palms gedacht«, sagte er. »Das heißt, wenn Sie Hunger haben.« Seine warmen Augen lächelten erwartungsvoll.

»Ja«, sagte ich. »Das würde mir gefallen.«

Charles stieg aus, reichte einem Pagen den Autoschlüssel und ging um den Wagen herum, um mir die Tür aufzuhalten. Ich kam mir vor wie eine reiche Erbin, als ich aus dem Wagen stieg und mich bei ihm unterhakte. Zwei Frauen, die auf dem Gehweg standen, begafften uns. Sie schauten Charles an, musterten mich von Kopf bis Fuß, dann steckten sie die Köpfe zusammen. Ich sah ihnen an, was sie dachten. *Hochstaplerin.* Sie wussten, dass ich nicht dazugehörte. Den Blick geradeaus gerichtet betrat ich gemeinsam mit Charles den Club.

Unwillkürlich schaute ich im Vorbeigehen in den Spiegel an der Wand zu meiner Linken, um mich zu vergewissern, dass es wirklich ich war, die daraus zurückblickte. Wie oft hatten Caroline und ich davon geträumt, einmal im Blue Palms essen zu gehen. Wir kannten eine Cocktail-Kellnerin, die dort am Wochenende arbeitete. Sie hatte oft von den Reichen und Schönen erzählt, die dort verkehrten. Durch das dämmrige Foyer folgte ich Charles zur Garderobe, wo elegante Paare ihre Mäntel abgaben.

Charles sagte leise etwas zum Empfangschef, der sogleich mit einem nervösen Lächeln hinter seinem Tresen aufsprang. »Ja, sehr erfreut, Sie wiederzusehen. Ihr Tisch steht für Sie bereit.«

Ich versuchte, nicht an all die anderen Frauen zu denken, die Charles vor mir hierher ausgeführt hatte. Und das waren bestimmt eine ganze Menge gewesen. Erhobenen Hauptes ging ich neben Charles her, als der Empfangschef uns durch einen dunklen Flur führte, wo über den Fußleisten angebrachte Lampen die Wände beleuchteten wie in den Kinos, in die ich mich als Kind geschlichen hatte. Auf dem Weg zwischen den vollbesetzten Tischen hindurch folgten uns neugierige und abschätzige Blicke. Eine Kapelle spielte auf der Bühne eine Ballade, und ich setzte meine Schritte im Takt der Musik. Ein Fuß vor den anderen. *Was, wenn ich stolpere? Wenn ich Charles in Verlegenheit bringe?*

Charles legte mir zärtlich seinen Arm um die Taille, dann spürte ich seinen warmen Atem am Hals. »Bei dem Stück kann ich mich einfach nicht hinsetzen. Geht Ihnen das nicht auch so?«

Ich bekam eine Gänsehaut an den Armen. Natürlich kannte ich das Stück. »Stardust.« Caroline und ich hatten es uns so oft im Plattenladen angehört, bis der Ladenbesitzer gesagt hatte, es gebe zwei Möglichkeiten: Kaufen oder Verschwinden. Da wir uns die Platte nicht leisten konnten, hatten wir uns enttäuscht verdrückt.

Mit einer tiefen Verbeugung sagte Charles: »Darf ich bitten?«

»Aber gerne«, sagte ich und folgte ihm auf die Tanzfläche. Ich spürte die Blicke im Rücken, aber als Charles mich eng an sich zog, war alle Unsicherheit verschwunden.

»Und Sie wollen immer noch behaupten, Sie könnten nicht tanzen?«, flüsterte er mir ins Ohr.

»Kann ich auch nicht«, erwiderte ich. »Sie lassen mich einfach nur gut aussehen.«

Er schüttelte den Kopf. »Nein, nein«, sagte er mit ernster Miene. »Sie sind etwas ganz Besonderes, Vera Ray.«

Charles wirbelte mich über die Tanzfläche. In seinen Armen fühlte ich mich leicht wie eine Feder, während er mich mit sicheren Schritten über das Parkett führte. Als das Stück zu Ende war, zog er mich wieder eng an sich. Wir sahen einander tief in die Augen.

Eine Weile schwieg er. Dann stimmte die Kapelle das nächste Stück an.

»Lassen Sie uns das Essen bestellen«, sagte Charles schließlich.

Wir nahmen in einem Separée Platz, von wo aus man einen guten Blick auf die Bühne hatte. Das weiche Knopfpolster fühlte sich an, als würde man auf einer Wolke sitzen, und mit Charles an meiner Seite kam ich mir vor wie auf einem anderen Stern – zumindest in einer ganz anderen Welt.

Ein Kellner mit einer gestärkten weißen Serviette über dem Arm kam an den Tisch, und Charles bestellte Wein und einige Gerichte von der Speisekarte.

»Haben Sie schon mal Austern probiert?«, fragte Charles. »Oder Kaviar?«

Ich schüttelte den Kopf. *Warum so tun, als hätte ich einen erlesenen Geschmack, wo er doch genau weiß, dass das nicht stimmt?*

»Also gut«, sagte er zum Kellner, »bringen Sie uns beides.«

Kurz darauf servierte uns der Kellner eine Zinnschüssel, gefüllt mit etwas, das aussah wie glänzende Brombeeren.

»Kaviar«, sagte Charles lächelnd.

Ich rümpfte die Nase.

Als Nächstes brachte der Kellner eine Platte mit Austern auf gestoßenem Eis, und eine zweite Platte, auf der Zitronenspalten und mehrere Schälchen mit Saucen arrangiert waren. Ich schluckte.

»Passen Sie auf«, erklärte mir Charles, »man träufelt ein bisschen Zitrone obendrauf, dann nimmt man die Schale so in die Hand. Und schwupp, schon gleitet einem die Auster in den Mund.«

»Einfach so?«

»Einfach so.«

Mir kamen diese extravaganten Speisen ziemlich albern vor. Wozu so ein Theater, wenn man genauso gut ein leckeres Schinkensandwich essen konnte? Aber ich wollte Charles nicht enttäuschen. »Na gut«, sagte ich skeptisch. »Wenn Sie das sagen.«

Ich nahm eine Auster von der Platte, betrachtete die geriffelte Oberfläche der Schale und staunte über die scharfen Kanten. Mein Vater, von Beruf Fischer, hatte eines Abends, als ich noch klein war, eine Auster mit nach Hause gebracht, an deren scharfer Kante ich mir den Finger verletzt hatte. Meine Mutter, die in der Fabrik Nachtschicht hatte, war nicht da, um die Wunde zu verbinden. Also riss ich ein Stück von einem Putzlappen ab und wickelte den Stoff um den Finger, um die Blutung zu stoppen. Als meine Mutter von ihrem Zweitjob bei einer reichen Familie in einem wohlhabenden Viertel von Seattle nach Hause kam, wo sie tagsüber die Kinder hütete, hielt ich ihr den verbundenen Finger hin. »Selber schuld«, schimpfte sie, ohne hinzusehen. »Mit fünf Jahren solltest du wissen, wann man aufpassen muss.« Dunkle Ränder unter den Augen zeugten von ihrer Erschöpfung. Sie meinte es nicht so. Sie meinte es nie so, wenn sie nach einem langen Arbeitstag ungehalten reagierte. Ich verzieh es ihr, wie immer. Und als sie im Wohnzimmersessel einschlief, noch in ihrer Arbeitskleidung, breitete ich eine Decke über sie aus.

Als ich jetzt die scharfe Kante der Schale fühlte, zuckte ich zusammen und legte sie zurück auf die Platte. Ich rieb mir den Zeigefinger und betrachtete die gezackte Narbe, die mich an meine Vergangenheit erinnerte.

»Jeder, der zum ersten Mal eine Auster probiert, muss sich ein bisschen überwinden«, sagte Charles. »Kommen Sie, ich helfe Ihnen.«

Ich sah ihm in die warmherzigen, freundlichen Augen. *Ich bin nicht mehr dieses kleine Mädchen.* Er hielt mir die Schale an die Lippen, ich öffnete den Mund und das kühle, glatte Fleisch der Auster glitt mir auf die Zunge. Ich schmeckte das Salz des Meerwassers, die würzige Schärfe, und dann die Säure der Zitrone. Der Geschmack regte alle meine Sinne an und öffnete mir die Augen.

»Hm, lecker«, sagte ich und nahm noch eine Auster.

Wir aßen. Wir tranken. Und wir *tanzten.* Charles führte mich so gut, dass ich mich mit einer nie gekannten Leichtigkeit über die Tanzfläche bewegte.

Als das Stück zu Ende und der Applaus für die Kapelle verebbt war, kam ein Paar auf uns zu. Die Frau, mit perfekt frisiertem, hellblond gefärbtem Haar, trug einen Verlobungsring mit einem Diamanten von der Größe eines Penny. Der Diamant funkelte im Licht der Bühnenscheinwerfer, als sie mir die Hand reichte.

Der Mann an ihrer Seite, offenbar ihr Verlobter, beäugte mich neugierig.

»Ich bin Delores«, gurrte sie. Sie verzog unwillig den Mund. »Du hast uns ja gar nicht gesagt, dass du eine neue

Freundin hast, Charles. Ich dachte, du wärst immer noch mit Yvonne zusammen. Ihr zwei wart …«

»Ja«, fiel Charles ihr ins Wort. »Das ist Vera. Vera Ray.«

Delores wirkte belustigt. »Ach ja«, sagte sie und musterte mich eingehend von oben bis unten. »Miss Ray. Freut mich, Sie kennenzulernen.«

»Ganz meinerseits«, antwortete ich beklommen.

»Und woher kennen Sie sich?«, fuhr sie fort. »Vom Country Club?« Sie betrachtete mein Kleid. Irgendetwas an ihrem Blick verriet mir, dass sie genau wusste, dass ich kein Mitglied im Country Club war.

»Nein«, mischte Charles sich ein. »Vera und ich kennen uns …«

»Vom Hotel Olympic«, fiel ich ihm ins Wort. »Meine Freundin und ich waren dort auf der Eröffnungsparty.«

Delores hob eine Braue. »Ach?«, sagte sie, als könnte sie mich nur schwer mit dem Olympic in Verbindung bringen. »Sagen Sie mal.« Sie ergriff meinen Arm. »Wie sind Sie denn an die Einladung zu der Party gekommen? Ich kenne mindestens ein Dutzend prominenter Leute in der Stadt, die keine Einladung bekommen haben.«

Charles legte mir beschützend einen Arm um die Taille. »Sie war mein Gast«, sagte er mit einer Entschiedenheit, die jede weitere Erörterung der Frage, was ich in dem Hotel zu suchen hatte, überflüssig machte.

»Na, dann wollen wir mal nicht weiter stören«, sagte Delores und zupfte ihren Mann am Ärmel, »nicht wahr, mein Schatz?« Sie kicherte. »So wie ihr beiden miteinander getanzt habt, hätte man meinen können, ihr wärt auf dem Tanzmarathon in der Sixth Avenue.«

Charles war verwirrt. »Tanzmarathon?«

»Davon hast du bestimmt noch nichts gehört. Das sind nicht gerade deine Kreise«, sagte sie mit einem abfälligen Blick in meine Richtung.

»Dann wohl eher meine Kreise«, sagte ich trotzig. Meine Wangen glühten. Ich wusste genau, worauf sie hinauswollte. Ich war nicht gut genug für Charles. Alles verriet mich: das geliehene Kleid, die abgetretenen Schuhe und meine ungepflegten Hände.

»Guten Abend, Delores«, sagte Charles und nickte ihrem männlichen Begleiter zu. »Lassen Sie uns von hier verschwinden«, flüsterte er mir ins Ohr, während wir zum Tisch zurückgingen.

Ich nickte. »Und wohin?«

»Wissen Sie was«, sagte er, als wäre ihm plötzlich ein Gedanke gekommen, »wir gehen einfach zu diesem Tanzmarathon.«

Ich schüttelte den Kopf. »Das meinen Sie doch nicht ernst.«

»Wir sind ein perfektes Tanzpaar«, sagte er verschmitzt. »Ich wette, wir könnten gewinnen. Außerdem geht mir dieser verstaubte Laden hier auf die Nerven.«

»Sie wissen hoffentlich, was ein Tanzmarathon ist?«

Er sah mich mit einem unschuldigen Blick an. Er konnte Walzer tanzen – aber Swing? »Ich glaube ja.«

»Die Paare tanzen stundenlang – manchmal dic ganze Nacht durch«, erklärte ich ihm. »Wer am längsten durchhält, ist Sieger.«

»Mit Ihnen im Arm halte ich durch bis zum Umfallen«, verkündete er und nahm meine Hand.

Aus der Sporthalle in der Sixth Avenue drang Tanzmusik. Charles und ich standen auf dem Gehweg und betrachteten die Eingangstür, vor der rauchende junge Männer in abgetragenen Anzügen standen, die ihnen entweder zu klein oder zu groß waren.

Charles rieb sich nervös die Stirn. *Was habe ich mir nur dabei gedacht, mit ihm hierherzugehen?* In diesem provisorischen Tanzschuppen verkehrte garantiert keiner seiner polospielenden Freunde. Die Männer beäugten Charles misstrauisch, als wir uns dem Eingang näherten.

»Hey, Puppe«, sagte einer von ihnen zu mir, »du brauchst doch bestimmt 'n Tanzpartner?«

Charles hob abwehrend die Hand. »Sie hat bereits einen, danke sehr«, sagte er, um weiteren Angeboten zuvorzukommen.

»Ne scharfe Braut hast du dir geangelt«, hörte ich den Mann noch sagen, als wir hineingingen. Seine Stimme wurde von der Musik verschluckt. Uns bot sich ein faszinierender Anblick. Überall tanzten Paare mit einer unglaublichen Energie und Leidenschaft. Ich beobachtete einen Mann, der seine Partnerin in die Luft hob, sie wieder absetzte und sie dann um sich herumwirbelte wie ein Jojo.

Charles war sprachlos. »Ich werd verrückt«, murmelte er, »so was hab ich ja noch nie gesehen.«

»Wir können wieder gehen, wenn es Ihnen lieber ist«, sagte ich mit einem Blick zur Tür.

»Nein, nein«, erwiderte er, während er einen Tänzer beobachtete, der seine Partnerin so tief mit dem Kopf nach unten brachte, dass ihre Haare den Boden berührten. »Ich habe einfach noch nie Leute so tanzen sehen. Es ist unglaublich. Das würde ich auch gern probieren. Können Sie das?«

»Swing? Ja«, sagte ich. »Also, ein bisschen.« Ich nahm seine

Hand, aber als wir uns auf den Weg zur Tanzfläche machen wollten, tippte eine ältere Frau Charles auf die Schulter.

»Haben Sie sich angemeldet?«, fragte sie.

»Angemeldet?«

»Fünf Cent pro Nase«, sagte sie. »Für die Teilnahme, das Foto und eine Schale Chili.«

»Und eine Schale Chili?«, sagte Charles vergnügt.

Die Frau zeigte auf einen Tresen. »Da drüben können Sie bezahlen.«

Charles nahm eine Dollarnote aus seinem Portemonnaie und reichte sie dem Mann hinter dem Tresen.

»Ihr Wechselgeld …«

»Stimmt so«, sagte Charles.

»Danke, Sir«, sagte der Mann verblüfft. »Hat Alice Ihnen die Spielregeln erklärt?«

Charles schüttelte den Kopf.

»In fünf Minuten ist Anmeldeschluss. Da haben Sie noch mal Glück gehabt. Und das sind die Regeln: Nicht hinsetzen. Nichts essen. Nichts trinken. Wer länger als drei Sekunden aufhört zu tanzen oder an einer Stelle stehen bleibt, scheidet aus. Das Paar, das als Letztes auf der Tanzfläche übrig bleibt, gewinnt den Pott.« Er zeigte auf ein Einmachglas mit Centstücken. »Fotos werden da vorne links gemacht.«

Charles und ich gingen ein paar Schritte und stellten uns nebeneinander vor einen weißen Vorhang.

»Lächeln!«, rief der Fotograf hinter einer Kamera mit einem riesigen Blitzlichtgerät. Mit Charles an meiner Seite brauchte mich niemand zum Lächeln aufzufordern.

»Das war's schon«, sagte der Fotograf. »Wenn Sie nächste Woche Freitag wiederkommen, liegt das Foto hier für Sie bereit.«

Zögernd näherten wir uns der Tanzfläche. Charles umklammerte meine Taille und begann, unbeholfene Schritte zu machen. Ich lächelte, nahm seine Hände und zeigte ihm den Grundschritt des Swing.

»So geht das«, sagte ich und setzte meine Schritte im Rhythmus der Musik. Ich winkte Lola, einer Schulfreundin, von Weitem zu. Sie schien schockiert, mich in Charles' Armen zu sehen. Schockiert und vielleicht auch ein bisschen neidisch.

»Das ist schwieriger, als es aussieht«, sagte er. Er probierte es noch einmal und trat mir auf den rechten Fuß. »Entschuldigung.«

»Sie machen das ganz prima«, sagte ich. Es fühlte sich gut an, diejenige zu sein, die *ihm* etwas beibrachte.

Nach einiger Zeit hatte Charles den Bogen raus und wirbelte mich über die Tanzfläche wie ein alter Hase.

»Jetzt verstehe ich, warum Ihnen das besser gefällt als Walzer«, sagte er grinsend. »Macht einfach viel mehr Spaß.«

Ich hatte schon Schweißperlen auf der Stirn. »Und was tun Leute wie Sie, wenn sie Spaß haben wollen?«

Er lächelte schief. »Sie tun ja gerade so, als wäre ich von einem anderen Stern.«

»Na ja«, erwiderte ich und wischte mir den Schweiß ab, »sind Sie ja auch irgendwie.« Ich betrachtete die Leute auf der Tanzfläche – Söhne von Fabrikarbeitern, Töchter von Schneiderinnen. Und dazwischen Charles, Sohn einer der reichsten Familien der Stadt, angeblich des ganzen Landes, zumindest nach Carolines Einschätzung.

»Ach wo«, sagte er, »übertreiben Sie mal nicht.«

Eine zierliche Frau betrat die Sporthalle, Ginger Clayton, eine alte Freundin. Ihre jüngere Schwester war vor einem halben Jahr gestorben, weil die Familie sich die lebensnotwendige Medizin nicht leisten konnte. Plötzlich war mir nicht mehr nach Tanzen. Wie konnte ich Austern und Kaviar essen, solange Menschen wie Emma Clayton aus Armut starben?

Ich ließ Charles' Hand los. »Aber begreifen Sie denn nicht?«

Er nahm meine Hand wieder. »Vorsicht«, sagte er. »Wir scheiden aus, wenn wir stehen bleiben. Wie war das noch? Höchstens drei Sekunden?«

Ich schaute weg.

»Habe ich was Falsches gesagt?«

»Nein«, sagte ich. »Doch, ja. Ich wünschte einfach, dass die Armen nicht so leiden müssen.«

Die Band verlangsamte das Tempo, und ich war froh darüber. Es kam mir unpassend vor, über so ein ernstes Thema zu reden und dabei so ausgelassen zu tanzen.

»Also«, fuhr ich fort, als ich seinen bekümmerten Blick sah, »ich glaube ja, dass es Ihnen nicht egal ist, und ich weiß auch, dass Sie anders sind als die meisten Leute in Ihrer Stellung. Ich würde mir einfach wünschen, dass sich mehr Menschen, die so privilegiert sind, sich Gedanken über die Not der Armen machen würden. Wir leben in harten Zeiten. Die Witwe, die im Stock unter mir wohnt, muss ihre Kinder den ganzen Tag zu Hause allein lassen, wenn sie arbeiten geht, weil sie niemanden hat, der sich um sie kümmert. Anständige Menschen leben auf der Straße und betteln um Almosen. Und all das, während die Reichen …«

»Während die Reichen nichts dagegen unternehmen?«, führte er meinen Satz zu Ende.

»Genau«, erwiderte ich und nickte.

»Ja, Sie haben recht«, sagte er mit überzeugter Miene. »Es ist skandalös. Ich bin der Erste, der Ihnen da zustimmt. Meine eigenen Eltern zahlen ihren Hausdienern nicht genug zum Leben. Die meisten haben zwei Stellungen angenommen, um ihre Familien ernähren zu können. Das ist nicht recht. Ich habe versucht, mit meinem Vater darüber zu reden. Aber er will nichts davon hören. Er kommt selbst aus ärmlichen Verhältnissen. Hat sich vom Landarbeiter in Eastern Washington hochgearbeitet. Ein typischer Selfmademan. Er glaubt, dass nur harte Arbeit und Disziplin den Weg aus der Armut bahnen. Für ihn ist jeder seines Glückes Schmied.«

Ich schüttelte den Kopf. »Aber das trifft nicht immer zu.«

»Ich weiß.«

»Anscheinend weiß er nicht, dass viele anständige, fleißige Menschen in Not sind«, fuhr ich fort. »Es gibt nicht genug Arbeitsplätze.«

Charles wandte den Blick ab. »Ich weiß nicht, was ich dazu sagen soll. Es gefällt mir genauso wenig wie Ihnen.«

»Ich will Ihnen ja keinen Vorwurf machen, und auch Ihrem Vater nicht«, sagte ich aus Angst, zu weit gegangen zu sein. »Ich bin einfach damit großgeworden, dass man teilt, wenn man hat. Warum können die Reichen nicht mehr tun, um den Armen zu helfen?«

Charles nickte. »Die Witwe, von der Sie gesprochen haben, wie heißt die?«

»Laura«, sagte ich, »sie heißt Laura.«

»Wo arbeitet sie?«

»In einer Kleiderfabrik.«

»Und wie viele Kinder hat sie?«

Die Band spielte ein lebhafteres Stück, und unsere Schritte wurden schneller. »Fünf«, sagte ich. »Das älteste ist gerade mal neun. Sie leben in erbärmlichen Verhältnissen. Letzte Woche habe ich ihnen einen Laib Brot gebracht. Die Wohnung war ein einziges Chaos. Völlig verwahrlost.«

Charles sah mich zärtlich an. »Ich will ihr helfen.«

»Und wie?«

»Als Erstes sollten wir dafür sorgen, dass sie nicht mehr in dieser Fabrik schuften muss und sich um ihre Kinder kümmern kann«, sagte er.

»Aber sie braucht …«

»Geld, natürlich. Ich werde dafür sorgen, dass sie es bekommt.«

Ich lächelte ihn dankbar an. »Wirklich?«

»Ja«, sagte er. »Aber sie darf nicht erfahren, dass ich etwas damit zu tun habe.«

»Ich werde es so einrichten.«

»Gut.«

Ich schmiegte den Kopf an sein Revers. »Das ist sehr ehrenhaft von Ihnen.«

»Nein«, sagte er und streichelte mir übers Haar, »es ist das *Richtige*, und ich schäme mich dafür, dass ich bisher nicht mehr solche Dinge getan habe.«

Charles wirbelte mich in eine Drehung, um mich wieder in seinem Arm aufzufangen. Das Stück war zu Ende, und ich schaute ihm in die Augen. Sein Blick verursachte mir ein Kribbeln im ganzen Körper, dann neigte er den Kopf und küsste mich auf den Mund.

»Da bist du ja!«, schrillte eine Frauenstimme quer über die Tanzfläche. Ich löste mich von Charles und sah eine Frau auf uns zukommen. In ihrem hellbraunen Seidenkleid und dem mit weißen Federn geschmückten Hut sah sie aus wie direkt aus der *Vogue* entstiegen, die Georgia manchmal von ihrer Arbeit als Dienstmädchen mit nach Hause brachte. Hier in der Sporthalle stach die Frau hervor wie ein Pfau auf einem Hühnerhof.

»Ich habe dich überall gesucht, Charles«, sagte die Frau vorwurfsvoll.

Im selben Moment näherte sich ein Mann und wedelte mit dem Finger. »Sie sind zu lange stehen geblieben«, sagte er. »Bitte verlassen Sie die Tanzfläche. Sie sind ausgeschieden.«

»Tut mir leid, Vera«, sagte Charles, »das ist meine Schuld.«

Wir folgten der Frau, die sich den Weg durch die Menge bahnte. »Was macht meine Schwester denn hier?«, raunte Charles mir zu.

Am Rand der Tanzfläche blieb er mit verschränkten Armen stehen. »Josie, was soll das?«

»Also, ich hätte nicht gedacht, dass ich dich ausgerechnet hier finden würde«, erwiderte Josie missmutig. Sie schob eine Strähne ihrer perfekt frisierten Haare unter den Hut und strich eine imaginäre Falte an ihrem Kleid glatt. »Ich hab dich im Blue Palms gesucht, und Delores hat mir erzählt« – sie musterte mich missbilligend und seufzte tief – »egal, wir haben nicht viel Zeit. Mutter geht's nicht gut.«

Charles ließ meine Hand los. »O nein«, sagte er. »Was ist passiert?«

»Der Arzt ist gerade bei ihr«, erwiderte sie. »Aber du musst sofort zu ihr.«

Charles schaute mich an. »Tut mir leid, Vera. Ich muss gehen. Ich … Ich komme bald bei Ihnen vorbei.«

»Kein Problem«, sagte ich und versuchte, meine Enttäuschung zu verbergen. »Gehen Sie nur!«

Ich sah Charles und Josie nach, wie sie aus der Sporthalle eilten. Nachdem sie in der Nacht verschwunden waren, wandte ich mich wieder der Tanzfläche zu. Es waren nur noch ein paar Dutzend Tänzer übrig. Der Schweiß tropfte ihnen von der Stirn. Wir hätten gewonnen, Charles und ich. Wir hätten bis zum Morgengrauen getanzt.

»Vera! Was für ein Anblick!«, rief Lon aus, als er mich in der Hotellobby erblickte. Aus seinem Mund erkannte ich kaum meinen Namen. Und aus dem vergoldeten Spiegel an der Wand zu meiner Linken schaute mich eine Lebedame an. Meine Taille, eingeschnürt von den teuren Dessous, wirkte unter meinem blauen Seidenkleid um Zentimeter schmaler. Meine Brüste quollen auf eine Weise aus meinem Ausschnitt, dass ich mir vorkam wie eine gebratene Pute auf einem Tablett. Verlegen hielt ich mir die Hand vor die Brust.

»Sie sehen umwerfend aus«, sagte Lon und legte mir besitzergreifend einen Arm um die Taille.

Ich wollte seine Hand da nicht haben, und auch sonst nirgendwo. Ich schluckte heftig. *Ich schaffe das. Für Daniel.* Wenn ich es richtig anstellte, würde Lon seine Beziehungen spielen lassen und mir helfen, meinen Sohn zu finden. Ich würde mit ihm zu Abend essen. Ich würde lächeln und hübsch aussehen. Ich würde alles tun, um Daniel zurückzubekommen.

12

Claire

Als ich am nächsten Tag in der Redaktion aus dem Aufzug stieg, zog ich den Kopf ein und huschte zwischen den grauen Arbeitsnischen hindurch zu meinem Schreibtisch. Es war vielleicht ein bisschen albern, so ein Theater zu veranstalten, um meinem Mann nicht über den Weg zu laufen, aber nach der Auseinandersetzung am Abend zuvor würde ich eine Begegnung mit ihm nicht verkraften. Außerdem hatte ich schon wieder in einem leeren Bett geschlafen. Wahrscheinlich hatte er die Nacht bei Warren im Krankenhaus verbracht, aber er hatte nicht einmal angerufen, um mir Bescheid zu sagen. Wann hatte er sich in einen Ehemann verwandelt, der nach Belieben nachts nicht nach Hause kam?

Die Sonne war nach Seattle zurückgekehrt, und das warme Wetter machte Frank ganz offensichtlich übermütig. Kaum hatte ich mich an meinen Schreibtisch gesetzt, steckte er den Kopf in meine Arbeitsnische und fragte: »Kommst du voran mit deiner Geschichte?«

Ich drehte mich in meinem Stuhl zu ihm um. »Dir auch einen guten Morgen.«

»Vielleicht hast du es ja noch nicht gemerkt«, sagte er und zeigte zum Fenster, »aber der Schnee ist geschmolzen. Ich hatte gehofft, deine Geschichte drucken zu können, bevor die Leute den Wintereinbruch schon wieder vergessen haben. Du hattest sie mir für heute zugesagt, woraus offenbar nichts wird, aber könnte ich sie dann vielleicht bis Thanksgiving haben?« Er nahm einen zerkauten Bleistift aus seiner Brusttasche und schob ihn sich in den Mund. Er war der einzige Chef, den ich charmant fand, wenn er sauer auf mich war.

»Hör zu, Frank«, sagte ich und verschränkte die Arme. »Du wusstest von vorneherein, dass wir bei dieser Geschichte erst mal im Dunkeln tappen.«

Er schob sich den Bleistift zurück in die Hemdtasche. »Stimmt«, erwiderte er. »Aber ich hatte nicht gedacht, dass die Dunkelheit so lange anhalten würde.«

Ich warf einen Blick auf meinen Notizblock und wünschte, ich hätte nach der tagelangen Recherche mehr vorzuweisen. »Frank, es ist, als hätte jemand diesen kleinen Jungen aus der Geschichte gelöscht.«

»Soll das heißen, du hast keine einzige Spur?«, fragte er mit einem Seufzer.

»Na ja«, fuhr ich fort, »ich habe eine Kinderzeichnung mit dem Namen Eva Morlandsteed gefunden.«

»Eine Kinderzeichnung?« Er wirkte nicht besonders beeindruckt.

»Ich glaube, diese Eva hat irgendetwas mit dem verschwundenen Jungen zu tun. Vielleicht war sie die Schwester oder eine Freundin.«

»Vergiss es«, sagte er. »Ich zieh dich von der Geschichte ab.«

»Wie bitte?«

»Claire, du bist meine beste Reporterin. Ich kann dich nicht an einer Geschichte arbeiten lassen, bei der nichts rauskommt.« Er legte einen Aktenordner auf meinen Schreibtisch. »Diesen Monat gibt es eine Menge Stoff.«

Widerwillig betrachtete ich den grünen Aktenordner. »Was ist das?«

»Eine Pressemappe über die Kulturtage von Seattle«, sagte er, ohne mich anzusehen. »Ich möchte, dass du daraus ein paar nette Artikel machst.«

»Das soll wohl ein Witz sein, Frank«, sagte ich. »Soll ich Schleichwerbung machen?« Frank wusste sehr wohl, dass ein Journalist, der etwas auf sich hielt, sich eher die Augen auskratzen würde, als sich für so etwas herzugeben.

»Ja«, sagte er unbeeindruckt. »Ich habe gerade den Auftrag von unserer Anzeigenabteilung bekommen. Die wollen, dass wir das auf zwei Seiten bringen. Nächste Woche muss das ins Blatt.«

Ich schüttelte den Kopf. »Ich fasse es nicht.«

Er trat einen Schritt näher. »Ich mach mir Sorgen um dich, Claire. Du bist schon eine ganze Weile nicht mehr du selbst.«

Ich sah ihn verständnislos an. »Warum sagt du so etwas?«

»Na ja«, antwortete er und ließ sich Zeit, seine Worte sorgfältig zu wählen, »es ist noch nie vorgekommen, dass du eine Deadline nicht eingehalten hast.«

Ich fuhr mir mit der Hand durchs Haar. Er hatte recht. Ich hatte befürchtet, dass ich meinen journalistischen Instinkt verloren haben könnte, meinen Biss, und Frank hatte es jetzt bestätigt. *Was ist los mit mir?*

Ich nahm den grünen Ordner und klappte ihn auf. »Keine Sorge«, sagte ich und drehte mich zu meinem Computer um. »Ich erledige das. Lass mir das Wochenende Zeit, und ich verspreche dir, du kriegst es am Montag.«

»Hör zu, Claire«, setzte Frank an, »ich wollte dich nicht verletzen, ich wollte nur …«

»Schon okay«, unterbrach ich und ballte die Fäuste unter der Schreibtischplatte. »Tut mir leid, dass ich dich enttäuscht habe. Ich dachte, ich könnte diese Geschichte schreiben. Ich dachte, ich könnte diesen kleinen Jungen finden.«

Frank nickte und verschwand.

Kurz darauf hörte ich Schritte näher kommen. »Klopf, klopf.« Als ich aufblickte, stand Abby da, in den Händen einen Pappkarton. »Morgen.«

»Morgen«, sagte ich und seufzte theatralisch.

»O Gott«, sagte sie. »Was ist passiert?«

»Ich glaube, meine Karriere ist beendet, und Ethan ist heute Nacht nicht nach Hause gekommen«, erwiderte ich, unfähig, den Blick von dem grünen Ordner abzuwenden.

»Deine Karriere ist *nicht* beendet«, entgegnete sie. »Du bist eine der besten, wenn nicht *die beste* Journalistin hier. Und was deinen Mann betrifft, klär mich erst mal auf.«

Ich seufzte. »Danke, aber im Moment würde ich lieber nicht darüber reden. Ich würde mich nur aufregen. Wir haben uns schließlich geschworen, nicht im Büro zu heulen.«

Abby lächelte und hielt mir die Schachtel hin. »Hier.«

»Was ist das?«

Sie zuckte die Achseln. »Keine Ahnung, aber dein Name steht drauf. Jenna hat es irrtümlich in meinem Büro abgeliefert.«

Ich stellte den Karton auf meinen Schreibtisch und langte nach der Schere, um das Klebeband zu entfernen, als mir der Absender ins Auge fiel. »Das kommt vom Krankenhaus.« Ich spürte, wie mein Herz schneller schlug. »Was können die mir denn schicken?«

Es war schrecklich, wie ein einfaches Krankenhauslogo mich aus der Fassung bringen konnte. Plötzlich hörte ich wieder das Piepen des Blutdruckmessers auf meinem Arm, sah den dunkelblauen Vorhang in der Notaufnahme, schmeckte den salzigen Geschmack meiner Tränen. Von einem Moment auf den anderen spürte ich mit jeder Faser den ganzen Schrecken des Unfalls. Ich schloss die Augen und versuchte, die Erinnerungen zu verscheuchen, sie wieder ins Krankenhaus zu schicken, wo ich sie zurückgelassen hatte. Aber als ich die Augen öffnete, waren sie immer noch da und warteten darauf, dass ich mich ihnen stellte.

»Claire«, sagte Abby leise. »Was ist los?«

Wütend riss ich den Karton auf. Sie hatten einige Male wegen Nachuntersuchungen angerufen, aber ich hatte nie darauf reagiert. *Wissen die denn nicht, dass mich jeder Anruf, jede verdammte Rechnung in meiner Post an meinen Verlust erinnert? Und jetzt das!* Auf der Innenseite einer Lasche war mit Klebeband ein Umschlag befestigt. Ich öffnete ihn.

Sehr geehrte Ms. Aldridge,
wir haben mehrfach versucht, Sie zu erreichen, um Sie zu bitten, dass Sie die persönlichen Dinge abholen, die Sie in unserem Krankenhaus zurückgelassen haben. Leider hatten wir nur die Adresse Ihres Arbeitgebers in unseren Unterlagen. Wir legen großen Wert darauf, dass unsere Patienten ihr Eigentum zurückerhalten.
Mit freundlichen Grüßen,
Katie Morelandsteed

Vorsichtig lugte ich in die Schachtel und zog einen gerippten grauen Pulli heraus. Er war total zerknittert, seitlich aufgerissen vom Sanitäter – eine vage Erinnerung, die ich plötzlich deutlich vor Augen hatte –, auf dem Ärmel ein Blutfleck. Ich musste daran denken, wie ich ihn gekauft hatte. Ethan und ich waren zu GAP gegangen, um Umstandskleider zu kaufen. Ich hatte mir ein Kissen um den Bauch gebunden und war aus der Umkleidekabine gekommen, um ihm den Pulli vorzuführen.

Es war der Schock seines Lebens.

»Was ist mit deinem Bauch passiert?«, rief er aus. »Der ist auf einmal so …«

»Dick?« Ich grinste und hob den Pulli an, damit er das Kissen darunter sehen konnte. »Hab ich dich reingelegt?«

»Allerdings«, sagte er und atmete erleichtert auf. »Einen Moment lang dachte ich tatsächlich, wir kriegen Zwillinge.«

An dem Tag hatte ich den Pulli in drei Farben gekauft, mehrere Hosen, alle mit breitem, elastischem Bund, und ein schwarzes Wickelkleid, das die Zeitschrift *Fit Pregnancy* als schmeichelhaftestes seiner Art für werdende Mütter angepriesen hatte. Bei der Erinnerung zog sich mir der Magen zusammen. Ich legte den Pulli beiseite. Das Nächste, was ich aus dem Karton zog, waren schwarze Leggings mit einem Loch am Knie. Darunter lag meine Unterwäsche und ein Sport-BH, ordentlich gefaltet. *Was geben die sich überhaupt mit so einem Zeug ab? Warum verbrennen sie es nicht einfach?* Ganz unten im Karton lagen meine Laufschuhe. Ich hatte noch mehr davon im Schrank gehabt, aber diese hatte ich am liebsten getragen. Verdreckt, gut eingetragen, hatten sie mich kilometerweit durch die verregneten Straßen von Seattle getragen und nach schrecklichen Strapazen über viele Ziellinien gebracht, aber jetzt konnte ich ihren Anblick nicht ertragen. Sie hatten mich verraten.

Ich warf die Schuhe und die zerrissenen Sachen wieder in den Karton und sah zu Abby auf. »Gibt's draußen irgendwo einen Müllcontainer?«

Abby kniete sich neben mich. »Claire«, flüsterte sie, »vielleicht solltest du die Sachen nicht so achtlos wegwerfen.«

Meine Augen brannten, und ich wischte mir ärgerlich eine Träne von der Wange.

»Ach, Liebes«, sagte Abby. »Komm her!« Sie nahm mich in die Arme, und ich atmete ihr Lavendelparfüm ein. »Du bist immer so gern gelaufen«, sagte sie. »Du solltest es wieder versuchen.«

»Ich kann nicht«, sagte ich und schüttelte den Kopf. »Es geht nicht.«

Sie langte in den Karton und nahm die alten Laufschuhe heraus. »Trotzdem«, sagte sie, »die behalten wir erst mal. Wirf die anderen Sachen weg, wenn du willst, aber die Schuhe bleiben hier.« Sie schob sie unter meinen Schreibtisch. »Wenn du so weit bist, zieh sie an!«

»Ich werde nie so weit sein«, sagte ich.

»Doch, das wirst du«, entgegnete Abby. »Als mein Vater gestorben ist, hat meine Mutter alle seine Sachen aufbewahrt, so wie er sie in seinem Schrank zurückgelassen hat. Drei Jahre hat es gedauert, bis sie die Kraft hatte, sich damit zu beschäftigen. Ich war erst dreizehn, aber ich erinnere mich noch gut an den Tag, als sie den alten Schrank aufgemacht und eins der Hemden vom Bügel genommen hat. Sie hat es auf dem Bett ausgebreitet, sich danebengelegt und lange geweint. Es hat sie viel Kraft gekostet, es zuzulassen. Kraft und Zeit. Aber sie hat das gebraucht. Wenn sie die Sachen eine Woche nach seinem Tod hätte wegschaffen lassen, wie Tante Pam es ihr geraten hat, hätte sie nie Gelegenheit gehabt, sich ihrer Trauer zu stellen. Jeder braucht seine Zeit, um zu trauern und wieder ins Leben zurückzufinden. Nimm dir die Zeit.«

Ich betrachtete die Schuhe unter meinem Schreibtisch und wünschte mir zum tausendsten Mal seit dem Unfall, ich wäre an jenem Tag zu Hause geblieben. »Ich weiß nicht, Abby«, sagte ich und schaute sie an.

»Vertrau mir«, erwiderte sie, machte den Karton zu und stellte ihn auf den Gang. »Und, hast du den kleinen Jungen gefunden?«

»Nein, Frank hat mich von der Geschichte abgezogen.« Ich zeigte auf die Aktenordner mit dem Material für die Schleichwerbung, die er mir aufgebrummt hatte. »Ich darf jetzt an einem Spezialauftrag unserer Anzeigenabteilung für nächste Woche arbeiten.«

Abby runzelte die Stirn. »Das kann er nicht machen.« Sie wusste genauso gut wie ich, dass so einen Werbejob aufgebrummt zu bekommen einer Demütigung gleichkam.

»Doch, kann er.«

»Vielleicht sollte ich mal mit ihm reden«, schlug sie vor.

»Ich glaub nicht, dass das viel nützt«, sagte ich. »Er ist stinksauer.«

Abby verschränkte die Arme. »Trotzdem finde ich, du solltest weitermachen mit deinen Nachforschungen. Überrasch ihn mit einem Entwurf. Du solltest die Geschichte nicht einfach sausenlassen, Claire.«

»Aber Frank will sie nicht«, sagte ich achselzuckend. »Selbst wenn ich ihm was liefern würde, wär es eh zu spät. Der Schnee ist geschmolzen. Das Leben geht weiter. Ich hab's vermasselt.«

»Nein«, sagte sie, »hast du nicht. Bisher hast du doch nur

an der Oberfläche gekratzt.« Ihre Augen wurden schmal. »Hör zu, ich habe dich an Hunderten von Geschichten arbeiten sehen, und keine ist dir so unter die Haut gegangen wie die von dem kleinen Jungen. Schreib sie auf! Und wenn du's nur für dich selbst tust. Außerdem würde ich wirklich gern wissen, was damals passiert ist.«

»Ich auch«, sagte ich. Ich nahm mein Notizbuch aus der Handtasche und legte es auf den grünen Ordner. »Also gut«, sagte ich und traf eine Entscheidung. »Ich schreibe die Geschichte zu Ende.«

»Braves Mädchen«, sagte Abby.

Ich warf einen Blick auf die Schuhe unter dem Schreibtisch, dann schaute ich Abby an. »Weißt du, was merkwürdig ist?« Ich nahm den Brief vom Krankenhaus in die Hand. »Dieser Name. Morelandsteed. Das ist derselbe Name wie hinten auf der Kinderzeichnung, die ich gefunden habe.«

Sie grinste. »Meinst du, da könnte es eine Verbindung geben?«

Ich zuckte die Achseln. »Das wär schon ein ziemlich verrückter Zufall«, erwiderte ich, aber meine journalistische Spürnase hatte bereits Witterung aufgenommen. »Es ist schon ein ziemlich ungewöhnlicher Name. Wer weiß.«

»Bleib dran!«, sagte sie mit einem Nicken und wandte sich zum Gehen. »Ich bin bis sechs hier, falls du mich brauchst.«

»Danke«, erwiderte ich, während ich bereits mit dem Computer beschäftigt war. Ich rief die Website des Krankenhauses auf, fand die Nummer und griff zum Telefon.

»Hallo«, sagte ich zu der Frau in der Zentrale, »ich möchte bitte mit einer Mitarbeiterin namens Katie Morelandsteed sprechen.«

»Einen Moment bitte.«

»Katie am Apparat«, zwitscherte eine Frauenstimme wenige Sekunden später.

»Ja, hallo, hier spricht Claire Aldridge vom *Seattle Herald.* Ich habe eben Ihr Päckchen erhalten. Einen Karton mit …«

»Ah, Claire«, sagte sie, »hallo! Ich hoffe, es ist okay, dass wir das Päckchen an Ihren Arbeitsplatz geschickt haben. Aus irgendeinem Grund konnten wir Ihre private Anschrift nicht in den Akten finden. Wir haben mehrfach versucht, Sie zu erreichen. Vielleicht kommt es Ihnen merkwürdig vor, dass wir Ihnen die Kleidung schicken, die Sie bei dem Unfall anhatten, aber nach unserer Erfahrung kann die Beschäftigung mit den Überresten einer Tragödie den Patienten beim Heilungsprozess helfen und dabei …«

»Ja«, unterbrach ich sie, »das ist in Ordnung. Aber eigentlich rufe ich aus einem anderen Grund an. Ich hoffe, Sie finden meine Frage nicht aufdringlich, aber sind Sie zufällig verwandt mit einer Frau namens Eva Morelandsteed? Es wäre reiner Zufall, aber ich …«

»Ja, bin ich«, unterbrach sie mich. »Ich habe eine Großtante namens Eva.«

Mir fiel die Kinnlade herunter. »Wirklich?«

»Ja, sie wohnt in Seattle, in der Nähe vom Pike Place. Sie ist über achtzig, aber fit wie ein Turnschuh. Woher kennen Sie sie?«

»Das ist eine ziemlich lange Geschichte«, antwortete ich. »Ich arbeite an einem Artikel über ein Ereignis aus den Dreißigerjahren und bin bei meinen Recherchen auf ihren Namen gestoßen. Ich hatte gehofft, Sie könnten mich vielleicht mit ihr in Kontakt bringen.«

»Klar«, sagte Katie. »Ich habe ihre Telefonnummer in meinem Handy gespeichert. Ich gebe sie Ihnen direkt. Sie hat jahrzehntelang als Bibliothekarin gearbeitet und hilft immer gern bei Recherchen. Ich bin sicher, sie wird nichts dagegen haben.«

Ich notierte mir die Nummer auf einem Zettel. »Danke, Katie.«

»Keine Ursache.«

Ich legte auf und wählte gleich die Nummer. Am anderen Ende klingelte es einmal, zweimal, dreimal.

»Hallo?«

»Ms. Morelandsteed? Eva Morelandsteed?«

»Am Apparat.«

»Hallo«, sagte ich und räusperte mich. »Mein Name ist Claire Aldridge. Ich arbeite für den *Seattle Herald*. Verzeihen Sie die Störung, aber Ihre Nichte Katie hat mir Ihre Telefonnummer gegeben und, na ja, ich schreibe einen Artikel über einen Schneesturm, der Seattle im Mai 1933 heimgesucht hat, und bei meinen Recherchen bin ich auf einen kleinen Jungen namens Daniel Ray gestoßen.« Ich wartete auf eine Reaktion von Eva, aber die Leitung blieb still. »Ms. Morelandsteed? Sind Sie noch dran?«

»Ja«, sagte sie. »Entschuldigen Sie, bitte. Es ist schon so lange her, dass ich diesen Namen das letzte Mal gehört habe.«

Ich richtete mich kerzengerade auf. »Dann kennen Sie ihn also? Oder besser gesagt, Sie *kannten* ihn?«

»Ja«, antwortete sie. »Aber es ist so lange her.«

Mein Herz klopfte schneller.

»Woher, sagten Sie, haben Sie meinen Namen?«, fragte sie argwöhnisch.

»Er steht auf einer Zeichnung«, sagte ich. »Auf der Rückseite einer Kinderzeichnung, die ich im Café Lavanto gefunden habe.«

»Nun«, sagte sie, und ihr Ton wurde plötzlich reservierter. »Ich weiß nicht recht, wie ich Ihnen helfen kann. Ich war ja selbst noch ein kleines Kind, als er verschwunden ist.«

»Könnten wir uns vielleicht treffen?« Als Journalistin hatte ich früh gelernt, dass die Menschen bei einem persönlichen Gespräch mehr preisgeben als am Telefon. Einmal hatte mir ein verheirateter Senator, den ich während eines Mittagessens interviewte, seine Affäre gestanden, als wir gerade beim Salat waren. Ich erinnere mich noch, wie das Chicoréeblatt in meinem Mund knirschte, als er mir die Augenfarbe seiner Geliebten verriet. »Vielleicht fällt Ihnen ja noch etwas ein, wenn wir uns unterhalten. Selbst kleinste Details sind hilfreich.«

»Also gut«, sagte sie, und ihre Stimme wurde wieder etwas sanfter, »ich glaube, das lässt sich machen. Wollen Sie vielleicht morgen Vormittag zu mir kommen?«

»Sehr gern.«

»Gut«, sagte sie. »Ich wohne in den Brighton Towers, in dem Seniorenheim in der Nähe vom Market.«

»Also, dann bis morgen.«

»Wissen Sie«, fügte sie noch hinzu, und ihre Stimme schien sich in Erinnerungen zu verlieren, »vergangene Woche ist mein Neffe mit mir zu Nordstrom gefahren, und dabei sind wir an dem alten Wohnhaus vorbeigekommen.«

»Wo Vera mit Daniel gewohnt hat?«

»Ja«, sagte sie. »Mir wurde ganz warm ums Herz, als ich sah, dass das alte Haus noch steht. Da ist jetzt ein Café drin, nicht wahr?«

»Ja, das Café Lavanto.«

»Für Bauunternehmer sind alte Gebäude wie Unkraut«, sagte sie. »Sie können es gar nicht abwarten, sie abzureißen, um ihre schicken Apartment-Hochhäuser errichten zu können. Sie denken nicht daran, dass sie mit der Abrissbirne Geschichte und Erinnerungen von Menschen auslöschen. Wem auch immer das Haus gehört, der muss ein guter Mensch sein, so wie er es erhält.«

Ich musste lächeln. »Zufällig kenne ich den Eigentümer«, sagte ich. »Er ist wirklich ein netter Kerl.«

»Also gut«, sagte Eva. »Wir sehen uns dann morgen.«

»Ja, bis morgen.«

Kurz darauf erschien eine E-Mail in meinem Posteingang. Die Kopfzeile lautete: »Freue mich auf dich!« Ich warf einen Blick auf meinen Schreibtischkalender, wo in der Spalte für den Nachmittag mit blauer Tinte geschrieben stand: »Bei Emily.« Ich hatte meiner alten Freundin Emily Wilson einen Besuch versprochen. Sie war vor ein paar Jahren auf die Insel Bainbridge gezogen, wo sie mit ihrem Mann Jack in einer alten Kolonialvilla wohnte, die ihrer kranken Großtante gehörte. Ich öffnete die E-Mail.

»Wenn du die 12-Uhr-Fähre nimmst, kann ich dich um 12:45 am Anleger abholen«, schrieb Emily. »Du wirst staunen, wie groß die Zwillinge geworden sind.«

Ich hatte ihre Kinder nur einmal gesehen, als sie gerade zwei Wochen alt waren. Ethan und ich hatten sie besucht, als ich gerade schwanger geworden war. Wir hatten es ihnen damals gleich gesagt, und ich werde nie vergessen, wie ich einen der Zwillinge gehalten und mir vorgestellt hatte, wie es sein würde, mein eigenes Baby in den Armen zu wiegen. Die Kleine hatte sich so leicht und zerbrechlich angefühlt. Ich weiß noch, wie ich über das dünne Stimmchen erschrak und mich fragte, ob ich wohl auf das Muttersein vorbereitet war. Für Emily war es die natürlichste Sache der Welt. Sie hatte mir das Baby ganz selbstverständlich aus den Armen genommen und an ihre Brust gelegt, als hätte sie das schon tausendmal gemacht. Ich hatte meinen Bauch betrachtet, in dem auch ein Kind wuchs und mich gefragt, ob ich eine gute Mutter sein würde, so wie Emily. Ich presste die Augen fest zusammen, um die Erinnerung in den hintersten Winkel meines Gehirns zu verbannen. Dann warf ich einen Blick auf die Schreibtischuhr. Schon halb zwölf. Ich würde mich sputen müssen, um rechtzeitig am Hafen zu sein.

Ich ließ mich in eine Sitznische sinken, lehnte mich gegen das kunstlederne Polster der Bank und betrachtete das Kielwasser, das die Fähre v-förmig hinter sich her zog. Möwen umkreisten den alten Kahn kreischend und krächzend, als wollten sie ihn auffordern, mehr Dampf zu machen. Schließlich hatten die Vögel genug von dem Spiel und glitten davon.

Ethan liebte die Insel. Seine Eltern besaßen dort eine »Strandhütte«, die wir regelmäßig nutzten. »Hütte« war allerdings eine ziemliche Untertreibung. Das Holzhaus mit Blick auf den Eagle Harbor hatte vier Zimmer. Es gab ein luxuriöses Badezimmer, einen Balkon vor dem Elternschlafzimmer und eine vollausgestattete Küche, in der Ethan morgens Buttermilchpfannkuchen für mich machte. Aber in letzter Zeit fuhr er immer allein hin. Als meine Mutter nach dem Unfall bei uns eingezogen war, um mich zu umsorgen, hatte er sich für sechs Tage auf die Insel verzogen. Meine Mutter hatte ihm das nie verziehen. Aber so sehr mich seine Abwesenheit verletzt hatte, irgendwie hatte ich es auch verstehen können. Er musste auf seine eigene Weise trauern. Als er nach Hause kam, war er unrasiert, der Blick leer und abwesend.

Ich nahm meinen Laptop aus dem schwarzen Lederkoffer und stöpselte das Stromkabel in eine Steckdose unter der Bank. Das Word-Dokument mit dem Namen »Geschichte von Daniel Ray« war bisher über die Überschrift noch nicht hinausgekommen: »Brombeerwinter: Die Geschichte eines verschwundenen Jungen im Schneesturm von 1933.« Ich betrachtete den blinkenden Cursor, schrieb einige Sätze, und dann noch ein paar. Bis das Schiffshorn unsere Ankunft auf der Insel verkündete, hatte ich eine Einleitung verfasst, mit der ich ganz zufrieden war. *Ob es mir wohl gelingt, die Geschichte zu Ende zu schreiben? Werde ich jemals herausfinden, was mit Daniel Ray passiert ist?*

Als ich die Rampe zum Anleger hinunterging, entdeckte ich Emily, die in dem grünen VW-Käfer Baujahr '63 ihrer Tante saß und mir aus dem Fenster zuwinkte. »Du hast es wirklich geschafft!«, rief sie über den Motorenlärm der Fähre hinweg.

Ich öffnete die Beifahrertür und stellte meine Handtasche und den Laptopkoffer ab, bevor ich einen Blick auf den Rücksitz warf, wo ich die Zwillinge in ihren Kindersitzen vermutete.

»Sie sind zu Hause bei Jack«, sagte Emily, die offenbar meine Gedanken gelesen hatte. Sie wirkte glücklich und zufrieden mit ihren rosigen Wangen und ihrem blonden Pferdeschwanz. Der birnenförmige, mit Rubinen eingefasste Diamant an ihrem Ring funkelte in der Sonne, die durchs Seitenfenster ins Auto fiel. Emily hatte mir irgendwann die Geschichte des Rings erzählt. Er hatte einer Frau gehört, die Jacks Großvater vor langer Zeit geliebt hatte. Die Einzelheiten waren mir entfallen, aber der Ring war für mich immer ein Symbol der Liebe geblieben. »Gestern sind sie zwanzig

Monate alt geworden«, sagte sie. »Kaum zu glauben!« Emily strahlte vor Glück.

»Ich kann es kaum abwarten, sie zu sehen!«, sagte ich. Es war aufrichtig gemeint, und dennoch musste ich mir eingestehen, dass ich auch Angst davor hatte. Jeder Entwicklungsschritt ihres Lebens würde mich an meinen Verlust erinnern.

»Ach Gott, Claire«, sagte Emily plötzlich. »Ich weiß, dass du dieses Jahr viel durchgemacht hast. Glaubst du, du kannst den Anblick von …«

»Kleinen Kindern ertragen?«

»Ja«, erwiderte sie vorsichtig. »Ich weiß gar nicht, wie du es schaffst, dich so tapfer zu halten. Ich wäre am Boden zerstört.«

Es war sinnlos, meiner alten Freundin etwas vorzumachen. »Ich *bin* am Boden zerstört.«

»Ach, Claire«, sagte sie und sah mich mitfühlend an. »Es tut mir so leid. Ich trauere mit dir. Hör zu! Wenn du meinst, dass du es nicht aushältst mit den Kindern, sag's mir einfach. Ich hab sie eben gefüttert, wir können auch zum Abendessen ausgehen. Wir müssen nicht zu mir fahren.«

Ich legte Emily eine Hand auf den Arm. »Nein, ich möchte sie unbedingt sehen. Es würde mir das Herz brechen.«

»Du bist unglaublich, weißt du das?«, sagte sie und lenkte den Wagen vom Anleger fort. »Du bist eine echte Freundin.«

»Wieso?«

»Meine Tante Bee sagt immer, im Gegensatz zur landläufigen Meinung ist ein wahrer Freund nicht derjenige, der vorbeikommt, wenn es einem schlecht geht.« Sie schüttelte den Kopf. »Das kann jeder. Wahre Freundschaft, sagt meine Tante, zeigt sich daran, dass jemand sich an deinem Glück freut, es mit dir teilt – auch wenn es ihm selbst gerade nicht so gut geht.« Sie sah mich von der Seite an. »So bist du, Claire.«

Ich lächelte. »Danke, Em.«

Sie schaute mich noch einmal an. »Ich meine das ernst.«

»Die beiden sind bestimmt schon richtig groß«, sagte ich und betrachtete durch das Fenster die immergrüne Flora der Insel. »Wie ist das Leben als Mutter denn so?«

Emily seufzte und packte das Lenkrad ein bisschen fester. »Es ist beängstigend und gleichzeitig großartig. Und anstrengend. Ehrlich gesagt, einen Monat nach der Geburt hätte ich sie am liebsten wieder zurückgegeben.«

Ich musste lachen.

»Das ist kein Witz, Claire«, sagte sie. »Ich werde den Moment nie vergessen, als Jack eines Nachts ins Schlafzimmer kam, eine der beiden schreiend auf dem Arm, während die andere in ihrem Bettchen schrie. Es war ungefähr zwei Uhr morgens. Ich war total erledigt. Fix und fertig. Ich hab mich auf die Bettkante gesetzt, und das Einzige, was ich denken konnte, war: Ich habe den größten Fehler meines Lebens gemacht.« Sie schüttelte den Kopf. »Aber ich hab's überlebt. Also, die Eingewöhnungsphase. Jetzt kann ich mir das Leben gar nicht mehr ohne die beiden vorstellen.« Sie bog in die Straße ein, die zum Haus ihrer Tante führte und lächelte mich an.

»Jack ist bestimmt ein toller Vater«, sagte ich.

»Er ist der Beste«, erwiderte sie. »Er ist gerade mit ihnen am Strand. Wir haben so einen Zwillingsbuggy mit superdicken Reifen, mit denen du über Stock und Stein brettern kannst.«

»Und wie geht's deiner Tante Bee?«, fragte ich. Ich wusste nicht genau, wie alt sie war – Ende achtzig, vielleicht sogar

Anfang neunzig –, aber sie passte sowieso nicht in das Klischee einer alten Frau. Bei meinem ersten Besuch auf der Insel hatte Bee mir gleich einen Whiskey angeboten.

Emily seufzte. »Nicht so gut«, sagte sie. »Der Arzt meint, es ist ihr Herz. Sie nimmt alle möglichen Medikamente. Die meiste Zeit liegt sie im Bett. Ich kümmere mich am Tag um sie, und nachts kommt eine Krankenschwester.« Sie schüttelte den Kopf. »Bee kann es nicht leiden, im Haus eingesperrt zu sein. Gestern Nachmittag habe ich sie dabei erwischt, wie sie heimlich zum Strand schleichen wollte. Aber die Ärmste ist so schwach, dass sie beinahe die Eingangstreppe runtergefallen wäre.«

»Wie traurig«, sagte ich. »Es ist bestimmt nicht einfach, mit anzusehen, wie sie abbaut.«

»Das kannst du laut sagen«, erwiderte sie. »Und so komisch es sich vielleicht anhört, das Haus fühlt sich anders an, seit sie nicht mehr das Ruder in der Hand hat. Irgendwas hat sich verändert. Ich spüre es einfach. Verstehst du, was ich meine?«

»Ja, ich denke schon. Als meine Oma vor Jahren so krank geworden ist, fühlte sich das Haus auch ganz anders an«, sagte ich. »Die Seele war entwichen.«

»Ganz genau so ein Gefühl«, pflichtete Emily mir bei. »Jack und ich sind gleich nach der Hochzeit bei ihr eingezogen. Bee hat darauf bestanden. Zuerst hatte ich die Befürchtung, dass es nicht klappen würde, aber wir verstehen uns unglaublich gut. Seltsam, ich glaube, wir brauchten Bee genauso wie sie uns. Leider hat sich ihr Gesundheitszustand in letzter Zeit rapide verschlechtert, und das macht mir ganz schön Angst. Sie wuselt nicht mehr morgens um sechs im Haus herum, und sie macht keine Kommentare mehr über das Leben am Strand. Am Eingang stapeln sich die Zeitungen, weil sie sie nicht mehr liest. Nicht mal den *New Yorker* liest sie noch. Als ich neulich das letzte Glas ihrer selbst gemachten Marmelade aufgemacht habe, sind mir glatt die Tränen gekommen. Mir wurde plötzlich klar, dass das vielleicht wirklich das allerletzte Glas ihrer Marmelade war, dass ich je essen würde. Sie ist zwar noch bei uns, aber ich fange jetzt schon an, sie zu vermissen.«

Ich konnte es ihr gut nachfühlen, denn diese Art von Traurigkeit kannte ich zur Genüge. »Ich weiß nicht, was schlimmer ist«, sagte ich, »jemanden plötzlich zu verlieren oder ganz allmählich.«

Emily wischte sich eine Träne von der Wange. »Bee wird sich freuen, dich zu sehen. Sie hat gern Besuch.«

Sie verlangsamte das Tempo, als wir uns dem Haus näherten. Entlang der Straße blühte der Rhododendron in leuchtenden Farben, dunkelrot, hellviolett, weiß und lachsfarben. Die Straße wand sich hinunter zum Ufer, wo das alte weiße Kolonialhaus auf den Puget-Sund blickte. Es war ein imposantes Gebäude mit seinen schwarzen Fensterläden und weißen Säulen.

»Da wären wir«, sagte Emily und öffnete die Fahrertür. Ich stieg aus und folgte ihr über den Kiesweg zur Eingangstür, neben der ein leerer Doppelbuggy stand.

»Mama ist wieder da«, rief sie in die Diele. Von irgendwoher war Gekichere zu hören, und im nächsten Moment erschien Jack mit zwei ganz in Rosa gekleideten Putten in den Armen.

»Hallo, Jack«, sagte ich lächelnd. »Sieh einer an! Der geborene Papa.«

Emily tätschelte ihm liebevoll den Rücken. »Er steht jeden Morgen mit den Kleinen auf, sodass ich schreiben kann.«

»Hat sie es dir erzählt?«, fragte mich Jack.

Ich schüttelte den Kopf. »Was denn?«

»Sie hat ihren zweiten Roman geschrieben. Er erscheint im Winter.«

Ich lächelte. »Das ist ja großartig, Emily!«

»Tja«, sagte sie mit Blick aufs Wasser. »Das verdanke ich diesem Ort. Er hat etwas Magisches. Ich habe mich noch nie so kreativ gefühlt. Aber jetzt komm erst mal rein. Ich weiß, dass du nicht viel Zeit hast, also lass uns jede Sekunde genießen.«

Wir gingen ins Wohnzimmer, wo Jack die Zwillinge auf eine Decke setzte, die mit Spielzeug übersät war. »Die beiden sind ja goldig«, sagte ich.

»Nora ist ein Racker«, sagte Emily und zeigte auf die größere der beiden, die ihrer Schwester gerade eine Rassel aus der Hand riss. »Sie legt sich sogar schon mit mir an.«

Ich musste lachen. »Dein Ebenbild?«

Emily nickte. »Sie kommt nach mir. Aber Evelyn – Evie – ist unsere kleine Friedensstifterin. Die beiden schlafen immer noch in einem Bettchen, und wenn Nora weinend aufwacht, tätschelt Evie ihr den Kopf. Da geht einem das Herz auf.«

»Rührend«, sagte ich, während ich Evie ein anderes Spielzeug gab.

Jack zeigte in Richtung Flur. »Wollt ihr nicht Bee begrüßen?«, sagte er zu Emily. »Sie ist bestimmt schon von ihrem Mittagsschlaf aufgewacht.«

»Ja«, erwiderte Emily. »Bee wird sich freuen, dich zu sehen.«

Ich folgte Emily zu einer geschlossenen Tür am Ende des Flurs. Sie klopfte leise, worauf eine zittrige, freundliche Stimme »herein« rief.

Mit einem weißen Nachthemd bekleidet lag Bee im Bett,

auf Kissen gestützt. Auf einem Tisch zu ihrer Rechten lag unberührt ein Stapel Bücher und Zeitschriften. Sie blickte gedankenverloren aus dem offenen Fenster, von wo aus man die Wellen sanft gegen das Ufer plätschern sah.

»Hallo, meine Liebe«, sagte Bee und setzte sich auf.

Als Emily bemerkte, dass der Wind die Vorhänge aufblähte, beeilte sie sich, das Fenster zu schließen. »Du holst dir noch den Tod, Bee«, schimpfte sie, nahm eine Decke von einem Stuhl neben dem Bett und legte sie ihrer Tante um die Schultern.

»Ich brauche die Seeluft«, sagte Bee. »Lieber erfriere ich, als auf die frische Seeluft zu verzichten.«

»Okay«, sagte Emily und drehte am Thermostat. »Das verstehe ich ja. Aber wir können die Heizung wenigstens ein bisschen höher stellen.«

Bee nahm ihre Brille vom Nachttisch. »Du hast ja Besuch mitgebracht.«

»Ja«, antwortete Emily. »Du erinnerst dich doch an meine alte Freundin Claire, oder?«

»Natürlich«, sagte sie und winkte mich zu sich heran. »Wie geht es Ihnen, meine Liebe?«

»Sehr gut«, erwiderte ich. »Und Ihnen?«

»Bestens«, sagte sie sarkastisch. »So gut, wie es einem halt geht, wenn man den ganzen Tag an das verdammte Bett gefesselt ist.«

Ihre Stimme mochte vielleicht schwach sein, aber geistig war sie noch voll auf der Höhe.

»Sie schreiben, genau wie Emily, nicht wahr?«

Ich nickte. »Stimmt. Emily und ich haben uns auf dem College kennengelernt. Sie hat sich für die Belletristik entschieden, während ich in Redaktionsräumen schufte.«

Bee lächelte. »Ja, ja, ich erinnere mich. Sie schreiben für eine Zeitung.«

»Ja«, erwiderte ich, »für den *Seattle Herald*.«

»Und woran arbeiten Sie gerade? Ich lese die Zeitung von der ersten bis zu letzten Seite.« Ich dachte an den Stapel Zeitungen an der Haustür.

»Im Moment arbeite ich an einer interessanten Geschichte«, sagte ich. »Über einen kleinen Jungen, der 1933 verschwunden ist. Während des Schneesturms im Mai.«

Bee wirkte überrascht. »An diesen Schneesturm habe ich seit Langem nicht mehr gedacht«, sagte sie. »Bis mich der Kälteeinbruch, den wir diese Woche hatten, wieder daran erinnert hat.«

»Sie erinnern sich noch daran?«

Sie lächelte gedankenverloren. »Ich war damals noch ein Kind. Wir wohnten in West Seattle. Unsere Mutter hat uns den ganzen Morgen im Schnee spielen lassen. Das Beste daran war, dass der Mathematikunterricht ausfiel. Gleichzeitig war es ein Schock für alle. Schnee im Mai. Wie sagten Sie, hieß der kleine Junge?«

»Daniel«, sagte ich. »Daniel Ray. Sie haben ihn nicht zufällig gekannt, oder?«

»Nein«, sagte sie, »leider nicht.« Sie faltete nachdenklich die Hände. »Aber vielleicht können Sie sich mal mit einer alten Freundin von mir unterhalten, Lillian Sharpe. Also, damals hieß sie noch Lillian Winchester, als wir zusammen in Seattle zur Schule gingen. Unsere Familien waren seit Langem befreundet. Ihr Vater war einer von Seattles prominentesten Anwälten in den Dreißigerjahren. Er hat mehrere berühmte Prozesse geführt. Als wir noch klein waren, fand Lillian seine Arbeit total langweilig, aber später, als Erwachsene, war sie ziemlich fasziniert. Nach seinem Tod hat sie alle Unterlagen über seine Arbeit zusammengesucht und das meiste einem Museum in Seattle gestiftet. Er hatte mehrere brisante Fälle übernommen. Die meisten sind natürlich längst vergessen, aber warten Sie mal.« Einen Moment lang dachte sie angestrengt nach. »Er hat zum Beispiel eine Frau verteidigt, die ihren Mann erschossen hatte. Der Fall war damals Stadtgespräch. Sie sollten sich mal mit Lillian unterhalten. Es ist nur ein Versuch, aber vielleicht weiß sie ja etwas über den verschwundenen Jungen.«

»Ich würde sehr gern mit ihr reden«, sagte ich. »Sobald ich wieder in Seattle bin, rufe ich sie an.«

»Ich habe sie gestern noch gesehen«, sagte Bee. »In der Eisdiele. Esther konnte sie nicht besonders leiden, aber Evelyn …«

Emily warf mir einen wissenden Blick zu, dann rieb sie ihrer Tante liebevoll den Arm. »Bee, du erinnerst dich an etwas aus der Vergangenheit. Wir waren gestern nicht in der Eisdiele.«

Bee sah sie verdutzt an, dann sagte sie verlegen: »Ach so. Natürlich. Manchmal geraten mir die Tage ein bisschen durcheinander.«

»In letzter Zeit kann ich schon froh sein, wenn ich mich ans Jahr erinnere«, sagte ich.

Bee lächelte dankbar, dann nahm sie meine Hand. »Das ist übrigens wirklich nett von Ihnen«, sagte sie.

»Nett?«, fragte ich. »Was denn?«

»Dass Sie sich für eine Geschichte aus der Vergangenheit interessieren«, antwortete sie. »Die meisten jungen Leute pfeifen doch auf alles, was nicht im Hier und Jetzt stattfindet.«

»Also«, sagte ich, »mich hat diese Geschichte von Anfang

an interessiert. Eine Mutter, die ihren kleinen Sohn verliert. Das wollte mir nicht mehr aus dem Kopf.« Ich brachte es nicht übers Herz, ihr zu erzählen, dass mein Redakteur die Geschichte längst beerdigt hatte. Für mich hatte sie nichts von ihrer Faszination verloren.

Bee nickte. »Sie werden den kleinen Jungen bestimmt finden«, sagte sie zuversichtlich.

»Ich hoffe es«, sagte ich und stand auf.

»Hast du deine Tabletten genommen?«, fragte Emily fürsorglich.

Bee schmunzelte. »Sie geht mir immer wegen meiner Tabletten auf die Nerven.«

Emily grinste. »Einer muss ja dafür sorgen, dass dein Herz weiterschlägt.«

»Es ist schon in Ordnung, jemanden zu haben, der nervt«, flüsterte Bee mir zu. »Ehrlich gesagt wüsste ich gar nicht, was ich ohne sie täte.«

»So, jetzt reicht's«, sagte Emily und ließ die Jalousie herunter. »Zeit zu ruhen. Und kein offenes Fenster mehr. Du holst dir noch eine Lungenentzündung.«

»Auf Wiedersehen, Claire«, sagte Bee und lehnte sich zurück. »Ich hoffe, Sie kommen uns bald mal wieder besuchen. Ich bin gespannt auf Ihre Geschichte.«

»Ich schicke Ihnen ein Exemplar«, sagte ich im Hinausgehen.

Ich nahm die 18-Uhr-Fähre nach Hause. Gene begrüßte mich, als ich aus dem Taxi ausstieg. »Sie haben Ethan gerade verpasst«, sagte er.

»Ach?« Ich hatte den ganzen Tag nichts von ihm gehört. Allerdings hatte ich auch nicht damit gerechnet. Wir waren beide so sehr verbittert. Falls unsere Ehe zerbrechen sollte, dann jetzt.

»Hatte sich schwer in Schale geworfen«, fügte Gene hinzu. »Smoking. Ist vor zehn Minuten mit einem Taxi weggefahren.«

Wohin will mein Mann im Smoking? Ohne mich? Mir wurde wieder bewusst, dass mein Mann im Begriff war, mir zu entgleiten, wie Sand, der einem durch die Finger rieselt. *Ich könnte es verhindern. Ich könnte ihn suchen und in die Arme nehmen. Ihm sagen, dass ich ihn liebe. Wir könnten diesen Unsinn beenden.* Quälende Erinnerungen überfielen mich, aber ich verscheuchte sie. Versöhnung lautete das Stichwort. Das predigte mir meine Therapeutin schon lange. Einer müsse den ersten Schritt tun, sagte sie. Den anderen am Kragen packen und schütteln und sagen: »Wach auf! Unsere Ehe geht kaputt! Aber wir können das wieder hinkriegen! Wir lieben uns doch!« Seit Monaten nahm ich mir vor, diesen ersten Schritt zu tun, aber jedes Mal, wenn ich versuchte, einen Schritt vorwärts zu machen, gingen wir zwei Schritte zurück, manchmal drei. Aber diesmal nicht. Ich nickte entschlossen und gab dem Taxifahrer ein Zeichen. »Warten Sie bitte!«, rief ich ihm zu und fragte Gene: »Hat er gesagt, wo er hinwollte?«

»Ja, zu irgendeiner Veranstaltung im Olympic.« Er wirkte nervös, so als fürchtete er, ein Geheimnis preiszugeben, das unsere Ehe zerstören konnte. »Ach, ich dachte, Sie würden da auch hingehen.«

»Danke, Gene«, sagte ich und stieg wieder ins Taxi. »Zum Olympic.«

Ich rang nervös die Hände, als wir uns dem alten Gebäude mit der prächtigen Fassade und den kunstvollen Säulen näherten. Pagen schwirrten umher wie Bienen, nahmen

Schlüssel entgegen und fuhren die ankommenden Autos in die Tiefgarage. Vor meinem Taxi hielt ein glänzender schwarzer Mercedes, aus dem eine Frau ausstieg. Ihr Paillettenkleid glitzerte, als sie die Hand ihres Begleiters nahm und ihren grazilen Körper auf Zwölf-Zentimeter-Absätzen aus dem Wagen wand. Ich betrachtete meine Schuhe, ein Paar abgetragene graue Ballerinas mit einer schwarzen Scheuerstelle am rechten Zeh. Vergeblich bemühte ich mich, meine verknitterte Bluse zu glätten. Als ich in meiner Handtasche keinen Lippenstift finden konnte, fuhr ich mir nervös durchs Haar. Ich bereute es jetzt, dass ich auf der Rückfahrt mit der Fähre auf dem Außendeck gesessen hatte, wo der Wind mein Haar völlig zerzaust hatte. Hastig fasste ich meine Strähnen im Nacken zusammen und streifte das Gummiband darüber, das ich am Handgelenk trug. Dann drückte ich dem Taxifahrer zehn Dollar in die Hand und stieg aus.

Ich näherte mich einem Portier im schwarzen Mantel. »Findet hier heute Abend eine Veranstaltung statt?«, fragte ich ihn, während ich durch die goldumrandeten Glastüren ins Innere spähte, um etwas zu erkennen.

Er beäugte mich misstrauisch. »Ja. Geschlossene Gesellschaft.« Er wies mit dem Kinn auf eine junge Frau, nicht älter als fünfundzwanzig, die einige Schritte entfernt stand. Sie hielt ein Klemmbrett vor der Brust. »Sprechen Sie mit Lisa!«, sagte er zu mir. »Sie hat die Gästeliste.«

»Hi«, sagte ich zu ihr. »Ich bin Claire Aldridge.«

Sie überflog die Liste, dann sah sie mich süffisant grinsend an. »Tut mir leid«, sagte sie. »Ich kann Ihren Namen nicht finden.«

Ich schüttelte den Kopf. »Nein, nein«, sagte ich. »Ich will gar nicht da rein. Mein Mann ist da drinnen.«

Sie musterte mich argwöhnisch, als überlegte sie, ob ich versuchte, mir mit einer erfundenen Geschichte Zutritt zu der Veranstaltung zu erschleichen. »Wenn Sie nicht auf der Liste stehen, stehen Sie nicht auf der Liste.«

»Hören Sie«, sagte ich, »mein Mann ist …« Im selben Moment entdeckte ich Ethan. Die Glastüren machten alles etwas unscharf, aber er sah gut aus, keine Frage. In einem Smoking machte Ethan eine gute Figur. Er hob gerade eine Sektflöte an die Lippen, dann nickte er und winkte jemandem im Raum zu. Auf diesem Parkett war er wie zu Hause. Ich erinnerte mich daran, wie er sich elegant und ungezwungen bei unserem Hochzeitsempfang zwischen den Tischen bewegt hatte, während ich unbeholfen hinter ihm hergetrottet war, völlig verunsichert von all den Gratulanten, die ich umarmen sollte. Soziale Angststörung, hatte meine Therapeutin das genannt. Angeblich weitverbreitet. Ethan hatte das Problem jedenfalls nicht. Überall im Saal Glanz und Glamour, angefangen bei den gewaltigen Kronleuchtern an der Decke bis hin zu den funkelnden Juwelen der Frauen.

Ich zeigte auf Ethan. Plötzlich war ich nicht mehr Mrs. Ethan Kensington, sondern eine schlaksige Dreizehnjährige in abgeschnittenen Jeans und einem Hypercolor-T-Shirt, die die Nase gegen den verrosteten Maschendrahtzaun hinter der Schule drückte und den beliebten Mädchen beim Basketball zuschaute. Aber diesmal machte ich den Mund auf. »Sehen Sie«, sagte ich. »Das da ist mein Mann. Ethan *Kensington.*«

Sie sah mich abschätzig an, als läge es auf der Hand, dass ich nur auf kostenlosen Sekt und Hummerhäppchen aus war. »Hören Sie, ich kann Sie nicht reinlassen, wenn Sie keine Einladung haben.«

Mir wurde leichter ums Herz, als ich sah, dass Ethan sich

dem Eingang zuwandte. Er würde zur Tür herausgelaufen kommen, und ich würde ihm in die Arme fliegen. Ich würde sein Gesicht in die Hände nehmen und ihm erklären, dass ich bereit wäre, den Krieg zu beenden. Wieder von vorn anzufangen. Er stellte sein leeres Sektglas auf einem vorüberschwebenden Tablett ab und nahm zwei volle Gläser. Lächelnd kam er ins Foyer. Ich winkte. Mir stockte der Atem, als ich eine Frau auf ihn zugehen sah, die ihn auf die Wange küsste. Er gab ihr eine der beiden Sektflöten. Ich stand so nah, dass ich die perlenden Bläschen im Glas sehen konnte. Ich brauchte einen Moment, bis ich die Frau erkannte, und es traf mich wie ein Pfeil ins Herz.

Cassandra.

Beim Anblick der beiden lief es mir kalt über den Rücken. Sie lächelten einander an. Sie lachten. Sie legte ihm kokett die Hand auf den Arm. Am liebsten wäre ich durch die Tür gestürzt und hätte ihre Hand vom Ärmel meines Mannes geschlagen. Stattdessen griff ich in meine Handtasche und fischte mein Handy heraus. Ich wählte Ethans Nummer und hielt das Telefon ans Ohr. Kurz darauf sah ich, wie er sein Handy aus der Jacketttasche nahm. Er warf einen Blick auf das Display, sagte etwas zu Cassandra und kam ein paar Schritte Richtung Tür. Ich duckte mich weg, aus Angst, er würde mich entdecken.

»Claire?« Seine Stimme kam wie von weit weg, obwohl er in meiner Nähe stand. »Alles in Ordnung?«

Ich war zu benommen, um zu antworten. Ich musste an all das denken, was ich dem Mann, den ich liebte, sagen wollte, alles, was ich mir im Taxi auf dem Weg hierher vorgenommen hatte. Doch als sich jetzt die Gelegenheit bot, konnte ich nur auf meine abgetragenen Schuhe starren.

»Claire, bist du noch dran?«

»Ja, ja, ich bin noch dran«, sagte ich krächzend. Ich biss mir auf die Lippe.

»Du hörst dich aber gar nicht gut an, Liebling«, sagte er. »Soll ich nach Hause kommen? Ich bin auf einer Besprechung. Ich muss nicht bis zum Ende bleiben.«

Ich spähte durchs Fenster und beobachtete, wie Cassandra ihm ein Häppchen zwischen die Lippen schob und sich mit einem neckischen Grinsen auch eins von einem Tablett nahm.

»Entschuldigung«, sagte er. »Ich habe mir gerade einen Imbiss geholt.«

»Kein Problem«, sagte ich und riss mich zusammen. »Iss nur in Ruhe. Ich wollte dich nicht stören. Bis später.«

Ich sah, wie Ethan sich wieder Cassandra zuwandte. Sie erzählte etwas, worüber er lachte. Kurz darauf verschwanden sie in der Menge.

»Verzeihen Sie«, sagte die Frau mit dem Klemmbrett in zuckersüßem Ton, der ihre Gereiztheit nicht verbergen konnte. »Wir müssen den Eingang für geladene Gäste freihalten.«

»Natürlich«, erwiderte ich und bemühte mich erst gar nicht, meine Enttäuschung zu verbergen. »Ich wollte sowieso gerade gehen.«

13

Vera

Mit Lon am Tisch zu sitzen war eine Qual. Es lag nicht am Korsett, das meine Taille einschnürte, und auch nicht an seinem gierigen Blick, mit dem er auf meine Brüste starrte, sondern an den enttäuschten Mienen der Menschen, mit denen ich bisher zusammengearbeitet hatte. Lou, der gut gelaunte alte Portier, der immer wie ein Vater zu mir gewesen war, schaute weg, als er mich an Lons Arm hereinkommen sah. Zwei Zimmermädchen, die ich zu meinen Freundinnen gezählt hatte, Jenny und Vivien, wandten sich ab, um den Staub von den Wandleuchtern abzuwedeln. Ich konnte es ihnen nicht verübeln, dass sie sich verraten fühlten. Herausgeputzt und in Kleider gesteckt, die nicht zu mir passten, repräsentierte ich alles, was wir an der Oberschicht verabscheuten, an diesen Menschen, die glaubten, sich einfach nehmen zu können, was ihnen gefiel. Aber darüber durfte ich mir jetzt keine Gedanken machen. Ich hatte einen Kloß im Hals und schloss die Augen so lange, bis ich Daniels Gesicht vor mir sah, seine Pausbäckchen, die blonden Locken, die blauen Augen. Er war in Gedanken immer bei mir.

»Was machst du für ein trauriges Gesicht, Püppchen?«, fragte Lon, bevor er eine Krabbenschere mit den Zähnen knackte. Butter tropfte ihm vom Kinn. »Willst du denn nichts essen?«, fragte er und deutete auf den Überfluss vor uns auf dem Tisch.

Ich konnte meine Tränen nicht länger unterdrücken. »Tut mir leid, Mr. … Ich meine, Lon«, sagte ich. »Ich vermisse meinen kleinen Sohn so sehr.«

»Aber, aber«, sagte er. »Dem geht's bestimmt gut.«

Bestimmt gut? Ich grub die Fingernägel in das Stuhlpolster. *Wie kann man bloß so gefühllos über ein verschwundenes Kind reden? Mein dreijähriges Kind verschwindet, und kein Mensch interessiert sich dafür.* Ich verbarg mein Gesicht in den Händen, dann spürte ich plötzlich Lons warme, feuchte Hand auf meiner Schulter.

»Morgen früh werde ich ein paar Telefonate führen«, versuchte er mich zu trösten.

»Morgen früh?«, erwiderte ich weinend und sah zu ihm auf. »Verzeihen Sie, aber könnten Sie nicht heute Abend anrufen?«

Lon schüttelte den Kopf. »In den Amtsstuben ist längst niemand mehr, Liebchen«, erwiderte er. »Erst morgen wieder.«

Ich nickte.

»Komm«, sagte er, »lass uns nach oben gehen! Da kannst du dich ein bisschen entspannen.«

Ich tupfte mir die Tränen mit einer gestärkten Serviette ab und stand zögernd auf. Lon hielt mir seine Hand hin, die ich widerstrebend nahm. Er hielt sie viel zu fest, während er mich durch das Restaurant in die Lobby führte. Wir gingen zum Aufzug. Den Aufzug für die Gäste, mit den Zierleisten und den polierten Messingknöpfen, durfte das Personal nicht benutzen. Aber ich war schon einmal damit gefahren, als ich auch Gast in dem Hotel gewesen war. Mit Charles. Ich hatte in einem weichen Bett mit Daunendecke geschlafen. Dem Bett, in dem Daniel gezeugt worden war.

Vier Jahre vorher

Charles holte mich um sieben Uhr ab. Eine Woche war vergangen, seit er so abrupt die Tanzfläche verlassen hatte, hinausbugsiert von seiner reizbaren Schwester. Danach musste ich jeden Tag an ihn denken, vor allem abends nach der Arbeit im Restaurant, wenn es still war in der Wohnung. An jenem Abend glitt ich auf den Beifahrersitz des Buick. Es duftete herrlich im Innern des Wagens – nach Leder, nach gutem, süßlichem Tabak und nach Eau de Cologne. »Hi«, sagte er lächelnd.

Mein Herz klopfte schneller, als wir uns in die Augen sahen.

»Du hast mir gefehlt«, sagte er und schob mir eine Haarsträhne hinters Ohr. Die Berührung seiner Finger jagte mir einen Schauer über den Rücken. Einen *wohligen* Schauer.

»Du mir auch«, sagte ich. »Wie geht es deiner Mutter?«

»Schon viel besser«, erwiderte er. »Sie hat eine Lungenentzündung, aber die Ärzte konnten rechtzeitig eingreifen.« Er neigte den Kopf und sah mir tief in die Augen. »Ich habe ein furchtbar schlechtes Gewissen, weil ich dich einfach so auf der Tanzfläche habe stehen lassen.«

»Denk nicht mehr dran!«, sagte ich. »Deine Familie brauchte dich.«

Er zuckte die Achseln. »Also, es hätte meine Schwester bestimmt nicht umgebracht, ein bisschen freundlicher zu dir zu sein. Aber nimm es dir nicht zu sehr zu Herzen. So ist

Josie nun mal. Sie hat bisher noch jedes Mädchen abgelehnt, mit dem ich ausgegangen bin.«

»Oh«, sagte ich und senkte den Blick.

Charles rückte etwas näher. »Ich habe mich falsch ausgedrückt«, erwiderte er. »Ich wollte damit nicht sagen, dass sie *dich* ablehnt, Claire. Sie ist einfach, na ja …«

»Ein Snob?«

Er lächelte amüsiert. »Ja, genau.«

»Schon in Ordnung«, sagte ich.

Er trat aufs Gaspedal und lenkte den Wagen auf die Straße. Ich kannte niemanden, der ein Auto hatte. Ich genoss das Geräusch des Motors und die Jazzmusik aus dem Radio. »Wollen wir zum Cabaña-Club fahren? Wir könnten dort zu Abend essen und vielleicht noch mal unser Glück beim Tanzen probieren.«

»Liebend gern«, sagte ich und schmiegte meine Wange an seine Schulter. Durch die geteilte Windschutzscheibe des Buick wirkte Seattle verheißungsvoll, als würde man die Stadt durch eine rosagetönte Brille betrachten. Von meinem bequemen Sitz aus sah ich weder die düsteren Apartmentblocks, in denen arme Familien zum Abendessen nur altbackenes Brot hatten, noch bemerkte ich die müllübersäten Gassen, in denen kleine Kinder Hinkeln spielten, unbeaufsichtigt, während ihre Mütter, so wie meine es getan hatte, bis spät in die Nacht in den Häusern der Reichen schufteten. Stattdessen träumte ich davon, wie es wohl wäre, in Charles' Welt zu leben, wo einem alles auf einem Silbertablett präsentiert wurde.

Charles hielt am Bordstein und beugte sich über mich, um aus dem Beifahrerfenster zu sehen. Ich hatte nichts dagegen einzuwenden, dass er mir so nahe kam.

An der Tür des Clubs hing ein Schild mit der Aufschrift *Geschlossen.* »Mist«, sagte er. »Was hältst du davon, wenn wir stattdessen zum Hotel fahren? Es ist so ein schöner Abend. Die Suite meiner Eltern hat einen großen Balkon, da können wir zu Abend essen.«

»Die *Suite* deiner Eltern?«

»Ja«, sagte er. »Sie empfangen dort häufig Gäste. Mein Vater übernachtet dort mehrmals die Woche, wenn er bis spätabends arbeitet und Ruhe braucht. Oder wenn er Streit mit meiner Mutter hat, was in letzter Zeit ziemlich häufig vorkommt.«

»Warum nicht«, sagte ich schüchtern.

Charles fuhr zum Hotel, das nur ein paar Querstraßen entfernt lag, und parkte den Wagen seidenweich in der kreisförmigen Einfahrt. Er übergab den Schlüssel einem Pagen und nickte dem Portier zu. Wir betraten den Aufzug, und Charles drückte den Knopf für den siebzehnten Stock.

Ich musste schlucken.

»Das erste Mal in einem Aufzug?«

»Ja«, gestand ich mit einem mulmigen Gefühl im Bauch, als wir nach oben ruckelten.

»Keine Angst«, sagte er, umfasste meine Taille und zog mich an sich.

Ich sah ihm in die Augen. »Und was ist, wenn er – abstürzt?«

»Das passiert nicht«, sagte er und drückte mich noch fester an sich. »Versprochen.«

Als der Aufzug mit einem Ruck zum Stehen kam und die Türen aufgingen, wurden wir von einem Mann in weißer Livree begrüßt. »Guten Abend, Sir«, sagte er zu Charles und tippte mit Blick zu mir an seine Mütze. »Die Suite ist vorbereitet. Wollen Sie drinnen oder draußen zu Abend essen?«

Charles sah mich an. »Wäre es dir draußen auf dem Balkon recht?«

Ich konnte nur nicken. Ich war so überwältigt von der Pracht, dass es mir die Sprache verschlagen hatte.

Der Zimmerkellner schob einen Schlüssel ins Schloss und hielt uns die Tür zur Suite auf. Ich folgte Charles und schnappte nach Luft. Seidene Steppsofas, orientalische Teppiche, weinrote Samtvorhänge – es sah aus wie in einem Palast oder zumindest so, wie ich mir immer einen Palast vorgestellt hatte.

Charles zog das Jackett aus und warf es lässig auf ein Sofa zu unserer Rechten. Dann trat er an die Bar am Fenster und schaltete das Radio ein. Während die sanften Klänge von Big-Band-Jazz den Raum erfüllten, nahm er zwei Cocktailgläser aus dem Vitrinenschrank. Aus einer anderen Vitrine nahm er zwei verzierte Glaskaraffen, aus denen er jeweils etwas in einen glänzenden silbernen Mixbecher goss. Dann gab er Eis dazu, schloss den Deckel und schüttelte den Becher mit geübter Hand.

Als er mir schließlich ein Glas reichte, staunte ich über die dünne Schicht Eis auf dem Getränk. Ich bemühte mich, meine Hand ruhig zu halten, um mir nicht das Kleid zu bekleckern. Als ich das Glas an die Lippen hob, warf ich einen verstohlenen Blick auf mein Spiegelbild im Fenster. Elegant. Als gehörte ich hierher. Ich trank einen Schluck des eiskalten Getränks, das mir so im Hals brannte, dass ich husten musste.

»Tut mir leid«, sagte ich und stellte das Glas auf einem Beistelltisch ab. »Ich hatte keine Ahnung, dass das Zeug so stark ist.« Im selben Moment bereute ich meine naive Bemerkung.

»Der erste Schluck ist immer der schwerste«, sagte Charles und schob sich eine grüne Olive in den Mund. »Danach geht es runter wie Öl.«

Ich nahm das Glas wieder, und nach dem zweiten und dritten Schluck ging es schon besser. Meine Wangen glühten, mir war ein bisschen schwindelig, und mein Kopf wurde ganz leicht. Als ich das Glas ausgetrunken hatte, schenkte er noch einmal nach. Ich trat ans Fenster, von wo aus man einen Blick auf das glitzernde, quirlige Seattle hatte. Die Kirschbäume standen schon in Blüte und wirkten von oben aus dem siebzehnten Stock wie heitere rosa Wolken, die die Straßen säumten. Die Stadt wirkte hoffnungsvoll, und genau so fühlte ich mich. Ich spürte die Bartstoppeln von Charles' Kinn an meinem Nacken, als er über meine Schulter schaute, um den Ausblick mit mir zu teilen.

»Ist das nicht schön?«, flüsterte er.

»Ja«, sagte ich.

Der aufgehende Mond stand tief am Himmel, wie ein Gemälde, das nur für uns aufgehängt war.

»Wo auf der Welt würdest du jetzt am liebsten sein«, fragte er, »wenn du es dir aussuchen könntest?«

Ich überlegte. Caroline und ich hatten so oft von Paris geredet, und von New York. Aber in diesem Augenblick wollte ich nirgendwo anders sein als hier, wo ich gerade stand.

»Genau hier«, flüsterte ich und drehte mich zu Charles um.

»Ich auch«, sagte er und nahm mein Gesicht zärtlich in die Hände.

Als sich unsere Lippen näherten, räusperte sich der Zimmerkellner. »Verzeihen Sie die Störung, Sir, aber ich bringe das Abendessen. Soll ich es auf dem Balkon servieren?«

»Ja, bitte!«, antwortete Charles und verschränkte seine Finger mit meinen. Er führte mich auf den Balkon, wo ein Tisch, zwei Stühle und ein halbes Dutzend sorgfältig gepflegte steinerne Pflanzkübel standen. Wie ein Zauberer holte der Kellner zwei gefüllte Teller von einem Wägelchen irgendwo hinter uns im Dunkeln. Ich stach meine Gabel in ein weiches, buttriges Stück Fisch. Ich biss von einem Brötchen ab, das noch dampfte, und spülte es mit einem Schluck Rotwein hinunter. Blinzelnd betrachtete ich das Etikett der Flasche, aber die Aufschrift war auf Französisch, und das Einzige, was ich lesen konnte, war die Jahreszahl 1916. In dem Jahr war ich noch ein kleines Mädchen gewesen, das in den staubigen Straßen um die Bruchbude herum, die wir unser Zuhause nannten, hinter seinen jüngeren Geschwistern herrannte. Nicht zu fassen, dass der Wein zur selben Zeit abgefüllt worden war.

»Ich habe die Frau aus deinem Haus übrigens nicht vergessen«, sagte Charles.

Mir ging das Herz auf. »Wirklich nicht?«

»Nein«, erwiderte er und zog einen Umschlag aus seiner Tasche. »Ich habe mit meinem Vater gesprochen. Ihm gehört eine Neubausiedlung in West Seattle. Alle Häuser haben einen Garten und eine voll eingerichtete Küche. Ich denke, das wäre der ideale Ort für sie und ihre Kinder.«

»Ach, Charles!«, rief ich aus. »Und war dein Vater einverstanden?«

Er schüttelte den Kopf. »Nein, er hat sich widersetzt. Er hält nichts von Almosen.«

»Oh«, sagte ich verwirrt.

»Ich übernehme das selbst«, fuhr er fort. »Ich brauche die Genehmigung meines Vaters nicht, um etwas Gutes zu tun. Ich verfüge über eigene Mittel. Wenn sie möchte, kann sie schon nächste Woche in ihr neues Zuhause einziehen.«

Ich schüttelte ungläubig den Kopf. »Das ist wirklich sehr großzügig.«

Er gab mir den Umschlag. Ich hob die Lasche an und lugte hinein. Der Umschlag enthielt ein Bündel Banknoten. »Charles!« Ich konnte es gar nicht erwarten, ihr das Geld zu geben. Als ich ihr am Abend zuvor im Treppenhaus begegnet war, hatte sie so erschöpft und ausgelaugt gewirkt, dass ich fürchtete, sie würde gleich in Ohnmacht fallen.

»Seit du mir von der armen Frau erzählt hast, gehen mir ihre Worte – oder vielmehr deine – nicht mehr aus dem Kopf. Vera, ich … Ich glaube, gemeinsam könnten wir viel Gutes tun.«

Ich strahlte und begann unwillkürlich, mich zu der langsamen, romantischen Musik aus dem Radio hin und her zu wiegen.

»Tanz mit mir«, sagte Charles, stand auf und nahm meine Hände.

Ich legte meine Wange an seine Brust, und wir bewegten uns im Rhythmus der Musik. »Ich möchte jeden Tag so verbringen, mit dir«, sagte er. »Immer.« Unsere Lippen fanden sich, und plötzlich schien mein ganzer Körper unter Strom zu stehen. Er hob mich auf die Arme, trug mich ins Schlafzimmer und legte mich auf ein Daunenbett, in dem ich versank wie in einem Berg Schlagsahne, und als er sich neben mich legte, protestierte ich nicht. Er küsste mich wieder und wieder. Ich schloss die Augen und versuchte mir einzuprägen, wie es sich anfühlte, geliebt zu werden. Wahrhaft geliebt zu werden.

In Lons Suite trat ich ans Fenster und schaute auf die Straße hinunter. Es hätten ebenso gut Gitter vor dem Fenster sein können, so eingesperrt fühlte ich mich. Wie in einem Gefängnis. Lon stand direkt hinter mir, und ich spürte seinen schnellen, heißen Atem im Nacken. »Ich vermisse meinen Sohn so schrecklich«, flüsterte ich.

»Nicht doch«, sagte er und drehte mich zu sich um. »Morgen werden wir deinen Sohn finden. Aber heute Abend werden wir« – er öffnete einen Knopf an meinem Kleid – »einander finden.«

Ich ekelte mich vor seiner Berührung, aber ich schob seine Hand nicht weg. Mit seinem Geld konnten wir die ganze Stadt mit Plakaten pflastern, die Straßen mit Handzetteln überschwemmen, eine Suchmannschaft anheuern. »Versprechen Sie mir, dass Sie mir helfen, Daniel zu finden?« Ich sah ihm forschend in die Augen. »Sie sind meine einzige Hoffnung.«

»Ich gebe dir mein Wort«, sagte er und fuhr siegessicher mit dem Finger über die Schärpe meines Kleids.

Lon schaltete das Licht aus, und ich hielt den Atem an, als er mich aufs Bett zog.

14

Claire

Ich saß noch eine Weile im Taxi, betrachtete das Hotel und würdigte den Moment, in dem Ethan mir entglitten war.

Der Taxifahrer teilte meine Gefühlsduselei nicht. »Wohin, Miss?«, blaffte er und tippte ungeduldig aufs Taxameter. »Ich kann hier nicht den ganzen Abend stehen.«

Ich hatte keine Lust, nach Hause zu fahren, erst recht nicht an so einem Abend. »Zum Café Lavanto bitte«, sagte ich.

Die Außenbeleuchtung des Cafés war bereits ausgeschaltet, aber die Tür war nicht verschlossen. Eine junge Frau mit blonder Kurzhaarfrisur, die hinter dem Tresen stand, schüttelte den Kopf, als sie mich sah. »Tut mir leid«, sagte sie. »Wir haben schon geschlossen. Ich habe wohl vergessen, die Tür abzuschließen.«

»Ach so, ich …«

»Schon in Ordnung, Brittany.« Dominic kam aus dem Hinterzimmer, in der Hand einen Stapel Papiere. »Schön dich zu sehen, Claire«, sagte er zu mir. »Willst du was trinken?«

Brittany, die gerade dabei war, mit einem feuchten Lappen die Dampfdüse der Espressomaschine zu reinigen, war offenbar alles andere als erfreut über mein Auftauchen. Ich schüttelte den Kopf. »Nein, danke«, sagte ich. »Ich wollte nur …« Ich schaute auf meine Füße. »Hast du einen Moment Zeit zu reden?«

Er nickte und legte die Papiere auf einem Tisch ab. »Ich bin ganz Ohr.«

Wir setzten uns auf zwei Polsterstühle am Fenster und sahen auf die Straße hinaus. Ein Pärchen ging vorbei, das Händchen haltend einen Boxer ausführte. Brittany drehte sich beim Hinausgehen noch einmal um. »Bis morgen«, sagte sie.

Dominic hob eine Hand zum Abschied, dann wandte er sich mir zu. »Was ist passiert?«

Ich seufzte. »Du hast doch eine schlimme Trennung erlebt, oder?«

»Schlimmer geht nimmer«, sagte er.

»Wann hast du gewusst, dass es …« Ich zögerte einen Moment. »Dass es vorbei war?«

»Es hatte schon eine ganze Weile nicht mehr gestimmt«, sagte er. »Wir haben nicht mehr zusammen gelacht. Sie hat bis spätabends gearbeitet, aber nicht angerufen. Ich habe mehr und mehr Zeit mit meinen Freunden verbracht. So hat eins das andere ergeben. Und dazu kam, dass sie – gelinde gesagt – ziemlich verrückt war.«

Ich erwiderte sein Lächeln, doch es verging mir sehr schnell wieder. Was ich sagen wollte, war wirklich nicht zum Lachen. »Ich fürchte, meine Ehe ist am Ende.«

»Ach, Claire. Das tut mir leid.«

Ich verschränkte die Hände und starrte vor mich hin. Ich war so unglücklich, und mir fiel nichts ein, um den Schmerz zu lindern. »Ich komme nicht darüber weg, dass er mich betrügt.«

»Das kenn ich«, sagte er. »Ich habe es am eigenen Leib erlebt. Das tut weh. Ich wünschte, ich könnte dich mit irgendetwas aufmuntern.«

»Es tut schon gut, einfach nur hier zu sein«, sagte ich. »Dieses Café hat etwas Tröstliches für mich.«

Dominic rieb sich die Stirn, als wäre ihm etwas Unangenehmes eingefallen. Er sah auf die Uhr. »Hey, weißt du, was du jetzt brauchst?«

Ich zuckte die Achseln. »Was denn?«

»Ein Bier«, sagte er. »Wir gehen ins Kells. Mein Kumpel tritt da heute Abend mit seiner Band auf. Sie spielen U2. Das gefällt dir bestimmt. Du kannst dich volllaufen lassen und mitgrölen, und hinterher bring ich dich nach Hause.«

»Ich weiß nicht«, sagte ich skeptisch.

»Ach komm«, erwiderte er. »Es gibt nichts, wogegen ein ordentliches Guinness nicht helfen würde.«

»Also gut«, stimmte ich achselzuckend zu. »Außerdem steh ich auf U2.«

Dominic lächelte zufrieden. »Schön. Ich hol noch eben den zweiten Helm.«

Während ich am Tresen wartete, betrachtete ich den Stapel Papiere, den Dominik auf dem Tisch hatte liegen lassen. Die Unordnung erinnerte mich an Ethans Arbeitszimmer zu Hause, das ich ständig aufräumte. Aktenordner waren seine Achillesferse. Es versetzte mir einen Stich, und ich begann instinktiv, die Papiere zu ordnen.

»Oh«, sagte Dominic erschrocken, legte den Motorradhelm ab und nahm mir die Papiere aus der Hand. »Lass mich das machen. Das ist ein einziges Chaos.«

Ein verlegenes Schweigen hing zwischen uns, während Dominic die Papiere hastig in eine Schublade unter dem

Tresen stopfte. Aber dann rettete er die Situation mit einem Lächeln und drückte mir den Helm in die Hand. »Wollen wir?«

»Ja«, sagte ich und folgte ihm nach draußen zu seinem Motorrad.

Dominic bahnte uns den Weg durch die Menge schwitzender, bierseliger College-Studenten im Kells. Ich bereute fast, mitgekommen zu sein, als plötzlich der unverwechselbare U2-Sound von der Bühne ertönte. Ich hätte mich nicht gewundert, Bono am Mikro zu sehen, und musste über den Typen mit Wampe und schütterem Haar grinsen, der ihn vertrat. Dominic reichte mir ein Bier, irgendein hellbraunes Gebräu mit Schaum, und ich trank einen Schluck, dann noch einen. Wir lehnten uns nebeneinander an eine freie Stelle am Tresen. Als die Tanzfläche sich ein bisschen leerte, nahm Dominic meine Hand und sagte: »Lust zu tanzen?«

Ich hatte schon das zweite Bier intus und willigte ein, ohne nachzudenken. Die Band begann, »With or Without You« zu spielen, und ich lehnte müde den Kopf an Dominics Brust. Ich sehnte mich nach Ethan, aber es tat mir gut, wie Dominic mich hielt, sicher und fest. Als das Stück zu Ende war und die Anfangsakkorde von »One« ertönten, hatte ich auch nichts dagegen, dass seine Hände ein bisschen tiefer rutschten.

»Claire?«

Ich hörte tatsächlich meinen Namen. Eine vertraute weibliche Stimme. Aber wessen? Während ich über Dominics Schulter hinweg nach der Besitzerin der Stimme suchte, klopfte mir jemand auf den Rücken. O Gott. Ethans Schwester Leslie. Seit dem Tag, an dem wir uns kennengelernt hatten, rasselten wir regelmäßig aneinander, aber diesmal standen die Vorzeichen ganz besonders eindeutig auf Sturm.

Sie bedachte Dominic mit einem langen Blick, dann musterte sie mich argwöhnisch. »Was machst du denn hier, Claire?«

»Hallo, Leslie«, sagte ich betont gelassen. »Das ist mein Freund Dominic.«

»Freund?«

»Leslie«, sagte ich, »ich weiß nicht, was du vermutest, aber ich bin dir keine Erklärung schuldig.«

»Erzähl das Ethan!«, blaffte sie und zog ihr Handy hervor.

»Ruf ihn ruhig an«, sagte ich. »Der geht nicht ans Telefon. Er ist mit Cassandra im Hotel Olympic.«

Jetzt war sie sprachlos.

»Viel Spaß noch, Leslie«, sagte ich und zog Dominic weg.

»Tut mir leid«, sagte er. »Ich wollte dich nicht in Schwierigkeiten bringen.«

Ich seufzte. »Wenn er mit seiner Ex Schampus trinken kann, dann kann ich auch mit dir ein Bier trinken.« Ich winkte dem Barmann. »Noch eine Runde, bitte!«

Ich kann mich nicht mehr an die Fahrt zu Abby erinnern, oder daran, wie ich die Treppe zu ihrer Wohnung hochgekommen bin. Später erfuhr ich, dass Dominic ihre Telefonnummer in meinem Handy gefunden und sie nach ihrer Adresse gefragt hatte. Ich kann mich allerdings sehr wohl daran erinnern, wie ich aufwachte und mich fühlte, als hätte jemand meinen Schädel mit einem Hammer malträtiert. »Wo bin ich?«, stöhnte ich.

Abby hielt mir einen grünen Becher mit dampfendem Kaffee hin. Ich beobachtete den Dampf. »Ich trinke keinen Kaffee«, quengelte ich.

»Heute Morgen schon«, sagte sie. »Los, trink!«

Ich trank einen Schluck. »Was ist gestern Abend passiert?«

»Jemand hat ein bisschen zu ausgiebig gefeiert«, erwiderte sie.

»O Gott«, sagte ich. »Will ich das genauer wissen?«

Plötzlich fiel mir das Kells wieder ein, Dominics Umarmung, Leslie. Ich schlug die Hände vors Gesicht. »Das ist nicht gut, Abs.«

»Ganz und gar nicht.«

»Hab ich ihn geküsst?«

»Glaub ich nicht«, sagte sie. »Er ist ein anständiger Kerl. Wahrscheinlich hätte er es nicht mal zugelassen, wenn er es selbst gewollt hätte.«

Ich nickte.

»Er hat dich die fünf Stockwerke hier raufgetragen«, sagte sie. »Und dabei hast du die ganze Zeit gesungen.«

»Nein.«

»Doch«, entgegnete sie. »Und du hast die Verrückte im dritten Stock geweckt.«

Am liebsten wäre ich im Erdboden versunken. Ich warf einen Blick auf die Uhr und geriet in Panik.

»Keine Sorge«, sagte Abby. »Heute ist Samstag.«

»Ich mach mir keine Sorgen wegen der Arbeit«, sagte ich. »Wegen Eva.«

»Eva?«

Ich tastete nach meiner Handtasche, die zum Glück neben dem Sofa lag. »Sie hat Daniel Ray gekannt. Ich bin heute mit ihr verabredet.« Ich nahm meinen Terminkalender heraus und schlug die laufende Woche auf. »Okay. Eine Stunde noch.«

»Geh duschen«, sagte Abby. »Handtücher liegen im Schrank. Fühl dich wie zu Hause.«

Ich trank noch gierig einen großen Schluck Kaffee. Ethan wäre stolz auf mich, aber ich trank ihn nicht ihm zuliebe. »Danke, Abs«, sagte ich. »Du bist die beste Freundin auf der Welt.«

»Ich weiß«, erwiderte sie und faltete die Decke, die sie mir nachts übergelegt hatte. »Aber du hast meine Pottery-Barn-Kissen vollgesabbert.«

»Ich kauf dir neue.«

»Quatsch«, sagte sie. »Was wäre Freundschaft ohne ein bisschen Gesabber.«

Ich lächelte sie dankbar an, und das hatte nichts mit den Kissen zu tun. »Du bist ein Schatz.«

Sie scheuchte mich ins Bad. »Geh dir die Zähne putzen.«

Die Blumenstände am Pike Place Market überboten sich gegenseitig mit Blütenpracht. Mein Blick fiel auf einen Eimer mit frisch geschnittenen Hortensien, aber nicht einmal die indigoblauen Dolden konnten mir ein Lächeln entlocken. Das Einzige, woran ich denken konnte, waren Ethan und Cassandra und der heillose Schlamassel, in dem wir steckten. Ich nahm ein Fläschchen Aspirin aus meiner Handtasche, schüttelte mir zwei Pillen auf die Hand und spülte sie mit einem Schluck Wasser aus der Flasche herunter, die Abby mir mitgegeben hatte. Als ich die Flasche wieder in meiner Handtasche verstaute, vibrierte mein Handy, um mich an einen verpassten Anruf zu erinnern. Ethan hatte versucht mich zu erreichen. Also hatte er mit Leslie gesprochen. Oder er wollte sich für den Abend zuvor entschuldigen. Wie auch immer, ich hatte keine Lust, mit ihm zu reden. Ich hatte ihm nichts zu sagen.

Im Gehen überprüfte ich noch einmal die Adresse in meinem Kalender, und kurz darauf stand ich vor dem Haus, in dem Eva wohnte. In der kleinen Eingangshalle stand auf einem runden Tisch ein Strauß ausgebleichter, verstaubter Seidenblumen. Die Tapete war wellig und löste sich an den Rändern. Es roch nach gekochtem Gemüse. Ich fuhr mit dem Aufzug in den elften Stock und klopfte an der Tür mit der Nummer 1105.

Kurz darauf drehte sich der Knauf, und eine weißhaarige alte Dame mit Dutt erschien in der Tür. Sie hatte ein schmales Gesicht und freundliche braune Augen. Sie lächelte. »Sie müssen Claire sein.«

»Ja«, sagte ich und reichte ihr die Hand. Komisch, ich hatte ja gewusst, dass mich eine alte Frau erwartete, und doch hatte ich mir Eva als kleines Mädchen mit Zöpfen und einem Baumwollkleidchen vorgestellt. »Danke für die Einladung.«

»Kommen Sie rein!«, sagte sie. Ich setzte mich auf einen blauen Lehnstuhl am Fenster, nachdem ich ein kleines Kissen mit Kreuzstickerei zur Seite geschoben hatte, um Platz für meine Handtasche zu haben. Schlicht eingerichtet, aber sehr ordentlich. Es duftete nach Zitronen und Babypuder. Das Zimmer erinnerte mich ein bisschen an die kleine Eigentumswohnung meiner Großmutter in San Diego. Sie fehlte mir.

»Kann ich Ihnen eine Tasse Tee anbieten?«

»Nein danke«, sagte ich.

Sie setzte sich neben mich in einen Sessel und verschränkte

die Hände im Schoß. »Nun, meine Liebe?«, fragte sie. »Was kann ich Ihnen erzählen?«

»Also«, erwiderte ich und nahm Notizblock und Stift aus meiner Handtasche. »Ich hatte ja schon am Telefon erwähnt, dass ich einen Artikel über einen kleinen Jungen schreibe, der am Tag des Schneesturms im Mai 1933 verschwunden ist. Sie haben ihn gekannt?«

»Ja«, sagte Eva gedankenversunken. »Ja, wir haben uns gekannt.« Sie schloss kurz die Augen. »Daniel war der Sohn der besten Freundin meiner Mutter, Vera Ray. Wir waren wie Bruder und Schwester.«

»Sie haben zusammen gewohnt?«

»Ja, eine Weile, als wir noch sehr klein waren. Unsere Mütter waren beide unverheiratet. Mein Vater ist schon vor meiner Geburt gestorben, und Daniels Vater, na ja, was mit ihm war, weiß ich nicht. Vera und Daniel sind dann in eine eigene Wohnung gezogen, kurz nachdem sie die Stelle im Olympic angenommen hatte.«

Ich musste an den Vorfall vom gestrigen Abend denken und mich schauderte. »In dem Hotel?«

»Ja«, sagte sie. »Vera war dort Zimmermädchen.«

»Und Ihre Mutter auch?«

»Nein«, antwortete Eva. »Meine Mutter hat in einer Fabrik gearbeitet.«

Ich schlug die nächste Seite meines Notizblocks auf. »Und haben Sie irgendeine Erinnerung an sein Verschwinden?«

Sie atmete tief ein und schaute aus dem Fenster. Im Vordergrund war die rote Leuchtreklame *Pike Place Market* zu sehen, und dahinter zog eine Fähre ihre Bahn durch die Bucht. Dafür, dass sie in einem Seniorenheim der unteren Preisklasse wohnte, genoss Eva hier wirklich einen atemberaubenden Ausblick. »Mein Gedächtnis lässt mich manchmal im Stich«, sagte sie, während sie sich die rechte Hand rieb. »Aber ich erinnere mich noch an Tante Vera. So hab ich sie genannt. Sie hat bei uns gewohnt, nachdem Daniel verschwunden war. Vera war immer eine Frohnatur gewesen, aber das war danach vorbei. Ich weiß noch, wie ich im Flur stand und sie schluchzen sah. Sie zitterte am ganzen Körper. Damals habe ich das natürlich nicht verstanden.« Sie zeigte auf ein Foto an der Wand, auf dem drei Kinder abgebildet waren. Nach den Farben und der Kleidung zu urteilen stammte es aus den Sechzigerjahren. »Der Junge«, sagte sie, »das ist mein Ältester. Er ist vor zwanzig Jahren bei einem Autounfall ums Leben gekommen. Ein Frontalzusammenstoß mit einem betrunkenen Geisterfahrer. Als ich noch eine junge Mutter war, musste ich oft an Vera denken. Ein kleines Kind zu verlieren ist entsetzlich. Unvorstellbar. Aber als die Autobahnpolizei mich anrief und mir mitteilte, dass Eddie tot war, fühlte ich mich Vera plötzlich sehr verbunden. Da wusste ich, was sie durchgemacht hatte.«

»Das tut mir leid«, sagte ich.

Sie nickte. »Es hat Jahre gedauert, bis ich meinen Frieden damit machen konnte. Aber ich trauere immer noch.«

»Glauben Sie denn, dass Daniel …« Ich konnte mich nicht dazu überwinden, den Gedanken auszusprechen.

»Getötet wurde?«

Ich nickte.

Eva hob die Hände. »Ich weiß es nicht, meine Liebe. Ich habe all die Jahre oft darüber nachgedacht. Am liebsten hätten wir natürlich alle geglaubt, dass er einfach nur weggelaufen war. Dass er von irgendeiner netten Familie aufgenommen wurde. Aber das war unmöglich. Meine Mutter wusste das.

Vera nicht. Sie weigerte sich, das Schlimmste anzunehmen. Sie hat die Hoffnung nie aufgegeben, bis zum bitteren Ende.«

»Welches Ende?«

Eva runzelte die Stirn. »Meine Mutter hat mir natürlich die Einzelheiten erspart«, antwortete sie. »Ich war ja noch ein kleines Mädchen, zu jung, um das zu verstehen. Aber irgendwann habe ich die ganze Geschichte erfahren.«

»Was war passiert?«

»Ihre Leiche wurde im Lake Washington gefunden«, sagte sie.

Ich hielt den Atem an.

Eva schüttelte traurig den Kopf. »Als man sie fand, war ihr Körper schon so verwest, dass die Todesursache nicht mehr festzustellen war.«

Entsetzt schlug ich die Hand vor den Mund. »Großer Gott.«

»Die Polizei ist von Selbstmord ausgegangen«, fuhr sie fort, »aber niemand, der sie kannte, hat das geglaubt. Sie hätte sich nie das Leben genommen, solange sie nicht wusste, ob ihr Sohn in Sicherheit war.« Sie schwieg einen Moment und betrachtete meinen Ehering.

»Wenn Sie mal Mutter sind, werden Sie das auch verstehen.«

Aber ich verstehe es nur zu gut. Ich musste schlucken und konzentrierte mich auf meine Notizen, um die Gefühle zu unterdrücken. »Also glauben Sie, dass sie ermordet wurde?«

»Ich habe so meine Vermutungen«, erwiderte sie. »Aber niemand weiß etwas Genaues. Damals gab es noch nicht die Justiz, die wir heute haben. Wenn die Tochter irgendeines Prominenten ertrunken im See gefunden worden wäre, hätte es mit Sicherheit eine Ermittlung gegeben. Aber bei Vera

Ray, Tochter eines Fischers? Traurige Tatsache ist, dass es niemanden wirklich interessiert hat. Deshalb hatte auch die Polizei keine Suche gestartet, als Daniel verschwunden war. Warum für die Armen Polizeikräfte verschwenden? So war das damals.«

»Wie traurig«, sagte ich kopfschüttelnd. »Es gab also nicht einmal eine Ermittlung?«

»Es wurde ein Mann im Zusammenhang mit dem Verbrechen verhört«, sagte sie. »Ein Ofensetzer, glaube ich. Er wurde festgenommen, nachdem ein Hinweis eingegangen war. Aber der Verdächtige ist im Gefängnis gestorben. Herzinfarkt. Danach ist der Fall im Sand verlaufen. Meiner Mutter hat es das Herz gebrochen, dass nichts weiter unternommen wurde. Sie hatte immer gehofft, dass der Tod ihrer Freundin aufgeklärt würde.«

Ich musste an meinen Besuch im Polizeiarchiv denken, bei dem nichts herausgekommen war. »Wissen Sie, ob es darüber Polizeiprotokolle gibt?«

»Das habe ich mich auch gefragt«, sagte sie. »In den Fünfzigerjahren habe ich mich bei der Polizei danach erkundigt, aber man erklärte mir, dass alle Unterlagen aus genau jenem Jahr einem Brand zum Opfer gefallen sind.«

Der Wasserkessel pfiff. »Wollen Sie wirklich keinen Tee?«

»Ach, warum eigentlich nicht«, sagte ich.

Eva kam mit zwei Tassen zurück. Sie reichte mir eine davon, und der aufsteigende Dampf wärmte mir das Gesicht. Ich trank einen Schluck und stellte die Tasse auf dem Couchtisch ab. »Wissen Sie etwas über Daniels Vater?«

Eva seufzte. »Nur dass er sehr reich war«, sagte sie. »Vera war so stolz auf ihn. Aber sie haben wohl nicht zueinander gepasst.«

»Haben die beiden denn nicht geheiratet?«

»Nein. Aber sie hat immer ein Armband getragen, das er ihr geschenkt hatte. Daher nehme ich an, dass sie ihn immer noch geliebt hat.«

Ich musste an das Armband denken, das ich unter meinem Ärmel trug. Ein Geschenk von Ethan. *Ob ich es abnehmen würde? Würde ich wohl meinen Ehering ablegen?*

»Es war eine schlimme Zeit für meine Mutter«, fuhr Eva fort. »Die beste Freundin auf so tragische Weise zu verlieren, das hat sie sehr mitgenommen.«

»Wie schrecklich«, sagte ich. Ich nahm einen Umschlag aus meiner Handtasche und gab ihn Eva. »Das hier habe ich gefunden.«

Sie griff in den Umschlag und breitete den Inhalt auf ihrem Schoß aus. Sie hielt das Foto ins Licht. »Ja, das ist Vera«, sagte sie. »Sie war so schön.«

Ich nickte. »Und der Mann? Daniels Vater?«

»Ja«, antwortete sie. »Das glaube ich zumindest. Ich bin ihm ja nie begegnet. Aber sehen Sie mal hier! Er hat Daniels Kinn.«

Ich nahm das Foto von dem Jungen, das im *Seattle Post-Intelligencer* abgedruckt worden war, aus meiner Tasche und hielt es neben das Foto seiner Eltern. »Sie haben recht«, sagte ich. »Die Ähnlichkeit ist nicht zu übersehen.« Daniel hatte ein herzförmiges Gesicht, und am Kinn hatte er ein winziges Grübchen – wie der Mann auf dem Foto.

»Ach ja«, sagte Eva seufzend. »Daniel wäre mal ein gut aussehender Mann geworden, genau wie sein Vater.«

»Kennen Sie Charles' Familiennamen?«, fragte ich, drehte das Foto um und las die Beschriftung auf der Rückseite. »Vera und Charles.«

Eva schüttelte den Kopf. »Meine Mutter hat nicht über ihn gesprochen. Ich habe den Namen nie erfahren.«

»Ich danke Ihnen vielmals«, sagte ich und klappte meinen Notizblock zu. »Ich habe Ihre Zeit lange genug beansprucht.«

»Warten Sie!«, sagte Eva, und hielt die Zeichnung hoch, die sie als Kind angefertigt hatte, und betrachtete verwundert das spröde gelbe Papier. »Da ist noch etwas.«

»Was denn?«

Sie hielt mir die Zeichnung hin und zeigte auf die Frau, die hinter den Kindern zu sehen war. »Da war eine Frau«, sagte sie.

»Wo?«

»Ich erinnere mich nur noch verschwommen«, sagte sie. »Vielleicht ist es auch gar nichts.«

»Versuchen Sie's! Es könnte wichtig sein.«

»Ja«, sagte sie, legte eine Hand an ihre runzlige Wange und konzentrierte sich. »Daniel und ich haben oft in einem Park in der Nähe der Sixth Avenue gespielt. Dort haben wir gewartet, bis unsere Mütter von der Arbeit kamen. Manchmal ist eine seltsame Frau gekommen und hat uns zugesehen. Sie wirkte fehl am Platz mit ihrer eleganten Kleidung und den Hüten, mitten im Arbeiterviertel der Stadt. Sie war immer freundlich, sprach meist mit Daniel, aber ich mochte sie nicht. Mama hatte mir beigebracht, nicht mit Fremden zu reden, und sie hatte etwas an sich, das mir Angst gemacht hat.«

»Und was könnte das gewesen sein?«

»Ich bin mir nicht sicher«, antwortete Eva. »Und vielleicht hatte die Frau ja auch nur Mitleid mit uns. Ich weiß es nicht. Aber sie ist mir immer im Gedächtnis haften geblieben, selbst nach all den Jahren. Oder es war ihr Hut.«

»Ihr Hut?«

Eva nickte und zeigte auf den Kopf des Strichmännchens. »Ich glaube, das sollen Federn sein«, sagte sie. »Ich habe ihr Federn auf den Hut gemalt.«

Ich notierte mir ihre Worte und machte ein großes Fragezeichen auf die Seite. *Was fange ich jetzt damit an?*

Eva wirkte erschöpft, daher stand ich auf und nahm meine Sachen. »Danke, dass Sie Ihre Erinnerungen mit mir geteilt haben.«

»Gern geschehen, meine Liebe«, sagte sie. »Ich hoffe, Sie lösen dieses Rätsel. Für alle Mütter.« Sie schwieg einen Moment und neigte den Kopf. »Entschuldigung, ich war einfach davon ausgegangen, dass Sie keine Kinder haben. Sind Sie selbst Mutter, meine Liebe?«

Es war das erste Mal seit dem Unfall, dass ich diese Frage hörte. Ich biss mir auf die Unterlippe. Dann sprach ich aus, was mir auf der Zunge lag. »Ja, das bin ich.«

Gewöhnlich arbeitete ich am Wochenende nicht, aber an diesem Samstag machte ich mich auf den Weg in die Redaktion und freute mich schon darauf, ungestört schreiben zu können. An Ethans Bürotür klebte ein Zettel mit der Aufschrift: »Bin unterwegs.« Ich überprüfte mein Handy und sah, dass er wieder angerufen hatte. Ich verstaute das Handy in meiner Handtasche und schaltete meinen Laptop ein. Ich rief die Datei auf, die ich am Tag zuvor auf der Fähre angelegt hatte. Es erschien mir einfacher, mich in Daniels und Veras Geschichte zu verlieren als in meiner eigenen.

Ich lehnte mich auf meinem Stuhl zurück. Wer mochte die Frau gewesen sein, von der Eva gesprochen hatte? Und dieser Ofensetzer? Mir fiel ein, dass ich mir in der Woche zuvor im Café Lavanto einen Namen notiert hatte, und blätterte durch mein Notizbuch, bis ich ihn fand: Ivanoff. Ich rief die Online-Zeitungsarchive auf und gab den Namen ein, woraufhin zwei Einträge erschienen, beide vom *Seattle Herald.* Ich klickte auf die erste Überschrift, ein Eintrag aus einem Polizeiprotokoll: »Mann wegen häuslicher Gewalt inhaftiert«.

> Sven Ivanoff, Ofensetzer, wurde festgenommen und inhaftiert, weil er beschuldigt wird, seiner Frau, Arianna Ivanoff, Verletzungen an Kopf und Hals zugefügt zu haben.

Er hatte also einen Hang zur Gewalttätigkeit. Ich klickte die nächste Überschrift an. »Ivanoff unter Verdacht«. Ich bekam eine Gänsehaut.

> Die Polizei beschuldigt Sven Ivanoff des Mordes an einer Frau, deren Leiche vor einer Woche im Lake Washington gefunden wurde. Ivanoff, ein Kachelofensetzer, war die letzte Person, die mit der Frau, vermutlich einer Prostituierten, gesehen wurde.

Eine Prostituierte? Mir lief ein Schauer über den Rücken. Wenn das tatsächlich Vera gewesen war, hatte ihr Leben eine unglückliche Wendung genommen. Ich schüttelte ungläubig den Kopf. *An der Geschichte muss mehr dran sein.* Mir fiel wieder der Vorschlag von Emilys Tante Bee ein, mit ihrer Freundin Lillian zu sprechen. Vielleicht wusste die ja etwas, was mir weiterhelfen konnte.

Ich suchte nach ihrem Namen, und als ihre Nummer auf dem Bildschirm erschien, griff ich zum Telefon und wählte.

Ein Mann mit einer tiefen, rauen Stimme meldete sich. »Hallo?«

»Oh, da habe ich mich wohl verwählt«, sagte ich. »Ich wollte eigentlich jemanden namens Lillian Sharpe sprechen.«

»Ja«, erwiderte er. »Das ist meine Frau. Sie sitzt neben mir. Und wer sind Sie?«

»Mein Name ist Claire Aldridge. Ich bin vom *Seattle Herald*.«

»Hallo, hier spricht Lillian.«

»Ms. Sharpe?«, sagte ich.

»Ja.«

»Entschuldigen Sie die Störung, aber ich arbeite an einem Artikel über einen kleinen Jungen, der 1933 verschwunden ist, während des Schneesturms.«

»Ja?«, sagte sie.

»Können Sie sich an den Vorfall erinnern?«

»Nun ja, nicht an die Sache mit dem Jungen, aber an den Schneesturm. Daran erinnert sich jeder. Er hat die ganze Stadt lahmgelegt. Und das kurz vor dem Sommer. Es war genauso wie der Schneesturm, den wir letzte Woche hatten. So ein merkwürdiger Zufall.«

»Ja, wirklich.«

»Wie kann ich Ihnen helfen, Ms. Aldridge?«

»Ich habe mich gestern mit einer alten Freundin von Ihnen unterhalten, Bee Larson«, sagte ich.

»Bee! Wie geht es ihr?«

»Leider nicht besonders gut. Sie ist mittlerweile ans Bett gefesselt. Herzprobleme.«

»Ach Gott!«, sagte sie. »Ich muss sie mal besuchen. Wohnt sie noch auf der Insel?«

»Ja«, sagte ich. »Ich habe ihre Nichte besucht, die bei ihr

wohnt. Bee hat mir erzählt, dass Ihr Vater in den Dreißigerjahren ein angesehener Anwalt war.«

»Stimmt«, erwiderte sie. »Er hat damals einige der berühmtesten Fälle vertreten.«

»Könnte es sich bei einem dieser Fälle um den Mord an Vera Ray gehandelt haben?«

»Gott, wenn ich mich nur erinnern könnte. Der Name sagt mir nichts, aber möglich wäre es.«

»Bee hat etwas von seinen Akten und Archiven erwähnt«, sagte ich. »Haben Sie die noch?«

»Ja. Meine Enkelin Lisa hat letzten Sommer viel Zeit damit zugebracht, sie zu ordnen. Sie ist ebenfalls Journalistin.«

»Könnte ich sie mir vielleicht mal ansehen?«, fragte ich. »Also, wenn Sie nichts dagegen haben …«

»Natürlich nicht, meine Liebe«, antwortete sie. »Mein Vater hätte sie Ihnen bestimmt gern zur Verfügung gestellt. Er war immer auf der Suche nach der Wahrheit, wie Sie offenbar auch. Die Sachen sind in dem alten Haus in Windermere.«

Das Viertel kannte ich. Eine der besten Gegenden des historischen Seattle. Einer von Ethans Vettern wohnte dort in einer großen Villa am See.

»Ich bin dort aufgewachsen, aber das Haus steht jetzt leer. Mein Mann und ich wohnen in einem Seniorenheim«, fuhr Lillian fort. »Ich bringe es einfach nicht übers Herz, den alten Kasten zu verkaufen. Ich hatte gehofft, einer meiner Söhne würde dort einziehen, aber sie hatten andere Pläne. Ich kann es ihnen nicht verübeln. Das Haus verfällt allmählich.« Sie seufzte. »Ach, was jammere ich herum. Wenn Sie wollen, können wir uns dort treffen. Falls Ihnen ein bisschen Staub und Spinnweben nichts ausmachen. Wir haben das Haus schon eine Weile nicht sauber machen lassen.«

»Ach, das wäre großartig«, sagte ich.

»Von einigen Dingen musste ich mich trennen, aber im Gästezimmer stehen eine ganze Reihe Kartons mit den Sachen, die Lisa aufbewahren wollte. Vielleicht finden Sie ja, wonach Sie suchen.«

»Vielen herzlichen Dank«, sagte ich. »Könnte ich morgen Vormittag vorbeikommen, sagen wir gegen neun Uhr dreißig?«

»Kein Problem«, erwiderte sie. »Mein Mann und ich sind Frühaufsteher, wir sind ab Sonnenaufgang auf den Beinen. Die Adresse ist Windermere Boulevard Nr. 5985. Es ist ein weißer Kolonialbau, davor steht eine große Blautanne.«

»Perfekt«, sagte ich und schrieb mir die Adresse auf. »Also dann bis morgen.«

Mein Handy brummte in meiner Handtasche. *Nicht schon wieder.* Ich nahm es heraus und öffnete eine SMS von Dominic. »Mittagessen am Markt?« Ich lächelte und schrieb schnell eine Antwort. »Wir treffen uns vor dem ersten Blumenstand. Bring eine Aspirin mit.«

Dominic wartete an der Ecke des Markts, einen in braunes Fleischerpapier gewickelten Strauß Hortensien in der Hand. »Für dich«, sagte er und legte mir den riesigen Strauß in den Arm.

»Ach, wie schön«, sagte ich. Es war mir ein bisschen peinlich, sie anzunehmen, vor allem nach dem, was letzte Nacht passiert war.

»Was macht dein Kopf?«

»Dröhnt«, erwiderte ich.

Er nahm ein Tablettenfläschchen aus der Tasche. »Hier«, sagte er und gab mir zwei weiße Tabletten.

Ich spülte sie mit einem Schluck aus der Wasserflasche runter. »Ich sterbe vor Hunger. Woran hattest du gedacht?«

Er zeigte auf eine Crêperie auf der anderen Straßenseite. Ethan und ich hatten dort gegessen, als ich schwanger war und einen Heißhunger auf Crêpes gehabt hatte. »Wie wär's mit La Bouche?«

Ich zuckte die Achseln. »Okay.«

Wir überquerten die Kopfsteinpflasterstraße. Meine Absätze versanken in den breiten Ritzen zwischen den Steinen. Ich liebte die Backsteinhäuser in diesem Viertel. So musste die Stadt ausgesehen haben, als Vera und Daniel über den Markt gegangen waren.

Wir setzten uns mit dem Gesicht zur Straße auf zwei Hocker. Die Kellnerin nahm unsere Bestellung auf. Dominic bestellte eine Crêpe mit Pilzen und ich eine mit Ziegenkäse und geröstetem rotem Pfeffer, so wie Ethan sie mir immer hatte holen müssen, wenn mich die Schwangerschaftsgelüste überkamen.

»Hör mal«, sagte ich, »es tut mir furchtbar leid, wie ich mich gestern Abend benommen habe.«

»Du musst dich nicht entschuldigen. Du hast nichts getan, wofür du dich schämen müsstest.«

»Das glaube ich doch«, sagte ich. »Ich bin verheiratet, und ich habe mich aufgeführt wie eine …«

»Du hast dich verhalten wie eine gekränkte Frau«, sagte er. »Und damit das klar ist, du hast mich nicht geküsst.«

Ich hob die Augenbrauen. »Wirklich nicht?«

»Du hast es versucht«, sagte er grinsend. »Und ich hätte dich beinahe gelassen, aber hab's dann doch verhindert.«

Ich atmete erleichtert auf.

»Was ist eigentlich los mit deiner Schwägerin?«

Die Erinnerung war verschwommen, aber Leslies anklagenden Blick sah ich noch deutlich vor mir. »Sie konnte mich noch nie leiden.«

»Scheint ja ein richtiges Herzchen zu sein.«

Ich trank einen Schluck Wasser. »Das kannst du laut sagen. Wahrscheinlich hat sie Ethan und ihren Eltern alles brühwarm aufgetischt. Aber in ihrer Version hatte ich meine Zunge bestimmt schon tief in deinem Hals.«

»Klar«, sagte er lächelnd.

Kurz darauf erschien die Kellnerin mit unseren Crêpes. Ich biss herzhaft hinein. Die Mischung aus warmem Ziegenkäse und gerösteten roten Pfefferkörnern schmeckte genau so köstlich, wie ich sie in Erinnerung hatte.

Dominic tupfte sich den Mund mit einer Serviette ab. »Aber mal im Ernst: Wie geht es dir?«

Ich zuckte die Achseln. »Es ist ganz seltsam. Mir ist, als würde ein Sturm heraufziehen – ein gewaltiger Sturm, auf den ich nicht vorbereitet bin. Ich habe so ein Gefühl, dass er mein Haus, mein Leben, alles, woran ich mich seit so vielen Jahren festklammere, hinwegfegen wird. Ich wappne mich. Es wird schmerzhaft sein.« Ich seufzte. »Und nach allem, was ich in diesem Jahr durchgemacht habe, weiß ich nicht, ob ich die Kraft habe, damit umzugehen.«

Er sah mich verwirrt an.

Ich hatte ihm noch nichts von dem Unfall erzählt. Ich verschränkte die Finger und holte tief Luft. »Wir haben ein Kind verloren«, sagte ich, »vor einem Jahr.« Die Worte waren heraus, ehe ich sie aufhalten konnte.

»Ach, Claire«, sagte Dominic voller Mitgefühl. »Ich weiß gar nicht, was ich sagen soll.«

Draußen joggte eine Frau vorbei. Ihr Pferdeschwanz

wippte, während ihre kräftigen Beine sie über den Marktplatz trugen, wo sie den Touristenpulks auswich. Ich folgte ihr mit Blicken, bis sie um eine Ecke verschwand. Am liebsten wäre ich aufgestanden und hinter ihr hergerannt, um ihr zuzurufen: »Seien Sie vorsichtig, in einem einzigen Augenblick kann Ihnen alles genommen werden, was Ihnen teuer ist!«

Dominic öffnete den Mund, um etwas zu sagen, aber in dem Moment klingelte sein Handy in seiner Jacke. Er warf einen Blick auf das Display und lächelte bedauernd. »Ich muss das Gespräch annehmen. Ich bin gleich wieder da.«

»Kein Problem«, sagte ich und wandte mich wieder meiner Crêpe zu.

Dominic ging nach draußen, und ich sah ihm zu, wie er mit dem Handy am Ohr nervös auf und ab ging. *Mit wem er wohl telefoniert?* Obwohl es im Café ziemlich laut war, konnte ich durch das angelehnte Fenster einige Gesprächsfetzen aufschnappen.

»Ich weiß nicht, was ich dazu sagen soll … Also, das macht mich jetzt ziemlich sprachlos … Ich verstehe, aber ich hatte eigentlich nicht vor … Okay, ich denk drüber nach …. Ich melde mich … Ja.«

Ich nahm nervös einen Bissen, als er wieder zurückkam.

»Tut mir leid«, sagte er.

Meine Neugier war geweckt. »Etwas Wichtiges?«

»Nur – meine Schwester. Sie wollte einen geschäftlichen Rat.«

»Ach so«, sagte ich. Es passte irgendwie nicht, aber ich wollte ihn nicht bedrängen. Wenn er ein Geheimnis hatte, würde er es mir schon beizeiten verraten.

Nach dem Essen überquerten wir den Markt und spazierten zum Park, wo man einen Ausblick auf die Bucht hatte. Aus einem Restaurant strömte der Duft nach auf Zedernholz gegrilltem Lachs. Möwen kurvten durch die salzige Luft und stießen hinunter, um Essensreste und Brotstücke zu schnappen, die von Touristen ins Wasser geworfen wurden. Dominic lehnte sich gegen das Schutzgeländer. »Können wir über etwas reden?«

»Klar«, sagte ich und lehnte mich neben ihn. Unsere Arme berührten sich.

»Darüber, was du vorhin erzählt hast«, sagte er. »Über das Kind.«

Unsere Blicke trafen sich.

»Ich finde …« Er fuhr sich mit der Hand durchs Haar und suchte nach den richtigen Worten. »Also, ich finde es nicht in Ordnung, dass dein Mann nicht für dich da ist, nach allem, was du durchgemacht hast.«

Dominic hatte recht, zumindest teilweise. Nach außen hin musste Ethans Verhalten verabscheuungswürdig wirken. Die Ehefrau verliert ihr Kind, er gerät in die Midlife-Krise und versöhnt sich wieder mit seiner Ex. Aber in meinem tiefsten Innern wusste ich, dass ich die Situation mitverschuldet hatte. Ich hatte mich von ihm abgewandt. Ich war in meinem Kummer erstarrt und hatte ihn ausgeschlossen. Und jetzt, wo mein Herz wieder auftaute, war es zu spät.

»Ich finde einfach«, fuhr er fort, »er sollte eigentlich für dich da sein.« Er schaute mich an. »*Ich* wäre für dich da.«

Er legte seinen Arm um mich. Ich ließ ihn gewähren.

15

Vera

Die Morgensonne schien ins Zimmer, als ich die Augen öffnete. Die Seidenlaken an der nackten Haut zu spüren war mir unangenehm, und noch schlimmer war Lons behaartes Bein auf meinem. Ich löste mich von seiner heißen, feuchten Haut, setzte mich auf und wickelte mich in ein Laken. Er schnarchte so laut, dass das Kopfkissen bei jedem seiner Atemzüge bebte.

Mein Kleid und meine Unterwäsche lagen neben dem Bett auf dem Fußboden. Mit jedem Kleidungsstück, das Lon mir ausgezogen hatte, war ich ein bisschen gestorben. Bei der Erinnerung, wie er mit seinen klobigen Händen versucht hatte, einen Knopf zu öffnen, um ihn vor lüsterner Ungeduld einfach abzureißen, drehte sich mir der Magen um. Ich hatte meine Verzweiflung mit Champagner betäubt. Mit zu viel Champagner. Mir war nur noch schlecht. Ich schloss mich im Bad ein und übergab mich in die Kloschüssel, um meinen Mageninhalt und die Erinnerungen an die Nacht loszuwerden. Ich wollte unbedingt duschen, wollte Lons Geruch, jeden Fingerabdruck abwaschen. Ich drehte den Hahn auf und sah zu, wie das Wasser wie Regen aus dem Duschkopf strömte und gegen die Marmorfliesen spritzte. Ich hatte in den Suiten des Hotels Hunderte Duschen geschrubbt, vielleicht auch diese hier, und große Sorgfalt auf die Fugen verwendet, denn die überprüfte Estella immer besonders genau.

Ich seifte meinen Körper gründlich ein und fühlte mich immer noch schmutzig. Befleckt. Ich rieb so fest, dass ich fast einen Krampf bekam und mir das Seifenstück aus der Hand glitt. Ich brach in Tränen aus, konnte gar nicht mehr aufhören zu weinen. Ich betete, dass Lon mich nicht hörte. Die Tränen flossen und wurden eins mit dem warmen Wasser aus der Dusche.

Ich schloss die Augen, bis Daniels Gesicht vor mir erschien und mich tröstete. Ich rief mir in Erinnerung, warum ich hier war. Mit neuer Kraft stellte ich die Dusche ab und trocknete mich mit dem bereitliegenden flauschigen Baumwollhandtuch ab. Dann wählte ich ein Kleid aus dem Schrank und zog mich an. Ich setzte mich ans Fenster und dachte an Daniel und seinen Vater, während ich darauf wartete, dass Lon aufwachte.

Vier Jahre vorher

Charles küsste mir den Nacken, und ich drehte mich lächelnd zu ihm um. »Guten Morgen, du Schöne«, sagte er und fuhr mir mit dem Zeigefinger über die Wange.

Schüchtern wandte ich mich ab. *War die letzte Nacht nur ein Traum?* Wir blickten auf, als es an der Zimmertür klopfte.

»Das Frühstück ist bereitet, Sir.« Ich erkannte die Stimme des Zimmerkellners vom Abend zuvor.

»Danke«, sagte Charles und setzte sich auf. Er ging ins Bad und kam mit einem flauschigen Bademantel für mich zurück. »Ist der hier recht?«

Ich nickte. »Solange wir keine Frühstücksgäste haben.«

»Nur wir beide«, sagte er.

Lächelnd zog ich mir den Morgenmantel über und folgte Charles ins vordere Zimmer.

»Wollen Sie auf der Terrasse frühstücken, Sir?«

Ich senkte den Blick, weil ich dem Kellner nicht in die Augen sehen wollte. *Was wird er von mir denken?*

»Nein«, sagte Charles. »Es ist zu windig heute Morgen. Decken Sie den Tisch hier.«

»Wie Sie wünschen«, sagte der Mann und richtete die Sachen, die er auf zwei Silbertabletts gebracht hatte, auf dem Tisch an. Ich betrachtete die zwei Gläser Apfelsinensaft. In Seattle waren zwar Apfelsinen zu bekommen, aber an Pampelmusen war nicht zu denken. Im Jahr zuvor hatte ich das Trinkgeld einer ganzen Woche gespart und mir davon eine Pampelmuse gekauft. Es hatte sich wunderbar angefühlt, die dicke Schale zu durchtrennen, bis sich herausstellte, dass sie innen faul war.

Nachdem der Zimmerkellner sich verbeugt und die Suite verlassen hatte, entspannte ich mich wieder ein bisschen.

»Das würde ich gern jeden Tag machen«, sagte Charles und lächelte mich über den Tisch hinweg an.

»Ich auch.«

Ich trank einen Schluck von dem Apfelsinensaft und genoss die herbe Süße. Hätten doch Caroline und die anderen auch daran teilhaben können. Ich dachte daran, ein Croissant für Georgia einzupacken. Sie wollte schon immer so gern eins probieren.

»Was hast du heute Abend vor?«, fragte Charles zwischen zwei Bissen von seinem Omelett.

»Ich muss leider arbeiten«, sagte ich.

»Arbeiten?«

»Ja. Diese Sache, die man tut, um seinen Lebensunterhalt zu verdienen«, erwiderte ich sarkastisch.

»Sehr lustig«, gab er scherzhaft zurück. Er sah mir lange in die Augen. »Wie wär es, wenn du nicht mehr arbeiten müsstest?«

»Was meinst du damit?«

Er legte seine Hand auf meine. »Wie wäre es …«

Wir hörten die Türangel quietschen. Jemand betrat die Suite. Am liebsten hätte ich mir den Morgenmantel über den Kopf gezogen und mich unter dem Tisch versteckt, als ich sah, wer es war: Charles' Schwester Josie. Ein Zimmermädchen folgte ihr mit einem Dutzend Einkaufstüten.

»Charles?«, sagte Josie mit hochgezogenen Brauen. »Was machst du hier?«

»Und was machst *du* hier?«, konterte er. »Ich dachte, du wärst mit Mutter zum Einkaufsbummel in Vancouver.«

»Wir sind gestern schon nach Hause gekommen«, antwortete sie. »Ich musste noch ein paar Dinge in der Stadt erledigen, und da dachte ich, ich könnte mal eben hier …« Sie brach ab, als sie mich erkannte. Die Verblüffung stand ihr ins Gesicht geschrieben.

»Josie, du erinnerst dich doch an Vera?«, sagte Charles, so als wäre nichts Peinliches dabei, mich ihr noch einmal vorzustellen, und das, obwohl ich nur einen *Bademantel* anhatte. »Vera Ray.«

»Natürlich«, sagte sie höhnisch und musterte mich länger, als mir angenehm war. Im Morgenlicht bemerkte ich etwas Vertrautes, das mir auf dem Tanzmarathon nicht aufgefallen war. Wo hatte ich sie schon einmal gesehen? »Ja, Vera aus dem Tanzschuppen.«

»Hallo«, sagte ich mit heiserer Stimme. Ich wünschte, ich

hätte mir vor dem Frühstück etwas angezogen. Der Bademantel war ein schrecklicher Fehler.

»Tja«, schnaubte Josie. »Dann will ich bei eurem Tête-à-tête nicht länger stören.« Sie betrachtete den Umschlag mit dem Geld auf dem Tisch, den Charles mir am Abend zuvor für die Witwe in meinem Haus gegeben hatte. *Was für Schlüsse wird sie daraus ziehen?* Ich betete, dass Charles es ihr erklären würde, aber er ignorierte den schockierten Gesichtsausdruck seiner Schwester und frühstückte einfach weiter.

»Bis bald«, sagte er nur. Das Zimmermädchen folgte Josie mit den Einkaufstüten. Dann wurde die Tür zugeschlagen.

Ich verbrachte acht wunderbare Wochen mit Charles, bevor das Märchen ein jähes Ende fand. Er überhäufte mich mit Geschenken – eines Abends beim Essen streifte er mir ein Saphirarmband übers Handgelenk –, und mit Blumen, Ausflügen, Anrufen. Meine Mitbewohnerinnen erblassten vor Neid.

Aber ich sagte ihm noch nichts von dem Kind. Seit zwei Wochen wusste ich, dass ich schwanger war, wollte aber noch ein bisschen abwarten, um sicher zu sein. Charles würde außer sich sein vor Freude, daran zweifelte ich nicht. Wir würden ein Kind bekommen. Ein Kind der Liebe. Und doch machte ich mir Sorgen. Alles war perfekt, und ich fürchtete, diese Neuigkeit könnte alles ändern.

Und dann, eines Abends in der Hotelsuite, kniete er vor mir nieder und hielt um meine Hand an. Ich sagte natürlich Ja. Wäre er nur ein einfacher Fabrikarbeiter gewesen, hätte ich ihn auch geheiratet. Ich hatte mich in sein gutes Herz verliebt, nicht in sein Geld. Und als er mir tief in die Augen sah, hätte ich ihm beinahe von dem Kind erzählt, aber meine

Morgenübelkeit hatte nachgelassen, und ich fürchtete, dass ich eine Fehlgeburt gehabt hatte. Ich hätte es nicht ertragen, ihm zu erklären, dass ich sein Kind verloren hatte.

»Es wird Zeit, dass du meine Familie kennenlernst«, sagte er. »Komm heute zum Abendessen zu mir nach Hause.«

»Ich weiß nicht«, erwiderte ich. Die Begegnungen mit Josie waren mir noch in unangenehmer Erinnerung.

»Sie werden dich mögen.«

Ich zog die Nase kraus. »Da bin ich mir nicht so sicher.«

»Es ist wegen Josie, nicht wahr?«

Ich nickte.

»Mach dir darüber keine Gedanken«, sagte er. »Du bist die Frau, die ich liebe, und nur das zählt.«

Ich lehnte meinen Kopf an seine Brust und atmete den tröstenden Duft von Pfeifentabak und Eau de Cologne ein.

»Du machst mich so glücklich, Vera.«

Ich lächelte selig. »Wirklich?«

»Ja. Ich liebe deine Kraft.« Er fuhr mir mit der Fingerspitze über die Nase. »Du bist eine Wucht. Wenn du mich mit diesen Augen ansiehst, stelle ich alles infrage, was ich bisher über die Welt gedacht habe.« Er legte seine Hand auf mein Herz. »Aber hier drinnen hast du so viel Liebe. Du strahlst sie aus, wo du hinkommst.«

Ich grinste. »Meinst du nicht, deine Eltern fänden es besser, wenn du ein Mädchen aus der feinen Gesellschaft heiratest?«

»Ich versichere dir, meine Liebste«, sagte er und lehnte seine Stirn an meine, »eher würde ich in die hinterste Ecke von Alaska auswandern, als ein Mädchen aus der feinen Gesellschaft heiraten.«

»Also gut«, lenkte ich ein. »Ich komme mit zu deinen Eltern. Aber nur, wenn du wirklich glaubst, dass es eine gute

Idee ist.« Ich legte meine Hand in seine. Er drückte mir einen Kuss in die Handfläche. »Hast du ihnen denn schon von uns erzählt? Von unserer Verlobung?«

»Noch nicht«, sagte er. »Ich will sie heute Abend damit überraschen.«

Bevor Charles mich an dem Abend abholte, zerbrach ich mir stundenlang den Kopf, was ich anziehen sollte. Carolines rotes Kleid erschien mir zu kess für ein Abendessen bei meinen zukünftigen Schwiegereltern. Außerdem saß es zu eng. Zwar hatte mein Bauch sich noch nicht sichtbar gewölbt, aber Caroline und den anderen Mädchen war bereits aufgefallen, dass ich ein paar Pfund zugenommen hatte. Kritisch betrachtete ich mein altes blaues Kleid. Zu langweilig. Einerseits wollte ich ihnen nichts vortäuschen, andererseits wollte ich von ihnen akzeptiert werden. Es war ein Balanceakt. Schließlich entschied ich mich für das gelbe Kleid, das Charles mir einige Wochen zuvor gekauft hatte. Ich hatte es oft getragen, wenn wir uns trafen. Ich hoffte nur, dass er sich noch nicht daran sattgesehen hatte.

Auf der Fahrt zu seinen Eltern band ich meine Schärpe immer wieder neu. Aber, was ich auch tat, die Schleife wollte nicht richtig sitzen.

»Du sieht großartig aus«, sagte er, weil er meine Nervosität spürte.

»Ich möchte einfach, dass alles gut geht heute Abend«, erwiderte ich.

»Das wird schon«, beruhigte er mich, und wickelte eine Strähne meines Haars um seinen Finger.

Ich zuckte zurück. »Vorsicht«, sagte ich. »Du ruinierst mir die Frisur.«

Abenteuerlustig fuhr er mir mit der Hand noch tiefer ins Haar.

»Du bist unverbesserlich«, sagte ich.

Ich war so beschäftigt mit dem Kleid und meiner Frisur, dass ich nicht darauf achtete, wohin wir fuhren. Wir waren schon eine ganze Weile unterwegs und mussten ziemlich weit vom Stadtzentrum entfernt sein. Irgendwann bog Charles ab und fuhr zwischen zwei Steinsäulen hindurch – die Einfahrt nach Windermere, wie auf einem Hinweisschild zu lesen war.

Ich hatte natürlich schon von dieser wohlhabenden Wohngegend gehört. Meine Mutter hatte dort die Kinder reicher Leute gehütet. Und Georgia arbeitete als Kindermädchen bei einer Familie in dem Viertel. Jeden Morgen um fünf fuhr sie auf einem Milchtransporter mit, der sie vor dem Haus absetzte, kurz bevor die Kinder aufwachten. Ihre Arbeitgeberin, eine gebieterische Frau, die in der Regel bis mittags schlief, ekelte sich vor dem säuerlichen Geruch, den Georgias Kleidung in dem Transporter annahm, und verlangte von ihr, sich im Dienstbotentrakt eine Tracht anzuziehen, bevor sie das Haupthaus betrat.

»Hier bist du aufgewachsen?«, fragte ich Charles, während ich die prächtigen Häuser bewunderte, ein Herrenhaus mit Satteldach zu unserer Rechten, eine Villa im viktorianischen Stil auf der Linken. Ich wünschte, Charles wäre langsamer gefahren, damit ich jedes Haus hätte in Ruhe betrachten können. Noch nie hatte ich so prunkvolle Häuser gesehen.

»Geboren und aufgewachsen, muss ich gestehen«, sagte er, als wäre diese Offenbarung rufschädigend. Ehrfürchtig betrachtete ich die sorgfältig gepflegten Gärten zu beiden

Seiten der Straße. Wir fuhren an einer Azaleenhecke vorbei, deren purpurrote Blütenpracht einen geradezu erschlug, doch Charles hielt den Blick auf die Straße gerichtet und nahm keine Notiz von ihrer Schönheit. »Als ich achtzehn wurde, bin ich von hier geflüchtet«, fuhr er fort.

»Aber warum?«, fragte ich, berauscht von der Schönheit, die mich umgab.

»Ich hatte für all das nur noch Verachtung übrig«, erwiderte er. »Alle tun so, als wären sie vollkommen.« Er warf mir einen kurzen Blick zu, bevor er sich wieder auf die Straße konzentrierte. »Aber glaub mir, was in diesen Häusern vor sich geht, ist alles andere als vollkommen.«

Das hätte er mir nicht zu sagen brauchen. Ich wusste es bereits. Meine Mutter hatte mir von einem gestörten kleinen Mädchen erzählt, das sie in einer Villa betreut hatte. Das Kind hatte mit einer Kerze die Vorhänge im Ankleidezimmer seiner Mutter angezündet, und dabei wäre beinahe das ganze Haus abgebrannt.

Wir nahmen eine Nebenstraße, wo die Häuser noch herrschaftlicher wirkten, dann bog Charles in eine lange Auffahrt ein, an deren Ende er vor einem Tor hielt. Ein Mann in einem schwarzen Anzug stand dort. »Guten Abend, Mr. Charles«, sagte der Mann, salutierte und öffnete das Tor. Charles fuhr auf den kiesbedeckten, halbkreisförmigen Vorplatz, parkte den Wagen und stieg aus, um mir die Tür aufzuhalten.

»Ich möchte dich gern dem alten Joe vorstellen«, sagte er. »Joseph!«, rief er dem Mann am Tor zu. »Hab ich dir gefehlt?«

Der Mann mit grau meliertem Haar lächelte herzlich. »Willkommen zu Hause, Mr. Charles«, sagte er und begann, mit einem Rechen den Kies glatt zu harken. Ich staunte über Charles' Welt – eine fremde Welt, wo ein Diener herbeieilte, um jeden Kieselstein, den wir berührt hatten, wieder an seinen Platz zu befördern.

Ich blickte am Haus hoch – es war so prächtig und formvollendet, dass es mir den Atem verschlug. »Es sieht aus wie ein Palast«, murmelte ich hingerissen.

»Meine Mutter hat mal in Frankreich ein Château gesehen, das ihr gefiel, und daraufhin hat mein Vater den Architekten beauftragt, es nachzubauen«, sagte Charles, offenbar etwas verlegen angesichts der kostspieligen Marotten seiner Familie.

Vor dem Haus standen zwei hohe Zypressen, die fast bis an das Schieferdach reichten, auf dem ein gewaltiger Schornstein thronte. Ich betrachtete den beeindruckenden Backsteinbau mit den verzierten Gesimsen. Links und rechts der Haustür stand je eine Amphore mit einem smaragdgrünen, zu einer perfekten Spirale getrimmten Buchsbaum.

»Charles!« Mit ausgestreckten Armen trat eine Frau in einem elfenbeinfarbenen Kleid aus der Tür. Ihre schlanke Taille wurde von einem breiten blauen Gürtel betont. Das hochgesteckte Haar verlieh ihr eine majestätische Ausstrahlung.

»Mutter«, erwiderte Charles und beugte sich vor, als sie seine Hände nahm und ihm auf jede Wange einen Kuss hauchte. Ich wartete, bis sie sich mir zuwandte.

»Und wer ist das, Charles?«, fragte sie.

»Das ist Vera«, sagte er mit einem stolzen Lächeln. »Vera Ray.«

Ich streckte ihr meine Hand entgegen und hoffte, dass sie nicht bemerkte, wie rissig und gerötet meine Finger waren vom vielen Spülen und Gemüseschnippeln im Restaurant. »Sehr erfreut, Sie kennenzulernen, Ma'am.«

Ihre Haut fühlte sich an wie kühler weißer Samt. Ich bereute es, dass ich mir nicht die Zeit genommen hatte, meine Hände einzufetten, wie Caroline es mir geraten hatte. Das würde sich jetzt rächen.

»Sie dürfen mich Opal nennen«, sagte sie mit einem Blick auf meine Schuhe. Das Kleid mochte ja vom Schneider sein, dank Charles, aber meine ausgetretenen Schuhe verrieten mich. Mir trat der Schweiß auf die Stirn. *Ist das Loch im linken oder im rechten Schuh?* Auf Verdacht schob ich meinen rechten Fuß hinter den linken. Ich sah lieber nicht hin, um nicht noch mehr Aufmerksamkeit auf meine Schuhe zu lenken. Dabei hatte ich bei Frederick and Nelson ein Paar schwarze Lederpumps zurücklegen lassen, für die ich fast drei Monatslöhne gespart hatte. Charles hätte sie mir ohne mit der Wimper zu zucken gekauft. Aber ich wollte ihn um nichts bitten. Ich fand, das gehörte sich nicht.

»Ich habe mich so darauf gefreut, euch Vera endlich vorstellen zu können«, sagte Charles und küsste mir die Hand.

»Wie bezaubernd«, flötete Opal, wobei ihre Stimme bei dem Wort *bezaubernd* gleich eine Oktave höher rutschte. Dann war ihr Lächeln plötzlich ganz schnell wieder verschwunden, und sie betrachtete mich mit zusammengekniffen Augen. Ihr Blick machte mich schrecklich verlegen. »Josephine haben Sie ja bereits kennengelernt.«

Ich musste an die unangenehme Situation denken, in der ich die Bekanntschaft von Charles' Schwester Josie gemacht hatte. »Ja«, erwiderte ich und hatte das Gefühl, puterrot anzulaufen.

»Nun«, fuhr Opal fort, »ich freue mich, dass du dich blicken lässt, mein Sohn. Bleibst du zum Abendessen?«

»Ja, natürlich«, sagte Charles. »Ist Vater auch hier?«

»In seinem Arbeitszimmer. Ich werde Greta bitten, ihm zu läuten.«

Ihm zu läuten. Wie förmlich es hier zuging. *Kann sie nicht einfach in sein Arbeitszimmer gehen und ihm Bescheid sagen?*

Wir folgten Opal ins Haus. Als Charles seinen Mantel auszog, war sofort ein Dienstmädchen zur Stelle, um ihn entgegenzunehmen.

»Greta nimmt Ihnen den Umhang ab, Miss Ray«, sagte Opal. Sie sprach betont langsam mit mir, wie mit einem Kind.

Ich nickte und ließ die grüne Stola von meinen Schultern gleiten. Ich hatte sie selbst genäht aus Leinenresten, die Caroline aus der Fabrik mitgebracht hatte. Damals hatte ich geglaubt, sie könnte mit den feinen Stolas konkurrieren, die ich in den Schaufenstern der Kleidergeschäfte gesehen hatte. Aber hier in Charles' Elternhaus wirkte sie eher wie ein Putzlappen. Ich reichte sie der Frau, die mich neugierig beäugte. »Danke«, sagte ich eingeschüchtert. Wir gingen durch einen langen Flur, vorbei an Ölgemälden mit Szenen eines sorglosen Lebens: Terrier auf Sofas, Herrenhäuser in sanften Hügellandschaften, und Frauen plaudernd unter Sonnenschirmen. Schließlich betraten wir ein saalartiges Zimmer, in dem ein Flügel stand. Durch die hohen Fenster blickte man auf einen weitläufigen Rasen, der sich bis zu einem See erstreckte.

Ich setzte mich neben Charles auf ein mit grünem Samt bezogenes Sofa, unfähig, den Blick von dem atemberaubenden See abzuwenden, dessen Wasser so weich wirkte wie die Lehnsessel in der Lobby des Olympic.

»Sie machen ein Gesicht, als hätten Sie noch nie Wasser gesehen, Miss Ray.«

»Na ja, es ist in der Tat das erste Mal, dass ich den Lake Washington sehe, Ma'am«, erwiderte ich, ohne zu überlegen, was das über mich aussagte.

Opal hielt sich prustend die Hand vor den Mund. »Das ist ja, als würden Sie sagen, Sie hätten noch nie den Mond gesehen.«

»Mutter«, sagte Charles, um mich in Schutz zu nehmen, »Vera wohnt in der Stadt.«

»Ja natürlich, meine Liebe«, sagte Opal hastig. Sie schenkte mir eine Tasse Tee ein, aber als ich die Tasse entgegennehmen wollte, fühlte sich mein Arm bleischwer an. *Warum macht mich diese Umgebung so verlegen?*

Opal stellte ihre Tasse ab und hob den Zeigefinger. »Ich finde«, sagte sie zu Charles, »du solltest eine Bootsfahrt mit ihr machen.«

Er wirkte skeptisch. »Ich weiß nicht, Mutter. Es ist ziemlich windig. Es scheint mir keine günstige Gelegenheit für eine …«

»Unsinn«, unterbrach ihn Opal. »Die junge Dame sagt, dass sie den See noch nie gesehen hat. Du musst ihn ihr unbedingt zeigen.«

»Aber ist es denn nicht Zeit fürs Abendessen?«

»Ich werde der Köchin sagen, dass wir heute eine halbe Stunde später essen«, entgegnete sie. »Da habt ihr genügend Zeit für eine kleine Bootspartie.«

Charles sah mich an. »Was meinst du?«

Düstere Wolken hingen am Himmel, und der Wind schüttelte die Baumkronen so heftig, dass ich mir nicht vorzustellen wagte, was er mit meiner Frisur anstellen würde. Aber da ich Opal nicht enttäuschen wollte, willigte ich ein. »Klingt verlockend«, sagte ich und behielt meine Bedenken für mich.

»Na, dann wollen wir mal«, sagte Charles und stand auf.

Ich folgte ihm auf die Terrasse hinter dem Haus und die Stufen hinunter zum Rasen. Der Anblick des Sees hatte mich so fasziniert, dass mir der spektakuläre Garten hinter dem Haus gar nicht aufgefallen war: lauter zu kunstvollen Figuren geschnittene Sträucher, ein wahrer Zoo: Kaninchen, Hunde, eine Schildkröte, eine Stute mit Fohlen. Ich blieb vor einem grünen Elefanten stehen.

»Die sind ja unglaublich«, sagte ich, während ich mit der Hand über den kratzigen Rüssel fuhr. »So naturgetreu. Das ist fast unheimlich.«

»Joseph ist ein Meister im Beschneiden von Buchsbaum«, sagte Charles. »Mein Vater würde das Zeug am liebsten abhacken lassen. Aber meine Mutter liebt die Skulpturen. Sie verbringt viel Zeit hier draußen. Hier findet sie Trost.«

Ich stellte mir vor, wie Opal die Buchsbaumgiraffe zu meiner Rechten auf ihre affektierte Art streichelte. »Ich glaube, deine Mutter mag mich nicht besonders«, sagte ich. Vom See her wehte eine kühle Brise, und ich bereute es, dass ich meine Stola an der Garderobe abgegeben hatte.

»Natürlich mag sie dich«, entgegnete Charles und zog mich an sich. »Wie auch nicht? Du bist durch und durch liebenswert. Sei einfach du selbst, und sie werden die Frau erkennen, die ich liebe.« Er küsste mich sanft auf die Wange. »Und sie wird dich noch mehr ins Herz schließen, wenn ich heute Abend die Neuigkeit verkünde.«

Ich erstarrte. »Meinst du wirklich, wir sollten es ihnen schon heute Abend sagen?«

Charles nickte. »Ich kann das Geheimnis nicht länger für mich behalten.«

»Aber«, wandte ich nervös ein, »kommt das nicht ein bisschen plötzlich für deine Familie? Ich meine, zu erfahren, dass wir heiraten wollen, wo sie mich gerade erst kennengelernt haben?«

Charles zuckte die Achseln. »Begreifst du denn nicht, Vera?« Er zeigte auf das Haus. »Das ist meine Vergangenheit, und du« – er schob mir eine widerspenstige Strähne hinters Ohr – »bist meine Zukunft. Es ihnen zu sagen ist keine große Sache. Du hast nichts zu befürchten.«

Ich atmete tief aus. »Wenn du meinst«, sagte ich.

Ich folgte ihm zum Bootssteg, auf dem zwei Boote kieloben lagen. »Tja«, sagte er, und begutachtete beide, »in welchem ist jetzt das Leck?«

Ich erschrak. »Ein Leck?«

»Als ich das letzte Mal hier war, hat Joseph erwähnt, dass eins der Boote repariert werden müsste.« Er betastete den Rumpf eines Boots. »Ah, das ist es ja. Ich hab's gefunden.«

»Zum Glück«, sagte ich. »Ich kann nämlich nicht schwimmen.«

»Dafür kann ich für zwei schwimmen«, erwiderte er lächelnd, kniete sich auf den alten, von der Sonne ausgebleichten Holzsteg und löste das Seil, mit dem das kleinere Boot an einem rostigen Haken befestigt war. Als Opal eine Bootspartie vorschlug, hatte ich mir eigentlich etwas Komfortableres vorgestellt. Dieses Boot war nicht größer als die Jolle, in der mein Vater mich als kleines Kind mit hinaus auf den Puget-Sund genommen hatte. Einmal waren wir gekentert, und ich wäre fast ertrunken. Seitdem war ich nie wieder in einem Boot gefahren.

»Komm«, sagte Charles und hielt mir seine Hand hin.

»Ich weiß nicht«, erwiderte ich, plötzlich verunsichert.

»Keine Angst. Es wird dir gefallen, draußen auf dem See zu sein. Es gibt nichts Friedlicheres.«

»Also gut«, sagte ich und nahm seine Hand. Er stützte mich, während ich ins Boot kletterte und mich auf die hölzerne Bank fallen ließ. Charles setzte sich mir gegenüber und legte die Ruder in die Dollen.

»Mach dir keine Sorgen«, sagte Charles, während er die Ruder in Position brachte. »Während des Studiums habe ich in den Semesterferien immer als Bademeister gearbeitet.«

Er ruderte auf den See hinaus. Beeindruckt sah ich zu, wie Charles das Boot kraftvoll vorantrieb. Ein Reiher, den wir verschreckt hatten, flog kreischend auf. Mit den herabhängenden Füßen zog er eine Spur durch einen Seerosenteppich, bevor er abhob.

»Wie schön es hier ist«, bemerkte ich. »Was hast du für ein Glück, an so einem wunderbaren Ort aufgewachsen zu sein.«

»Es hat mich aber nicht glücklich gemacht«, erwiderte er.

Ich schüttelte den Kopf. »Wieso nicht?«

»Die Leute hier glauben, dass Geld glücklich macht«, erwiderte er und zeigte hinter sich. »Verbring mal eine Nacht in diesem Haus, das wird dich von dem Glauben heilen.«

Ich sah ihn verwirrt an.

»Meine Mutter ist sehr launisch«, fuhr er fort. »Mein Vater schließt sich in seinem Arbeitszimmer ein oder verzieht sich ins Hotel. Und Josie, na ja, sie ist eben Josie. Sie war schon immer schwierig. Als sie fünf war, hätte sie um ein Haar das Haus abgefackelt.«

Mein Herz schlug schneller. *War sie etwa das Kind gewesen, das meine Mutter gehütet hat?* Ich richtete mich auf. »Was ist denn passiert?«

»Ich war damals in der Schule«, sagte er kopfschüttelnd, als wäre ihm die Erinnerung unangenehm. »Wir hatten eine Kinderfrau, die auf Josie aufpasste. Als meine Mutter einmal in der Stadt war, hat Josie mit einer brennenden Kerze einen Vorhang in Brand gesteckt. Dabei wäre beinahe das ganze Haus in Flammen aufgegangen. Meine Mutter hat die Kinderfrau natürlich auf der Stelle entlassen. Aber es war nicht ihre Schuld. Josie hat dauernd irgendwas angestellt.«

»Oh«, sagte ich. Mir war plötzlich schwindlig. *Meine Mutter war Josephines Kindermädchen.* Ich musste daran denken, wie oft meine Mutter sich über das kleine Mädchen in Windermere beklagt hatte. Mit der Zeit hatte ich eine regelrechte Abneigung gegen dieses Kind entwickelt, das die Zeit und Aufmerksamkeit meiner Mutter derart beanspruchte, und als sie entlassen wurde, war ich froh gewesen, auch wenn es bedeutete, dass wir vielleicht nicht mehr genug zu essen hatten.

»Was ist los, Vera?«, fragte Charles, als er meinen abwesenden Blick registrierte.

»Ach, nichts«, erwiderte ich und versuchte, die Erinnerung wegzuschieben. *Ob Josephine weiß, wer ich bin?*

»Jedenfalls«, fuhr er fort, »verstehst du jetzt vielleicht, warum ich so viel wie Zeit möglich hier draußen verbracht habe. Als Junge war ich dauernd auf dem See oder bin auf Schritt und Tritt Joseph gefolgt. Mein Vater hatte nie Zeit, weil er rund um die Uhr mit geschäftlichen Dingen beschäftigt war.«

Charles zog die Ruder ein, und eine Weile glitten wir still dahin. Ich hielt meine Hand ins Wasser. Eine weiße Seerose kitzelte meine Finger, und ich hob sie ein Stückchen aus dem Wasser heraus.

»Schau mal«, sagte ich und zeigte Charles die wunderschöne Blüte.

»Vorsichtig«, sagte er und drückte zärtlich meine Hand nach unten, bis die Seerose wieder im Wasser lag. »Die sind sehr empfindlich.«

Ich lächelte. »Du bist der einzige Mann, den ich kenne, der sich wegen Blumen Gedanken macht.«

Charles zuckte die Achseln. »Das ist wahrscheinlich Josephs Einfluss.« Er schaute wieder auf den See. »Seerosen sind etwas ganz Besonderes. Die hat es hier nicht immer gegeben. Zuerst war es nur eine einzige da drüben. Joseph hat sie mir gezeigt. Ich war damals noch klein. Es wurden jedes Jahr mehr. Und jetzt …« Er zeigte auf den riesigen grünen Teppich voller weißer Blüten so groß wie meine Hand, der sich mit dem Wasser bewegte. »Sieh dir das an!«

»Atemberaubend«, erwiderte ich, fasziniert von dem wunderschönen Anblick.

»Seerosen sind sehr wählerisch in Bezug auf ihren Standort«, sagte er. »Zu viel oder zu wenig Sonne, und sie gehen ein. Seerosen sind scheu. Scheu und stolz.«

Ich musste lächeln.

»Und zart«, sagte er. »Die halten nicht lange, wenn man sie pflückt. Josie und ihre Freundinnen haben sie oft massenweise herausgerupft, aus Jux und Dollerei. Eine Stunde später lagen sie dann verdorrt auf dem Steg.« Einen Moment lang schwieg er mit düsterem Blick. »Es hat mich immer geärgert, sie so verwelken zu sehen. Für nichts und wieder nichts.«

Ich blickte auf den See hinaus. Die Seerosen schaukelten auf den Wellen wie Kinder, die in der Brandung spielten.

»Da draußen fühlen sie sich wohl«, sagte Charles, »aber wenn man sie ausreißt, ersticken sie.«

Der Wind wurde stärker und zerzauste mir die Frisur, sodass eine Klammer herausfiel. Als ich sie mir wieder ins Haar steckte, fiel mir ein Regentropfen auf die Wange. »O nein«, sagte ich, als der nächste auf meinem Arm landete.

Charles griff nach den Rudern. »Wir kehren jetzt besser um.«

Bis wir den Bootssteg erreichten, goss es in Strömen, und meine Frisur war nicht mehr zu retten. Trotzdem versuchte ich, ein bisschen Ordnung in die durchnässten Strähnen zu bringen. Das Kleid klebte mir am Körper. Nervös zupfte ich daran herum und betete, dass sich die kleine Wölbung meines Bauchs nicht abzeichnete, auch wenn ich die Einzige war, die den Unterschied bemerkte.

»Wie sehen wir nur aus«, sagte Charles, nachdem er das Boot vertäut hatte. »Zwei triefnasse Wasserratten.«

Er nahm mich an die Hand, und wir rannten über den Rasen zum Haus. Ich wollte lieber nicht wissen, wie ich aussah. Ein Blick in den goldumrandeten Spiegel bestätigte meine schlimmsten Befürchtungen. Rouge lief mir über die Wangen wie blassrosa Wasserfarbe. Die Haare klebten mir in Strähnen am Kopf.

»Ach du meine Güte«, rief Opal aus. »Greta!«, bellte sie. »Gib Miss Ray im Gästezimmer trockene Kleider.«

»Kommen Sie mit, Miss«, sagte das Dienstmädchen. Als ich der Frau den Flur entlangfolgte, tropfte das Wasser aus meinem Kleid auf den blank polierten Holzfußboden. Nachdem wir um eine Ecke gebogen waren, öffnete Greta eine Tür. »Hier finden wir bestimmt was für Sie«, sagte sie. »Es kommt oft Besuch übers Wochenende. Da ist immer für ausreichend Kleidung gesorgt.«

Merkwürdig, dass Leute ohne Gepäck zu Besuch kamen, aber vielleicht war das in den besseren Kreisen so üblich. Wo auch immer man hinkam, es war für alles gesorgt.

Greta holte ein cremefarbenes Kleid mit tiefem Ausschnitt aus dem Schrank. »Das könnte Ihre Größe haben«, sagte sie und hielt es mir an. »Ich hoffe, es passt.«

Ich hatte mir eigentlich etwas Eleganteres gewünscht. Das Kleid sah unförmig aus und war an der Taille viel zu weit. Ich fürchtete, darin einen schlechten Eindruck auf Charles' Vater zu machen.

Greta streifte mir die nassen Sachen vom Körper. Ich vermied es, ihr in die Augen zu sehen, als sie die Haken meines Mieders löste, das unter dem Arm eingerissen und überhaupt ziemlich fadenscheinig war vom häufigen Waschen in schon einmal benutztem Waschwasser. Waschseife war ein Luxus, auf den meine Mitbewohnerinnen und ich nicht verzichten konnten, aber wir mussten die Pennys zusammenkratzen, und wir streckten das Pulver so gut wir konnten. *Sie kleidet die Damen des Hauses in französische Seide, was wird sie wohl von mir denken, wenn ich solche Lumpen trage?*

Wortlos reichte Greta mir ein flauschiges weiches Badetuch, in das ich mich einwickelte. Der dicke, weiche Stoff wärmte mich, und ich hörte auf zu zittern. Greta nahm frische Unterwäsche aus einer Kommode. »Ihre«, sagte sie und bückte sich, um meine durchnässten Lumpen aufzuheben, »hänge ich zum Trocknen auf. Das heißt, wenn Sie sie behalten wollen.«

Ich nickte verschämt. Mir war das alles schrecklich peinlich. Greta trat auf den Balkon, während ich mich aufs Bett setzte. *Was für eine merkwürdige Welt, aus der Charles stammt.* Ich fühlte mich wie die Seerosen – herausgerissen aus meinem

Element, verängstigt, nach Atem ringend in dieser fremden Umgebung.

Als Greta wieder zurückkam, half sie mir in ein Mieder. Es war eine Nummer zu klein, sodass meine Brüste unangenehm zusammengepresst wurden. Ich fürchtete, dass ich aussah wie ein Animiermädchen aus einer der Bars an der Fifth Avenue.

»Ist kein anderes Mieder da?«

Greta schüttelte den Kopf. »Das ist das einzige.«

Ich stieg in das Kleid, und nachdem Greta es zugeknöpft hatte, betrachtete ich mich in dem hohen Spiegel neben dem Bett. Meine Brüste quollen aus dem tief geschnittenen Mieder hervor, und der Stoff fiel nicht so fließend wie bei dem gelben Kleid, in dem ich gekommen war. Dieses Kleid hing an mir wie ein Kartoffelsack. *Wie soll ich ihnen in dem Aufzug unter die Augen treten?*

Greta schien meine Verunsicherung nicht zu spüren, und wenn doch, zeigte sie es nicht. »Hier«, sagte sie und reichte mir mit geübten Händen eine Bürste und einen Waschlappen.

»Danke«, sagte ich. Ich bürstete mir das zerzauste Haar und steckte es mir so gut es ging hoch. Seufzend betrachtete ich mich noch einmal im Spiegel.

Unsere Augen begegneten sich kurz, und zum ersten Mal sah ich in Gretas Augen einen Anflug von Mitgefühl. »Schämen Sie sich nicht wegen Ihrer Herkunft, Miss!«, sagte sie leise.

Ich nickte. Ich wusste genau, was sie meinte, und mir wurde warm ums Herz.

»Wollen Sie jetzt zu den anderen gehen?«

Am liebsten hätte ich geschrien: *Nein, ich will nicht zu den anderen! Nicht in dem Kleid!* Stattdessen nickte ich, hielt den Kopf aufrecht und folgte ihr zur Tür hinaus. Im Flur versuchte ich vergeblich, mein Kleid über dem Busen etwas höher zu ziehen.

»Da bist du ja endlich!«, sagte Charles, der am Klavier saß. »Komm, lass uns zusammen singen!« Josie, die neben ihm saß, fiel die Kinnlade herunter, als sie mich erblickte. Was auch immer sie über mich wusste oder auch nicht wusste, ich würde mich nicht darum scheren. Ich hielt mich an Gretas Worte und bewahrte Haltung.

»Hallo, Josie«, sagte ich freundlich. Sie trug ein violettes Kleid mit modisch tief sitzender Taille und dazu mit Diamanten besetzte Ohrringe.

»Hallo«, erwiderte sie eisig. »Charles und ich haben soeben das Lied unserer Alma Mater gesungen. Wollen Sie mitmachen? Aber wir sollten vielleicht lieber das Lied Ihrer Highschool singen. Wo sind Sie zur Schule gegangen?«

Ich senkte den Blick, während ich erwartungsvoll gemustert wurde. »Ich, ich …«

Ich spürte Charles' tröstende Hand im Rücken.

»Ich war nicht auf der Highschool«, sagte ich. Gretas Worte klangen mir in den Ohren nach. *Schämen Sie sich nicht wegen Ihrer Herkunft.* »Ich musste die Schule abbrechen, um Geld zu verdienen. Mein Vater ist früh gestorben und kurz darauf auch meine Mutter.«

Josie spielte die Mitfühlende. »Ach, Sie haben *beide* Elternteile verloren?«

»Genug Musik für heute«, sagte Charles und rettete die Situation. »Ich sterbe vor Hunger.«

»Euer Vater wird gleich hier sein, ihr Lieben«, flötete Opal, während sie mich amüsiert musterte. Sie trank einen letzten Schluck aus ihrem Glas und trat an die Bar, um es mit einer bernsteinfarbenen Flüssigkeit aus einem Kristalldekanter aufzufüllen. »Gehen wir ins Speisezimmer.«

Auf dem mit weißem Leinen gedeckten Tisch erstrahlten poliertes Silberbesteck und funkelnde Kristallgläser. Ich setzte mich neben Charles. Er tätschelte mir unterm Tisch beruhigend das Knie. »Ich freue mich so, dass du hier bist.«

Ich glättete noch einmal das Haar, das immer noch feucht vom Regen war, als Charles' Vater den Raum betrat. »Opal!«, bellte er. »Ich weiß nicht, warum du jeden Abend darauf bestehst, um halb acht zu Abend zu essen, wenn der Rest der Welt schon um sechs isst.« Ich hielt den Blick geradeaus gerichtet, bemüht, möglichst nicht aufzufallen, als plötzlich jemand hinter mir stand, der minzgrüne Suppe servierte.

»William, das ist Charles' Freundin Miss Ray«, sagte Opal und zeigte mit dem Finger auf mich.

Charles' Vater nahm am Kopfende des Tischs Platz und steckte sich eine Serviette in den Hemdkragen. »Du hast gar nichts davon gesagt, dass du einen Gast zum Abendessen mitbringst, mein Sohn.« Aber als er sich mir zuwandte, lächelte er. »Und noch dazu so einen hübschen.«

»Danke«, sagte ich und hätte am liebsten die Serviette von meinem Schoß genommen und damit meinen Ausschnitt bedeckt.

»Ich wollte euch Vera schon früher vorstellen«, sagte Charles und nahm meine Hand, »denn ich …«

»Mutter«, fiel Josie ihm ins Wort, »findest du nicht auch, dass die Köchin die Suppe versalzen hat?«

Opal nickte. »Ich sollte sie rauswerfen. Alles, was aus dieser Küche auf unseren Tisch kommt, schmeckt wie Salzlake.«

»Ach Mutter«, wandte Charles ein, »so schlimm ist es auch wieder nicht. Mir schmeckt die Suppe. Und außerdem, muss Mrs. Meriwether nicht ihre Familie ernähren? Joseph sagt, sie ist Witwe.«

William räusperte sich. »Du scheinst neuerdings ein Herz für Witwen zu haben, mein Junge«, sagte er und wandte sich an Opal. »Erst letzte Woche wollte er, dass ich einer Frau mit ihren fünf Bälgern freie Kost und Logis gewähre.«

Ich wusste, dass Laura aus meinem Haus gemeint war, und warf Charles einen wissenden Blick zu.

»Als Nächstes verlangst du noch von mir, dass ich ihnen ein Studium in Yale finanziere.«

Josie lachte.

»Dein Bruder hat ein großes Herz«, fuhr er fort. »Wenn es nach ihm ginge, würde er jedem in der Stadt ein Almosen geben.«

William wandte sich wieder mir zu. »Miss Ray«, sagte er. »Ihr Name ist mir leider nicht geläufig. Wer sind Ihre Eltern?«

Josie starrte mich wütend an, doch ich weigerte mich, Blickkontakt zu ihr aufzunehmen.

»Sie sind beide verstorben, Sir.«

»Das tut mir leid«, erwiderte William.

Opal schnippte mit den Fingern, woraufhin eine junge Frau in weißem Kleid und schwarzer Schürze aus der Küche herbeieilte. Sie hielt den Kopf gesenkt, während Charles' Mutter ihr befahl, die Suppe abzuräumen. »Jawohl, Ma'am«, sagte sie.

Während sie die Teller auf das Tablett stapelte, hielt sie plötzlich mitten in der Bewegung inne, und unsere Blicke trafen sich. »Vera?«

Es dauerte einen Moment, bis ich sie in ihrer Dienstmädchentracht erkannte. Sie war eine Freundin aus meiner Kindheit.

»Sylvie«, sagte ich verlegen, und fürchtete mich vor der Reaktion von Charles' Familie.

»Was machst du denn hier?«, fragte sie.

»Ich …« Ich spürte, wie alle Anwesenden mich mit ihren Blicken durchbohrten. Meine Wangen glühten.

»Sie ist mit mir hier«, sagte Charles und beendete das peinliche Schweigen.

»Sieh mal einer an«, höhnte Josie. »Zwei alte Freundinnen wiedervereint. Kennen Sie beide sich aus dem Tanzschuppen, Vera?«

Charles' Eltern musterten mich abschätzig, als ich die Serviette auf meinen Teller legte und aufstand. *Wie konnte ich bloß glauben, dass ich jemals hierherpassen könnte?*

Mir kamen die Tränen. Aber sie sollten mich nicht weinen sehen. Ich hob meinen Rocksaum an und lief in den Flur und durch die Diele nach draußen. Ich setzte mich auf eine steinerne Bank und überlegte, was ich tun sollte. Kurz darauf hörte ich, wie die Haustür hinter mir geöffnet wurde. Ich hatte mit Charles gerechnet, aber als ich mich umdrehte, verließ mich der Mut, denn es war Josie, die mit einem süffisanten Grinsen vor mich trat.

»Er erklärt meinen Eltern gerade, dass er mit Ihnen verlobt ist«, sagte sie kopfschüttelnd, als wäre es das Lächerlichste, was sie je gehört hatte. »Sie sollten Mutter mal sehen. Sie ist am Boden zerstört. Ich weiß, wer Sie sind, Vera Ray«, fuhr sie fort, »und Ihre Mutter habe ich auch gekannt. Sie sind wahrscheinlich genauso eine Diebin wie sie. Der Apfel fällt schließlich nicht weit vom Stamm.«

»Ich weiß nicht, wovon Sie reden.«

»Dann hat Ihre Mutter Ihnen also nicht erzählt, was sie alles bei uns gestohlen hat? Den Schmuck und die Münzen aus Vaters Arbeitszimmer?«

»O nein«, stammelte ich, »Sie … Sie müssen sich irren. Meine Mutter hätte nie und nimmer …«

»Ich habe sie dabei beobachtet, wie sie ein Diamantenarmband aus der Schmuckschatulle meiner Mutter genommen hat«, sagte sie.

»Das glaube ich nicht«, rief ich. »Wie können Sie es wagen, so von meiner Mutter zu sprechen? Sie hat sich die größte Mühe mit Ihnen gegeben. Aber Sie haben sie nur gequält.«

Ihr eiskalter Blick jagte mir Angst ein. »Ich weiß genau, was Sie vorhaben«, sagte sie. »Genau wie Ihre Mutter wollen Sie sich nur an meiner Familie bereichern.«

Ich schüttelte den Kopf und wischte mir eine Träne von der Wange. »Sie begreifen gar nichts.«

»O doch«, sagte sie, »und falls Sie glauben, dass ich tatenlos zusehe, wie mein Bruder sich von einer billigen Hure hereinlegen lässt, dann haben Sie sich gründlich getäuscht, meine Liebe.«

Das traf mich ins Mark. »Eine billige …?«

Ich brachte das ordinäre Wort nicht über die Lippen. »Wie kommen Sie auf die Idee, dass ich …?« Plötzlich fiel mir der Briefumschlag in der Suite wieder ein. Das Geld, das Charles für die arme Witwe bereitgestellt hatte. Josie hatte es gesehen und bestimmt angenommen, dass es für mich war.

»Nein, nein«, fuhr ich fort. »Sie verstehen das alles falsch. Das Geld war für …«

Josie schüttelte den Kopf. »Und jetzt sind Sie auch noch von ihm schwanger.«

Ich legte die Hand auf den Bauch.

»Was haben Sie denn geglaubt, wie lange Sie das geheim halten können?«

Mir blieb die Luft weg. *Woher weiß sie das?* Ich hatte es niemandem erzählt. Nicht einmal Charles.

»Sie brauchten es mir gar nicht zu sagen«, schnaubte sie. »Es ist nicht zu übersehen.«

»Aber ich …«

»Wie viel?«, fragte sie.

Ich musterte ihren Gesichtsausdruck. »Ich verstehe nicht.«

»Wie viel verlangen Sie, damit Sie aus unserem Leben verschwinden? Aus Charles' Leben?«

Ich war fassungslos. »Warum würden Sie das tun wollen?«

»Weil ich nicht zulassen kann, dass er bei einer Frau wie Ihnen landet«, erwiderte sie. »Es würde meine Mutter um den Verstand bringen. Und mein Vater würde ihn« – sie machte eine ausladende Geste, die das Haus und die Gärten einschloss – »enterben. Glauben Sie vielleicht, Charles würde Sie dann noch lieben? Miss Ray, ich kenne meinen Bruder besser als Sie, und ich sage Ihnen, die Antwort lautet nein.«

Ich liebte ihn von ganzem Herzen, aber würde meine Liebe reichen, ihn glücklich zu machen, ohne das privilegierte Leben, an das er gewöhnt war?

Plötzlich fiel es mir wie Schuppen von den Augen. Ich würde genauso wenig in seine Welt passen wie er in meine.

»Also, wie viel wollen Sie«, fragte sie noch einmal, »damit Sie von hier verschwinden?«

Ich hob abwehrend die Hand. »Nichts«, sagte ich und stand auf. »Ich habe verstanden.«

Ich lief über die Auffahrt zur Straße. Weit hinter mir hörte ich Charles' Stimme, die mich rief wie ein Leuchtturm ein verirrtes Schiff, aber ich ging unbeirrt weiter. Diese Farce musste ein Ende haben. Josie mochte grausam sein, aber sie hatte recht. Es konnte nicht funktionieren mit Charles und mir.

»Vera!«, rief er und holte mich im Laufschritt ein. Ich spürte seine Hand auf meiner Schulter. »Bitte warte! Es tut mir so leid, wie sie dich behandelt haben. Lass uns gehen. Lass uns zusammen von hier verschwinden.«

Ich blinzelte meine Tränen weg. »Ich kann nicht, Charles«, erwiderte ich. »Genau das habe ich die ganze Zeit befürchtet, und heute hat sich alles bestätigt. Ich liebe dich. Von ganzem Herzen. Aber ich kann dich nicht heiraten.«

Es war schrecklich mitanzusehen, wie meine Worte ihn verletzten.

»Warum nicht?«

»Verstehst du denn nicht?« Ich streichelte sein Gesicht. »Es würde nie gut gehen mit uns. Wir kommen aus zu verschiedenen Welten.«

»Aber das spielt doch keine Rolle«, flehte er. »Das muss es nicht.«

»Doch«, entgegnete ich. »Es tut mir leid, Charles. Ich bin nicht die richtige Frau für dich.« Er hätte alles für mich aufgegeben, aber ich liebte ihn so sehr, dass ich das nicht zulassen konnte.

Er stand völlig benommen da, als ich losrannte, vorbei an der beschnittenen Buchsbaumhecke, und das eiserne Tor aufstieß. Ich hastete die Straße hinunter, ohne zu wissen, wie lange ich nach Hause brauchen würde, so weit weg von der Stadt. Als ich das Geräusch von Charles' Wagen und seine

Stimme hörte, die nach mir rief, duckte ich mich hinter einen Baum. »Vera!«, schrie er. »Vera!« Seine Verzweiflung brach mir das Herz. Am liebsten hätte ich gerufen: *Hier bin ich, Charles! Lass uns zusammen weglaufen. Lass uns ein neues Leben beginnen nach unseren eigenen Regeln.* Aber tief in meinem Herzen wusste ich, dass Josie recht hatte. Ich duckte mich noch tiefer, bis der Buick außer Sichtweite war.

Auf der Hauptstraße rasten die Autos an mir vorbei und spritzten Schlamm auf mein Kleid. *Was spielt das jetzt noch für eine Rolle?* Ich streckte die Hand aus, um ein Auto anzuhalten, dann das nächste. Schließlich hielt ein Lieferwagen. Weiß, mit einer verrosteten Motorhaube und Stapeln von Kacheln auf der offenen Ladefläche. Der Fahrer winkte mir zu. »Wohin möchten Sie, Miss?« Er sprach mit einem starken ausländischen Akzent, der mich an die russischen Familien erinnerte, die bei mir im Haus wohnten.

»Ich möchte in die Stadt«, sagte ich und wischte mir eine Träne von der Wange. »Können Sie mich mitnehmen?«

»Genau da fahre ich hin«, erwiderte er.

Ich stieg ins Fahrerhaus und schlug die schwere Tür zu. Es roch nach Feuchtigkeit und Benzin. Als er Gas gab und sich in den Verkehr einfädelte, warf ich einen Blick zurück auf die Einfahrt nach Windermere.

»Ich heiße Ivanoff«, sagte der Mann mit einem Blick aus dem Augenwinkel. »Sven Ivanoff.«

16

Claire

Ich schob mir ein Stück Pizza in den Mund und spülte es mit einem Schluck Rotwein hinunter. »Er hat angerufen«, sagte ich zu Abby. Wir saßen in meiner Wohnung auf dem Boden vor dem Fernseher, den Pizzakarton auf dem Couchtisch, die Weinflasche griffbereit.

»Moment«, sagte sie. »Wer?«

»Ethan.«

»Und?«

»Er hat zwei Nachrichten hinterlassen. Die erste: ›Claire, ich bin gestern Abend nach der Party in der Suite meiner Eltern im Hotel geblieben. Ich hatte zu viel getrunken, du verstehst schon.‹«

»Ach du je«, sagte Abby. »Das klingt aber gar nicht gut.«

Ich runzelte die Stirn. »Es kommt noch besser. Die zweite Nachricht kam vor einer Stunde: ›Claire, ich muss heute Abend nach Portland zu einer Konferenz. Am Sonntag bin ich wieder zurück‹.«

»Was für eine Konferenz?«

»Eben«, sagte ich. »Ich hab mal ein bisschen recherchiert, und jetzt darfst du raten.«

»Nein«, sagte Abby. »Sag nicht, er fährt mit …«

»Cassandra. Bingo. Also, ich bin mir nicht hundert Prozent sicher, aber die einzige Konferenz, die ich in Portland finden konnte, ist eine Tagung von Restaurantkritikern. Da braucht man nur zwei und zwei zusammenzuzählen.«

»Das verheißt nichts Gutes«, sagte Abby und trank einen Schluck Wein. »*Falls* es stimmt.«

Ich zuckte die Achseln. »Nachdem ich sie gestern Abend zusammen erlebt habe, zweifle ich nicht daran.«

Als ich meinen Fuß auf das Brett unter dem Sofatisch legte, stieß ich gegen einen Stapel Fotoalben, die auf den Teppich purzelten. Wie zum Hohn klappte eins auf. Ich nahm das Album und betrachtete die Fotos. Ethan und ich am Tag unserer Hochzeit. Ich in meinem schulterfreien weißen Kleid. Ethans Mutter hatte gezetert, ein derart freizügiges Kleid sei in einer katholischen Kirche völlig fehl am Platz, aber Ethan war ihr in die Parade gefahren. Er hatte zu mir gehalten. Ich sehnte mich nach jener Zeit zurück. Ich sehnte mich nach ihm. Ich strich mit dem Finger über das Foto und verharrte auf Ethans Wange. Neben unser Hochzeitsfoto hatte ich ein Schwarz-Weiß-Foto von meinen Großeltern an ihrem Hochzeitstag geklebt. Über die Jahre war es ziemlich verblasst. Als kleines Mädchen hatte ich es mir unzählige Male angeschaut. Ihre Gesichter strahlten so viel Liebe aus. Wahre Liebe. Erst jetzt fiel mir der Zettel auf, den meine Großmutter in Händen hielt. Mit zusammengekniffenen Augen versuchte ich zu entziffern, was darauf stand.

»Abby, sieh mal«, sagte ich und zeigte ihr das Foto. »Kannst du lesen, was da steht?«

Sie setzte sich die Lesebrille auf und nahm das Album. »Hm«, sagte sie. »Ich glaube, da steht: ›Sonett 43‹.«

»Und was soll das heißen?«

»Englische Literatur ist wohl nicht deine Stärke, was?«, sagte sie schelmisch.

Ich verdrehte die Augen. »Während du Gedichte aufgesagt hast, saß ich am Redaktionstisch und hab Artikel redigiert. Da hatte ich keine Zeit für Herzschmerz.« Abby hatte englische Literatur studiert, ich Journalistik. Eine ewige Fehde.

»Ist ja gut, ist ja gut«, sagte sie. »Willst du jetzt wissen, was es bedeutet, oder nicht?«

»Klär mich auf, Shakespeare.«

Abby grinste spöttisch. »Das ist von Elizabeth Barrett Browning, du Banause. Es ist das berühmte Gedicht: ›Wie ich dich liebe? Lass mich zählen wie.‹«

»Ah«, sagte ich, als der Groschen fiel. »Das kenne ich sogar.«

»Natürlich kennst du es«, fuhr sie fort. »Ist ja nur das wichtigste Liebesgedicht in der Geschichte der Liebesgedichte.« Sie rief den Text über ihr Handy auf und las ihn mir vor.

Ich lehnte mich gegen das Sofa, das Weinglas in der Hand. »Wie romantisch«, sagte ich, während ich das Foto betrachtete. »Das hat sie ihm bestimmt bei der Hochzeit vorgelesen.«

Abby nickte. »Es klingt noch in seinen Ohren nach. Du brauchst dir nur sein Gesicht anzusehen. Er hat sie vergöttert.«

»Das stimmt«, sagte ich. »Meine Mutter hat mir immer wieder davon erzählt. Ich glaube, deshalb sind auch ihre beiden Ehen gescheitert. Sie hat nie ihren Traumprinzen gefunden so wie meine Großmutter.« Seufzend klappte ich das Fotoalbum wieder zu.

Abby lehnte den Kopf an meine Schulter. »Woran denkst du?«

»Ich habe Angst zu versagen, Abs. Ich fürchte, dass unsere Ehe die Zerreißprobe, der sie im Moment ausgesetzt ist, nicht überstehen wird.«

Abby klappte das Album noch einmal auf und zeigte auf das Foto. »Egal, wie perfekt ihre Ehe angeblich gewesen ist – mir kann keiner erzählen, die beiden hätten nie Probleme gehabt.«

Ich sah sie fragend an.

»Hör zu, Claire, ich kenne dich, und ich weiß, dass du Ethan liebst. Warum kämpfst du dann nicht um ihn? Cassandra hat ihn an der Angel, aber auch nur deshalb, weil du ihr Platz gemacht hast.«

Ich biss von meinem Pizzastück ab, dann warf ich es in die Schachtel, weil ich an all die Köstlichkeiten denken musste, die man Cassandra und Ethan auf der Konferenz servieren würde. »Und was soll ich deiner Meinung nach tun? Selber hinfahren?«

»Nein, aber du könntest zum Beispiel auf seine Anrufe reagieren«, sagte sie. »Wie oft hat er angerufen und dir eine Nachricht hinterlassen? Zweimal? «

»Ja.«

Abby grinste. »Ruf ihn an!«

Ich nahm mein Handy und wählte seine Nummer. Während die Verbindung aufgebaut wurde, hatte ich Herzklopfen wie nach einem ersten Rendezvous. Nach dem dritten Klingeln seufzte ich enttäuscht.

»Anrufbeantworter«, flüsterte ich.

»Hinterlass ihm bitte eine Nachricht«, flüsterte sie zurück.

Ich schüttelte den Kopf.

»Mach schon!«

»Ähm, Ethan, hier spricht Claire. Ich habe deine Nachrichten erhalten. Hör mal, wenn du zurück bist von der, ähm, Konferenz, können wir dann reden? Du fehlst mir.« Ich schwieg. Abby stupste mich an. »Ich *liebe dich.*«

»So«, sagte ich. »Ich hab rumgestottert wie der letzte Idiot. Bist du jetzt zufrieden?«

»Braves Mädchen«, sagte sie und schenkte Wein nach.

Kurz darauf vibrierte mein Handy. Vor Schreck griff ich so hastig danach, dass ich den Wein auf dem Sofatisch verschüttete. Abby wischte den Tisch mit einem Stapel Servietten ab, die neben der Pizzaschachtel lagen. Ich sah auf das Display. »Es ist Ethan.«

Das Handy vibrierte erneut. »Willst du nicht rangehen?«

Ich holte tief Luft und nahm das Gespräch an. »Hallo, Ethan.« Ich konnte es nicht erwarten, seine Stimme zu hören, dass er mir sagte, wie sehr ich ihm fehlte, dass meine Nachricht ihn tief berührt hatte. Schließlich war es ziemlich lange her, dass ich ihm gesagt hatte: *Ich liebe dich.*

Aber anstatt seiner Stimme ertönten diffuse Geräusche wie von vielen Menschen. Etwas, das sich anhörte wie das Klappern von Autoschlüsseln, dann wurde eine Tür zugeschlagen. »Ethan?«, sagte ich. »Kannst du mich hören?« Ich sah Abby bestürzt an. »Ich glaube, er hat aus Versehen die Anruftaste gedrückt.« Ich lauschte, bis ich im Hintergrund eine Frauenstimme hörte.

Ich unterbrach die Verbindung.

»Was ist passiert? Was hat er gesagt?«

Ich wischte mir eine Träne von der Wange, dann schob ich das Fotoalbum mit dem Fuß weg. »Ich glaube, er ist mit *ihr* zusammen.«

»Wie kommst du darauf?«, fragte Abby.

Ich verschränkte die Arme und starrte niedergeschlagen ins Leere. »Da war eine Frauenstimme.«

»Das kann doch irgendwer gewesen sein. Vielleicht eine Kellnerin in einem Restaurant.«

Ich schüttelte den Kopf. »Nein. Das war sie. Da bin ich mir ganz sicher.«

Abby streckte die Hand aus. »Noch nicht«, sagte sie. »Begrab deine Ehe nicht so schnell. Schreib noch nicht den Nachruf. Warte, bis er aus Portland zurückkommt. Rede mit ihm. Dann kannst du dich immer noch entscheiden.«

Ich zuckte die Achseln.

»Heute Abend gönnen wir uns Pizza und Wein.« Sie griff nach der Fernbedienung. »Und einen Filmklassiker.«

Ich seufzte. Nie war ich meiner Freundin dankbarer gewesen als in diesem Moment.

Bevor ich am darauffolgenden Morgen nach Windermere fuhr, um Lillian Sharpe zu besuchen, machte ich einen Abstecher zu dem Krankenhaus, wo Warren sich von seinem Infarkt erholte. Bei meinem letzten Besuch hatte Glenda mir klipp und klar zu verstehen gegeben, dass ich mich von Warren fernzuhalten hatte. Aber er hatte mich am Wochenende angerufen. Ich fehlte ihm. Für Warren war ich bereit, gegen die Regeln zu verstoßen.

»Wie geht es dir?«, fragte er, als ich eintrat. Er winkte mich zu sich ans Bett. Der Raum sah aus wie ein normales Krankenzimmer, nur mit ein paar zusätzlichen Möbeln – einem Sofa, einem Minikühlschrank, einer Kommode und einem Wandschrank.

»Es ist mir schon mal besser gegangen«, antwortete ich.

»Ich recherchiere für eine Geschichte, bei der ich total im Dunkeln tappe.«

»Ach ja?«

Ehe ich dazu kam, ihm die Einzelheiten zu erklären, klingelte mein Handy. »Ethan«, sagte ich zu Warren, nahm jedoch nicht ab, sondern steckte das Handy wieder in meine Handtasche.

»Ich hab mir schon Sorgen gemacht wegen euch beiden«, sagte er. »Eheprobleme?«

Ich seufzte. »Sieht so aus.«

»Ich möchte dir von meiner Frau erzählen«, sagte er verträumt, den Blick auf eine Stelle an der Wand gerichtet, als würde seine Liebste von dort auf ihn herabschauen. »Annie war dir sehr ähnlich. Geistreich. Ehrgeizig. Temperamentvoll.«

»Ich hätte sie bestimmt gemocht«, sagte ich lächelnd.

»Du hättest sie *geliebt*, Claire. Sie war voller Leidenschaft, sowohl im Leben als auch in der Liebe.«

Das Telefon auf dem Nachttisch klingelte. »Wer wird das sein?«, murmelte er verblüfft. Er nahm den Hörer ab. »Hallo?« Eine ganze Weile hörte er zu. Seine Miene drückte Enttäuschung aus. »Ich kann gar nicht glauben, dass du es nicht gefunden hast ... Du dachtest doch ... In Ordnung ... Nein, das ist jetzt nicht der richtige Moment für ... Ich ruf dich später zurück.«

Ich blätterte in einer Zeitschrift, die auf dem Nachttisch gelegen hatte, und fragte mich, worüber Warren da reden mochte.

Er legte auf und wandte sich mir wieder zu. »Tut mir leid. Wo waren wir stehen geblieben?«

»Bei deiner Frau«, sagte ich.

»Ach ja, meine Frau.«

Ich tätschelte ihm den Arm. »Sie fehlt dir bestimmt sehr.«

»Allerdings«, antwortete er. »Seine große Liebe zu verlieren ist, als würde man die rechte Hand verlieren. So fühlt es sich an. Alles wird schwieriger. Seit sie nicht mehr da ist, fühlt sich alles anders an.«

»So habe ich es noch nie gesehen.«

Er nickte. »Ich möchte dir etwas erzählen.« Er verschränkte die Hände. »Nachdem wir einige Jahre verheiratet waren, haben wir uns getrennt.«

Ich schüttelte ungläubig den Kopf. »Was war denn passiert?«

»Sie hat mich verlassen«, erwiderte er. »Ich hatte zwar nicht direkt eine Affäre, das nicht, aber eine etwas zweideutige Freundschaft mit einer Frau. Mit einer Sekretärin im Büro.«

Ich hob die Brauen. »Zweideutig?«

»Ich war damals dumm wie Bohnenstroh. Wie dreißigjährige Männer so sind.«

Ich nickte zustimmend.

»Es fing ganz harmlos an«, fuhr er fort. »Ich blieb länger auf der Arbeit. Wir haben geflirtet. Dann haben wir angefangen, nach Feierabend noch einen trinken zu gehen. Ich habe mit dem Feuer gespielt. Na ja, Annie hat es spitzgekriegt und war stinksauer. Sie hat ihre Sachen gepackt und ist wieder zu ihrer Mutter gezogen.«

»Du meinst also, ich sollte ausziehen.«

»Nein«, erwiderte er. »Ich will nur sagen, dass ich in der kurzen Zeit, als Annie weg war, gemerkt habe, wie wichtig sie mir war. Diese Lektion habe ich nie vergessen. Nach dieser Zerreißprobe zu Beginn unserer Ehe haben wir uns mehr denn je geliebt. Annie fand sogar, dass sie uns gut getan hat.«

»Ich würde mir ja auch gern so ein Happy End vorstellen«, sagte ich. »Aber Ethan hat offenbar eine andere Dramaturgie im Sinn.«

Eine Krankenschwester kam herein und zeigte auf die Uhr. »Entschuldigen Sie, Mr. Kensington, aber es ist Zeit für Ihre Physiotherapie.«

Er nickte und hielt den Zeigefinger hoch. »Einen Moment noch.« Dann sagte er zu mir: »Ruf ihn an! Gib ihm noch eine Chance, sich zu bewähren. Denk an Annie und mich!«

Ich umarmte ihn. »Du hast recht. Danke, Warren.«

Die Krankenschwester half ihm aus dem Bett. »Die vergeuden ihre Zeit mit mir«, sagte er scherzhaft. »Ich bin ein alter Mann.«

»Ein alter Mann, der seine Physiotherapie braucht«, konterte die Schwester.

Warren zwinkerte mir zu. »Wir sind noch gar nicht dazu gekommen, über deinen Artikel zu reden«, sagte er.

»Da wird sich Glenda freuen«, bemerkte ich. »Sie hat mir verboten, dich weiterhin zu belästigen mit meinem – wie hat sie sich noch ausgedrückt? – ach ja, mit meinem ›Drama‹.«

»Zum Teufel mit Glenda!« Er mochte seine Schwiegertochter, das wusste ich, aber nicht ihre Angewohnheit, sich überall einzumischen. »Komm so bald wie möglich wieder und erzähl mir von deiner Geschichte.«

Ich nickte. »Mach ich.«

»Und ruf deinen Mann an«, sagte er, als die Krankenschwester ihn zur Tür begleitete. »Versprochen?«

»Versprochen.«

Das Taxi brachte mich nach Windermere, einem Viertel, wohin meine Eltern, als ich noch klein war, bestenfalls einmal einen Sonntagsausflug gemacht hatten, um von einem besseren Leben zu träumen. Ich betrachtete das imposante Herrenhaus, in dem Lillian Sharpe gelebt hatte. Ich musste an ihre Worte denken, es sehe aus wie ein Ort, an dem schon lange kein Besucher mehr gewesen sei. Die Farbe blätterte ab. Die moosbedeckten Dachziegel wirkten brüchig. Und obwohl im Garten der Rasen gemäht war, machte er nicht den liebevoll gepflegten Eindruck wie die Gärten der Nachbarhäuser. Ich betrachtete die leere Auffahrt und sah auf die Uhr. Ich war fünf Minuten zu früh. Ich setzte mich auf die Eingangstreppe, um auf Lillian zu warten. Der Gedanke, dass ich der Lösung des Rätsels um Daniel Rays Verschwinden vielleicht ein Stückchen näher kommen würde, ließ mein Herz höher schlagen.

Kurz darauf bog ein grauer Volvo mit rasantem Tempo in die Auffahrt. Am Steuer saß eine Frau mit kurzem weißem Haar. Sie stieg aus und begrüßte mich mit einem warmherzigen Lächeln. »Sie müssen Claire sein.«

»Ja«, sagte ich und reichte ihr die Hand. »Danke, dass Sie mich hier empfangen. Ich hoffe, es kommt Ihnen nicht ungelegen.«

»Kein bisschen, meine Liebe«, erwiderte sie mit einem Blick auf das alte Haus. Sie atmete tief aus. »Gott, wie sehr mir dieses Haus fehlt.«

»Haben Sie hier Ihre Kinder großgezogen?«

»Ja«, sagte sie. »Zwei Söhne.«

»Wann sind Sie und Ihr Mann denn von hier weggezogen?«

Sie schwieg einen Moment. »Mein erster Mann ist gestorben«, sagte sie. »Schon vor längerer Zeit. Letztes Jahr habe ich wieder geheiratet.« Sie seufzte. »Aber ich konnte nicht mit meinem zweiten Mann hier einziehen. Natürlich würde ich das Haus gern mit ihm teilen, so wie alles andere auch, aber ich glaube, ich will dieses Haus für mich allein behalten.« Sie schüttelte den Kopf. »Zu viele Erinnerungen.«

»Das versteh ich gut«, sagte ich.

»Aber was rede ich da«, sagte Lillian und lächelte. »Sie sind hier, weil Sie Informationen suchen, und ich möchte Ihnen helfen, sie zu finden. Mein Vater hatte einen sehr interessanten Beruf. Er war Partner in einer der größten Kanzleien von Seattle – Sharpe, Sanford und O'Keefe –, aber er hatte immer Zeit für die kleinen Leute, und er hat auch Leute verteidigt, von denen er wusste, dass sie ihn nie würden bezahlen können. Er war ein guter Mensch.« Sie ging zur Haustür und steckte einen Schlüssel ins Schloss. »Da wären wir. Trautes Heim, Glück allein.« Ihre Stimme hallte von den leeren Wänden wider.

Beim Eintreten wischte ich ein Spinnennetz vom Türrahmen. Die Dielen knarrten unter unseren Schritten. Alle Möbel waren mit weißen Tüchern abgedeckt. »Was für ein schönes Haus! Es muss großartig gewesen sein, hier Kinder großzuziehen«, sagte ich und stellte mir vor, wie das Lachen kleiner Jungs die Räume erfüllte.

»Ja«, erwiderte Lillian ein bisschen wehmütig. »Wir waren sehr glücklich hier.« Sie wies in den Flur. »Dort entlang geht es zum Archiv meines Vaters. Mit seinen Akten war er sehr penibel. Er hat Kopien aller Unterlagen aufbewahrt, die in irgendeiner Weise mit seinen Fällen zu tun hatten. Damals haben sich nur wenige Anwälte die Mühe gemacht, alles genau zu dokumentieren, aber mein Vater war detailversessen.

Außerdem hatte es zu viele merkwürdige Vorfälle mit der Polizei gegeben. Mein Vater hatte den Verdacht, dass Korruption im Spiel war.« Sie nickte. »Er hat alles kopiert und aufbewahrt für den Fall, dass Dokumente gefälscht würden.«

Am Ende des Flurs blieb sie vor einer Tür stehen, drehte den Knauf und drückte mit der Schulter dagegen, doch die Tür ließ sich nicht öffnen. »Merkwürdig«, sagte sie, »es ist fast, als würde etwas die Tür blockieren.«

»Soll ich mal probieren?« Ich drehte den Knauf und stemmte mich mit meinem ganzen Gewicht gegen die Tür. Irgendetwas Schweres stand dahinter. Ich schob so lange, bis der Spalt groß genug war, dass Lillian und ich uns hindurchzwängen konnten.

Lillian sog erschrocken die Luft ein. »Großer Gott. Was ist denn hier passiert?«

Der Fußboden war mit Glasscherben übersät. »Vorsicht«, sagte ich und zeigte auf eine große Scherbe, die direkt vor ihrem Fuß lag. Eine Fensterscheibe war offensichtlich eingeschlagen worden. Dutzende Aktenkartons waren ausgekippt und deren Inhalt im ganzen Zimmer verteilt worden.

Lillian schlug die Hand vor den Mund. »Wer macht denn so etwas?«

Ich stützte sie. »Jemand, der an Informationen interessiert war, die Ihr Vater hatte.«

Sie schüttelte ungläubig den Kopf. »All die Jahre ist hier nie etwas passiert, und jetzt das?«

Ich kniete mich hin und schob ein paar Papierstapel beiseite. Ich zog wahllos ein Blatt hervor und hielt es Lillian hin. »Der Staat Washington gegen Edward Ainsburg.« Ich seufzte. »So muss es sein, wenn man eine Nadel im Heuhaufen sucht.«

Ich versuchte, ein bisschen Ordnung zu schaffen, bevor ich wieder aufstand. »Wer auch immer das getan hat, hat etwas Spezielles gesucht. Aber vielleicht hat er es ja nicht gefunden.« Ich sah Lillian an. »Kann es sein, dass Ihr Vater besonders wichtige Unterlagen woanders im Haus aufbewahrt hat?«

»Nein«, sagte sie. Sie war vor Schreck wie gelähmt.

Ich kniete mich wieder hin. »Also gut, es ist zumindest einen Versuch wert. Vielleicht habe ich ja Glück.«

Lillian überlegte. »Warten Sie mal. Es gibt doch noch einen Ort, wo wir suchen könnten. Wie konnte ich das bloß vergessen. Kommen Sie mit!«

Wir stiegen eine Treppe hoch und betraten ein Zimmer voller Bücher. Staunend betrachtete ich die ledergebundenen Bände in den raumhohen Regalen. Wenn ich hier wohnen würde, dachte ich, würde ich die meiste Zeit in diesem Zimmer verbringen.

»Das ist die Bibliothek meines Vaters«, sagte Lillian lächelnd. »Als ich mit Bill, meinem ersten Mann, nach dem Tod meines Vaters hier eingezogen bin, haben wir das Zimmer so gelassen, wie es war. Er durfte nicht ein einziges Buch entfernen.« Sie schloss die Augen. »Die Erinnerung an meinen Vater durfte nicht angerührt werden.« Sie fuhr mit den Fingerspitzen über das Regal, als könnte sie in jeder Rille und Kerbe Spuren von ihm ertasten.

Ich trat einen Schritt näher. »Wonach genau suchen Sie?«

Sie war so konzentriert, dass sie nicht antwortete. Dann plötzlich bewegte sich eins der Regale. »Ich hab's«, rief sie aus.

Überrascht sah ich, wie das Regal nach hinten schwang und einen hinter der Wand liegenden Raum freigab.

»Hier hat er die Wertgegenstände der Familie aufbewahrt«, sagte sie. »Seltsam, ich hatte diesen Raum fast vergessen. Kommen Sie, wir sehen uns mal um!«

Ich zog die Schultern ein und folgte ihr in einen Raum von der Größe einer Putzkammer. Es lag ein süßlicher, muffiger Geruch in der Luft. Lillian zeigte auf einen quadratischen Schatten auf dem obersten Regal. »Seine Zigarren«, sagte sie, nahm die Schachtel herunter und hielt sie sich an die Nase.

Ich drehte mich zur Tür um. Am liebsten hätte ich sie mit einem Keil fixiert. Ich wollte nicht hier drinnen gefangen sein. Und wenn schon jemand ins Haus eingebrochen war, was, wenn er es noch einmal tat? Was, wenn er …

»Sie finden es unheimlich hier?«, fragte Lillian, die meinen Blick beobachtet hatte.

»Na ja«, erwiderte ich, »ein bisschen schon.«

»Als kleines Mädchen habe ich Stunden hier verbracht«, sagte sie. »Meine Freundin Martha und ich durften hier mit Puppen spielen, während mein Vater nebenan gearbeitet hat. Er hat uns extra eine Öllampe angezündet. Das war eine schöne Zeit.«

Mit klopfendem Herzen sah ich mich in dem schummrigen Raum um und wünschte, es gäbe mehr Licht als den schmalen Streifen Tageslicht aus dem Zimmer nebenan. Ich war enttäuscht. Offenbar war hier irgendwann gründlich aufgeräumt worden. Was übrig geblieben war – ein gerahmtes Foto einer Frau, zwei verblichene Eintrittskarten für die Oper, eine kleine Spielzeugeisenbahn aus Holz –, waren nur Erinnerungsstücke aus der Vergangenheit.

»Tut mir leid«, sagte Lillian. »Ich hatte gehofft, Sie würden hier etwas von Bedeutung finden.« Als sie sich gerade zur Tür wandte, erregte etwas meine Aufmerksamkeit.

»Warten Sie!«, sagte ich. Im Dunkel der Zimmerecke waren die Umrisse eines viereckigen Gegenstands zu erkennen. Ich hockte mich hin, und meine Finger berührten etwas, das sich wie Leder anfühlte. Ich ertastete eine Schnalle und einen Griff. »Eine alte Aktentasche.«

Lillian kniff die Augen zusammen, um besser sehen zu können. »Aber ja«, erwiderte sie. »Mit der ist mein Vater jeden Tag zur Arbeit gegangen.«

Wir gingen zurück in die Bibliothek, wo ich die Aktentasche erwartungsvoll öffnete. Zum Vorschein kam ein mit Kordel zusammengebundener Stapel Papier, so ordentlich, wie er einmal in der Tasche verstaut worden war. Vergeblich zog ich an dem Knoten. Er ließ sich nicht lösen. Bei dem Versuch die Kordel abzustreifen, verletzte ich mir an einer scharfen Papierkante den Zeigefinger. »Autsch«, murmelte ich und schüttelte die Hand.

Ich probierte es noch einmal, diesmal vorsichtiger und mit Erfolg. Lillian beugte sich über mich, während ich durch den dicken Stapel Papier blätterte. Verblüfft schüttelte ich den Kopf, als ich auf der ersten Seite las: »Eidliche Aussage von Sven W. Ivanoff«.

»Mein Gott«, sagte ich atemlos, »wir haben es gefunden.«

Lillian setzte sich auf eine gepolsterte Bank neben der Tür. Ich machte mir ein bisschen Sorgen, dass die Aufregung zu viel für sie sein könnte.

»Sind das die Unterlagen, nach denen Sie gesucht haben?«

»Ja«, sagte ich. Ich überflog die erste Seite und nickte. »Sieht ganz so aus, als hätte Ihr Vater den Hauptverdächtigen im Mordfall Vera Ray verteidigt, der Mutter des kleinen Jungen, der 1933 verschwunden ist.«

Lillians Gesicht war aschfahl. »Ich kann es nicht fassen«,

sagte sie. »Ich verstehe gar nicht, warum er diese Unterlagen hier verstaut hat.«

Ich schüttelte den Kopf. »Anscheinend steckt hinter dieser Geschichte viel mehr, als man damals angenommen hatte, und vielleicht wusste Ihr Vater das. Vielleicht wollte er es beweisen.« Ich sah Lillian an. »Können Sie sich vielleicht erinnern, ob Ihr Vater einen bestimmten Fall besonders erwähnt hat?«

»Nein«, antwortete sie. »Er litt an Demenz. Und zwar schon ziemlich früh, er war erst Mitte sechzig. Wir hätten noch so viele schöne gemeinsame Jahre haben können, es war sehr traurig. Vielleicht gab es Fälle, die er noch bearbeiten wollte, wozu er dann aber nicht mehr gekommen ist. Das weiß ich nicht. Auf jeden Fall hat er hier in diesem Raum nur Dinge verstaut, die für ihn persönlich von großer Bedeutung waren.«

Mein Großvater hatte ebenfalls an Demenz gelitten. Meiner Großmutter war das aufgefallen, als er anfing, die Cornflakes in den Kühlschrank zu stellen. Vielleicht hatte Lillians Vater die Akten aus keinem besonderen Grund versteckt, oder aber er hatte gewusst, wie es um ihn stand, und er hatte die Unterlagen in Sicherheit gebracht, ehe sie jemand vernichten konnte.

Ich schob den losen Stapel Papier wieder in die Aktentasche und sah auf. »Haben Sie etwas dagegen, wenn ich die Sachen mit ins Büro nehme und dort in Ruhe durchsehe? Ich bringe Sie Ihnen natürlich zurück. Und ich verspreche Ihnen, sie sicher aufzubewahren.«

»Selbstverständlich«, sagte sie. »Wenn Sie glauben, damit der Wahrheit näherzukommen, dann behalten Sie sie ruhig. Mein Vater würde sich freuen, sie in guten Händen zu wissen.«

Als ich mich auf dem Weg zur Treppe noch einmal umdrehte, war mir plötzlich, als müsste ich diesem Haus so schnell wie möglich entkommen, und ich musste mich beherrschen, um nicht loszurennen.

Als wir wieder draußen waren, wo die Vögel zwitscherten und die Sonne mir ins Gesicht schien, atmete ich erleichtert auf.

»Soll ich Sie in die Stadt zurückfahren?«, fragte Lillian und ging zu ihrem Wagen.

»Das wäre großartig, danke«, antwortete ich und öffnete die Beifahrertür des Volvo. Ein letztes Mal sah ich mich zu dem Haus um und betrachtete die Fenster im oberen Stockwerk. *Werden wir beobachtet?* Unsinn, sagte ich mir. Als Lillian losfuhr, hielt ich die Aktentasche fest umklammert in dem Wissen, im Besitz von etwas außerordentlich Wichtigem zu sein. Es lag jetzt an mir herauszufinden, um was es sich handelte.

Kaum hatte ich mich in der Redaktion an meinen Schreibtisch gesetzt, klingelte das Telefon. Ungehalten nahm ich den Hörer ab. Im Moment wollte ich nur eins: mich in den Inhalt der Aktentasche vertiefen.

»Claire?« Ethans Stimme kam wie von weither. Aus einer anderen Welt. »Hallo, Liebling.«

Mir wurde warm ums Herz, doch ich sagte nichts.

»Ich habe versucht, dich zu Hause zu erreichen. Ich hätte nicht gedacht, dass ich dich an einem Sonntag in der Redaktion antreffe. Du fehlst mir.«

Er hat meine Nachricht bekommen. »Ich arbeite an einer Geschichte. Du fehlst mir auch«, sagte ich einlenkend und versuchte meine Eifersucht und meine Wut zu unterdrücken.

Am liebsten hätte ich ihn gefragt, was er in Portland tat und ob Cassandra mit von der Partie war, aber ich verkniff es mir.

»Ich hatte gestern den ganzen Tag Gcspräche mit Bewerbern für ein Journalistenstipendium«, sagte er. »Es war total anstrengend.«

»Ach so«, sagte ich. Mir fiel ein Stein vom Herzen. »Ich dachte, du wärst …«

»Ich komme heute Abend mit dem Zug zurück. Ich würde gern mit dir zu Abend essen.«

Ich bekam leuchtende Augen. »Wirklich?«

»Ja«, fuhr er fort. »Das heißt, wenn du Lust hast.«

»Natürlich.«

»Um sieben im Pink Door?«

»Okay«, sagte ich. »Wir sehen uns dort.«

Ich legte auf und wandte mich wieder der Aktentasche zu. Lillians Vater war damit jeden Tag zur Arbeit gegangen. Es kam mir ein bisschen so vor, als würde ich in einen alten Arztkoffer schauen. Man konnte nicht das Stethoskop herausnehmen, ohne an den Arzt zu denken, der es Hunderten Patienten ans Herz gehalten hatte. Mir war, als könnte ich die Anwesenheit von Lillians Vater spüren. Die Tasche barg Geheimnisse, und er hätte sicherlich gewollt, dass ich sie fand.

17

Vera

Es war fast Mittag und Lon schlief immer noch. Immer wieder schaute ich auf die Uhr über dem Bett und betete, dass er bald aufwachen und die versprochenen Anrufe wegen Daniel tätigen würde. Die Leute hörten auf Lon. Er war ein einflussreicher Mann.

Ich richtete mich in meinem Sessel auf, als er die Augen öffnete. Er streckte die Hand nach mir aus und winkte mich zu sich. Die Hand, die in der vergangenen Nacht meinen Körper besudelt hatte. Mir drehte sich der Magen um.

»Komm her, Süße«, sagte er und rieb sich die Augen. »Leg dich schön zu mir.«

»Lon«, sagte ich, so liebenswürdig ich konnte, »du hast versprochen, mir zu helfen, meinen Sohn zu finden. Ich bin bisher sehr geduldig gewesen.«

»Klar, meine Schöne«, sagte er gähnend. »Aber ich stehe nicht auf ohne Frühstück, und« – er zwinkerte mir zu – »ohne eine Frau.«

Ich schüttelte den Kopf. »Nein«, sagte ich entschlossen, »du hast es mir versprochen.«

Lon setzte sich auf. Alle Heiterkeit war verflogen, er funkelte mich wütend an. »Für wen hältst du dich eigentlich, dass du glaubst, du könntest mir hier Anweisungen geben.«

Meine Hände begannen zu zittern. »Ich, ich …«

»Hast du ernsthaft geglaubt, dein Sohn würde mich interessieren?« Er lachte höhnisch. »Wie kommst du überhaupt auf die absurde Idee, dass er noch lebt? Er ist seit Tagen verschwunden.« Er langte nach der halb vollen Flasche Champagner auf dem Nachttisch und trank einen Schluck.

Mir war, als wäre ich aus meinem Körper herausgetreten und würde die Szene von außen betrachten. Lons Lippen bewegten sich, er lachte, machte sich über mich lustig. Ich saß da, erstarrt, verängstigt, und zum ersten Mal war ich vollkommen hoffnungslos.

Lon stieg aus dem Bett. Ich wandte den Blick von seinem nackten Körper ab. »So, Süße, wenn du weißt, was gut für dich ist«, sagte er und machte einen Schritt auf mich zu, »dann vergisst du jetzt deinen Sohn und kommst zu mir ins Bett.« *Großer Gott, ich muss hier raus.*

Ich sah zur Tür. Wenn ich schnell genug wäre, könnte ich es schaffen. Ich könnte an der Tür sein, bevor er mich zu fassen bekam. Nackt, wie er war, würde er mich nicht über den Flur verfolgen. Ich konnte ihm entkommen.

»Komm her, Süße!«, sagte er und spielte am Besatz meines Kleids.

Als ich mich entsetzt seinem Griff entwand, riss mein Kleid am Oberteil ein, sodass das Mieder zu sehen war. »Nenn mich nicht Süße!«, schrie ich und rannte zur Tür.

Ich spürte seine Wut hinter mir wie ein loderndes Feuer. *Nichts wie weg hier.* Ich stolperte auf dem Teppich und verlor einen Schuh. Keine Zeit, ihn aufzuheben. Ich riss die Tür auf und rannte, so schnell ich konnte, den Flur hinunter.

»Was fällt dir ein, du Hure!«, schrie er. »Komm sofort zurück!«

Seine Stimme hallte von den Wänden wider. *Verfolgt er mich?* Ich sah mich nicht um. *Weiterlaufen.* Das Hotel war mir vertraut, ich kannte jede Nische, jedes Mauseloch. Geradeaus befand sich die Besenkammer. *Da wird er mich nie suchen.* Ich öffnete die kleine Tür neben der Rainier-Suite und schlüpfte hinein. Lons Stimme war nicht mehr zu hören, nur noch Stille und mein pochendes Herz. Ein Schweißtropfen lief mir von der Schläfe über den Hals. Plötzlich vernahm ich Schritte. Ich hielt den Atem an. Dann wurde der Türknauf gedreht. Ich griff mir einen Besen. Wenn er sich mir näherte, würde ich zuschlagen.

Die Tür öffnete sich quietschend. Dann lugte Gwen herein. »Herrgott, Vera«, sagte sie erschrocken. »Ich hätte fast einen Herzinfarkt gekriegt.«

Noch nie war ich so froh gewesen, das Gesicht einer Freundin zu sehen. Ich brach in Tränen aus.

»Los, komm, du musst hier weg!«, flüsterte sie.

Sie schloss die Rainier-Suite auf, und wir hasteten hinein. »Himmel«, sagte sie, während sie mein elegantes, zerrissenes Kleid und mein verschmiertes Gesicht betrachtete, »was ist denn mit dir passiert?«

»Es war ein schrecklicher Fehler, mit ihm hierherzukommen«, sagte ich.

»Du meinst mit Lon?«

Ich biss mir auf die Lippe. »Du weißt davon?«

Sie nickte, nahm ein frisch gebügeltes weißes Taschentuch von einem Silbertablett neben dem Bett und gab es mir. »Du weißt doch, wie unter Dienstmädchen getratscht wird.«

Ich schnäuzte mich. »Was musst du nur von mir denken, Gwen.«

»Ich denke nur, dass du eine gute Mutter bist«, sagte sie

und schürzte nachdenklich die Lippen. »Und ich finde, das Hotel täte gut daran, dieses Ungeheuer rauszuwerfen, so wie er mit Frauen umgeht.«

Ich holte tief Luft. »Er hat mir versprochen, bei der Suche nach Daniel zu helfen. Und ich habe ihm geglaubt.«

»Der Mann ist ein mieser Lump«, sagte sie. »Susie hat er einfach verstoßen, als sie von ihm schwanger war. Widerwärtig.«

Ich nickte. »Ich hätte es eigentlich wissen müssen. Aber die Hoffnung, Daniel zu finden, hat mich blind gemacht.«

»Hör auf, dir Vorwürfe zu machen. Du hast getan, was du tun musstest.«

Ich seufzte. »Aber ich habe versagt.«

Gwen schüttelte den Kopf. »Red nicht so ein dummes Zeug! Du hast nur getan, was du tun musstest«, wiederholte sie mit Nachdruck.

Ich setzte mich auf das große, weiche Bett und lehnte mich gegen das Kopfteil. »Jetzt mache ich hier auch noch Unordnung«, sagte ich, »und mache dir zusätzliche Arbeit.«

»Quatsch«, entgegnete sie. »Das Zimmer ist heute Nacht sowieso nicht belegt. Und Estella hat heute frei. Du kannst den ganzen Tag hierbleiben. Ich werde Bruce sagen, er soll dir was zu essen raufbringen. Du bist ja nur noch Haut und Knochen.«

Ich betrachtete meine Arme, die bleich und knochig waren, den blauen Fleck, der sich am Handgelenk bildete. »Aber nur, wenn es dir keine Umstände macht«, sagte ich. »Ich will niemandem zur Last fallen.«

»Mach dir darüber keine Gedanken«, sagte sie. »Und jetzt ruh dich aus. Hier bist du sicher. Er kann dich hier nicht finden. Tu einfach so, als wärst du ein Hotelgast. Schlaf ein bisschen. Ich würde das an deiner Stelle jedenfalls tun.«

Ich betrachtete das Bett, so luxuriös und einladend. In der vergangenen Nacht hatte ich kein Auge zugetan, mit diesem schnarchenden Ungeheuer neben mir. »Danke, Gwen.« Ich legte mich hin und ließ den Kopf ins weiche Kissen sinken. Mir fielen die Augen zu. *Nur ein paar Minuten. Dann gehe ich. Dann mache ich mich auf die Suche nach meinem Sohn.* Wie immer, wenn ich die Augen schloss, sah ich meinen kleinen Daniel vor mir.

Es war schon halb neun, als ich die Augen wieder öffnete. Wie hatte ich so lange schlafen können? Hastig setzte ich mich auf und glättete mein Kleid. Bei meiner Flucht aus Lons Zimmer hatte ich meine Strickjacke zurücklassen müssen. Ich betrachtete mich im Wandspiegel und schämte mich für die spärlich bekleidete Frau, die mich ansah. Aber ich durfte mich jetzt nicht in Selbstvorwürfen ergehen. Ich schaute aus dem Fenster. Dunkle Wolken waren aufgezogen. *Ich muss hier raus.*

Ich trat auf den Flur hinaus, ängstlich darauf bedacht, nur kein Geräusch zu machen. An jeder Ecke hielt ich Ausschau nach Lon. *Ob er mich noch sucht?* Ich drückte den Aufzugknopf und betete, dass der Aufzug rasch kommen würde. Als ich im Flur hinter mir schwere Schritte hörte, blieb mir fast das Herz stehen, aber dann ging nur ein älteres Pärchen vorbei. Der Mann tippte zum Gruß an seinen Hut, und ich nickte ihm erleichtert zu. Der Aufzug kam, ich sprang hinein und hielt den Atem an, bis sich die Türen geschlossen hatten. *In Sicherheit.* Im Erdgeschoss stieg ich aus und durchquerte die Eingangshalle mit gesenktem Kopf, um bloß nicht aufzufallen. Aus dem Augenwinkel bemerkte ich einen Mann, den ich kannte. Unsere Blicke trafen sich kurz. Zuerst konnte ich ihn nicht einordnen. Dann plötzlich wusste ich, wer er war. Mr. Ivanoff, der Ofensetzer. Er hatte cin Stemmeisen in der Hand und schien an einem offenen Kamin in der Lobby zu arbeiten. Er nickte mir zu, doch ich reagierte nicht. Schließlich war mir zu Ohren gekommen, was er seiner Frau angetan hatte. Daniel gegenüber mochte er ja freundlich gewesen sein, aber mit einem Mann, der seine Frau schlug, wollte ich nichts zu tun haben. Den Blick geradeaus gerichtet ging ich an ihm vorbei.

Als ich auf die Straße trat, rief eine männliche Stimme: »Warten Sie!«

Ich drehte mich um und sah Lons Assistenten auf mich zulaufen. »Kommen Sie zurück, Miss Ray!«, rief er. »Sie können nicht einfach so davonlaufen. Mr. Edwards hat ein Vermögen für Ihre Kleider ausgegeben.«

Ich beachtete ihn nicht. Mit klopfendem Herzen rannte ich die Straße entlang, bis ich in eine Gasse schlüpfen konnte. Atemlos duckte ich mich hinter einen Stapel Bauholz. Eine Ratte huschte im Schatten vorbei. *O Gott, wo soll ich nur hin? Zurück zu Caroline? Nein, das kann ich ihr nicht antun. Aber wohin sonst?* Es wurde bereits dunkel. Ich konnte nicht auf der Straße bleiben, wo ich eine leichte Beute war für die Männer, die aus den Kneipen kamen. Ich vergrub mein Gesicht in den Händen. *Charles.* Ich schob den Gedanken beiseite. Zu viele Jahre waren vergangen. Wahrscheinlich erinnerte er sich kaum noch an mich. *Er weiß nichts von Daniel, was wird er dazu sagen, wenn er erfährt, dass ich ihn all die Jahre vor ihm geheim gehalten habe?*

Ich schüttelte den Kopf. *Charles hat mich einmal geliebt. Er wird mich nicht fortschicken. Aber wird er mich überhaupt noch erkennen? Die Frau, die ich geworden bin?* Ich betrachtete meine Hände, die rissig und gerötet waren von der Arbeit im Hotel. Ich war nicht mehr die junge Frau mit den leuchtenden Augen, die er vor vier Jahren gekannt hatte. Aber vielleicht würde er darüber hinwegsehen.

Mit einem Seufzer stand ich auf und ging zurück zur Straße. Ein Lieferwagen kam näher, und ich hob die Hand. Der Wagen hielt an. »Fahren Sie vielleicht nach Windermere?«

Der Fahrer, ein älterer, freundlicher Mann, lächelte mich an, als hätte er Mitleid mit mir. »Nein«, erwiderte er. »Aber ich kann gern einen Umweg machen. Es liegt nicht weit ab von meiner Strecke.«

Ich warf einen Blick auf den Beifahrersitz, der vollgestellt war mit Schachteln und Kisten. »Sie müssen leider mit der Ladefläche vorliebnehmen«, sagte er.

Ich nickte und ging um den Wagen herum. Ich kletterte auf die Ladefläche und schob eine Kiste weg, um Platz zu haben. Als der Wagen losfuhr, tröstete mich der Gedanke an Charles.

»So, da wären wir«, rief der Fahrer und hielt an der Abzweigung, die nach Windermere führte. Er tippte zum Abschied an seine Mütze. »Ich hoffe, Sie finden, was Sie suchen, Miss.«

»Ich auch«, erwiderte ich. »Danke fürs Mitnehmen.«

Es gab nur wenige Straßenlaternen, und meine Augen waren müde. Nach einer Weile gelangte ich zum Anwesen der Kensingtons. Ich beschleunigte meine Schritte, lief durch das Tor und am Springbrunnen vorbei. Ich schaute am Haus hoch und musste an den Tag denken, als Charles mich hierhergebracht hatte. Er war so stolz auf mich gewesen. Er hatte mich geliebt. *Wie wäre es wohl gekommen, wenn ich geblieben wäre und Josephines Warnungen in den Wind geschlagen hätte. Daniel könnte …*

Ich zuckte zusammen, als über mir etwas raschelte. Ein Vogel flatterte in Richtung See. Ich fasste mir ein Herz und trat an die Haustür. In den Amphoren links und rechts prangten frisch gepflanzte Veilchen. Ich klopfte zaghaft an und wartete. Dann klopfte ich noch einmal, diesmal etwas lauter. Schritte näherten sich. Die Tür öffnete sich quietschend, und vor mir stand Charles, so wie ich ihn in Erinnerung hatte. Das warmherzige Lächeln. Die freundlichen Augen.

»Vera?«, rief er entgeistert aus. »Ich … Ich … Josephine hat gesagt, dass du …«

»Hallo, Charles«, sagte ich leise. Ich streckte die Hand aus und streichelte seine Wange. »Du hast mir so gefehlt.«

Ich wünschte, ich hätte mir die Zeit genommen, mir wenigstens die Haare zu bürsten. Oder mir Gwens Lippenstift auszuleihen. Aber wie ich aussah, hatte jetzt keinerlei Bedeutung. Das Einzige, was zählte, war Daniel.

»Charles«, fuhr ich fort, »verzeih mir, dass ich einfach hier so hereinplatze, und dass …«

»Nein«, sagte er mit einem freundlichen Lächeln. »Du brauchst dich nicht zu entschuldigen. Kann ich dir helfen?«

Sein Blick fiel auf meinen linken Fuß, ohne Schuh, und die Zehen ragten aus dem Strumpf. »Bist du in Schwierigkeiten?«

»Ja«, erwiderte ich. Es gelang mir nicht, meine Verzweiflung zu verbergen. »Ich weiß, es wird dich schockieren. Ich hätte es dir schon lange sagen sollen.«

Hinter Charles waren Frauenstimmen zu hören, und einen Augenblick später erschienen Josephine und eine blonde Frau, die ich nicht kannte, neben Charles in der Tür. Die Blondine hakte sich bei Charles unter. An ihrer linken Hand funkelte ein Ring mit einem Diamanten. »Charlie, Liebling, wer ist das?«

Ich trat einen Schritt zurück

»Da bist du also wieder«, sagte Josephine. »Ich hab's gewusst.« Sie wandte sich an Charles. »Sie will Geld, oder?«

»Josephine, halt dich zurück!«, fauchte Charles. »Sie ist hier, weil sie Hilfe braucht.« Er wandte sich mir wieder zu und sah mich mitfühlend an. »Was ist passiert, Vera?«

»Die erzählt dir sonst was, um zu kriegen, was sie will«, beharrte Josephine. »Dein Geld.«

Ich schüttelte den Kopf. »Nein, bitte! Ich bin hier, weil etwas Schreckliches passiert ist. Mein kleiner Sohn ist verschwunden.«

Charles fiel die Kinnlade herunter.

Josephine hob abwehrend eine Hand. »Hör dir das Geschwätz nicht an!«, sagte sie. »Sie hatte dich nie verdient. Mutter hat sie im Hotel am Arm von Lon Edwards gesehen.«

Lons Ruf war alles andere als gut, und ich konnte meine Verbindung zu ihm nicht leugnen. Ich senkte den Blick. »Das stimmt«, sagte ich, »aber …«

»Das war's dann wohl, Miss Ray«, sagte Josephine und wollte die Tür zuschlagen, aber Charles hinderte sie daran.

»Josephine«, sagte er. »Es reicht!« Dann sagte er lächelnd zu der anderen Frau: »Elaine, würdest du mich bitte einen Moment entschuldigen? Ich würde gern mit Miss Ray unter vier Augen sprechen.«

Die Frau wich zurück, sie wirkte gekränkt. »Wenn's unbedingt sein muss«, sagte sie. »Aber mach es kurz, Liebling. Das Abendessen wird kalt.«

Charles kam aus dem Haus und zeigte auf die steinerne Bank zu unserer Linken. »Wollen wir uns setzen?«

Ich nickte, und wir nahmen nebeneinander Platz. Er rang nervös die Hände, als unsere Blicke sich trafen. »Mein Gott, Vera«, sagte er. »Ich habe nicht geglaubt, dass ich dich jemals wiedersehen würde.«

Ich schaute weg. Ich konnte es nicht ertragen, in die Augen zu sehen, die ich so geliebt hatte und immer noch liebte.

»Du hast mir das Herz gebrochen«, sagte er, schaute zum Haus, dann wieder mich an. »Ich wollte mit dir alt werden.«

Seine Worte versetzten mir einen Stich. »Ach, Charles«, erwiderte ich und sah ihn an. »Es war ein großer Fehler, einfach so wegzulaufen. Aber bitte glaube mir, ich habe es nur getan, weil ich dich so geliebt habe!«

Er legte die Stirn in Falten. »Das verstehe ich nicht.«

»Josephine«, fuhr ich fort, »hat mir damit gedroht, dass deine Eltern dich enterben würden.«

Charles schüttelte den Kopf. »Und wenn schon?« Er seufzte und vergrub das Gesicht in den Händen. »Hast du wirklich geglaubt, mir wäre Geld wichtiger als Liebe?«

»Nein … Nein«, stammelte ich. »Aber ich wollte nicht, dass du meinetwegen all das …« – ich ließ den Blick über das ausgedehnte Grundstück schweifen – »dass du all das hier verlierst.«

Er sah in die Ferne. »Ich wünschte, du hättest diese Entscheidung mir überlassen.«

Ich legte ihm die Hand auf den Unterarm, aber er erstarrte und zog den Arm weg. »Ich bin inzwischen verheiratet, Vera«, sagte er. »Meine Frau heißt Elaine. Sie ist eine gute

Frau. Wir erwarten unser erstes Kind. Wir haben es gerade erst erfahren.«

Die Worte hingen wie ein Hohn in der Nachtluft. »Ja«, sagte ich. »Ja, natürlich.« Ich stand auf. »Es war dumm von mir herzukommen.«

Charles stand ebenfalls auf. »Vera, warte! Bist du in Not geraten? Wenn du ein Dach über dem Kopf brauchst, werde ich Greta bitten, ein Zimmer für dich herzurichten.«

Ich schüttelte den Kopf. »Nein, nein.« *Was soll Elaine denken? Er ist gerade dabei, eine Familie zu gründen, eine richtige Familie, mit einer richtigen Ehefrau. Wie kann ich ihm jetzt von Daniel erzählen?* »Meine Anwesenheit würde hier nur Unfrieden stiften«, sagte ich. »Ich komme schon zurecht.«

Charles machte einen Schritt auf mich zu. »Bist du sicher?«

In seinen Augen sah ich seine Gefühle, seine Sehnsucht. Er zog mich an wie ein Magnet. Am liebsten hätte ich Trost in seinen Armen gesucht, ihm von unserem Sohn erzählt und ihn gebeten, mir bei der Suche nach ihm zu helfen.

Ich wollte gerade etwas sagen, als die Tür geöffnet wurde. Elaine kam heraus, die Arme vor der Brust verschränkt. »Charles, Liebling«, sagte sie mit säuerlicher Miene. »Das Essen steht auf dem Tisch. Deine Suppe wird kalt.«

»Leb wohl, Charles«, sagte ich und wandte mich zum Gehen.

»Vera, warte, ich …«

»Leb wohl«, sagte ich noch einmal und verschwand in der Dunkelheit. Als ich mich umdrehte, weil es mir das Herz zerriss, sah ich, wie Elaine sich besitzergreifend bei ihm unterhakte. Er küsste sie auf die Wange wie ein Gentleman und begleitete sie ins Haus.

Ich wischte mir mit dem Ärmel eine Träne ab. Der Mond stand am Himmel, ein schweigender Augenzeuge, der jetzt noch heller schien. *Wo soll ich hin? Was soll ich tun?* Ich stolperte den Weg entlang, den Blick auf den See gerichtet. Die Grillen zirpten, und kleine Wellen plätscherten gegen das sumpfige Ufer. Ich musste daran denken, was Charles über die Seerosen gesagt hatte, dass sie etwas Besonderes wären, nicht von dieser Welt. Ich sehnte mich danach, sie noch einmal zu sehen, zuzuschauen, wie sie im Mondlicht schaukelten. Daniel hätten sie auch gefallen. Genauso wie Charles als kleiner Junge hätte er seine Hand über die Wasseroberfläche gleiten lassen und die Blütenblätter zärtlich berührt. Er hätte ihre Schönheit bewundert, genauso wie es sein Vater getan hatte.

Schweren Herzens machte ich mich auf zum See.

18

Claire

Ich nahm die Unterlagen aus der Aktentasche. Sie rochen wie die Kammer hinter Lillians Bibliothek: nach Zigarrenrauch, Moder und altem Leder. Auf der ersten Seite stand die offizielle Erklärung, dass Edward Sharpe, Lillians Vater, im Prozess um den Mord an Vera Ray den Angeklagten Sven W. Ivanoff verteidigt hatte. Auf den folgenden Seiten fanden sich diverse Anträge in einem juristischen Fachchinesisch, das ich nicht verstand.

Ich blätterte weiter und fand schließlich, wonach ich suchte: die transkribierte Fassung von Mr. Ivanoffs eidlicher Aussage. Der Gedanke daran, was diese vergilbten, maschinengeschriebenen Seiten möglicherweise offenbarten, ließ mich erschaudern. Ein Schuldeingeständnis? Die entsetzlichen Einzelheiten von Vera Rays Tod?

Ich begann zu lesen:

E. R. SHARPE: Mr. Ivanoff, bitte nennen Sie uns für das Protokoll Ihren Namen und Ihre Adresse.

S. W. IVANOFF: Sven W. Ivanoff, Fifth Avenue Nr. 4395.

SHARPE: Sie haben sich für nicht schuldig bekannt am Mord von Miss Vera Ray. Ist das richtig?

IVANOFF: Ja, Sir.

SHARPE: Bitte erklären Sie uns, wie Sie Miss Ray kennengelernt haben.
IVANOFF: Ich kenne sie seit ungefähr vier Jahren.
Sharp: Wann genau haben Sie sie kennengelernt?
IVANOFF: Wir haben im selben Haus gewohnt. Sie wohnte einen Stock unter mir. Aber dort haben wir uns nicht das erste Mal gesehen. Ich war mit meinem Lieferwagen unterwegs von Windermere, wo ich in einem Haus gearbeitet hatte. Sie ging am Straßenrand. Es sah aus, als bräuchte sie Hilfe.
SHARPE: Und was haben Sie getan?
IVANOFF: Ich habe angehalten und sie gefragt, ob ich sie mitnehmen soll. Sie hat mich gebeten, sie nach Hause zu ihrer Wohnung in Seattle zu bringen. Erst dort ist mir aufgefallen, dass wir im selben Haus wohnten.
SHARPE: Mr. Ivanoff, die Staatsanwaltschaft stellt Miss Ray als eine Frau von zweifelhaftem Lebenswandel dar – gar als Prostituierte. Hatten Sie einen Grund anzunehmen, dass das auf Miss Ray zutraf?
IVANOFF: Nein, Sir. Sie war eine anständige Frau. Ein guter Mensch. Sie hat alles getan, um über die Runden zu kommen, wie die meisten von uns.
SHARPE: Und als Sie sie nach Hause gebracht haben, ist da etwas Unziemliches vorgefallen? Anders ausgedrückt: Sind Sie intim geworden?
IVANOFF: Nein, Sir. Ich bin verheiratet, Sir.
SHARPE: Worüber haben Sie auf der Fahrt nach Seattle geredet?
IVANOFF: Sie hat mir erzählt, dass sie eine sehr schwere Entscheidung treffen musste. Hörte sich nach Liebeskummer an. Ich habe aber nicht nachgefragt. Sie war nicht

sehr gesprächig. Allerdings hat sie etwas über eine sehr unfreundliche Dame in dem Haus gesagt, wo sie gewesen war. Wir waren uns einig, dass reiche Leute ausgesprochen grausam sein können.

SHARPE: Sie hatten also den Eindruck, dass sie bei ihrem Besuch in Windermere von jemandem unfreundlich behandelt worden war?

IVANOFF: Ja, Sir. Sie war ziemlich erschüttert. Man sah ihr an, dass sie geweint hatte. Sie hat mir leidgetan.

SHARPE: Gut. Sie haben sie also zu Hause abgesetzt, und das war's?

IVANOFF: Ja, Sir. Danach habe ich sie nur hin und wieder gesehen und immer nur flüchtig gegrüßt. Aber einmal habe ich ihren Kachelofen repariert.

SHARPE: Warum haben Sie ihr geholfen?

IVANOFF: Ihr Vermieter war ein übler Kerl. Der hat seine Mieter die Reparaturen selbst bezahlen lassen. Ich habe so vielen Leuten geholfen, wie ich konnte. Bei einem Sturm ist ein Ast vom Kirschbaum abgebrochen und hat bei einer alten Dame ein Fenster eingeschlagen. Sie konnte es sich nicht leisten, eine neue Scheibe einsetzen zu lassen. Ich hatte ein Stück Sperrholz auf meinem Lieferwagen, das habe ich vor das Fenster genagelt. In der Wohnung war es so kalt wie in einem Kühlschrank.

SHARPE: Das hört sich an, als wären Sie so etwas wie der inoffizielle Hausmeister.

IVANOFF: Das kann man so sagen. Irgendwer muss diesen armen Leuten ja helfen. Und das tue ich, so gut ich kann.

SHARPE: Und als sie Miss Rays Kachelofen repariert haben, hat sie da irgendwelche Annäherungsversuche gemacht?

IVANOFF: Um Himmels willen, nein. Wie gesagt, sie war eine anständige Frau. Außerdem hatte sie zu dem Zeitpunkt gerade ein Kind zur Welt gebracht. Zuerst war ich überrascht, ich wusste ja nicht einmal, dass sie schwanger gewesen war. Sie war so eine zarte Person. Man konnte sich kaum vorstellen, dass sie ein Kind zur Welt bringen könnte. Außerdem habe ich nie einen Mann in der Nähe ihrer Wohnung gesehen. Aber das ging mich ja nichts an. Ich habe keine Fragen gestellt. Sie war ganz verrückt nach ihrem Sohn. Hat sich liebevoll um den Kleinen gekümmert, während ich an dem Kachelofen gearbeitet habe.

SHARPE: Hat sie Ihnen den Namen des Jungen genannt?

IVANOFF: Ja, natürlich, Sir. Daniel.

SHARPE: Und haben Sie für Ihre Arbeit Geld von ihr bekommen?

IVANOFF: Nein, Sir. Sie wollte mir ihre letzten Pennys geben, aber ich habe sie nicht angenommen. Dann hat sie mir ein halbes Brot angeboten. Das war sehr freundlich, denn meine Frau war krank und konnte schon seit Wochen kein Brot mehr backen.

SHARPE: Können wir jetzt vielleicht etwas in Bezug auf Ihre Vergangenheit klären? Sie wurden vor einiger Zeit festgenommen wegen des Verdachts, dass Sie Ihre Frau im betrunkenen Zustand geschlagen hätten. Würden Sie uns bitte erklären, was geschehen war?

IVANOFF: Es ist richtig, dass ich mehr trinke, als ich sollte. Aber ich würde nie die Hand gegen meine Frau erheben, und auch gegen keine andere Frau.

SHARPE: Und was ist in jener Nacht passiert, als Ihre Frau verletzt wurde?

IVANOFF: Ich war in der Kneipe unter unserer Wohnung.

Ich hatte einen langen Arbeitstag hinter mir. Ich hatte schon mehr Bier getrunken, als gut war für mich. Irgendwann ist meine Frau gekommen, um mich nach Hause zu holen. Einem der Männer am Tresen gefiel es nicht, dass eine Frau in der Kneipe auftauchte. Er hat sie fürchterlich beschimpft.

SHARPE: Auf welche Weise hat er sie beschimpft?

IVANOFF: Er hat sie eine dreckige Russin genannt. Hat auf ihre Finger gezeigt und gesagt, sie wären fett, so fett wie Piroggen. Da hat sie angefangen zu weinen. Ich konnte nicht zulassen, dass er so über meine Frau redete. Also bin ich aufgestanden, um ihm meine Meinung zu sagen. Daraufhin hat er mir einen Kinnhaken versetzt. An dem Abend habe ich einen Zahn verloren.

SHARPE: Würden Sie bitte aufstehen und dem Gericht zeigen, welchen Zahn?

IVANOFF: Natürlich. Der hier, er ist rausgefallen, und ich konnte ihn nicht mehr finden.

SHARPE: Mr. Ivanoff, würden Sie bitte erklären, was Ihrer Frau an jenem Abend zugestoßen ist? Warum wurde sie ins Krankenhaus gebracht?.

IVANOFF: Sie hat versucht, die Prügelei zu schlichten, und dieser Scheißkerl hat sie geschlagen. Er hat sie übel zugerichtet.

SHARPE: Sie haben also Ihre Frau nicht geschlagen?

IVANOFF: Nein, Sir. Als die Polizei in der Kneipe eintraf, hat irgendjemand behauptet, ich wäre es gewesen. Wahrscheinlich dachten sie, es wäre besser, einen Immigranten festzunehmen. Sie haben mich dann aufs Revier mitgenommen. Es war alles ein Irrtum.

SHARPE: Soweit ich weiß, ist Ihre Frau am nächsten Tag

aufs Revier gegangen und hat Ihre Freilassung beantragt. Warum hat man nicht auf sie gehört?

IVANOFF: Die sind alle korrupt, glauben Sie mir. Sperren einen Unschuldigen ein und wollen sich nichts sagen lassen. Die haben meinen Ruf ruiniert. In Russland sind die Menschen ehrlich.

SHARPE: Für das Protokoll habe ich hier eine unterschriebene Aussage von Mrs. Arianna Ivanoff, dass ihr Mann Sven Ivanoff ihr am Abend des 7. Mai 1933 nichts angetan hat. Aber lassen Sie uns jetzt darüber sprechen, was in der Nacht von Miss Rays Tod geschehen ist.

IVANOFF: Na ja, ich wusste, dass sie in finanziellen Schwierigkeiten war und ihre Miete nicht bezahlen konnte. Ich hatte gehört, dass ihr Sohn verschwunden war. Es hat mir das Herz gebrochen. Er war ein braver kleiner Junge, hat mich an meinen eigenen Sohn erinnert.

SHARPE: Mr. Ivanoff, hatten Sie irgendetwas mit dem Verschwinden von Daniel Ray zu tun?

IVANOFF: Nein, Sir.

SHARPE: Bitte schildern Sie Ihre Begegnungen mit Miss Ray in der Woche vor ihrem Tod.

IVANOFF: Also, ich erinnere mich, dass ich an dem Tag des Schneesturms in der Kneipe war. Ich habe gesehen, wie sie nach der Arbeit nach Hause gekommen ist, wie üblich. Kurz danach kam sie die Treppe runtergerannt und rief nach ihrem Sohn. Ich wusste sofort, dass irgendetwas Schreckliches passiert war.

SHARPE: Haben Sie versucht, ihr zu helfen?

IVANOFF: Ja, Sir. Ich bin auf die Straße rausgegangen, aber sie war schon weg.

SHARPE: Wann haben Sie sie das nächste Mal gesehen?

IVANOFF: Ungefähr eine Woche später. Der Schnee war schon geschmolzen, daran erinnere ich mich. Ich hatte einen Auftrag im Hotel Olympic. Da hab ich sie gesehen. Sie war elegant gekleidet, hatte sich eingehakt bei einem reichen Mann. Zuerst habe ich sie gar nicht erkannt. Als sie mich bemerkt hat, hat sie weggeschaut. Ich glaube, sie hat sich geschämt.

SHARPE: Warum glauben Sie, dass sie sich geschämt hat? Was hat sie Ihrer Meinung nach dort gemacht?

IVANOFF: Wir alle tun Dinge für diejenigen, die wir lieben. Ich konnte es ihr nicht verübeln, dass sie versucht hat, Hilfe zu finden bei einem Mann mit Einfluss. Sie hat schließlich nach ihrem Sohn gesucht.

SHARPE: Die Staatsanwaltschaft hat Miss Ray als gewöhnliche Prostituierte bezeichnet, eine Frau von zweifelhafter Moral, die ihren Sohn vernachlässigt hat, um als Hure nebenbei Geld zu verdienen. Die Staatsanwaltschaft unterstellt Ihnen ebenfalls, Miss Ray für solche Dienste bezahlt zu haben und verantwortlich für ihren Tod zu sein. Was sagen Sie zu diesen Beschuldigungen?

IVANOFF: Das ist absurd, völlig absurd. Miss Ray war keine schlechte Mutter und auch keine Prostituierte. Sie hat ihren Sohn genauso geliebt, wie meine Arianna unseren Sohn geliebt hat. Miss Ray hat sich für ihr Kind aufgeopfert, daran besteht kein Zweifel. Und eins kann ich Ihnen sagen, Sir: Eine Hure war sie nicht.

SHARPE: Woher wollen Sie das wissen?

IVANOFF: Ich habe es in ihren Augen gesehen, als sie mit diesem Mann in dem Hotel war. Sie wollte gar nicht bei ihm sein. Das hat man gesehen. Sie sah so traurig aus, so verloren. Ich wünschte, ich hätte ihr helfen können!

SHARPE: Wir wollen jetzt zu dem Abend kommen, an dem sie ermordet wurde.
IVANOFF: Ich hatte meine Arbeit im Hotel beendet und war dabei, mein Werkzeug auf den Lieferwagen zu laden, als sie aus dem Hotel gerannt kam. Sie sah ziemlich mitgenommen aus. Ihr Kleid war zerrissen. Ihr Haar war nicht frisiert wie sonst. Sie weinte. Es war, als würde sie vor jemand davonlaufen. Ich habe versucht, sie auf mich aufmerksam zu machen, aber sie ist an mir vorbeigelaufen. Ich habe meine Ladung gesichert und bin dann die Fourth Avenue runtergefahren. Da habe ich gesehen, wie sie auf die Ladefläche eines Lieferwagens geklettert ist. Sie saß zwischen lauter Lebensmittelkisten. Ich bin dem Wagen gefolgt, weil ich sichergehen wollte, dass alles in Ordnung war. Der Fahrer ließ sie genau an der Abzweigung nach Windermere aussteigen, wo ich sie vor Jahren das erste Mal gesehen hatte. Ich bin rechts rangefahren, habe mich aber im Hintergrund gehalten und dort eine Weile gewartet.
SHARPE: Wie lange etwa?
IVANOFF: Mindestens zwanzig Minuten. Ich dachte, sie würde vielleicht wieder zurückkommen, und dann hätte sie mit mir zurückfahren können. Ich wollte ihr irgendwie helfen. Meine Frau hätte ihr ein warmes Essen machen und ihr das Sofa zum Schlafen herrichten können.
SHARPE: Sie haben sich also Sorgen um ihre Sicherheit gemacht?
IVANOFF: Ja, Sir. Und als sie nach zwanzig Minuten noch nicht wieder zurückgekommen war, habe ich ohne lange nachzudenken beschlossen, nach dem Rechten zu sehen. Ich hatte das Gefühl, dass sie in Gefahr war.

SHARPE: Sie haben also Ihren Wagen stehen lassen und sind zu Fuß die Straße entlanggegangen, die zum Anwesen der Kensingtons führte?

Ich traute meinen Augen nicht. Mein Gott! Kensington?

IVANOFF: Richtig, Sir. Ich bin die Kiesauffahrt entlanggegangen, vorbei an dem Springbrunnen und der Buchsbaumhecke, und habe durchs Fenster ins Haus gespäht. Ich konnte nichts sehen, daher bin ich ums Haus herumgegangen zum Rasen hinter dem Haus. Es war das prächtigste Haus, das ich in meinem Leben gesehen hatte. Ich konnte überhaupt nicht verstehen, was Vera dort zu suchen hatte.
SHARPE: Was haben Sie gesehen, als Sie zu dem Rasen kamen?
IVANOFF: Zuerst nichts. Nur einen riesigen Rasen, der bis an den Lake Washington reichte. Die Sonne war schon untergegangen, es dämmerte. Ich war schon drauf und dran, wieder umzukehren, als ich etwas hörte.
SHARPE: Und was war das?
IVANOFF: Zuerst dachte ich, das Geräusch käme von einem Tier. Es war ein hoher Ton, sehr schrill. Aber dann habe ich es wieder gehört, und ich wusste, was es war. Eine Frau rief um Hilfe. Es hörte sich an, als hätte sie fürchterliche Angst oder als wäre sie verletzt.
SHARPE: Was haben Sie dann getan?
IVANOFF: Ich habe versucht herausfinden, woher die Hilferufe kamen. Dann hat sich am Bootssteg etwas bewegt. Zuerst war es nur ein Schatten. Ich habe mich hinter einem Baum versteckt, und da habe ich sie gesehen.

SHARPE: Miss Ray?
IVANOFF: Nein, eine andere Frau. Sie ist vom See weg Richtung Haus gerannt.
SHARPE: Konnten Sie sie erkennen?
IVANOFF: Ihr Gesicht nicht, aber sie hatte dunkles Haar. Und ich glaube, sie war ziemlich groß.
SHARPE: Und ist sie ins Haus gegangen?
IVANOFF: Ja, Sir. Es war sehr merkwürdig. Jemand rief um Hilfe unten am See, die Frau ging weg. Ich bin zum Ufer gerannt, aber dann hörten die Hilferufe plötzlich auf. Ich, ich …
SHARPE: Mr. Ivanoff, alles in Ordnung? Können wir fortfahren?
IVANOFF: Ja … Ja, Sir … ich denke schon.
SHARPE: Was haben Sie denn gesehen, als Sie am See ankamen?
IVANOFF: Gott, es war schrecklich. Ich bin zum Bootssteg gerannt, und da hab ich sie gesehen, sie lag im Wasser. Sie hatte einen Schuh verloren.
SHARPE: Sie haben Miss Ray im Wasser liegen sehen?
IVANOFF: Ja, Sir. Sie trieb im Wasser neben einem kleinen Ruderboot, das dabei war zu sinken. Es muss ein Leck gehabt haben. Ich habe versucht, sie vom Steg aus zu erreichen. Aber sie war schon zu weit weg. Ich wäre hinter ihr her geschwommen, aber ich kann nicht schwimmen, und außerdem hatte ich das Gefühl, dass es zu spät war. Ihr Gesicht war unter Wasser, die Augen waren offen. Es war das Entsetzlichste, was ich je in meinem Leben gesehen habe.
SHARPE: Was haben Sie dann getan?
IVANOFF: Ich konnte den Gedanken nicht ertragen, sie

dort allein zu lassen, in der Kälte. Aber ich wusste auch, dass ich wegen meiner Vorstrafe schlechte Karten haben würde. Bei der Polizei würden sie mit dem Finger auf mich zeigen. Einem russischen Immigranten würden die nie glauben. Sie würden mir das Verbrechen anhängen, so wie sie es schon einmal getan hatten. Das Risiko wollte ich nicht eingehen.

SHARPE: Also haben Sie sich entfernt.

IVANOFF: Ja. Sie sah so friedlich aus, da zwischen den Seerosen. Außerdem war ihre Seele jetzt an einem besseren Ort, da bin ich mir sicher.

SHARPE: Und dann?

IVANOFF: Ich bin über den Rasen zurückgegangen. Ich wollte nicht gesehen werden. Wenn reiche Leute so einen wie mich sehen, denken die sofort das Schlimmste. Aber dann habe ich Geräusche aus dem Haus gehört.

SHARPE: Was haben Sie gehört?

IVANOFF: Eine Frau hat hysterisch geweint, und ein Mann schrie sie an.

SHARPE: Konnten Sie hören, was gesprochen wurde?

IVANOFF: Nein, aber ich habe mich hinter einer Hecke versteckt und gesehen, wie der Mann zum See gerannt ist.

SHARPE: Mr. Ivanoff, kennen Sie den Namen des Mannes, den Sie gesehen haben?

IVANOFF: Nein, Sir. Aber wenn Sie mich fragen, hat er Miss Ray geliebt. Er ist auf dem Bootssteg auf die Knie gesunken und hat geweint. Er hat sein Hemd ausgezogen und war drauf und dran, ins Wasser zu springen, aber die Frau kam angerannt und hat ihn festgehalten.

SHARPE: Und dann sind Sie zu Ihrem Wagen zurückgegangen?

IVANOFF: Ja, Sir. Auf dem Weg kam ich am Haus vorbei. Es war ein milder Abend. Die Fenster im ersten Stock standen offen. Ich habe ein Kind im Haus gehört. Einen Jungen. Er hat geweint.
SHARPE: Dachten Sie, es könnte sich um Miss Rays Sohn handeln?
IVANOFF: Ja. Und als ich wieder in der Stadt war, habe ich bei der Polizei angerufen. Ich habe denen gesagt, dass auf dem Anwesen in Windermere ein Verbrechen geschehen ist, und dass ich das Gefühl hätte, dass der verschwundene Sohn von Vera Ray dort sein könnte.
SHARPE: Mr. Ivanoff, was hat der Polizist auf dem Revier Ihnen geantwortet?
IVANOFF: Er hat gesagt, sie würden meinem Hinweis nicht nachgehen.
SHARPE: Warum nicht?
IVANOFF: Er sagte, dass die Kensingtons zu den angesehensten Bürgern der Stadt gehören.
SHARPE: Im Protokoll soll festgehalten werden, dass wir im Besitz eines Dokuments des Polizeireviers sind, das beweist, dass Mr. Ivanoff bei der Polizei angerufen hat, um ein Verbrechen zu melden. Mr. Ivanoff, was glauben Sie, was in jener Nacht Miss Ray tatsächlich zugestoßen ist?
IVANOFF: Ich glaube, dass sie zu dem Haus gefahren ist und um Hilfe gebeten hat. Aber dann ist irgendwas schiefgelaufen. Diese Frau, wer auch immer sie war, hat sie in das Boot geschafft, von dem sie wusste, dass es ein Leck hatte. Als sie Miss Ray hätte retten können, hat sie es nicht getan. Ich hoffe, dass sie für das, was sie getan hat, bezahlen wird.

SHARPE: Danke, Mr. Ivanoff. Ich habe keine weiteren Fragen.

Nachdem ich das Protokoll zu Ende gelesen hatte, war mir schwer ums Herz. Die Geschichte nahm Konturen an. Die Familie meines Ehemanns war in eins der tragischsten Verbrechen in Seattles Geschichte verwickelt und hatte es vertuscht. Kein Wunder, dass Edward Sharpe seine Akten so lange verborgen gehalten hatte. Mr. Ivanoff hatte die Geschehnisse in allen erschreckenden Einzelheiten geschildert.

Ich blätterte weiter durch den Stapel Unterlagen, bis ich die Aussage des Gerichtsmediziners über Veras persönliche Gegenstände entdeckte:

Bei Miss Ray gefunden: eine Haarklammer, ein Hotelschlüssel, ein Armband. Alles übergeben an Mr. Charles Kensington am 13. Juni 1933.

Daniels Vater war ein – Kensington.

In einer halben Stunde war ich mit Ethan zum Abendessen verabredet. *Kann ich es ihm sagen?* Mir fiel wieder der Einbruch in Lillians Haus ein. Hastig verstaute ich die Unterlagen wieder in der Aktentasche und schob sie unter meinen Schreibtisch. Dort war sie sicher aufgehoben.

Ethan bestellte einen Merlot, Jahrgang 2001, von seinem Lieblings-Weingut. »Was gibt's für einen Anlass?«, fragte ich, weil es das Jahr war, in dem wir geheiratet hatten.

»Dass wir heute hier zusammensitzen, ist schon Anlass genug«, sagte er lächelnd.

»Stimmt«, erwiderte ich und trank einen Schluck.

»Hey.« Er hob sein Glas. »Du hast vergessen, mit mir anzustoßen. Das bringt Pech.«

Ich stieß mit ihm an. »So. Und in die Augen gucken dabei. Sonst …«

Er lächelte. »Wie geht es dir?«

Genau genommen war das eine merkwürdige Frage eines Ehemanns an seine Frau, aber wir waren einander so fremd geworden, dass sie durchaus berechtigt war.

»Na ja, es ging mir schon mal besser«, sagte ich. Anstatt ihm in die Augen zu sehen, studierte ich die Speisekarte. Das war sicheres Terrain.

Am liebsten hätte ich ihn nach Cassandra gefragt, aber mir fehlte der Mut. »Kannst du mir was empfehlen?«

»Das Lamm ist fantastisch«, sagte er. »Mit Orzo. Es hat eine leichte Kruste aus …«

Ich knallte die Speisekarte auf den Tisch. »Seit wann bist du ein Feinschmecker? Du warst nie ein Feinschmecker. Du warst immer stolz drauf, ein Anti-Feinschmecker zu sein.«

Ethan sah mich verdattert an.

»Tu nicht so, als wüsstest du nicht, wovon ich rede. Du verbringst so viel Zeit mit *ihr*, dass sie schon auf dich abfärbt.«

»Cassandra ist einfach nur eine Freundin, Claire. Und seit wann nimmst du es mir übel, wenn ich mein Essen genieße?«

Ich seufzte. »Tut mir leid«, sagte ich und wandte mich ab. Das Restaurant war voller Paare. Glücklicher Paare. *Warum können wir nicht auch glücklich sein?* »Ich wollte dich nicht so anfauchen.«

»Können wir noch mal von vorn anfangen?«, fragte Ethan und legte seine Speisekarte beiseite.

»Ja«, erwiderte ich. »Reset.«

»Also, über was können wir reden, das ungefährlich ist? Die Arbeit?«

Ich nickte unsicher.

Er trank einen Schluck Wein, dann lehnte er sich mit einem Seufzer zurück. »Was macht die Arbeit? Arbeitest du an irgendeiner Geschichte?«

»Na ja«, sagte ich, trank ebenfalls von meinem Wein und überlegte, ob ich das Geheimnis preisgeben sollte oder nicht. »Ich arbeite an einer Sache, die ziemlich faszinierend ist.«

»Aha?«

»Ja, über einen kleinen Jungen, der 1933 verschwunden ist, als gerade so ein Schneesturm herrschte, wie wir ihn diese Woche hatten.«

Ethan nahm ein Stück Brot und tunkte es in das Olivenöl auf dem Teller zwischen uns. »Hast du herausgefunden, was mit ihm passiert ist?«

»In gewisser Weise ja«, erwiderte ich. »Könnte sein, dass es ein Schock für dich ist, wenn ich's dir erzähle.«

»Da bin ich aber gespannt«, sagte er belustigt.

»Nun«, fuhr ich fort, »der Kleine war ein Kensington.«

Ethan hörte auf zu kauen und schluckte den Bissen hinunter. »Was meinst du damit?«

»Es ist eine lange Geschichte, aber der springende Punkt ist, dass einer deiner Vorfahren eine Affäre mit einer armen Frau hatte. Sie wurde schwanger, und drei Jahre später hat anscheinend seine Schwester das Kind entführt. Zumindest glaube ich, dass es so gelaufen ist.«

»Meine Fresse«, sagte er. »Hast du irgendwelche Namen?«

Ich nickte. »Der Vater des Jungen hieß Charles Kensington.«

Ethan schüttelte den Kopf. »Das ist nicht dein Ernst.«

»Doch«, sagte ich. »Wieso? Wer ist das?«

»Mein Gott, Claire, das ist mein Urgroßvater.«

»Es ist eine furchtbar traurige Geschichte«, fuhr ich fort. »Ich glaube, ich habe endlich die Informationen, die ich brauche, um meine Reportage zu schreiben.«

Ethan runzelte die Stirn. »Du weißt doch, dass du darüber nicht schreiben kannst.«

»Was willst du damit sagen?«

»Es würde den Ruf der Familie zerstören, und den der Zeitung. Es würde meinen Großvater umbringen.«

»Ich glaube, das siehst du falsch, Ethan«, entgegnete ich. »Ich kenne Warren. Er wird wollen, dass die Wahrheit ans Licht kommt.«

Er legte seine Serviette auf den Teller. »Nein. Wir können nicht riskieren, dass er Schaden nimmt, erst recht jetzt nicht, wo er so krank ist.«

»Tja, zum Glück bist du nicht mein Chef, Ethan.«

»Stimmt«, erwiderte er, »ich bin der Chef deines Chefs.«

Ich schnappte nach Luft. »Du würdest die Geschichte allen Ernstes abwürgen, nur weil dabei herauskommen würde, dass eure Familie Leichen im Keller hat?«

»Ja«, entgegnete er. »Genau das würde ich.«

Der Kellner kam, aber ich winkte ab. »Ich bin nicht die Einzige, die Antworten sucht. Du hättest mal sehen sollen, wie es in Lillian Sharpes Haus in Windermere aussah. Ihr Vater hatte mit dem Prozess um den Mord an der Mutter des Jungen zu tun. Irgendjemand ist bei Lillian eingebrochen und hat alles auf den Kopf gestellt auf der Suche nach den alten Akten. Früher oder später kommt die Wahrheit sowieso ans Tageslicht.«

»Aber nicht in meiner Zeitung«, sagte er, legte einen Fünfzig-Dollar-Schein auf den Tisch und nahm seine Jacke.

Ich hatte eigentlich gar nicht vorgehabt, ins Café Lavanto zu gehen. Den Taxifahrer hatte ich gebeten, mich nach Hause zu fahren, aber als wir dort ankamen, schüttelte ich den Kopf. »Nein«, sagte ich. »Ich hab's mir anders überlegt. Bringen Sie mich bitte in die Fifth Avenue.«

Ich klopfte, und Dominic öffnete die Tür des Cafés. »Was dagegen, wenn ich reinkomme?«, fragte ich.

»Bitte sehr«, erwiderte er freundlich. Im Kamin prasselte ein Feuer. Aus den Lautsprechern unter der Decke rieselte sanfte Musik. Er lächelte mich auf eine Weise an, dass ich schlucken musste. »Setz dich doch!«

Irgendetwas wirkte merkwürdig im Café. Ein paar Kartons standen neben der Tür. *Was sonst hat sich geändert? Neue Farbe an den Wänden? Neue Vorhänge?* Ich war zu konfus, um mich auf Einzelheiten konzentrieren zu können. Dominic nahm eine Flasche Wein vom Tresen und zog einen Korkenzieher aus seiner Tasche. »Wein?«

Ich zuckte die Achseln. »Klar, warum nicht?«

Er füllte zwei Gläser und reichte mir eins davon. »Auf zu neuen Ufern«, sagte er.

Ich nickte, und wir stießen an. Aber ich setzte mein Glas ab, ohne zu trinken. »Moment mal, du redest von neuen Ufern. Was meinst du damit?«

»Tja«, sagte er und sah sich im Café um, »es gibt etwas, das ich dir erzählen sollte.« Er schwieg einen Moment lang. »Ich hätte es dir schon längst sagen sollen, Claire.«

»Wieso, was denn?«

»Ich habe mich zu einer Entscheidung durchgerungen, was mein Geschäft betrifft. Das Haus hier.«

»Baust du den Raum oben in ein Loft um, wie du es immer vorgehabt hast? Bietest du demnächst Mittagessen an?«

Er schüttelte den Kopf. »Nein, Claire, ich habe beschlossen zu verkaufen.«

Mir fiel die Klappe runter. »Aber – du hast doch gesagt, das würdest du nie tun! Du hast gesagt, du hängst an dem Haus. Dass du nicht mitansehen könntest, wie es in die Hände von irgendwelchen Immobilienhaien gerät. Krieg ich irgendwas nicht richtig mit?«

»Das habe ich alles gesagt«, fuhr er fort. »Und ich habe es auch so gemeint. Aber gestern kam ein Bauunternehmer und hat mir ein Angebot gemacht, das ich unmöglich ablehnen konnte. Er versucht schon länger, mich zum Verkauf zu bewegen, und eigentlich war ich auch fest entschlossen, nicht nachzugeben, aber sein jüngstes Angebot war so großzügig, dass ich ein Idiot sein müsste, es abzulehnen. Es ist eine Summe, die mein Leben verändern wird, Claire. Ich kann meine Mutter im besten Pflegeheim der Stadt unterbringen, und ich kann mir ein Haus kaufen und« – er beugte sich vor – »eine Familie gründen.«

Ich stand auf. »Das glaub ich einfach nicht.« Mir fehlten die Worte. Ich wusste, dass er die Pflege seiner Mutter kaum bezahlen konnte, aber der Gedanke, dass mein geliebtes Haus abgerissen werden sollte, war mir unerträglich. »In diesen Wänden steckt so viel Geschichte«, stieß ich hervor. »So etwas Besonderes kann man doch nicht mit Geld aufwiegen.«

»Tut mir leid, Claire«, sagte er. »Glaub mir, die Entscheidung ist mir sehr schwergefallen. Ich wünschte, es gäbe eine andere Lösung.«

Ich schob das Glas weg.

»Claire«, sagte Dominic und versuchte ein Lächeln, »bitte sag mir, dass das nichts ändert zwischen – uns.«

Er streichelte mir sanft über die Wange. Ich schloss die Augen, als er mich an sich zog. Seine Umarmung war herzlich und aufrichtig, doch ich schob ihn weg.

»Tut mir leid, Dominic. Ich muss gehen.«

19

»Hallo, Warren, hier spricht Claire«, sagte ich, als ich ihn am nächsten Morgen anrief.

»Hallo, Liebes«, antwortete er kaum hörbar.

»Warum flüsterst du?«

»Die Krankenschwester glaubt, dass ich schlafe.«

»Und warum interessiert sie sich dafür, ob du schläfst oder nicht?«

»Sie hat gesagt, sie muss mir eine Spritze geben, wenn ich aufwache.«

»Eine Spritze.«

»Ja.«

Ein Lachen konnte ich gerade noch unterdrücken, aber nicht den Sarkasmus. »Und wie alt sind wir? Sechs?«

»Offenbar«, erwiderte er.

»Sag mal«, fuhr ich fort, »abgesehen von deiner Spritzenphobie, wie geht es dir?«

»Sehr gut, Liebes«, erwiderte er. »Ich weiß nicht, warum sie mich hierbehalten. Der Arzt meinte, ich könnte heute Nachmittag vielleicht nach Hause. Ich hoffe es jedenfalls. Und wie geht's dir?«

»Es gibt da einiges, das mich sehr beschäftigt«, antwortete ich. »Deshalb rufe ich auch an.« Ich zögerte, weil ich an

Glendas Aufforderung denken musste, Warren nicht mit meinem »Drama« zu belästigen. Eine Motte flog auf meinen Computerbildschirm und setzte sich genau auf die erste Zeile meiner Geschichte. Als ich sie verscheuchte, flatterte sie auf mich zu, wie um mich zu ärgern. Ich schlug sie weg. Glenda hin oder her, ich würde sowieso nichts über den Artikel und die Verbindung zu den Kensingtons sagen. Noch nicht. Aber nach einer Sache konnte ich mich wenigstens erkundigen. »Warren, mich würde da etwas interessieren«, setzte ich an und überlegte, wie ich die Frage formulieren sollte. *Behutsam vorgehen.* »Es geht um die Geschichte der Familie Kensington. Mir ist bewusst geworden, dass ich Ethan noch nie so recht nach seinen Vorfahren gefragt habe. Ich weiß überhaupt nichts über seine Großeltern, Onkel und Tanten. Ich würde gern mehr über Ethans Familie erfahren – also, über meine Familie.«

»Nun«, sagte Warren seufzend, »die Kensingtons sind eine der ältesten Familien Seattles. Ein ziemlich einflussreicher Clan sind wir.«

»Und kein bisschen eingebildet«, fügte ich scherzhaft hinzu.

»Claire, du bist durch und durch eine Kensington.«

Ich musste grinsen. »Wie hießen eigentlich deine Eltern? Ich glaube nicht, dass Ethan ihre Namen jemals genannt hätte.«

»Ah, ja« sagte Warren. Es schien ihm zu gefallen, in Erinnerungen zu schwelgen. »Meine Mutter hieß Elaine. Und mein Vater Charles.«

Mein Herz schlug schneller.

»Er war ein guter Mensch. Ein guter Vater.«

»Hattest du – Geschwister?«

»Eine jüngere Schwester. Keinen Bruder«, sagte er. »Oder doch einen Bruder. So etwas Ähnliches wie einen Bruder. Jedenfalls für eine Zeit lang. Tante Josephines Sohn. Die beiden haben eine Zeit lang bei uns gewohnt, bevor er gestorben ist.«

»Gestorben?«

»Ja«, sagte Warren seufzend. »Er ist von einer Leiter gefallen. Hat sich den Kopf aufgeschlagen. Auf der Auffahrt. Ich war dabei, als es passiert ist. Josephine hat mich dafür verantwortlich gemacht. Ich war ein bisschen älter als er. Sie hat behauptet, ich hätte ihn angestachelt, die Leiter hochzuklettern. Aber das stimmte nicht. Ich war viel zu ängstlich, um einen Fuß darauf zu setzen, aber er hatte vor gar nichts Angst. Er wollte sich unbedingt in einem Rotkehlchennest die Eier ansehen, und ruckzuck war er oben.«

»Und wie hieß der Junge, Warren?« Mir schlug das Herz bis zum Hals.

»Thomas«, sagte er. »Aber das war nicht sein richtiger Name. Leider weiß ich nicht mehr, wie er eigentlich hieß. Wir haben ihn immer Thomas genannt. Nachdem er gestorben war, war das alte Haus nicht mehr dasselbe. Tante Josephine hat seinen Tod nie verwunden. Kinder sollten nicht vor ihren Müttern sterben.«

»Da hast du recht«, sagte ich und schlug meinen Notizblock auf. »Wie hieß denn Josephines Mann?«

»Also«, sagte er nachdenklich, »das weiß ich gar nicht. Es hieß, er wäre gestorben.«

»Gestorben?«

»Jedenfalls war er nie da. Solange ich mich erinnern kann, waren da nur Josephine und Thomas.«

Also hat sie in ihrem Kummer Daniel entführt und ihn als ihren eigenen Sohn ausgegeben? Aber warum?

»Warren, weißt du, wo Thomas begraben ist?«

»Warum fragst du?«

»Ach, ich bin einfach nur neugierig. Ich habe schon immer was für Friedhöfe übriggehabt.«

»Bryant Park«, sagte er. »Wo alle Kensingtons begraben sind. Das ist der Friedhof auf dem Hügel an der Universität.«

Plötzlich wurde ich von Trauer überwältigt. »Den Friedhof kenne ich«, sagte ich. »Da liegt mein Kind.«

»Ach, Liebes. Wie unsensibel von mir. Natürlich. Ich …«

»Schon in Ordnung«, sagte ich, auch wenn es nicht stimmte. Ich war nicht mehr auf dem Friedhof gewesen, seit Ethan und ich zugesehen hatten, wie unser Erstgeborenes in einer kleinen – einer schrecklich kleinen – Mahagonikiste in ein Erdloch versenkt wurde. Unser Kind war der jüngste und letzte Beitrag zur Grabstätte der Kensingtons, wo Dutzende Familienmitglieder begraben lagen. Glenda hatte bereits einen Streifen von drei Meter Breite neben dem Grab unseres Kindes für Ethan und mich reservieren lassen. Es gab eine Menge, was ich an meiner Schwiegermutter nicht leiden konnte, aber ich rechnete es ihr hoch an, dass sie dafür gesorgt hatte, dass wir im Tod in jedem Fall vereint sein würden.

»Das Einzige, was ich von Thomas' Beerdigung im Gedächtnis behalten habe, sind jede Menge Erde und der kleine Sarg«, fuhr Warren fort. »Er war über und über mit Gold verziert. Ich konnte als Kind nicht verstehen, warum man so was Schönes in die Erde versenkt hat. Mein Vater musste Josephine festhalten. Sie hätte sich am liebsten mit in das Grab gestürzt, nachdem der Sarg hinabgelassen worden war. Für einen Sechsjährigen war das alles ziemlich merkwürdig.«

»Wenn du damals sechs warst, wie alt war dann Thomas?«

»Ein bisschen jünger als ich«, sagte er.

Am anderen Ende der Leitung war Geraschel zu hören und die Stimme einer Krankenschwester. »Ich mach dann mal Schluss«, sagte ich. »Ich komme dich bald besuchen. Versprochen.«

»Natürlich, Liebes. Wann immer du willst.«

Die Schlüssel von Ethans BMW lagen auf der Küchenanrichte. Ich hatte den Wagen nur selten benutzt, weil ich lieber mit dem Taxi fuhr als in einem Auto mit Schaltgetriebe. Schalten in Seattles hügeligen Straßen machte mir Angst, vor allem seit ich einmal beim Anfahren am Hang ziemlich weit rückwärts gerollt war. Ich hatte mir geschworen, keinen Meter mehr mit dem Auto zu fahren. Ethan fuhr, nicht ich – eine unausgesprochene Übereinkunft seit dem Unfall. Überhaupt verlief seit damals eine deutliche Trennungslinie zwischen meiner und seiner Welt. Aber jetzt glitzerten die Schlüssel verlockend im Morgenlicht. Die weite Fahrt mit dem Taxi würde ziemlich teuer werden, und wenn ich den Bus nahm, würde ich mehrmals umsteigen müssen. Ich konnte Busfahren nicht ausstehen. Kurzentschlossen nahm ich die Autoschlüssel vom Tisch und verstaute sie in meiner Handtasche.

Ich fuhr mit dem Aufzug in die Tiefgarage, stieg in den Wagen und legte die Handtasche auf den Beifahrersitz. Ich holte tief Luft. Ethan. Der Wagen roch nach seinem Eau de Cologne, seiner Haut und – ich hob eine alte Fritte neben dem Becherhalter auf – seiner geheimen Leidenschaft für Fast Food. Ich lächelte in mich hinein und schob die Fritte in den Plastikmülleimer hinter dem Beifahrersitz.

Mit quietschenden Reifen fuhr ich aus der Tiefgarage und bog in die Straße ein. Es gab mir das Gefühl, alles im Griff zu haben. Ich schaltete das Radio an, und es ertönte der U2-Song »With oder Without You«. Die steilen Hügel, an denen ich auf dem Weg zur Schnellstraße vorbeifuhr, nahm ich kaum wahr. Ich drehte die Lautstärke hoch und ließ mich von der Musik einlullen, bis ich die Ausfahrt nahm, die zum Friedhof führte. Am Morgen der Beerdigung meines Kindes hatte man mir Valium gegeben. Ich hatte mich schläfrig und sicher gefühlt, als wäre ich in eine flauschige Daunendecke eingehüllt, die mich wärmte und schützte.

Nachher hatte ich mir gewünscht, ich hätte die Tablette nicht genommen, sondern mich meinen Gefühlen gestellt. Ich hätte meine Trauer ausleben sollen. Es wäre wichtig gewesen zu trauern. Und als ich jetzt den Wagen durch das Friedhofstor lenkte, tat ich das ganz bewusst, spürte jede Regung meines Herzens, ließ alle schlimmen Erinnerungen, alle Trauer zu.

Ich stieg aus, zögerlich, und verschloss die Türen. Ich ließ den Blick über den grasbewachsenen Hügel wandern. Als Kinder hatten mein kleiner Bruder und ich häufig auf dem Friedhof bei uns zu Hause gespielt. Unser Vater hatte uns ermahnt, nicht zu nahe an die Grabsteine zu kommen. »Es ist respektlos, auf den Toten herumzutrampeln«, hatte er gesagt. Von da an hatte ich immer aufgepasst, wohin ich trat. Aber einmal hatte mein Bruder sich hinter einem Grabstein versteckt und war mit einem lauten »Buh!« hervorgesprungen. Vor Schreck machte ich einen Satz nach hinten und landete mit den Füßen direkt neben dem Grabstein eines kleinen Mädchens, das in den Vierzigerjahren gestorben war. Danach hatte ich fürchterliche Schuldgefühle. Mein Vater sagte zwar, es sei nicht so schlimm, weil ich ja das Grab selbst nicht gestört hatte, aber ich weinte auf dem ganzen Heimweg, zu traurig, um mit dem Rad zu fahren, sodass mein Vater es schieben musste.

Die Sonne brannte mir auf den Kopf. Ich war froh, dass es endlich wärmer wurde nach dem Schneesturm in der Woche zuvor. Ich malte mir aus, wie der Friedhof nach dem Schneefall ausgesehen hatte, mit all den eingeschneiten Grabsteinen, wie mit Zuckerguss überzogene Kuchenstücke.

In einiger Entfernung erkannte ich den Weidenbaum, unter dem unser Kind begraben lag. Ein Windstoß riss ein paar Blütenblätter von einem Magnolienstrauch. Eins davon traf mich an der Wange, und ich wischte es weg. Zitternd drehte ich mich zum Auto um. *Ich muss das nicht tun. Ich könnte einfach umkehren.* Dann dachte ich an Vera. Ihretwegen war ich hier. Für sie konnte ich stark sein. Ich setzte einen Fuß vor den anderen, ging zwischen den Gräbern hindurch, bis ich den Weidenbaum erreichte, der über die Grabstätte der Familie Kensington wachte.

Wie ein Magnet zog der Grabstein unseres Kindes meinen Blick an. Ethan hatte ihn gemeinsam mit seinen Eltern ausgewählt. Es sollte etwas Schlichtes sein. Kein Name, nur die Daten. So hatte ich es mir gewünscht. Ethan konnte nicht verstehen, warum ich nicht wissen wollte, ob es ein Junge oder ein Mädchen gewesen war. Er hatte mir Gefühlskälte vorgeworfen. Vielleicht hatte er recht. Aber ich sah keine andere Möglichkeit, nicht in meiner Trauer zu versinken. Wenn ich es nicht *wusste*, brauchte ich auch nichts zu *empfinden.* Der Trauerberater des Krankenhauses hatte uns erklärt, eine Beerdigung sei zwar nicht notwendig, aber sie könne uns die Trauerarbeit erleichtern. Ein Paar, das kürzlich Zwillinge verloren habe, so erklärte er uns, hatte die Asche ihrer Kinder unter zwei Pflaumenbäumen begraben, die sie in ihrem Garten gepflanzt hatten. Ein anderes Paar habe ihr tot geborenes Kind unter einem Rosenstrauch in ihrem Garten beerdigt. Ethan hatte auf einer regulären Beerdigung bestanden, aber für mich hatte die Zeremonie alles nur noch schlimmer gemacht. Ich war völlig aufgelöst gewesen, und eine Krankenschwester hatte kommen müssen, um mir eine Beruhigungsspritze zu geben.

Ich kniete mich neben das Grab, fuhr mit der Hand über den Grabstein und löste ein bisschen Moos vom Rand. Ich nahm Papiertaschentücher aus meiner Handtasche und wischte den Staub von dem glänzenden Granit. *Baby Kensington* stand da. Darunter: *Geboren am 3. Mai – dreizehn Minuten nach der Geburt aufgenommen in die Arme des Herrn.*

Als mir eine Träne über die Wange lief, wischte ich sie nicht weg. Niemand sah mich. Ich konnte mich meiner Trauer ganz hingeben. »Du fehlst deiner Mommy«, flüsterte ich, während der Wind durch die Weidenzweige fuhr. Ich sehnte mich danach, mein Kind in den Armen zu halten, eine weiche Wange an meiner Brust zu spüren. Ich erinnerte mich daran, wie meine Brüste angeschwollen waren von der Milch, wie sie vor Schmerz pulsierten, als ich aus dem Krankenhaus nach Hause kam. Wie grausam, hatte ich gedacht, Milch für ein Kind zu haben, das ich nie stillen würde. Ich betrachtete den Grabstein. Ich spürte den Schmerz des Verlusts in jeder Zelle meines Körpers. Ich ließ meinen Tränen freien Lauf.

Ich zuckte zusammen, als hinter mir etwas raschelte. Ich drehte mich um und sah auf dem Hügel einen älteren Mann stehen, in Arbeitskleidung mit Schmutzflecken an den Knien und einem Rechen in der Hand. *Wie lange beobachtet er mich schon?*

Er lehnte den Rechen gegen einen Baum und kam in meine Richtung. Ich hätte ihm am liebsten gesagt, er solle weggehen und mich in Ruhe lassen, aber etwas an seinem freundlichen Gesichtsausdruck hielt mich davon ab. »Ihr Kind, Miss?«, fragte er und zeigte auf den Grabstein.

Ich nickte.

»Ich heiße Murphy«, sagte er und zog eine runzlige Hand aus seinem Arbeitshandschuh. »James Murphy, ich bin der Friedhofsgärtner.«

Wir schüttelten uns die Hand. »Ich bin Claire Aldridge«, sagte ich.

»Dieses Kind muss etwas ganz Besonderes gewesen sein«, sagte er und kniete sich neben mich.

Ich antwortete nichts. *Wahrscheinlich sagt er das zu jedem.*

»Ich arbeite hier schon seit mehr als vierzig Jahren«, fuhr er fort. »Ich habe hier noch nie Brombeerranken gesehen. Der Boden ist zu fest. Aber sehen Sie mal.« Er zeigte auf einen hellgrünen Schössling hinter dem Grabstein. Die gekräuselten Blätter verbargen eine dornige Kletterpflanze mit einer einzelnen weißen Blüte, so zart, als wäre sie aus Spitze.

Ich wollte sie anfassen, zog jedoch meine Hand schnell wieder weg, weil ich einen scharfen Stich spürte. »Au!«, rief ich. Ein Blutstropfen quoll aus meinem Finger.

»Vorsicht«, sagte Murphy. »Die haben spitze Dornen.«

Ich steckte mir den blutenden Finger in den Mund.

»Wir Friedhofswärter glauben an die Legende der Brombeere«, fuhr er fort. »Kennen Sie die?«

Ich schüttelte den Kopf.

»Sie suchen bestimmte Seelen aus, die sie beschützen. Die besonderen.«

Ich bemerkte, wie die Brombeerblätter sich an den Grabstein schmiegten, als wollten sie ihn umarmen.

»Es überrascht mich, dass der frische Schössling den Schnee überlebt hat«, sagte er und berührte die winzige Blüte zärtlich mit der Fingerspitze. »Etwas Besonderes eben«, sagte er noch einmal, stand auf und klopfte sich den Dreck von den Knien. »Ich lasse Sie jetzt in Ruhe. Ich dachte nur, die Legende würde Ihnen gefallen.«

»Danke«, sagte ich und sah ihn voller Dankbarkeit an.

Ich blieb noch lange am Grab und dachte über das Kind nach, das ich nie kennenlernen würde, dessen Entwicklung ich nie erleben würde. Die ersten Schritte. Die ersten Worte. Kindergarten. Chemieversuche in der sechsten Klasse. Schaukeln im Garten und Hüpfspiele auf dem Gehweg. Zeltlager. Rechtschreibwettbewerbe. Als ich schließlich aufstand, musste ich mich einen Moment am Stamm der Weide abstützen. Ich war hierhergekommen, um Daniel zu finden und nicht um noch tiefer in meiner Trauer zu versinken. *Ich tue das für Vera.* Ich holte tief Luft und ging durch die Reihen der Grabsteine der Familie Kensington. Die meisten waren aus Marmor, mit Fialen und stilisierten Urnen verziert. Grabsteine für reiche Leute. Ruby Kensington. Elias Kensington. Merilee Kensington. Wo war Daniel? Eleanor Walsh Kensington. Louis Kensington III. Bei einem kleineren Grabstein blieb ich stehen und betrachtete ihn genauer. Oben war ein Schaukelpferd eingemeißelt. Mein Herz begann zu pochen, als ich den Text las. THOMAS KENSINGTON, SOHN VON JOSEPHINE KENSINGTON, GEB. 21. APRIL 1930, GEST. 9 JUNI 1936. Ich nahm mein Notizbuch heraus und notierte mir den Namen und die Daten.

Es passte perfekt. Josephine musste Daniel entführt haben, als er drei Jahre alt war, wenige Jahre später war er gestorben. Der kleine Daniel – oder Thomas, wie man ihn später genannt hatte – ruhte in der Erde zu meinen Füßen. Ich schüttelte den Kopf. *Nein, er ruht nicht. Nicht ohne seine Mutter.*

Ich fuhr auf direktem Weg zur Redaktion und stellte den Wagen auf dem Parkplatz neben dem Gebäude des *Herald* ab. Ich eilte zu meinem Schreibtisch, ohne ein Wort mit den Frauen der Abo-Abteilung zu wechseln, die gerade eine Zigarettenpause machten. Als der Computer hochgefahren war, öffnete ich die Datei mit dem Entwurf meiner Geschichte und fing an zu schreiben. Hin und wieder warf ich einen Blick auf die Notizen, die ich mir im Lauf der Woche gemacht hatte. Eva. Café Lavanto. Die Familie Kensington. Alte Zeitungsausschnitte. Mr. Ivanoffs Zeugenaussage. Und das Grab – der letzte Puzzlestein, der das Bild vervollständigte. Ich schrieb bis in den Nachmittag hinein, ohne Hunger zu spüren, der mich normalerweise spätestens mittags überfiel. Um zwei Uhr lehnte ich mich zurück und las noch einmal die fertige Geschichte auf meinem Bildschirm. Ich schrieb den letzten Satz, dann scrollte ich zurück zur Überschrift. »Brombeerwinter 1933: Rätsel um verschwundenen kleinen Jungen gelöst.« Ohne zu zögern setzte ich meinen Namen darunter. »Von Claire Aldridge.« Ich konnte mich nicht daran erinnern, schon einmal so stolz auf meine Kopfzeile gewesen zu sein.

Ich druckte den Artikel aus, fünf Seiten. Auch wenn Frank mich die Geschichte nicht weiter hatte verfolgen lassen, würde er sie lesen wollen. Aber zuerst ging ich zu Abby. Wortlos warf ich die Blätter auf ihren Schreibtisch und setzte mich auf ihren Besucherstuhl. Sie las schweigend. Hin und wieder blickte sie entgeistert auf, um sich dann wieder der Geschichte zu widmen.

»Heiliger Strohsack«, sagte sie und gab mir die Blätter zurück.

»Was hältst du davon?«

»Dir ist hoffentlich klar, dass du mit diesem Artikel die Familie deines Mannes belastest?«

Ich zuckte die Achseln. »Es ist die Wahrheit.«

Abby wirkte skeptisch. »Wahrheit hin oder her, die Kensingtons werden nicht zulassen, dass das gedruckt wird.«

»Sie werden es nicht verhindern können«, entgegnete ich. »Die Wahrheit muss ans Licht.«

»Da hast du recht«, pflichtete sie mir bei und sah mich nachdenklich an. »Aber was ist mit Vera? Hast du auch ihr Grab gefunden?«

Ich seufzte. »Nein«, sagte ich und betrachtete die Seiten in meiner Hand. »Und ohne dieses Detail ist die Geschichte nicht vollständig. Jedenfalls nicht für mich.«

Abby runzelte die Stirn. »Was glaubst du, wie die Kensingtons auf diese Sache reagieren werden?«

»Es interessiert mich nicht mehr, wie sie reagieren«, erwiderte ich. Ich schaute aus dem Fenster, das zur Straße hinaus ging. Eine junge Mutter mit ihrem kleinen Sohn an der Hand ging vorbei. Der Kleine trug eine gelbe Regenjacke und passende Gummistiefel. Ich wandte mich wieder Abby zu. »Es wird Zeit, dass die Welt erfährt, was mit Daniel Ray geschehen ist.«

Sie sah mich lange an. »Ich bin stolz auf dich, meine Liebe. Die Geschichte ist eine reife Leistung.«

»Danke«, sagte ich, stand auf und ging.

Frank telefonierte gerade, als ich in seine Arbeitsnische trat. Ich legte die Seiten vor ihn auf den Schreibtisch und flüsterte: »Ich weiß, dass du die Geschichte gestrichen hast, aber hier ist sie, wofür auch immer es gut ist. Ich musste sie zu Ende bringen.«

Sein Lächeln zeigte mir, dass er mir verziehen hatte.

Als ich wieder an meinem Schreibtisch war, blinkte das rote Lämpchen am Telefon, das eine Nachricht ankündigte. Ich gab das Passwort ein und lauschte. »Hallo Claire, hier spricht Eva Morelandsteed. Ich war spazieren, als Sie angerufen haben. Es fühlt sich komisch an, Ihnen das auf den Anrufbeantworter zu sprechen, aber ich tue es trotzdem, um Ihre Nachforschungen nicht zu verzögern. Sie haben gefragt, wo Vera begraben liegt. Sie finden sie auf einem kleinen Friedhof bei First Hill im Norden der Stadt. Es ist das neunte Grab auf der linken Seite, gleich neben dem Maschendrahtzaun. Ich habe sie früher öfter besucht, aber in meinem Alter, na ja, ich war jetzt schon lange nicht mehr dort. Ich bin froh, dass Sie sie jetzt besuchen können, meine Liebe.«

Mein Herz raste. Ich schnappte mir meine Handtasche und meine Jacke und wäre beim Verlassen meiner Arbeitsnische fast mit Frank zusammengestoßen. »Das hier«, sagte er und scheuchte mich wieder auf meinen Bürostuhl, »ist ein Meisterwerk.«

Ich lächelte zweifelnd. »Findest du wirklich?«

»Ja. Hervorragend recherchiert. Und sprachlich« – er nickte bedeutungsvoll – »erste Sahne. Mir sind die Tränen gekommen.« Er sah mich voller Staunen an. »Du bist wieder in Topform, Claire.«

»Danke«, erwiderte ich. »Und was da über die Kensingtons drinsteht? Ich meine …«

Er hob die Hand. »Das ist Geschichte. Es muss gedruckt werden. Mach dir keine Sorgen. Das werde ich mit der Redaktionsleitung klären.«

»Also gut«, sagte ich und stand wieder auf.

Frank hob die Brauen. »Wo willst du hin?«

»Ich muss noch eine Spur verfolgen«, erwiderte ich. »Ich schick dir die Geschichte heute Abend per E-Mail.«

»Ich bin gespannt«, sagte er und folgte mir auf den Flur.

Es war bereits später Nachmittag, als ich vor dem Friedhof parkte. Im Gegensatz zum gepflegten Bryant Park wirkte der mit einem rostigen Maschendraht umzäunte Friedhof von First Hill absolut trostlos. Die Grabsteine waren mit Graffiti beschmiert und von Gras und Unkraut überwuchert. Ich achtete sorgfältig darauf, den BMW abzuschließen, bevor ich durch das Tor trat, wo riesige Zedern ihre Schatten warfen.

Was hatte Eva gesagt, wo sich Veras Grab befand? Neuntes Grab auf der linken Seite. Hier gab es weder Marmor noch teure Steinmetzarbeiten, nur schlichte und schmucklose Grabsteine. Ein Friedhof für arme Leute. Vor dem neunten Grab ging ich in die Hocke, um die Inschrift in dem Stein entziffern zu können, aber sie war mit Moos überwachsen. Mit dem Autoschlüssel kratzte ich das Moos weg, bis ich etwas lesen konnte. VERA RAY, 1910–1933 stand da, mehr nicht.

Ich schüttelte den Kopf. Keinerlei Hinweis darauf, dass sie eine liebende Mutter gewesen war. Eine treue Freundin. Eine Schwester. Eine Tochter. Nichts als ein Name und zwei Jahreszahlen. Was stimmte nicht mit dieser Welt? Eine Welt, in der der Name Kensington etwas Besonderes aus einem machte und der Name Ray nichts galt und vergessen wurde? Ich betrachtete das Grab. *Ich werde dafür sorgen, dass du nicht vergessen wirst, Vera.*

Mir wurde ganz flau, als ich am Rand des kleinen Grabsteins eine dornige Ranke bemerkte. Mein Herz schlug schneller. Weiße Blüten lugten zwischen den samtig grünen Blättern hervor. Ich musste daran denken, was der Friedhofsgärtner in Bryant Park gesagt hatte. Brombeerranken hätten eine besondere Bedeutung. Sie suchten Seelen aus, die sie beschützten. *Natürlich haben sie Vera ausgesucht.* Mir lief ein Schauer über den Rücken, als ein Auto die Straße hinter dem maroden Zaun entlangraste.

Auf der Fahrt zurück in die Redaktion dachte ich an Ethan. Sicher, er hatte Bedenken gehabt wegen der Geschichte, aber wenn er sie erst einmal gelesen hätte, würde er verstehen, wie wichtig sie war. Das sagte mir mein Herz. Ich konnte es gar nicht abwarten, ihm das Manuskript in die Hand zu drücken. Glenda würde natürlich nicht begeistert sein, aber das war mir egal. Warrens Meinung hingegen war mir nicht gleichgültig. Er hatte ein schwaches Herz. Würde er es verkraften, von diesen düsteren Familiengeheimnissen zu erfahren? Würde ihm das alles zu viel Kummer bereiten? Schließlich hatte er nicht gewusst, dass sein Vetter nicht nur *entführt* worden, sondern auch noch sein *Halbbruder* gewesen war.

Frank erwartete mich bereits an meinem Schreibtisch, einen Bleistift zwischen den Lippen.

Ich stellte meine Tasche auf den Boden. »Was gibt's?«

»Die Geschichte ist gestorben.«

»Was? Wer sagt das?«

Er schüttelte enttäuscht den Kopf. »Mir sind die Hände gebunden. Klär das mit deinem Mann!«

Wütend marschierte ich an den Arbeitsnischen vorbei zu Ethans Büro. Er hatte mir zwar zu verstehen gegeben, dass ihm die Geschichte nicht behagte, aber ich hatte nicht geglaubt, dass er sie wirklich abwürgen würde.

Ethan stand mit dem Rücken zur Tür, als ich eintrat. Ich schloss sie hinter mir. »Wie konntest du das tun?«, schrie ich.

Als er sich umdrehte, hielt er meinen Artikel in den Händen. »Die Geschichte ist gut, Claire«, sagte er. »Wirklich. Bravo!«

»Du kannst sie nicht einfach streichen. Das geht nicht.«

»Doch, ich kann.« Sein Blick war leer, in die Ferne gerichtet. Ich wusste nicht, was ich schlimmer fand in diesem Moment, das Ende meiner Geschichte oder das Ende unserer Ehe.

Ich setzte mich auf einen Stuhl vor seinem Schreibtisch und seufzte resigniert.

»Hör zu«, sagte Ethan und setzte sich ebenfalls. »Nicht ich habe diese Entscheidung getroffen.«

Ich blickte auf. »Nicht?«

»Nein«, antwortete er. »Es war Warren.«

»Wie bitte?«

»Ja«, fuhr er fort. »Er wusste, dass du an der Geschichte arbeitest, und hat mich gebeten, ihm das Manuskript zuzufaxen, sobald du so weit bist.«

»Das versteh ich nicht. Mir gegenüber hat er nichts davon angedeutet. Woher wusste er …?«

Ethan zuckte die Achseln. »Nun, er wusste davon, und er hat die Geschichte gelesen.«

Ich schürzte die Lippen. »Und sie hat ihm nicht gefallen?«

Ethan nickte. »Er hat schließlich immer noch das letzte Wort. Das wirst du also mit ihm klären müssen.«

»Das werde ich«, sagte ich und stand auf.

»Er ist übrigens wieder zu Hause«, sagte Ethan. »Er ist zwar noch schwach, aber auf dem Weg der Besserung.«

Ich nickte, und in dem Moment fiel mir der Koffer neben seinem Schreibtisch auf. Seine Jacke lag darüber, offenbar hatte er vor zu verreisen.

Verwirrt schüttelte ich den Kopf. »Wohin fährst du?«

»Ach so«, sagte er und sah mich an. »Ich habe überlegt, eine Weile auf der Insel zu bleiben – bis wir alles geklärt haben.«

Ich schluckte.

»Ich dachte, wir könnten ein bisschen Abstand gebrauchen.« Er suchte in meinen Augen nach Zustimmung. »Wir haben im vergangenen Jahr so viel durchgemacht«, fuhr er fort. »Das wird uns guttun. Wir können beide ein bisschen Zeit gebrauchen. Zum Nachdenken.«

»Ja«, sagte ich hastig. »Natürlich.« Meine Augen brannten. Ich ging um den Schreibtisch herum und küsste ihn auf die Wange. Ich musste machen, dass ich wegkam, bevor ich in Tränen ausbrach. Ich wollte ihn nicht anflehen zu bleiben. Ich wollte, dass er *von sich aus* blieb. »Also gut«, sagte ich mit einem Kloß im Hals, »ich schätze, das war's dann wohl.«

Ich schaute ihn nicht an, und ich hörte auch nicht, was er vor sich hin murmelte, als ich ging. Ich musste raus, um nicht in diesem Zimmer zu ersticken. Im Flur schloss ich die Augen und dachte an das kleine Segelboot, das mir meine Großmutter geschenkt hatte, als ich noch klein war. Die Erinnerung war erst verschwommen, doch dann wurde sie so deutlich, dass ich regelrecht die Gischt in meinem Gesicht spürte. Ich hatte jeden Sommer vergnügt mit dem kleinen Boot in den Gezeitentümpeln am Strand gespielt, bis ich mich irgendwann in einem Juli traute, es auf die Wellen im Meer zu setzen, inspiriert von einem Kinderbuch aus den Fünfzigerjahren, das ich in einer Schublade im Gästezimmer entdeckt hatte, *Scuffy, der kleine Schlepper.* Ich gab dem Boot einen kleinen Schubs, und prompt wurde der winzige Mast von einer Welle überspült und das Boot auf das offene Meer hinausgezogen. Es brach mir das Herz, es verschwinden zu sehen. Noch lange hatte ich dort gestanden und traurig aufs Meer hinausgeblickt. Ich hatte mein kleines Boot fortgeschickt, genauso wie ich jetzt, so fürchtete ich, meinen Ehemann von mir fortgestoßen hatte.

Ich hielt es nicht länger in der Redaktion aus. Ich nahm meine Handtasche und verließ das Gebäude. Plötzlich quietschten Bremsen neben mir, gefolgt von wütendem Hupen. »Passen Sie doch auf, wo Sie hingehen!«, schrie der Mann hinter dem Steuer. »Ich hätte Sie beinahe überfahren!«

Ich nickte, überquerte die Straße, ohne auf seine Schimpftirade zu achten, und ging zum Parkplatz, wo Ethans BMW wartete. Einen Moment lang betrachtete ich den Wagen und blinzelte ein paar Tränen fort. Der BMW glänzte in der Frühlingssonne, so edel, so traurig. Symbol unserer gescheiterten Ehe. Ich schüttelte den Kopf, drehte mich um und hielt ein Taxi an.

Warren wohnte in einem etwas älteren Hochhaus im Stadtzentrum. Er hatte das Penthouse vor Jahren gemeinsam mit seiner inzwischen verstorbenen Frau gekauft. Die Wohnung war eindrucksvoll – oder zumindest war sie es einmal gewesen. Die private Dachterrasse über dem Wohnzimmer war früher mein bevorzugter Rückzugsort in Seattle gewesen. Dort hatten Ethan und ich an warmen Abenden mit Warren bei einem Glas Wein zusammengesessen, die Sterne über uns gezählt und den Panoramablick genossen, der normalerweise den Vögeln vorbehalten war – von der Space Needle bis zum Alki Point. Jetzt ging niemand mehr dort hinauf. Mit seinen schwachen Knien kam Warren die Wendeltreppe nicht mehr hoch, und Ethan war mittlerweile zu beschäftigt für gemütliches Weintrinken und Sternegucken. Ich war zuletzt Anfang des Frühlings einmal oben gewesen, nur um festzustellen, dass sich dort inzwischen eine Taubenfamilie eingenistet hatte, die einen ziemlichen Dreck machte.

Warren hatte seine Haushälterin nach Weihnachten entlassen. »Es ist mir egal, ob Staub auf meinem Sofatisch liegt!«, hatte er Glenda erklärt, als sie vor Monaten die Stapel aus Zeitungen und Büchern und die verstaubten Fensterbretter beäugt hatte. Warren war der einzige Kensington, den Äußerlichkeiten nicht zu interessieren schienen, was ihn mir nur noch sympathischer machte. Andererseits ließ sich nicht leugnen, dass er seit einiger Zeit nicht mehr der Alte war. Ich hatte es seiner Krankheit zugeschrieben, doch allmählich fragte ich mich, ob da noch etwas anderes im Busch war. Ich holte tief Luft und klingelte.

»Ja?«

»Warren, ich bin's, Claire.«

»Ja«, sagte er. »Komm rauf!«

Während ich mit dem Aufzug in den dreiundzwanzigsten Stock fuhr, versuchte ich mir vorzustellen, wie er reagieren würde, wenn ich vor ihm stand. Würde er mir sagen, dass die Geschichte nicht gedruckt werden konnte, weil sie den

Ruf der Familie beschädigte? Dass sie Josephines Andenken in den Schmutz zog? Würde er mir das Versprechen abverlangen, niemandem gegenüber auch nur ein Wort über die Sache zu verlieren?

Ich klopfte an.

»Komm rein!«, rief er. »Die Tür ist offen.«

Als ich eintrat, saß Warren am Tisch und aß ein Sandwich.

»Ich habe dich schon erwartet«, sagte er und tupfte sich mit der Serviette Senf vom Mundwinkel. »Du bist eine hervorragende Journalistin, Claire.« Er zeigte auf die Faxseiten, die vor ihm auf dem Tisch lagen. Mein Artikel. »Du bist sogar besser als meine Privatdetektive.«

In der Wohnung herrschte eine beinahe unheimliche Stille. Nur das heisere Ticken der Wanduhr war zu hören.

Er verschränkte die Hände. »Beim Militär ausgebildete Ermittler haben die Unterlagen in Sharpes Haus vergeblich gesucht, aber du hast sie gefunden.« Er schüttelte ungläubig den Kopf. »Alle Achtung.«

Ich bekam Herzklopfen. Er wusste von dem Einbruch in Lillians Haus. Schlimmer noch, er steckte dahinter.

Ich schüttelte den Kopf. »Ich versteh kein Wort, Warren.«

»Komm, setz dich!«, sagte er und zeigte auf den Stuhl neben sich. »Ich versuche seit Jahren, dieses Geheimnis zu lüften«, fuhr er fort. »Ich habe sehr lange gebraucht herauszufinden, was mit Vera Ray geschehen war. Die Fallakten sind auf mysteriöse Weise bei einem Brand im Polizeirevier verloren gegangen. Sehr praktisch, was? Und dann …«

Meine Hand zitterte. *Was redet er da? Was hat das alles zu bedeuten?* »Warren«, sagte ich, »ich verstehe immer noch nicht …«

Sein Lächeln beruhigte mich etwas. »Zuerst dachte ich, dass ich meine Familie schützen wollte, dass es mir darum ging, die hässliche Wahrheit unter Verschluss zu halten. Aber es ist mehr. Für mich ist das alles eine *sehr* persönliche Angelegenheit.«

Ich schlug mir die Hand vor den Mund. Meine Gedanken rasten. Das ging mir alles zu schnell. »Warren, willst du damit sagen, dass du glaubst, du bist …?«

Er nickte. »Ja. Ich habe die Veröffentlichung der Geschichte gestoppt, weil das Ende umgeschrieben werden muss. Thomas Kensington war nicht Daniel.« Sein Lächeln sagte alles. »*Ich* bin Daniel. Ich wollte es dir selbst sagen.«

Mir blieb die Luft weg. »Wie hast du das denn rausgefunden? Du warst doch noch so klein, als …«

»Hm, ja, meine Erinnerungen sind natürlich sehr vage«, sagte er. »Ich war ja erst drei Jahre alt, als ich geraubt wurde.«

Geraubt.

Kopfschüttelnd versuchte ich die Bedeutung dieser Enthüllung zu ermessen. *Ich sitze Daniel Ray gegenüber. Er ist die ganze Zeit da gewesen.*

»Aber ein Kind spürt Dinge, selbst wenn es noch klein ist«, fuhr er fort. »Meine Mutter hat mich anders angesehen als die anderen.«

»Du meinst Elaine?«

»Ja«, erwiderte er. »Anfangs dachte ich, sie würde mich weniger lieben als meine Schwester. Aber mit der Zeit habe ich mich gefragt, ob es etwas anderes war. Eines Abends gab es eine Party. Meine Eltern hatten zu viel getrunken. Anschließend habe ich gehört, wie sie sich im Wohnzimmer stritten. Meine Mutter hat von einer *Vera* gesprochen und behauptet, es wäre ihre Schuld, dass ich schlecht in der Schule sei. Meine schlechten Noten, schimpfte sie, seien das Ergebnis von Veras ›schlechten Genen‹. Ich hatte keine Ahnung, wovon die beiden redeten oder wer Vera war. Ich habe damals nicht weiter darüber nachgedacht. Erst als Tante Josephine in den Achtzigerjahren einen Schlaganfall erlitt, ist es mir wieder eingefallen. Die Familie hatte sich um ihr Krankenbett versammelt. Mein Vater hatte seine Schwester seit mehr als fünfzig Jahren nicht gesehen. Er hatte sich mit ihr verkracht und nicht mehr mit ihr gesprochen, seit ich ein kleiner Junge war. Und als er plötzlich vor ihr stand, wurde sie weinerlich und jammerte, wie leid es ihr tat, dass sie mein Leben ruiniert hätte, dass sie mich geraubt hätte, mich Vera weggenommen hätte. Meine Eltern behaupteten, sie würde wirres Zeug reden, das liege an dem Schlaganfall, aber ich wusste, dass das nicht stimmte. Was sie sagte, klang nicht, als wäre es völlig aus der Luft gegriffen, und als ich anfing, in meiner Vergangenheit zu forschen, begriff ich, dass meine Eltern versuchten, mich vor etwas Schrecklichem zu schützen. Ich habe mir dann zusammengereimt, dass Vera und mein Vater sich einmal sehr geliebt hatten. Da aber Vera arm war, hatte die Familie sie abgelehnt, allen voran Josephine. Veras Mutter war viele Jahre vorher ihr Kindermädchen gewesen. Tante Josie konnte die Frau nicht ausstehen und hat ihre Wut an der Tochter ausgelassen, an Vera. Die Vorstellung, dass ich, ein Kensington, von einer Frau aus der Unterschicht großgezogen würde, war ihr unerträglich, also hat sie die Sache in die Hand genommen.«

»Wusste Charles darüber Bescheid? Dein Vater?«

»Soweit ich weiß, hat er die Wahrheit tragischerweise erst nach Veras Tod von Josephine erfahren«, sagte Warren. »Ich vermute, dass Josephine fürchtete, ihr Bruder würde, gutherzig, wie er war, dafür sorgen, dass ich wieder zu meiner Mutter käme. Sie musste also warten, bis Vera von der Bildfläche verschwunden war.«

Mir lief es eiskalt über den Rücken. »Aber was hat dein Vater denn gesagt, als sie einen kleinen Jungen mit ins Haus gebracht hat?«

»Josephine hatte sich eine absolut wasserdichte Geschichte zurechtgelegt«, sagte er. »Aus dem wirren Zeug, das sie damals im Krankenhausbett von sich gegeben hat, schließe ich, dass sie ihm zu Anfang nicht gesagt hat, wer ich bin. Mein Vater hatte ein gutes Herz. Sie hat behauptet, ich bräuchte ein Zuhause, und mein Vater hat mich aufgenommen. Und erst nach Thomas' Tod hat Josephine meinem Vater ihre Tat gestanden – vielleicht hatte ihr eigener schrecklicher Verlust ihr bewusst gemacht, was sie Vera angetan hatte, und sie dazu bewogen, Charles reinen Wein einzuschenken. Sie blieb dabei, dass sie es nur zu meinem Besten getan hätte und dass ein Kensington niemals in Armut aufwachsen dürfe. Von da an hat er nicht mehr mit Josephine gesprochen, zumindest viele Jahre lang nicht.«

»Also haben er und seine Frau dich adoptiert und dieses Geheimnis all die Jahre für sich behalten?«

»Ja«, erwiderte Warren. »Niemand hat über die Vergangenheit gesprochen. Es wurde alles sorgfältig verschleiert – bis die Wahrheit von selbst ans Tageslicht drängte. Das liegt in der Natur von Geheimnissen, dass sie irgendwann ihren Weg an die Oberfläche finden. Und wenn es ein Leben lang dauert.«

»Vera – deine Mutter – ist in jener Nacht in einem Boot auf dem See gestorben«, sagte ich. »Glaubst du, dass Josephine dabei ihre Finger im Spiel hatte?«

Warren seufzte. »Irgendetwas muss sie damit zu tun gehabt haben. Vielleicht wusste sie, dass Vera nicht schwimmen konnte, und hat sie zu dem Boot mit dem Leck gelockt.«

Ich nickte. »Was ich nicht verstehe, ist, warum die Polizei der Sache nicht auf den Grund gegangen ist, und warum sie so schnell dabei waren, Ivanoff die Schuld an Veras Tod in die Schuhe zu schieben.«

»Deshalb wollte ich unbedingt die Fallakten in meinen Besitz bringen«, sagte Warren. »Ich vermute, dass Josephine und ein paar weitere Familienmitglieder bei dem Brand im Polizeirevier ihre Finger im Spiel hatten. Unsere Familie hatte natürlich beste Beziehungen. Wenn Josephine oder sonst einer von uns etwas von der Polizei wollte, tat man ihnen den Gefallen. Ivanoff war ein gefundenes Fressen. Indem man gegen ihn ermittelte, wurde von der Familie und den tatsächlichen Ereignissen abgelenkt.« Er wandte sich wieder dem Entwurf meines Artikels zu. »Ich hätte es selbst nicht besser schreiben können.«

»Als dir das alles klar geworden ist, warum bist du da nicht zur Polizei gegangen? Warum hast du nichts unternommen?«

»Was hätte ich denn unternehmen sollen? Meine Familie anzeigen? Dafür sorgen, dass sie eine todkranke Frau verhafteten?«

Das leuchtete mir ein.

»Nein«, fuhr er fort. »Was vergangen ist, ist vergangen. Nichts kann mir meine Mutter zurückbringen.«

»Da hast du recht.«

Er schwieg, als kramte er in seinem Gedächtnis. »Ich bin im letzten Jahr ein paar alte Unterlagen meines Vaters durchgegangen. Bei der Gelegenheit bin ich auf das Bestandsbuch gestoßen, in dem sein Buchhalter die Kontounterlagen gesammelt hatte. Darin habe ich etwas sehr Interessantes entdeckt.«

»Was denn?«

»Kennst du das Frauenhaus in der First Avenue?«

Ich nickte. »›Haus der Hoffnung‹, meinst du das? Im letzten Jahr habe ich einen Artikel über ihr Programm geschrieben. Eine großartige Sache. Die bieten obdachlosen Müttern und Schwangeren ein Dach über dem Kopf.«

Warren sah aus dem Fenster auf die Skyline von Seattle. »Mein Vater hat es gegründet«, sagte er.

Ich lächelte. »Charles.«

Warren sah mich stolzerfüllt an. »Meine Mutter hat nie verstanden, warum er so viel Zeit für wohltätige Zwecke geopfert hat. Ich glaube, die Armen machten ihr Angst, im Gegensatz zu ihm.«

»Es passt alles zusammen«, sagte ich. »Er hat das Frauenhaus im Gedenken an Vera gegründet. Ach, Warren. Wie der Vater, so der Sohn. Jetzt weiß ich, woher du dein großes Herz hast, deine Menschlichkeit.«

»Ich wünschte nur, ich hätte damals mit ihm darüber reden können«, sagte er.

Ich zeigte auf den Artikel in seinen Händen. »Meinst du, dass du jetzt, wo du die ganze Geschichte kennst, deinen Frieden finden kannst?«

»Ja, in gewisser Weise schon«, erwiderte er. »Aber es gibt da immer noch etwas, was fehlt, etwas, bei dem du mir hoffentlich helfen kannst.«

Ich nickte. »Jederzeit.«

»Mein altes Zuhause«, sagte er wehmütig. »Du bist dort gewesen, nicht wahr?«

»Ja.«

Er seufzte. »Es ist merkwürdig, ich kann mich an die sonderbarsten Einzelheiten erinnern, daran, wie die Straßenlaterne vor dem Fenster geflackert hat, und an das schabende Geräusch, wenn die Frauen in der Gasse ihre Wäsche in den Bottichen gewaschen haben. Aber ich kann mich auf Teufel komm raus nicht mehr daran erinnern, wo die Wohnung lag. Ich bin oft spätabends spazieren gegangen und habe versucht, mich an die Adresse zu erinnern, vielleicht einen Anhaltspunkt zu finden, eine Ladenfront oder ein altes Haus, aber in all den Jahren ist es mir nicht gelungen.« In seinen feuchten Augen lag ein flehender Ausdruck. »Würdest du mit mir zu dem Haus fahren, Claire?«

»Mit dem größten Vergnügen«, erwiderte ich. »Wie wäre es morgen Nachmittag?«

Er schloss einen Moment lang die Augen, dann öffnete er sie mit neuer Energie. »Danke, Liebes.«

Ich beugte mich vor und drückte ihm einen Kuss auf die Wange. »Kommt dir das verrückt vor, dass ich dich am liebsten Daniel nennen möchte? Es muss merkwürdig klingen, den Namen zu hören.«

»Nein«, sagte er. »Ganz und gar nicht. Den Namen trage ich immer im Herzen.«

20

Als ich am nächsten Morgen aufwachte, setzte ich mich im Bett auf und reckte mich. Ethan war weg, und er hatte eine Leere in meinem Herzen hinterlassen, aber ich versuchte nicht daran zu denken. Ich stellte eine Schüssel mit Fertig-Hafergrütze in die Mikrowelle. Während ich wartete, beobachtete ich draußen eine Fähre auf ihrem Weg in die Bucht. Ethan und ich hatten häufig den Manövern der Fähren zugesehen. Wir hatten ihnen Spitznamen gegeben. Edgar. Duncan. Maude. Ich musste lächeln, als mir einfiel, dass er einmal einer Fähre den Namen Horace gegeben hatte.

In der Küche klingelte das Telefon, und ich lief hin, um abzunehmen. »Hallo?«

»Claire, hier spricht Eva.«

»Hallo, Eva«, sagte ich, »wie nett, dass Sie sich melden.« Ich konnte es gar nicht erwarten, ihr von Warren zu erzählen.

»Ich wollte Sie fragen, ob Sie vielleicht heute mal vorbeischauen könnten«, sagte sie. »Mir ist da noch etwas eingefallen und … Na ja, wir können darüber reden, wenn Sie hier sind. Hätten Sie Zeit?«

»Ja«, sagte ich und dachte an die Pläne für den Nachmittag mit Warren. Wir könnten zuerst bei Eva vorbeifahren. Ich könnte zwei alte Freunde wiedervereinen.

»Wäre Ihnen gegen Mittag recht?«

»Aber ja«, erwiderte sie.

»Ach, Eva, ich bringe übrigens einen Freund mit. Jemand, den ich Ihnen gern vorstellen würde.«

»Wunderbar«, sagte sie. »Dann koche ich Kaffee für drei.«

Ich aß meine Grütze, dann band ich mir die Haare zu einem Pferdeschwanz zusammen. Ohne nachzudenken, nahm ich ein paar Shorts und ein T-Shirt aus der Kommode. Ich betrachtete mich im Wandspiegel im Schlafzimmer. Meine Beine waren nicht mehr, was sie mal waren. Früher muskulös und kräftig sahen sie jetzt schlaff und teigig aus. Ich war keine Läuferin mehr. Ob ich es jemals wieder sein würde?

Ich öffnete den Wandschrank, der ohne Ethans Sachen ziemlich leer wirkte. Als ich mich gerade abwenden wollte, fiel mein Blick auf etwas leuchtend Blaues auf dem unteren Schuhregal. Meine Laufschuhe. Sie standen ganz bescheiden da, ohne mich zu verspotten, wie sie es in den letzten Monaten noch getan hatten. Ich nahm sie in die Hand, setzte mich aufs Bett und zog sie an. Ich spürte die weichen Sohlen. Die Schuhe fühlten sich gut an meinen Füßen an, fest und vertraut. Ich schnürte sie zu und sicherte die Schleife mit einem Doppelknoten. Mein Herz schlug schneller, als ich einen Schluck Wasser trank und Handy und Schlüssel einsteckte, wie ich es in der Vergangenheit unzählige Male vor dem Joggen gemacht hatte.

Gene sagte nichts, als ich aus dem Aufzug trat und die Eingangshalle durchquerte. Es war kein Moment für einen Plausch. Außerdem hatte ich den Kopf voll, und das Herz war mir schwer. Es war ein Jahr her, seit ich das letzte Mal gejoggt war. Ein Jahr, das mein Leben verändert hatte. Er hielt mir einfach nur die Tür auf, als ich hinauslief, und nickte zum Abschied. Ich hatte über die Jahre viele Langstreckenläufe absolviert. Aber diesmal hatte ich das Gefühl, selbst wenn ich nur drei Blocks weit käme, als läge der Lauf meines Lebens vor mir. Und so war es auch.

Zuerst ging ich einfach nur. *Ein Fuß vor den anderen.* Meine Beine, die einmal durchtrainiert gewesen waren, kamen mir staksig vor wie Storchenbeine. Ich schüttelte den Kopf. *Nein, ich schaff das nicht.* Ein Spalt im Gehweg verursachte mir Herzrasen. Ich musste an das Auto denken, das in meine Richtung geschossen war. Wie ich gestolpert war. Der Aufprall gefolgt von dem Reißen in meinem Bauch. *Ein Fuß vor den anderen.* Ich legte ein bisschen Tempo zu. *Atmen.* Die Sonne wärmte mir das Gesicht, tat mir gut. Eine Frau in einem Café lächelte mich an. *Atmen.* Vögel zwitscherten auf den Stromleitungen. Und ehe ich wusste, wie mir geschah, lief ich.

Ich lief im Zickzack durch die Wohnblocks in unserer Gegend, dann beschloss ich, am Café Lavanto vorbeizuschauen. Ich würde nicht hineingehen, nicht nach Dominics Ankündigung neulich abends. Ich wollte einfach an dem Haus vorbeilaufen und mir vorstellen, wie Warren als Kind dort gespielt hatte. Verschwitzt und außer Atem kam ich oben auf dem Hügel an und krümmte mich vor Seitenstichen. Die Hand in die Seite gestemmt, holte ich mehrmals tief Luft, dann schaute ich zum Café an der nächsten Straßenecke hinüber. Der Gehweg vor dem Haus war mit orangefarbenen Hütchen gesichert. Männer mit Schutzhelmen, Klemmbretter vor dem Bauch, strichen um den Eingang herum und zeigten auf die Fassade. Gelbes Absperrband verhinderte den Zugang zum Café. *Fangen die jetzt schon mit dem Abriss an?* Ich nahm mein Handy heraus und wählte Dominics Nummer, aber nach dreimaligem Klingeln sprang der Anrufbeantworter an. »Dominic«, sagte ich laut, um einen riesigen Lastwagen zu übertönen, der rückwärts an die Front des Cafés heranfuhr. »Du hattest mir zwar gesagt, dass du es verkaufst, aber ich hatte ja nicht damit gerechnet, dass es so schnell gehen würde. Ich …«

Sprachlos legte ich auf, ging näher an das Absperrband heran und winkte einem Mann mit einem gelben Schutzhelm zu. »Entschuldigen Sie!«, rief ich.

Er kam näher mit dem Gesichtsausdruck von jemandem, der nicht belästigt werden wollte.

»Was passiert hier?«

»Das Haus wird abgerissen«, sagte er. »Also, noch nicht heute. Aber wir treffen die Vorkehrungen.«

»Nein!«, rief ich. »Das kann nicht sein.«

Der Mann zuckte die Achseln. »Ist aber so.« Er hielt mir sein Klemmbrett hin, auf dem die Architektenzeichnung eines Appartmenthauses zu sehen war. Das ganze Erdgeschoss wurde von einem Starbucks Café eingenommen. »Wir haben bei der Baubehörde großen Druck gemacht. Der Chef will, dass das neue Gebäude eher fertig ist als das gegenüber.«

Ich schüttelte den Kopf.

»Kaum zu glauben, dass sich der alte Kasten überhaupt so lange gehalten hat«, sagte der Mann mit einem Blick auf das Schild im Fenster. »Was für eine Bruchbude.«

»Diese *Bruchbude*«, entgegnete ich, »ist zufällig ein ganz besonderer Ort. Hier haben …«

Der Mann rief einem Arbeiter, der ein Stück weit weg stand, etwas zu und entfernte sich.

»Hier haben Vera und Daniel gewohnt.« Ich redete einfach weiter, obwohl ich die Einzige war, die es hörte. »Ihr könnt es nicht abreißen. Das könnt ihr einfach nicht machen!«

Ich schaute den Bauarbeitern noch eine Weile zu. Sie kamen mir vor wie Termiten, die über ein verrottetes Stück Holz herfielen. Am liebsten hätte ich mich auf das Haus geworfen und schützend meine Arme darum gelegt, so wie sich zu allem entschlossene Umweltaktivisten an Bäume ketteten. Die Vorstellung, dass die Abrissbirne all die Erinnerungen und all die Geheimnisse zertrümmern würde, machte mich wahnsinnig. *Schlimm genug, wenn ich hier etwas übersehen hätte, aber das Wichtigste ist jetzt, dass Warren das Haus noch einmal sehen kann.*

Ich riss mich von dem Anblick los und nahm meinen Lauf wieder auf. Als ich meinen Rhythmus wiedergefunden hatte, wanderten meine Gedanken zu Ethan. Die Erinnerungen trieben mich an und ließen mein Herz heftiger schlagen. Ehe ich mich versah, rannte ich am Pacific Place vorbei, die Broad Street entlang, wo hoch oben die Space Needle in der Sonne glänzte. In dem Moment fiel es mir wie Schuppen von den Augen. *Es ist nicht Ethans Vergebung, die ich suche, sondern meine eigene.*

Mein Handy klingelte, und ich verlangsamte das Tempo. Als ich Ethans Nummer im Display sah, war mein erster Impuls, das Gespräch zu ignorieren. *Ihn* zu ignorieren. Ich langte in meine Tasche und umklammerte das Handy, während es ein zweites und dann ein drittes Mal klingelte. Ich nahm es heraus. Wir hatten unser Kind verloren. Wir hatten einen Teil von uns selbst verloren. Wir hatten viel durchgemacht. Zu viel. Aber mussten wir deshalb einander verlieren?

Ich drückte auf den grünen Knopf.

»Hallo«, sagte ich.

»Hallo«, sagte Ethan. »Ich möchte nach Hause kommen – das heißt, wenn du mich lässt.«

»Aber ich dachte, du hättest gesagt …«

»Claire, ich weiß nicht, was ich gesagt habe, und ich weiß ehrlich gesagt auch nicht, wie wir das wieder hinkriegen sollen. Ich weiß nur, dass ich es gern möchte.«

»Ach, Ethan«, stieß ich mit Tränen in den Augen hervor. »Das möchte ich auch.«

»Ich komme mit der nächsten Fähre.«

Ich lief noch zwei Kilometer, und kurz vor unserem Haus ließ ich mich in normales Schritttempo fallen. Mein Herz pochte. Ich konnte gar nicht mehr aufhören zu lächeln. Ich nahm mein Handy hervor und wählte die Nummer des Juweliergeschäfts Elliott Bay.

»Hallo, hier spricht Claire Aldridge. Ich habe vor einiger Zeit eine Uhr für meinen Mann gekauft, und, ähm, ich habe mich jetzt für eine Gravur entschieden.«

»Ah ja«, sagte die Frau im Laden. »Und wie soll sie lauten?«

»Können Sie einfach schreiben: ›Sonett 43‹?«

»Das ist alles?«, fragte die Frau. »Sonst nichts?«

»Nein. Das enthält alles, was ich sagen möchte.«

Als ich unser Apartmentgebäude erreichte, hielt Gene mir die Tür auf. Mir tropfte der Schweiß von der Stirn. »Endlich wieder ganz die Alte«, sagte er mit einem stolzen Lächeln.

»Wieder ganz die Alte«, gab ich zurück und betrat den Aufzug. Jetzt klangen diese Worte wieder echt.

Ich blickte vom Sofa auf, als Ethan in die Wohnung kam. Er stellte seine Tasche so hastig neben der Tür ab, dass sie umfiel und ein Aktenordner herausrutschte, aber er kümmerte sich nicht darum. »Claire, es tut mir wirklich leid«, sagte er mit einem zögerlichen Lächeln, »wie ich mich verhalten habe.«

»Mir auch«, sagte ich leise.

Er ging vor mir in die Hocke, sodass wir uns in die Augen sehen konnten. »Du läufst wieder«, sagte er leise.

»Ja«, erwiderte ich. »Endlich.« Ich fuhr ihm durchs Haar. Ein paar graue Haare an den Schläfen erinnerten mich daran, wie sehr ich mich danach sehnte, mit diesem Mann alt zu werden.

»Etwas Merkwürdiges ist passiert«, sagte er. »Bei der Hinfahrt zur Insel habe ich auf der Fähre ein Pärchen mit einem kleinen Jungen gesehen.« Er wischte sich die feuchten Augen. »Er war in dem Alter, in dem unser Sohn jetzt wäre. Ein Jahr. Lernte gerade laufen.«

Ich schlang die Arme um Ethans Hals und brach in Tränen aus. »Unser *Sohn*?«

Er nickte. »Wir hatten einen Sohn.«

»Ach, Ethan«, schluchzte ich, denn die Mitteilung zerriss mir das Herz.

»Er war ein wunderschöner Junge«, sagte er unter Tränen. »Er hatte deine Nase. Ich liebe deine Nase.«

Ich vergrub mein Gesicht an seiner Brust, während er mich sanft wiegte. »Ich habe versucht mir vorzustellen, wie das Leben wäre ohne dich, ohne uns. So ein Leben will ich nicht, mein Liebling.«

»Ich auch nicht«, sagte ich mit einem Kloß im Hals.

»Was hat der Trauerberater noch mal gesagt? Bei Paaren,

die ein Kind verlieren, ist die Scheidungsrate doppelt so hoch.«

Ich nickte. »So was in der Art.«

»Lass uns die Statistik widerlegen«, sagte er und legte mir den Arm um die Taille. »Lass uns noch mal von vorn anfangen.«

Ich nickte. »Daniel«, flüsterte ich.

Ethan sah mich verwirrt an. »Daniel?«

»Ja«, sagte ich lächelnd. »Unser Sohn. Ich möchte ihn Daniel nennen.«

»Ja«, erwiderte er von Gefühlen übermannt. »Daniel. Ein perfekter Name für unser erstes Kind.«

Ich lächelte. »Du redest so, als würden wir noch eins kriegen.«

Er lächelte. »Mir würde es gefallen. Wenn du so weit bist.«

»Ich bin auf dem besten Weg«, sagte ich und rieb meine Nase an seinem Hals.

»Es tut mir leid, dass ich nicht für dich da war«, sagte er leise. »Wirst du mir das je verzeihen können?«

Ich verschränkte meine Finger mit seinen. »Kannst du *mir* je verzeihen?«

»Ist schon geschehen«, sagte er, schaute durch das Fenster auf den Puget-Sund und dann wieder mich an. »Lass uns heute blaumachen und irgendwo hingehen, jetzt gleich, und unseren Neuanfang feiern!«

Ich warf einen Blick auf die Uhr. »Das geht nicht«, sagte ich. »Nicht jetzt sofort. Ich habe schon ein Rendezvous.«

Ethan stutzte.

»Mit deinem Großvater«, fuhr ich fort, schmiegte die Wange an seine Brust und atmete den Geruch seines frisch gebügelten weißen Hemds ein. Der Gedanke an den bevorstehenden Abriss des Cafés machte mich traurig. Wir kamen zu spät, aber nicht zu spät für einen allerletzten Blick auf das Haus. Vielleicht brauchte Warren auch gar nicht mehr. »Ich fände es schön, wenn du mitkommen würdest«, sagte ich und sah zu Ethan auf. »Es ist ein großer Augenblick für ihn.« Ich schwieg einen Moment. »Und für mich.«

Seine Schlüssel klimperten, als er sie aus der Tasche nahm, das Geräusch von zwei Menschen, die aufbrechen – gemeinsam. »Ich fahre dich.«

Ethan parkte vor dem Gebäude, in dem Eva wohnte. Warren drehte sich mit einem verwirrten Blick zu mir um. »Aber ich dachte, wir würden …«

Ich sah auf die Uhr, weil ich das Gefühl hatte, dass die Zeit drängte. Selbst wenn das Haus heute noch nicht abgerissen wurde, machte mich das Wissen darum, dass der Abriss kurz bevorstand, nervös. Warren sollte es unbedingt ein letztes Mal sehen können. Aber ich hatte Eva etwas versprochen. »Ich wollte vorher noch bei jemandem vorbeischauen«, sagte ich. »Nur ganz kurz. Es gibt jemanden, den ich dir unbedingt vorstellen möchte.«

Warren und Ethan folgten mir in den Aufzug. Oben angekommen klopfte ich an Evas Tür.

»Hallo, Claire«, sagte Eva gut gelaunt und bat uns herein. »Und Sie haben Freunde mitgebracht!« Sie wandte sich Ethan zu. »Sie müssen ihr Mann sein.«

»Richtig, Ma'am«, erwiderte er und legte mir den Arm um die Taille. Die Umarmung tat mir gut. Aber im Moment ging es nicht um uns, sondern um sie.

»Eva«, sagte ich leise, »das ist Warren Kensington, aber Sie kennen ihn unter einem anderen Namen.«

Sie sah erst mich an, dann musterte sie Warren.

»Eva«, sagte Warren. Die Erinnerung flackerte in seinen Augen, als er ihr die Hand hinstreckte. »Wie schön, dich wiederzusehen. Du wirst dich an mich als Daniel erinnern. Daniel Ray.«

»Großer Gott!« Eva war fassungslos. »Träume ich?« Sie ließ sich in einen Sessel am Fenster sinken. »Das ist ein Wunder«, fuhr sie fort und wandte sich mir zu. »Wie haben Sie …? Wo haben Sie ihn …?«

»Er ist mein Großvater«, sagte Ethan.

Völlig verwirrt blickte Eva von einem zum anderen.

Warren nickte. »Und diese hervorragende Journalistin hat den Fall gelöst.«

Eva war erschüttert. »Das heißt, du warst die ganze Zeit am Leben?«

Warren setzte sich lächelnd neben sie. »Nun ja, die alte Pumpe tut's noch, also muss es wohl so sein.«

Eva legte eine Hand auf Warrens Arm. »Ich kann es kaum glauben, dass du hier bist«, sagte sie. »Dein Verschwinden hat deiner Mutter das Herz gebrochen.«

»Ich weiß«, sagte er.

»Hast du Erinnerungen an damals, Daniel?«

»Ich glaube, ja. Manchmal meine ich, mich an das Leben damals zu erinnern. Und wenn ich dann die Augen schließe, sehe ich ihr Gesicht vor mir.«

Eva lächelte. »Veras Gesicht?«

»Ja«, erwiderte er leise.

Ich hockte mich neben Warrens Sessel. »Ich habe ihr Grab gefunden«, sagte ich.

Warren sah mich ergriffen an. »Wie ist das möglich?«

»Eva hat mir gesagt, wo es ist.«

»Mein Gott«, sagte er. »Ich suche sie schon so lange, dass ich …«

»Soll ich dich zu ihr bringen, nachdem wir an dem alten Haus vorbeigefahren sind?«

»Ja«, erwiderte Warren und rutschte unruhig im Sessel herum. Dabei stieß er mit dem Bein gegen eine Zeitschrift, die vom Couchtisch fiel. Als ich sie aufhob, glitt mir mein Armband aufs Handgelenk. Die Saphire glitzerten in der Nachmittagssonne, die durchs Fenster hereinfiel.

Eva setzte sich auf. »Dieses Armband, Claire«, sagte sie. »Darüber wollte ich gern mit Ihnen reden. Neulich ist es mir aufgefallen. Darf ich Sie fragen, woher Sie es haben?«

Ich drehte mich zu Ethan um, der in der Tür lehnte. »Mein Mann hat es mir geschenkt«, sagte ich stolz.

»Darf ich es mal sehen?«, fragte sie.

Ich streckte den Arm aus, und sie betrachtete das goldene Armband. »Ja«, sagte sie schließlich.

»Was ist denn damit?«

»Das ist Veras Armband. Charles hat es ihr geschenkt, als sie sich gerade kennengelernt hatten.«

»Das ist doch nicht möglich«, wandte ich ein.

»Doch, sie hat recht«, sagte Warren entschieden. »Mein Vater hat es mir gegeben, als ich ein junger Mann war. Er meinte, ich sollte es aufheben, bis ich die Richtige gefunden hätte, weil es einmal einer Frau gehört hatte, die er sehr geliebt hatte. Ich habe es Annie geschenkt, und nach ihrem Tod habe ich es Ethan überlassen.«

Ich schüttelte ungläubig den Kopf. »Ich habe also immer ihr Armband getragen.«

Ethan nahm meine Hand.

»Jetzt erinnere ich mich auch wieder«, sagte ich und dachte

an meine Recherchen. »Der Autopsiebericht. Charles Kensington« – ich wandte mich an Warren – »also dein Vater, hat ihre persönlichen Dinge abgeholt. Das muss gewesen sein, nachdem Josephine ihm die Wahrheit über dich erzählt und er herausgefunden hatte, dass Vera auf der Suche nach ihrem Sohn gestorben war.«

Ehrfurchtsvoll berührte ich das Armband. Vera hatte es an dem Abend getragen, als sie gestorben war, und fast achtzig Jahre später war es bei mir gelandet.

»Annie hat das Armband sehr geliebt«, sagte Warren. »Wenn sie doch nur die wahre Geschichte gekannt hätte. Aber wir werden uns ja wiedersehen«, sagte er mit einem Augenzwinkern Richtung Himmel. »Und da werde ich ihr eine ganze Menge zu erzählen haben.«

»Allerdings«, pflichtete Eva ihm bei.

Ich stand auf. »Ihr beide könntet jetzt noch stundenlang in Erinnerungen schwelgen, aber Warren hat noch etwas Wichtiges vor – das heißt, wenn du dann so weit bist.«

»Ja«, erwiderte er und stand auch auf. »Gehen wir!«

Eva begleitete uns zur Tür. »Ich kann dir gar nicht sagen, wie gut mir das tut, dich zu sehen«, sagte sie zu Warren. »Dann kann die Seele meiner Mutter endlich Frieden finden.«

»Tante Caroline?«, fragte er, als käme ihm eine lange verschüttete Erinnerung.

»Ja. Meine Mutter. Sie hat sich ein Leben lang gewünscht, dich zu finden.«

»Ich hoffe, sie lächelt uns jetzt von da oben aus zu«, sagte er.

»Ich weiß genau, dass sie das tut«, erwiderte Eva. »Zusammen mit Vera.«

Auf dem Weg zum Café Lavanto schlug mir das Herz bis zum Hals. Als wir die Straße erreichten, die zum Café hinaufführte, hielt Ethan in einer Ladezone. »Sieht nicht so aus, als würde man da oben einen Parkplatz finden«, sagte er. »Ich lass euch hier raus.«

Ich löste meinen Sicherheitsgurt und beugte mich zu Warren vor. »Es ist vielleicht die letzte Gelegenheit, das alte Haus noch einmal zu besichtigen«, sagte ich. »Es wird abgerissen.«

»Was für eine Schande«, sagte Warren. »Und warum?«

»Es muss einem Apartmentblock weichen«, erwiderte ich.

»Gibt es davon noch nicht genug in der Stadt?«

Ich zuckte die Achseln. »Seattle scheint einen unstillbaren Bedarf an Apartmentblocks und Starbucks-Cafés zu haben.« Ich schaute die Straße hoch. »Es ist wirklich eine Schande. Der Eigentümer ist eigentlich ein lieber Mensch. Aber er muss das Haus verkaufen, weil seine Mutter ein Pflegefall ist und er die Kosten nicht mehr tragen kann.«

Ich war mir nicht sicher, ob Warren überhaupt zuhörte. Er starrte gedankenverloren geradeaus.

»Kommst du mit?«, fragte ich Ethan. Die Nachmittagssonne, die durch die Windschutzscheibe ins Auto fiel, ließ seine grünen Augen funkeln.

Er schaute erst seinen Großvater, dann mich an. »Geht ihr. Es ist deine Geschichte, Claire. Du musst sie zu Ende bringen.«

»Danke«, flüsterte ich.

»Ich hol euch hier in einer halben Stunde wieder ab«, sagte er, und in seinen Augen lag wieder die liebevolle Zärtlichkeit, die ich so lange vermisst hatte. »Das wird doch sicher reichen, oder?«

Ich nickte. Wir stiegen aus und machten uns auf den Weg zum Café. »Bist du bereit?«, fragte ich Warren.

Er nickte. Wir mussten immer wieder stehen bleiben, weil er aus der Puste kam. Eine Baustelle war nicht gerade der passende Ort für jemand, der eben erst aus dem Krankenhaus entlassen worden war, und kurzzeitig hatte ich ein schlechtes Gewissen, dass ich ihn überhaupt hierhergebracht hatte. Aber es war schließlich sein eigener Wunsch gewesen.

»Claire!« Dominic kam auf uns zugelaufen. »Ich bin so froh, dass du hier bist. Ich habe den ganzen Nachmittag versucht, dich zu erreichen, aber dein Handy war nicht eingeschaltet.«

Ich langte in meine Handtasche und stellte fest, dass ich das Handy aus Versehen ausgeschaltet hatte. »Hör zu«, sagte ich. »Ich mache dir keinen Vorwurf.«

Er hielt einen Briefumschlag in der Hand. »Heute Nachmittag unterzeichne ich den Kaufvertrag«, sagte er schuldbewusst. »Morgen oder übermorgen fangen sie mit dem Abriss an.« Er rieb sich die Stirn. »Claire, es geht mir wirklich absolut gegen den Strich, dass ich das tun muss, aber ich weiß sonst nicht, wie ich das Geld für die Pflege meiner Mutter aufbringen soll.«

Ich hob die Hand. »Du musst dich nicht entschuldigen. Ich kann es gut verstehen.«

»Wirklich?«

»Ja«, sagte ich. »Ich wünschte nur, es gäbe eine andere Möglichkeit. Dass das Haus verschwinden soll, macht mich ganz krank.«

»Mein Bruder und meine Schwester haben angeboten, etwas beizusteuern«, sagte er. »Und wir haben ein Spendenkonto für sie angelegt, um von möglichst vielen Seiten Unterstützung zu bekommen. Eine Bank hat angeboten, für jeden Spendendollar einen Dollar draufzulegen. Aber es hat einfach nicht gereicht.«

Warren stand direkt neben mir, hörte aber nur mit einem Ohr zu, den Blick auf die Tür des Cafés geheftet. Der Türrahmen, in ausgebleichtem Rot, brauchte dringend neue Farbe, vor allem die obere rechte Ecke, wo schon das blanke Holz unter dem beschädigten Vordach zu sehen war. Ich fragte mich, welche Farbe der Türrahmen in den Dreißigerjahren gehabt haben mochte.

Dominic warf mir einen wissenden Blick zu und nickte in Richtung Café. In diesem Moment kam ein weiterer Lastwagen die Straße herauf. »Es ist in Ordnung«, flüsterte er mir zu. »Ich werde sie bitten, nicht reinzugehen, solange ihr da drinnen zu tun habt. Lasst euch alle Zeit der Welt!«

Ich sah Dominic neugierig an. »Woher weißt du überhaupt, wer …?«

Er lächelte. »Daniel, oder?«

Ich nickte. »Aber wie in aller Welt …?«

»Ich wusste einfach, dass du ihn finden würdest«, erwiderte er lächelnd.

Als wir uns dem Haus näherten, schaute Warren mich unsicher an. »Ich habe so lange auf diesen Moment gewartet«, sagte er und betrachtete den Eingang zum Café. Plötzlich hatte er Tränen in den Augen.

Ich machte mir Sorgen um sein Herz, nicht nur in seelischer Hinsicht. Aber er brauchte das jetzt. Sein Leben war wie ein tragischer Roman, in dem das letzte Kapitel fehlte, der versöhnliche Ausklang. Wir hatten das Buch gefunden und entstaubt, und jetzt war es an der Zeit, es zu lesen. »Danke, Claire«, sagte er.

Dominic hielt uns die Tür auf, und wir gingen hinein. Die alte La-Marzocco-Espressomaschine war nicht mehr da. Nur noch dunkle Kaffeeflecken auf dem Tresen verrieten, wo ihr Platz gewesen war. Tische und Stühle standen in Reih und Glied an der Wand und warteten darauf, abgeholt zu werden. Der prächtige offene Kamin wirkte verloren an der gegenüberliegenden Wand. Ich atmete tief ein. Die schönen Kacheln von Ivanoff, dem Ofensetzer. Sie würden mit allem anderen zerstört werden.

»Warren?«, sagte ich.

Er reagierte nicht.

Ich nahm seine Hand. »Warren, alles okay?«

»Ich erinnere mich«, sagte er. Er stand völlig reglos da, die Augen geweitet. »Dieser Flur. Hier waren Männer. Betrunkene Männer. Meine Mutter hatte es immer eilig, mit mir an ihnen vorbei zur Treppe zu kommen.«

Sein Blick wanderte zum hinteren Teil des Cafés. »Darf ich?«, fragte er Dominic.

»Bitte«, erwiderte Dominic.

Ich folgte Warren ins Hinterzimmer und die Treppe hoch. Die Stufen knarrten, und ich bot Warren meinen Arm zum Halt an, aber er schüttelte den Kopf.

Auf dem schmalen Treppenabsatz blieb er stehen und fuhr mit der Hand über das Geländer. »All die Jahre«, sagte er und langte in die Jackentasche, »habe ich von diesem Haus geträumt.« Er zog ein Taschentuch hervor und betupfte sich die Augenwinkel. »Und jetzt hier zu sein … Es ist genauso, wie ich es in Erinnerung habe.«

Ich griff nach seiner Hand. »Erinnerst du dich an sie? An Vera?«

Er nickte. »Ja. Aber es ist vielleicht weniger eine Erinnerung als vielmehr ein – Gefühl.« Er schloss die Augen und holte tief Luft. »Ein Instinkt. Das Herz vergisst die Mutter nicht.«

Ich blinzelte ein paar Tränen fort, während ich sah, wie seine Augen die Wand unter den Stufen absuchten. Er bückte sich und klopfte die Fußleiste ab.

Ich trat näher. »Was suchst du?«

Seufzend richtete er sich auf. »Ach, nichts«, sagte er. »Mir war, als würde ich mich an etwas erinnern, aber …«

»Es ist bestimmt nicht leicht«, sagte ich, »wieder hier zu sein.«

Seine Augen glänzten. »Es muss sie um den Verstand gebracht haben, mich auf diese Weise zu verlieren. Annie wäre am Boden zerstört gewesen, wenn sie eins unserer Kinder verloren hätte. Sie wäre nicht mehr dieselbe gewesen.«

»Sie muss dich tagein, tagaus gesucht haben«, sagte ich.

Warren nickte und wandte sich erneut der Treppe zu. Ich blieb dicht hinter ihm, für den Fall, dass ich ihn stützen musste.

»Ich bringe dich jetzt zurück nach Hause, du bist bestimmt müde«, sagte ich.

Er schien mich jedoch nicht zu hören. Er stand da, schaute nach rechts, dann nach links, als suche er etwas – etwas ganz Bestimmtes.

»Warren?«, sagte ich. »Alles in Ordnung?«

Schweigend ging er noch einmal zurück zum Treppenansatz, dann blieb er vor einigen Kisten stehen, die an der Wand gestapelt waren. Er kniete sich hin und schob sie weg, sodass die Fußleiste zum Vorschein kam. Dominic und ich sahen gespannt zu, wie er mit den Fingern an der Fußleiste entlangtastete, als verließe er sich auf das Gedächtnis seiner

Fingerspitzen. Kurz darauf hörten wir ein metallisches Geräusch, dann öffnete sich eine kleine Tür. *Ein Geheimfach.* Mein Herz schlug schneller.

Warren langte mit der Hand in den kleinen Hohlraum. Ich kniete mich neben ihn, und als er die Hand wieder herauszog, hielt er eine staubige alte Feder zwischen den Fingern. Er drehte sie lächelnd hin und her, dann legte er sie auf den Boden. Nacheinander holte er einen lachsfarbenen Kieselstein, einen Penny, drei weiße Muscheln und eine zerfledderte Herz-Ass-Spielkarte aus dem Versteck. »Die hatte ich unten vor der Kneipe gefunden«, sagte er und bestaunte die Karte. »Mama sagte, ich dürfte sie behalten.«

Mama.

Er griff wieder in das Fach hinein. Diesmal zog er einen Brief heraus. Er hielt ihn mir mit zittriger Hand hin. In verblasster Schrift stand auf dem Umschlag: »Für Daniel«. Er drückte ihn mir in die Hand. »Kannst du mir das bitte vorlesen?«

Ich nickte, klappte die Lasche des vergilbten Umschlags auf. Er enthielt ein brüchiges Blatt Papier, das ich herausnahm und vorsichtig auseinanderfaltete. Ich schaute Warren kurz an, dann begann ich zu lesen:

Mein liebster Daniel,
meine Welt ist untergegangen an dem Tag, als du verschwunden bist. Wer auch immer dich geraubt hat, er hat damit auch mein Herz, mein Leben geraubt. Ich habe dafür gelebt, dich lächeln zu sehen, dich lachen zu hören, deine Freude mit dir zu teilen. Ohne dich gibt es nichts Schönes mehr auf der Welt. Ich weiß, dass du nicht weit weg bist. Ich fühle es in meinem Herzen. Ich glaube fest

daran, dass du irgendwann hierher zurückkehren wirst. Zu unserem Geheimversteck. Und wenn du das tust, sollst du wissen, wie sehr ich dich liebe, auch wenn ich nicht da bin, um es dir zu sagen.

Eines Tages werden wir wieder vereint sein, mein Kind. Eines Tages werde ich dir wieder Lieder vorsingen und dich in den Armen halten. Bis dahin liebe ich dich und träume von dir.

Deine dich liebende Mutter

Vera

Plötzlich hatte ich den kleinen Daniel vor mir. Ich konnte ihn sehen, wie Vera ihn einst gesehen hatte. Weiche, runde Bäckchen, wo jetzt nur Falten waren. Blonde Locken anstatt weißer Haarbüschel. Strahlend blaue Augen, noch nicht vom Alter getrübt.

Warren sah mich an. »Soll das Haus abgerissen werden?«

Ich nickte. »Es tut mir so leid, Warren. Dominic verkauft es. Er muss …«

»Wie hoch ist das Angebot?«

»Wie bitte?«

»Wie viel hat der Bauunternehmer, der es abreißen will, ihm geboten?«

»Ich weiß es nicht«, erwiderte ich. »Das hat Dominic mir nicht gesagt.«

»Ich biete ihm das Doppelte.«

Ich konnte mein Glück nicht fassen. »Wirklich, Warren? Das würdest du tun?«

Er lächelte. »Ich kann doch nicht zulassen, dass das Haus meiner Kindheit abgerissen wird, oder? Und hat er nicht gesagt, dass seine Familie das Geld braucht? Auf diese Weise wird das Geld der Kensingtons wenigstens mal wieder einem guten Zweck zugeführt.« Er sah sich in dem kleinen Raum um. »Ja, dieser nette junge Mann kann alles so lassen, wie es ist. Ich werde nichts ändern.« Er hatte Tränen in den Augen. »Das heißt, bis auf eins.«

»Und das wäre?«

»Der Name«, sagte er. »Es soll Veras Café heißen.«

»Ach, Warren!«, rief ich aus und fiel ihm um den Hals. »Sie wäre so stolz auf dich.«

Ich warf noch einen letzten Blick auf Veras Brief und entdeckte ein Postskriptum unten auf der Seite, das ich zuvor übersehen hatte.

»Moment«, sagte ich. »Da steht noch was.«

PS: Daniel, vergiss Max nicht. Ich habe ihn im Schnee gefunden. Du fehlst ihm.

Ich hob die Brauen. »Max?«

Warren wirkte perplex. Er griff noch einmal in das Fach, etwas tiefer diesmal. Einen Augenblick später zog er einen zerschlissenen Teddybären mit einer ausgeblichenen blauen Samtschleife heraus.

»Max«, sagte Warren und richtete die staubige Schleife. »Er ist mir runtergefallen an dem Abend, als sie mich geholt hat.« Sein Kinn zitterte. »Ich durfte ihn nicht mal aufheben.«

»Josephine?«

»Ja«, erwiderte er. »Ich konnte die ganze Zeit nur daran denken, dass er im Schnee frieren würde. Es war so kalt.«

Ich legte ihm die Hand auf die Schulter. »Deine Mutter hat ihn gefunden und für dich aufgehoben«, sagte ich. »Sie wusste, dass du nach Hause kommen würdest.«

Warren stand auf, den kleinen Teddy an sich gedrückt. Er schmiegte eine Wange an den Teddy und schob einen Finger unter die ausgefranste Schleife, so, wie er es vielleicht als Kind getan hatte. Es war nur Stoff, Faden und Füllung, grob genäht. Aber für Warren hatte dieses Stofftier mehr Wert als sein gesamtes Vermögen.

»Ich warte draußen auf dich«, flüsterte ich, um ihm einen Moment für sich allein zu gönnen. »Wir können aufbrechen, sobald du so weit bist.«

Er nickte, und ich ging zurück ins Café. Dominic stand da, die Hände in den Taschen, und blickte verlegen drein. »Es tut mir wirklich leid, dass ich …«

»Bitte entschuldige dich nicht«, fiel ich ihm ins Wort. »Alles ist so gekommen, wie es kommen musste.« Ich nickte in Richtung Treppe. »Wenn Warren runterkommt, will er etwas mit dir bereden.«

Dominic musterte mich fragend. »Ach ja?«

Ich lächelte und ging zur Tür, ohne mich noch einmal umzudrehen.

»Mach's gut, Dominic«, sagte ich, öffnete die Tür und trat auf die Straße. Ethan würde gleich da sein. Wir waren dabei, ein neues Kapitel aufzuschlagen – ein besseres –, und das Leben fühlte sich wieder leicht an. Das Sonnenlicht fiel durch die Baumkronen, und ich bemerkte ein Rotkehlchen, das in meiner Nähe auf dem Boden pickte. Verwegen und unbeeindruckt von meiner Anwesenheit sah es mich mit zur Seite geneigtem Kopf an. Dann erst entdeckte ich in der Nähe auf dem Gehweg ein Nest aus losen Zweigen und Moos, das heruntergefallen war. Ein einzelnes blaues Ei war herausgekullert und aus einem gezackten Riss in der Mitte quoll der gelbe Dotter auf den Asphalt.

Armes Vögelchen. Es hatte sein Kind verloren, genau wie Vera ihrs – ich holte tief Luft – und wie ich meins. Es war grausam. Es war tragisch. Aber so war das Leben.

Die Vogelmutter umkreiste ihr Nest, zupfte vergeblich an einem Zweig, hüpfte ziellos auf dem Gehweg herum. Bald würde sie begreifen, dass ihre Bemühungen sinnlos waren. Dass sie loslassen musste. Schließlich flog sie auf, blieb noch einen Augenblick auf einem Ast des Kirschbaums hocken, wie um sich die Szene einzuprägen und sich dann endgültig zu verabschieden.

Ich spürte ein Ziehen im Unterleib, den altbekannten Schmerz. Ich legte die Arme um meinen Bauch, der ein Kind getragen und verloren hatte. *Lebwohl, mein Daniel.* »Ich werde dich immer lieben«, flüsterte ich.

Wind kam auf und rüttelte an den Zweigen der Pappel über mir. Die flauschigen Blüten lösten sich und trieben durch die Luft. Wie Schnee. Ich fing eine auf und schaute lächelnd in den Himmel, wo das Rotkehlchen noch eine letzte Runde drehte und schließlich davonflog.

Danksagung

Mein aufrichtiger Dank gilt meiner lieben Literaturagentin Elisabeth Weed für ihren Zuspruch, ihre Hilfe und ihre Freundlichkeit. Mit ihr zusammenzuarbeiten ist immer ein Vergnügen und eine Ehre. Ebenso geht mein Dank zusammen mit einem Double Shot Latte an Stephanie Sun, deren Feedback meinen Geschichten stets mehr Substanz verleihen. Und ein riesiges Dankeschön an Jenny Meyer, die meine Bücher für Leser in so vielen Ländern vertreibt – in Deutschland, Italien, Spanien, in der Türkei und, und, und (wow!)- und an Dana Borowitz bei UTA, die meine Bücher so fleißig in der Welt des Films repräsentiert.

Dank gebührt meinen Freunden bei Plume, angefangen mit meiner herausragenden Lektorin Denise Roy, die sofort begeistert war von dieser Geschichte, sowohl was den Titel als auch die Figuren angeht, und bis spät in die Nacht den ersten Entwurf gelesen hat – es ist fantastisch, mit ihr zusammenzuarbeiten. Des Weiteren danke ich Phil Budnick, Kym Surridge, Milena Brown, Liz Keenan, Ashley Pattison, der unglaublichen Plume-Verkaufskanone, und den vielen, vielen anderen bei Penguin, die hart dafür arbeiten, meinen Romanen zum Erfolg zu verhelfen.

Dieser Roman wäre wahrscheinlich nie geschrieben worden, wenn ich nicht den bewegenden Song »Blackberry Winter« der großartigen Sängerin und Pianistin Hilary Kole im Radio gehört hätte (siehe auch die »Nachbemerkung der Autorin«). Und den Song hätte ich wahrscheinlich nie gehört, wäre er nicht von dem wahrlich fantastischen Musiksender Siriusly Sinatra auf Sirius Satellite Radio ausgestrahlt worden, der immer wieder in mir den Wunsch weckt, einen Roman über Frank Sinatra zu schreiben.

Danke an meine Freundinnen, die mich angespornt haben – vor allem den Müttern unter ihnen. Lasst euch umarmen, Sally Farhat Kassab, Camille Noe Pagán, die wunderbaren PEPS-Mädels, und so viele andere. Ich möchte außerdem zwei ganz besondere Freundinnen erwähnen, die sich in den letzten Jahren von Enttäuschung und Verlust erholt haben – beide sind eine unermessliche Quelle der Inspiration für mich sowohl als Frauen als auch als Mütter: Lisa Bach, deine Kraft und Ausdauer erstaunt und inspiriert mich, und Wendi Parriera, von dir habe ich viel über Glaube und Hoffnung angesichts des Undenkbaren gelernt.

Meinen Eltern danke ich aus so vielen Gründen, die ich hier nicht alle aufzählen kann, aber speziell meiner Mutter Karen Mitchell, für ihre Brombeertörtchen und ihre Fähigkeit, ihren Kindern und Enkeln das Leben angenehm zu gestalten, und meinem Vater Terry Mitchell für seine Zuneigung zu seinen Kindern, für unser gemeinsames Joggen und für die vielen langen Spaziergänge zum alten Friedhof, wo aus kindlicher Neugier literarische Inspiration entsprang. Ebenso danke ich meinen Brüdern Josh und Josiah und meiner Schwester Jessica, meiner liebsten Freundin, die mich in puncto Mutterschaft und Leben beflügelt – ich liebe euch alle.

Meinem Mann Jason bin ich zu ewigem Dank verpflichtet, weil er der Typ Ehemann ist, der mich in meinem Schreiben bestärkt und der gern all die kleinen (und auch die großen) Dinge des Lebens mit mir feiert. J, ich liebe es, mit dir diese Reise zu unternehmen. Und meinen geliebten Söhnen – Carson, Russell und Colby: Dieses Buch widme ich euch.

Und nicht zuletzt danke ich meinen Lesern, Ihnen, die Sie meine Geschichten in Ihr Leben aufnehmen, sie in Ihren Buchclubs lesen und Freunden und Familien davon erzählen. Es wird noch sehr viele mehr geben – einige sind schon auf dem Weg, andere sind bisher lediglich Funken in meiner Fantasie – und ich kann es kaum erwarten, dass Sie sie alle lesen.

Nachbemerkung der Autorin

Eines Morgens, ich saß mit meinem Mann und unseren jüngsten Söhnen im Auto, lief ein faszinierender Song im Radio. Ich hatte ihn noch nie zuvor gehört, aber die Melodie und die eindringliche Stimme der Sängerin zogen mich auf der Stelle in ihren Bann. Zu meinem Mann, der am Steuer saß, sagte ich: »Was für ein wunderschönes Lied. Kennst du es?« Er schüttelte den Kopf. Ich schaute zum Radio und im Display stand: »Blackberry Winter«. Und: »Hilary Kole«. Der Titel verursachte mir Herzklopfen. »Brombeerwinter«? Für mich, die ich mein ganzes Leben im Nordwesten verbracht habe, sind Brombeeren etwas Besonderes. Ich werde ganz wehmütig, wenn ich an die Spaziergänge nach dem Abendessen denke, die meine Eltern mit mir und meinen Geschwistern während der Sommer meiner Kindheit unternommen haben. Mit Schüsseln bewaffnet stapften wir durch den heimischen Wald und suchten Brombeeren. Meine Schwester und ich naschten die meisten sofort, aber die anderen wanderten in Moms berühmte Obstkuchen oder Kuchenaufläufe. Sommer ohne beerenverklebte Finger waren keine Sommer.

An jenem Tag im Auto nahm ich mein Handy aus der Handtasche und schickte mir eine E-Mail mit dem Namen des Stücks und der Sängerin. Ich wollte gern den Text finden, aber vor allem wollte ich den Ursprung des Songs ergründen. Was ist ein »Brombeerwinter«? Zu Hause angekommen recherchierte ich ein bisschen. Ich fand heraus, dass es sich bei dem Begriff um einen altmodischen Begriff handelt, mit dem ein Wintereinbruch im Mai bezeichnet wird – der nicht nur mit Kälte, sondern auch mit Schnee verbunden war, gerade wenn sich die zarten weißen Blüten an den Brombeerranken öffnen.

Ich bekam das Wort »Brombeerwinter« einfach nicht mehr aus dem Kopf, und in jener Nacht begann ich das Konzept für diesen Roman zu skizzieren. Die Grundzüge der Geschichte waren schon sehr bald lebendig: Vera und Daniel und ihre kleine Wohnung in den Dreißigerjahren; sein geliebter Teddybär mit dem Gesicht nach unten im kalten Schnee; Claire und ihre journalistische Spürnase und ihr eigener tiefer Kummer und Schmerz; Schneeflocken, die auf die Frühlingsblüten fallen.

Während der darauffolgenden vielen Monate lebte ich nur noch für *Brombeerwinter*. Im Zentrum der Geschichte standen für mich die archaischen Gefühle der Mutterschaft. Ich begann mit dem Schreiben des Romans, als ich mit meinem dritten Sohn schwanger war, und ich ließ Veras und Claires Schmerz und häufig herzzerreißende Erfahrungen durch mich hindurchfließen. Ich versuchte mir vorzustellen, wie es sich anfühlen würde, ein Kind zu verlieren, und was ich tun würde. Und dann, kurz bevor ich das Buch fertiggestellt hatte, verlor eine meiner liebsten Freundinnen, Wendi Parriera, ihren zweijährigen Sohn, der an einer sehr seltenen Art von Gehirnkrebs erkrankt war. Es brach mir das Herz mitzuerleben, wie sie sich von ihrem geliebten Sohn verabschiedete, und wir weinten gemeinsam am Telefon, während sie ihren Sohn in den letzten Stunden seines Lebens an die Brust drückte. Aber ich sah auch ihre Kraft und das Licht in ihren Augen – das mir zeigte, wie dankbar sie dafür war, die Mutter dieses wunderbaren Jungen gewesen zu sein, und wie aufgeregt sie angesichts der Gewissheit ist, ihn irgendwann im Himmel wiederzusehen. Wendi erinnert mich immer daran, dass das Muttersein – das Leben – egal, wie kurz es ist, ein Geschenk ist.

Während die Herausforderungen, denen sich meine Figuren stellen müssen, gewaltig sind, und ihre Geschichten häufig tragisch, wie im Falle meiner Freundin, gefällt mir der Gedanke, dass sie ihre eigene Bedeutung von Frieden und Wahrheit gefunden haben – die mit den Schneeflocken eines Wintereinbruchs im Frühling herumgewirbelt wird und sich versteckt unter den schützenden Dornen der Brombeerranken.